品人录

易中天 著

品读中国书系之壹

上海文艺出版社
Shanghai Literature & Art Publishing House

目　　录

项羽 ………………………………………………… 1
 一　贵族与流氓 ………………………………… 1
 二　项羽的毛病 ………………………………… 13
 三　韩信的错误 ………………………………… 25
 四　刘邦的长处 ………………………………… 34
 五　项羽之死 …………………………………… 44

曹操 ………………………………………………… 48
 一　做能臣，还是做奸雄 ……………………… 48
 二　天才与蠢才 ………………………………… 58
 三　宽容与报复 ………………………………… 66
 四　几桩谋杀案 ………………………………… 74
 五　无情未必真豪杰 …………………………… 85
 六　可爱的奸雄 ………………………………… 90

武则天 ……………………………………………… 100
 一　这个女人不寻常 …………………………… 100
 二　大尾巴羊 …………………………………… 111
 三　血染的皇冠 ………………………………… 121
 四　左右开弓 …………………………………… 131
 五　进退两难 …………………………………… 139

海瑞 ………………………………………………… 150
 一　屡被罢官的官 ……………………………… 150
 二　不合时宜的人 ……………………………… 160
 三　无法医治之国 ……………………………… 171
 四　难以成功的事 ……………………………… 185

雍正 ·· 195
    一   如此父子 ··· 195
    二   如此兄弟 ··· 209
    三   如此君臣 ··· 219
    四   如此朋友 ··· 229
    五   如此皇帝 ··· 242
    六   如此帝国 ··· 254
    七   谁是赢家 ··· 265
文化与人 ·· 275
后记 ·· 287
再版后记 ·· 289

项羽

一 贵族与流氓

项羽最后还是打败了。他败在了刘邦手里。

成者王侯败者寇。胜了的刘邦人模狗样地当了皇帝,败了的项羽便只好自认倒霉,不但再也当不成霸王,还得去见阎王。

这当然很惨,而且还很窝囊。

说起来,失败这事,原本也并不那么可怕。"胜败乃兵家常事"么!再说,人生自古谁无死?死不足惜,败也未必可耻。只不过,不是败在别人手里,而是败在刘邦手里,便不免让人想不通。

项羽怎么会败给刘邦呢?项羽是英雄而刘邦是无赖,项羽是贵族而刘邦是流氓。项羽的出身是很高贵的。他的家族,在当时即被称作"名族"。公元前209年(秦二世元年),陈胜起义,天下云集相应,处处揭竿而起。东阳(今安徽省天长县)人杀县令,欲立陈婴为王,陈婴却主张去投靠项氏。他说:"我依名族,亡秦必矣。"陈婴的不敢为王,主要是胆小怕事,怕当出头的椽子。但他说项氏是名族,威望高,号召力强,却也是事实。事实上项羽一族,是很有些来头的。据史书记载,项,原本是西周时期黄帝后代姞(音吉)姓的封国,其地在今河南省项城县。春秋时,项国被鲁国所灭。后来,楚国灭鲁,就把项地封给了项羽的先人,这一族也就因而姓项。所以,项羽祖籍河南项城,和清末民初一位风云人物袁世凯是同乡。

封在项地的项氏一族,世世代代都是楚国的将军。到了项羽的祖父项燕时,运气就不太好了。公元前224年,即秦始皇二十三年,秦将王翦(音简)攻破楚国,俘虏了楚王,项燕便只好去做流亡政府的将军,在淮南起兵反秦,结果兵败身亡。项羽自己,则出生在下相,即今江苏省宿迁县。后来,又随叔父项梁逃到吴中,即今江苏吴县。所以,项羽又是江苏人,和江苏沛县人刘邦也算老乡。

想来项羽少时,过的已是破落贵族的生活。不过破落归破落,贵族还是贵族。因此项羽正儿八经地有名有字:名籍,字羽,又字子羽。这也是当时贵族子弟的通例:婴儿出生三个月后,要择吉日剪一次头发,并由其父命名;男孩长到二十岁,女孩长到十五岁,则要举行冠礼或笄(音基)礼,由嘉宾取字。有名,意味降生;有字,意味成人。此外还有一系列的权利和义务,但只有贵胄子弟才有,平民子弟是没有的。此外,有了字,就有了尊称,这也是平民子弟没有的。① 项羽有名有字,说明他是贵族,而且举行过冠礼,应该受到社会的尊重。

刘邦的祖上老刘家,可就没有那么显赫了。刘虽然也是姬姓古国(在今河南省偃师县),开国君主是周匡王的儿子刘康公,可是在周贞定王时便已绝封,立国不过百十年,与刘邦一家也八竿子打不着。刘邦的父母,既非当朝重臣,亦非社会贤达,可能连名字也没有。《史记》说刘邦"父曰太公,母曰刘媪",翻译成现代汉语就是刘大叔刘大妈。大叔大妈当然不是名字,可见是"无名之辈"。

刘邦自己其实也是没有名字的。史书上说他"小字季,即位易名邦",可见"邦"这个名,是他发迹后才追加的。至于"季",也不是什么字,而是排行。古人的排行,曰伯仲叔季。伯是老大,仲是老二,叔是

---

① 请参看拙著《闲话中国人》第二章。

老三,季是老四。刘邦的长兄名伯,次兄名仲,没听说还有个叫刘叔的三哥,则所谓"刘季",便不过就是"刘三"或"刘四",有点"不三不四"。或者干脆就是"刘小",和"放牛的孩子王二小"意思差不多。

　　刘邦的出生,也很可疑。《史记》说,有一次刘大妈睡在湖边上,梦中与神相遇。当时电闪雷鸣,天昏地暗。刘大叔跑过去一看,只见一条蛟龙正在他老婆身上,回来以后就有了身孕,生了刘邦。这显然是开国帝王们都惯用的装神弄鬼手段,目的无非是要证明自己命系于天,君权神授,是不折不扣的"真命天子"。这种伎俩,老早就有人玩过,比如有莘吞薏苡而生夏禹,简狄吞燕卵而生商契,姜嫄踏巨人足迹而生周弃(稷)等等,都不过是"野合"的伪饰之辞,也是对夏商周三代始祖的神化,我在《中国的男人和女人》一书中已有破译。诸位如有兴趣,不妨找来一看。

　　先圣既已作出表率,后人自然不妨效法,反正不会有人傻乎乎地去做实证研究的。不过,不吹牛还好些。一吹,就会露出马脚,反倒让人疑心刘大妈这个小儿子,没准竟是个"野种"。《史记》说刘邦相貌奇特,"隆准而龙颜"。这当然原本是要证明刘邦是"真龙",但岂非恰好反过来证明他和他爸他哥长得都不像? 像谁呢? 这就只有刘大叔知道了。反正刘大叔当年肯定看到了什么,但可以肯定看到的不是"龙"。史料证明,刘大叔对他这个来历不明的小儿子并不怎么喜欢,也从来就没有把他当成什么"龙种",反倒常常说他是个"无赖"。如果刘大叔真的看到了那条龙,似乎就不该持这种态度。

　　刘大叔既然并不当真把刘邦看作自己的儿子,对他的教育和约束也就不太认真。除了骂他"无赖",不如刘二勤勉外,其他都很放任。于是刘邦从小就好吃懒做,游手好闲,也不怎么把家里的钱当钱,就连本朝太史为他做传时,也不得不承认他"好酒及色","不事家人生产作业"。大约那时他整天不过是在到处闲逛,或在酒店里和一些同样不三不四的男女吃吃喝喝,打情骂俏,其实是个混混。后来,总算谋了个"泗水亭长"的差事。秦制,十里为亭,十亭为乡,则亭长比村长高半级,比乡长低半级,是个相当于公社生产大队长的基层干部,而且还是试用的。这种差事,算不得官,只能算是吏,而且是小吏。权不大,事不少,好处不多,麻烦不少,一般体面人家子弟不屑于做,老实巴交的庄户人家又做不了,最合适刘邦这样的痞儿和混混去做。刘邦当了亭长以后,除发明了一种竹皮冠,装模作样地戴在头上外,倒是没有什么官架子,依然嬉皮笑脸,吃喝嫖赌,而且经常在酒馆里打白条赊酒吃。刘大妈心疼她这个小儿子,常常去帮他还酒债,而且总是加倍地还钱。于是刘邦在乡里乡间,便博得一个"大度喜施"的美名,很有些人缘。

这就多少和项羽有些相似。项羽和刘邦,少年时都不是什么听话守规矩的乖孩子,只不过大约项羽是个纨绔而刘邦是个地痞而已。《史记》说项羽"学书不成,去学剑,又不成"。项羽的叔叔项梁便很有些恼怒,因为贵族是很重视子弟教育的。项羽说,学会了写字,不过可以记下别人的名字,有什么用?学会了剑术,也不过战胜一人而已,不值得学。要学,就学可以战胜千万人的。项梁想想也有道理,就教他兵法。项羽这才大喜。不过,学得也不认真。略知其意后,就不肯再深入了。于是就连兵法,项羽也没有学完。

世界上的事总是这样。一个人,如果后来成了个人物,则他小时候的优点固然是优点,即便是缺点也无妨看作优点。刘邦、项羽的不爱读书学习,自然都成了"胸有大志"的表现。的确,学术学术,学问只是术,不是道。道不是可以学得来的。治学者学问再多,也只能为人臣。得道者学问再少,也可以为人君。就拿陈胜来说,学问也不多吧?却有"鸿鹄之志",这才喊出了"王侯将相宁有种乎"的话。历史上有哪个学问家喊出这句话呢?没有。学问多的人都不敢造反。敢造反的,即便有点文墨,也充其量是个"不第秀才"。"坑灰未冷山东乱,刘项原来不读书。"这话说得并不错。

所以刘邦、项羽这两个不学无术的家伙,便都有和陈胜一样的念头。秦始皇游会稽山时,项梁带了项羽去看热闹。谁知项羽一看,便脱口而出:"彼可取而代也!"吓得项梁连忙捂住他的嘴巴。刘邦因为替政府办差,去过咸阳,看到秦始皇的排场,也曾喟然太息说:"嗟乎,大丈夫当如此也！"现在想来，那时候人的思想也真是"解放"，这样该杀头的话也敢讲出来。当然，项羽是脱口而出，刘邦则多半是私下里嘀咕（此亦为刘邦不如项羽英雄的证明），但敢想，就不易。这大概因为中央集权的专制体制真正建立以前，人们的思想相对还是比较活跃的。何况那时你争我夺已经多年，秦始皇的江山也是从别人手上夺来的。那么，和尚摸得，我摸不得？这皇帝你嬴政当得，我刘邦、项羽就当不得？显然，只有当不当得上的问题，没有能不能想当的问题。所以后来蒯通才敢对已经当了皇帝的刘邦说：那时节，磨快了刀子想干陛下这营生的人，多着哪！刘邦听了，也只是笑一笑，因为他知道蒯通说的是实情。

不过，如果我们把陈胜、项羽、刘邦三个人的话放在一起比较一下，还是能品出不同的味道来。"王侯将相宁有种乎"，充满了挑战性。而且挑战的对象，已不仅是秦王朝，而是命运，因此有一种不认命、不信邪的精神，也因此在三说之中格调最高。至今我们读到"壮士不死则已，死即举大名耳"这样的句子，内心还很是崇敬。一个用贾谊的话来说是"瓮牖绳枢之子，氓隶之人，而迁徙之徒也"的人，能说出如此不凡的话，是很让人敬佩的。陈胜的失败，主要在于太没文化，因而在突如其来的胜利面前，完全不知所措，以为自己真为命运所垂青，不知真正的、最后的胜利其实来之不易，结果只做了六个月的王，便身首异处、一败涂地了，正所谓"其兴也勃焉，其亡也忽焉"。但他在不公正命运前的奋起一搏，却像流星一样照亮了天空。虽然短暂，却也辉煌。

项羽的话，则充满英雄气概，说得干脆利落："彼可取而代也！"那口气，就像囊中取物一样。在项羽眼里，那位统一了全中国的"始皇帝"也没什么了不起，甚至只配称作"彼"，而且随随便便就可取而代之。这是自信，也是自大。自信使他成功，自大使他失败。不难看出，项羽说这话时，是不动脑筋的，也是不计后果的。那家伙（彼）怎么个就可"取而代也"呢？万一取代不了又怎么办呢？这可没想过。他想到的只是要去取代和可以取代。这正是项羽的可爱处，也正是他的可悲处。

刘邦的话就没有那么气派了,有的只是一个流氓无赖对大富大贵的垂涎三尺。"大丈夫当如此也!"换句话说就是有能耐的人要过就过这样的日子。但不能如此又怎么样呢?大约也只好算了。这当然一点也不英雄,然而却也实在。正是因为这份实在,刘邦才由小到大、由弱到强,一步一个脚印地登上了皇帝的宝座。从审美的角度讲,我们当然更欣赏陈胜和项羽,但从现实的角度讲,我们又不能不承认刘邦是成功者。

的确,刘邦是实用主义者,项羽则是性情中人。

关于刘邦的实用主义,我们后面还要细讲,但现在其实已不难看出。当刘邦说"大丈夫当如此也"时,他的目的是很明确的,就是要像秦始皇那样活得像个人样儿。至于怎样才像个人样儿,则不甚了然。其实,直到他真的当了皇帝,也还仍不知皇帝是怎么回事和如何当法。丞相萧何为他建未央宫,立东阙、北阙、前殿、武库、太仓,他看了还发脾气,说:"天下匈匈苦战数岁,成败未可知,是何治宫室过度也!"以至萧何解释说"天子以四海为家,非壮丽无以重威"时,他才释然。又比如刘邦初得天下时,与群臣宴饮,也仍然和在沛县小酒馆里一个德行。大家都狂嚼滥饮,喝醉了就大呼小叫,打打闹闹,完全不成体统。直至叔孙通制定了礼仪,御前设宴,自诸侯王以下,一个个都震恐肃敬,行礼如仪,刘邦才喜不自禁余味无穷地说,老子今天才晓得当皇帝还真他妈的过瘾!可见先前是不晓得的。他说要活得像秦始皇一样,也只不过是说要活得体面排场一点而已,和阿Q睡在土谷祠里做的"革命成功梦"境界差不太多,都是羡慕那份荣华富贵。不同的仅在于,阿Q见过的最大世面不过是赵太爷钱举人的排场,刘邦则见到了皇帝的仪仗,所以刘邦的目标要定得"高"一些。

项羽看重的却不是荣华富贵,而是英雄业绩。也就是说,他更看重的不是结果(如此),而是过程(取代)。他不是要取代了以后怎么样,也没想到取代了以后会怎么样,而只是要去取代。的确,对于一个真正的英雄来说,战斗本身是要比胜利更令人神往的。"马思边草拳毛动,雕盼青云睡眼开",哪个英雄愿在无所事事中消磨自己的一生呢?既然有事可干,那就干吧!别管是干什么,也别管干了以后会怎么样!

这正是性情中人的思路和做派。

最能表现出项羽这一性格的,是他兵败垓下之时。在这生死存亡的最后一刻,他惦记着的是什么呢?是那位名叫虞的美人和那匹名叫骓的骏马。这个有名的霸王别姬的故事是大家都熟知的:夜色已经深沉,四面都是楚歌,王的帐内点起了巨大的蜡烛,帐外燃起了通明的火把。我们的少年英雄饮尽杯中之酒,起身慷慨悲歌:"力拔山兮气盖世!时不利兮骓不逝!骓不逝兮可奈何!虞兮虞兮奈若何!"这最后一句翻译过来便是:小虞啊小虞啊,我可拿你怎么办啊!一个身经百战的三军统帅,一个威震天下的盖世英雄,此刻痛心的不是他的功亏一篑,痛惜的不是他的功败垂成,而是心爱的骏马美人无从安排。他也不考虑怎样才能转败为胜,转危为安,不考虑怎样才能冲出重围,东山再起,可见他一开始就没怎么把那最后的胜利当回事。

胜利与否既然并不重要,则重要的便是战斗本身。在率领八百骑兵冲出重围又在阴陵迷失道路后,项羽毅然引兵东向,期与汉军做最后一决。其时他的身边,已只剩下二十八骑了。然而他的斗志,却也昂扬到了极点。于是项羽决定最后再扮一次酷。他对随扈将士说,我自起兵以来,已经八年,身经七十余战,所当者破,所击者服,从来就没有打败过。这一回,大概是天要灭我了!那好,我就为诸位痛痛快快再打他一回。一定要打他个缺口,一定要斩他个将领,一定要砍倒他的旗帜,看看是我不会打仗,还是天要灭我。说完,大呼驰下,汉军人马望风披靡,敌将人头纷纷落地。项羽笑了。他回过头来得意地看着将士们说:"怎么样?"扈从将士一起拜倒在地,异口同声地说:"如大王言。"

这就真是孩子气得可以!谁都知道,垓下之战,是楚汉相争的最后一次战役,也是决定最后胜负的关键一战,是不折不扣的"决战"。然而身为统帅的项羽,想到的却不是决战,而是快战。用他自己的话说,就是"今日固决死,愿为诸君快战"。也就是说,痛痛快快打一仗,速战速决,尽快了结。

的确,诚如王伯祥先生所言,快战和决战是不一样的。决战有胜负难分、一决雌雄的意思,也就是还有求胜的想法。快战则只求痛快于一时,不过逞强示勇而已,完全不计后果。作为统帅,是应该取"决战"呢,还是应该取"快战"呢?当然是前者。因为"胜败乃兵家常事"。战场上的事,瞬息万变,谁也不可能在开战之时即稳操胜券,只有打起来再看。所以,即便兵临城下,敌强我弱,危在旦夕,也不能轻易放弃胜利的希望。苟如此,则没准真能杀开一条血路来。兵法有云:"置于死地而后生,陷于亡地而后存。"依此,则楚军也仍有反败为胜的可能。然而项羽似乎不想再打下去了。也许,打了七十多仗,他已经累了。也许,有这七十多战的战无不胜,他觉得已经够本了。是啊,他原本没把那天下王位太当回事。他只想能够英武豪雄地痛快一生,也只想在退出战场退出人生时有一个精彩的谢幕,能最后再痛快一回。

既然如此,那就让他痛快吧!

刘邦就不会这么傻。

与项羽的战无不胜一路凯歌相反,刘邦一直都不怎么顺。当然,刘邦也不是没打过胜仗。秦都咸阳是他攻下的,秦王子婴是向他投降的。按照当初的约定,"先入咸阳者王",刘邦原本理所当然地应该为天下之主,至少也该当一个关中王。但是怎么样呢?还不是只好将咸阳拱手相让,一任项羽去烧杀掠抢,自己则忍气吞声地去当汉中王。显然,在那个弱肉强食的年代,有实力才有发言权。刘邦实力不如项羽,因此虽然有"道义"(先入关中,灭秦受降,约法三章,秋毫无犯),也只好闭上自己的嘴巴。

的确,如果个顶个地进行比较,刘邦处处不如项羽。不但家族背景有天壤之别,便是个人素质也不可同日而语。项羽"力能扛鼎,才气过人",攻城则城池皆破,杀敌则敌胆尽丧。刘邦会干什么?就会喝酒嫖女人。在整个举兵灭秦和楚汉相争的过程中,没有一个计谋是他自己想出来的,没有一座城池是他自己攻下来的,也没有一场战斗是他亲自指挥的。他惟一的本事,就是问张良、韩信、陈平他们,"为之奈何(可怎么办呢)"? 可以说,同项羽相比,刘邦一点能耐本钱也没有。难怪项羽会在骨子里看不起刘邦了:这种东西,也配和我争天下?

说起来刘邦的成为领袖,至少开始时有一半是运气和侥幸。二世元年,陈胜起义,天下震惊。各地方豪杰一哄而起,云集响应,"诸郡县皆多杀其长吏以应陈涉",夺县自立成为一时之时髦,刘邦所在的沛县也不例外。然而杀死沛县县令以后立谁为主却成了问题。依地位、资历、人望,似乎应该立萧何或曹参。萧何是沛县狱掾,曹参是沛县主吏,都是有一定社会地位和行政能力的人。然而萧曹二人都是文吏,比较胆小怕事,心想这领头造反弄不好可是杀头灭族的罪,还是让那天不怕地不怕的痞儿无赖刘小去干为好。万一事败,咱充其量不过是个"胁从",当不了"首恶"。由是之故,刘邦这才当了沛公。

这个看起来偶然的事件其实有着必然。萨孟武先生说过,在中国历史上,夺帝位者不外两种人。一种是豪族,如杨坚、李世民是。一种是流氓,如刘邦、朱元璋是。文人是没有份的。文人既不敢起这个心,也没那个力。即便参加造反起义,也只能攀龙附凤,跟在豪族或流氓的屁股后面,当个军师,做个幕僚,出点主意,使点计谋,断然是当不了领袖的。所以楚汉双方的首领,只能是豪族项羽和流氓刘邦,不会是萧何、曹参,也不会是范增、张良。

文人为什么当不了造反皇帝呢? 因为造反起义,争夺地位,说穿了,是一场豪赌,非有天大的胆子不可。这个胆子,又与本钱有关。本钱特大的敢赌,一无所有的也敢赌。豪族敢赌,是因为本钱大,输得起。流氓敢赌,则是因为没本钱,输不怕。不就是失败了没好果子吃吗? 我本来就没吃过好果子。干他一下,没准还能捞他两个吃吃,岂不赚了一票?《水浒传》里写吴用策动阮氏三雄造反,阮小七便说:"若能够受用得一日,便死了也开眉展眼。"因此但凡有此类机会,真正一无所有的流氓无产者都是像干柴一样一点就着的。干嘛不去? 不去白不去。

　　文人可就要三思而行了。文人都是聪明人,而聪明人从来就成不了大气候。聪明人遇到事情,往往想法比较多,想得也比较细。等他前前后后都想妥帖了,没准机会也过去了。即便机会没过去,他们也多半不会干。因为文人也是有本钱的人。这本钱比豪族少,比流氓多,不多不少,很是尴尬。他们多半有些薄产,有些家小,妻温良,子懦弱。熬一熬,也许能混个士绅。再不济,也能混个温饱。要他们拿这一点小本钱去豪赌一把,舍不得也豁不出去。所以只有吴用这样的光棍才会落草为寇。而吴用辈之所以"下海",则又因为他们的本钱之一是知识学问。知识学问是要用的。不用,就等于没有。怎么用呢?一是卖给皇帝,去当国师;二是卖给强盗,去当军师。当然最好是卖给皇帝。如果卖不了,就卖给强盗,反正不能闲着。何况"成者王侯败者寇",过去的强盗也可能变成皇帝。苟如此,岂非开国之勋?这便是起义军中又总有文人掺和的原因。总之,文人总是要"仕"的。治世,则仕于朝;乱世,则仕于野。挑头造反,则不可能。

　　流氓就不会想那么多。流氓什么都没有,却有胆量。而且,正因为什么都没有,所以就只有胆量。你想吧,他们没有家财,不怕破产;没有职务,不怕罢官;没有地位,不怕丢人;没有知识,不怕说错话。那他们还怕什么?怕死?笑话!谁不会死?不就是死无葬身之地吗?我本来就买不起棺材。不就是身败名裂吗?我本来就没有什么名。不就是不得好死,要千刀万剐吗?对不起,舍得一身剐,敢把皇帝拉下马。只要能把皇帝拉下马,咱就赚了。就算拉不下,能吓他一跳,咱们也算没有白活。反正,"我是流氓,我怕谁"?当年的刘小,后来的刘邦,大约就是这种心态。

　　但,如果你以为刘邦只是个"傻大胆",那就大错特错了。
　　刘邦虽然是在并无太多思想准备和理论准备的情况下仓促出场的,但他一上场,就有了明确的现场感,也有了明确的目的性,这就是"只许成功,不许失败"。不过,这里说的成功,是指"最终的"。因此,也允许暂时的失败,却一定要反败为胜。像项羽那样,觉得胜利无望便自暴自弃,只求一个漂亮的亮相和谢幕,以维护自己的英雄体面,这样的傻事,刘邦是不会干的。

所以,为了那最终的胜利,刘邦做了许多项羽做不到的事情,比如礼贤下士,倾听忠言,改正错误,克制欲望,以及在入秦之后约法三章,秋毫无犯等等。这使他大得人心。既得天下百姓之心,又得谋臣将士之心。事实上,刘邦最大的长处,就是知人善用。刘邦当了皇帝以后,曾和群臣讨论项羽为什么失天下、自己为什么得天下的原因。刘邦说,运筹帷幄之中,决胜千里之外,我不如张良;镇国家,抚百姓,供应军需,不绝粮道,我不如萧何。将百万之众,战必胜,攻必克,我不如韩信。这三个都是天下最优秀的人才,却能为我所用,因此我得了天下。项羽只有一个范增还不能用,能不失败吗?

这是实话。项羽是"个人英雄主义者",刘邦却能运用集体的智慧。所以刘邦虽然一无所能,却又无所不能。何况,刘邦也不是一点本事都没有。他至少还有三条流氓才有的看家本领:一是忍,二是赖,三是痞。

公元前206年,楚汉交战,刘邦的父亲刘大叔和妻子吕大姐当了俘虏。项羽在军前架起烧锅,把刘大叔放在案板上,要挟刘邦说,再不投降,我就把你老爸下了油锅。谁知刘邦居然嬉皮笑脸地说,当年咱俩在怀王手下当差,曾结拜为兄弟,所以我爸就是你爸。今天哥们既然打算把咱爸烹了,可别忘了给兄弟我留碗肉汤。项羽见刘邦一副流氓腔,气呼呼地没有半点办法,只好拉倒。

其实,刘邦虽痞也狠,却并非毫无人性,也不忘恩负义,更没有天良丧尽到出卖老爹老婆的地步。刘邦当了皇帝以后,对他爸仍相当恭敬,并不摆皇帝架子。原配吕氏也仍是皇后,并不曾因她是乡下黄脸婆,就予以休去,另娶年轻漂亮妞儿,比时下某些一发起来就忙着换老婆的人,要有道德得多。刘邦之所以那样说,是看准了一条,打不赢仗就挖人祖坟,杀人父老,或以对方家人做人质相要挟,是很下作的。以项羽之高贵和高傲,断然做不出来。只要稍有可能,项羽都不会这么做。所以,后来项羽便提出要和刘邦决斗,这就比把老头子下油锅体面多了,也才符合项羽的性格。

实在地讲,项羽当时也是没有办法。彭越在大梁不断地造反,断了楚军的粮草,后院起火,人心浮动,打持久战是打不起了,只能速决。项羽在军前架起烧锅,扬言要烹杀刘父,其目的在于激起刘邦怒火,以便速战。因此,他打的是心理仗,而且已多少有些痞和赖,其实自己心中已有不忍。这时,就要比谁更痞,谁更赖,谁的脸皮更厚,谁更残忍不在乎。在这方面,项羽自然不是刘邦的对手。因此我相信,刘邦说那些话时,一定是一脸的痞笑,而项羽听了,一定是一肚子窝囊。

项羽确实是非常高贵的。这是他作为贵族子弟与生俱来的"胎毒"。项羽也不是一点流氓气也没有。如果一点都没有,就不会起兵造反了。刘邦曾当面数落项羽十大罪状,均属背信弃义、恩将仇报之类,比如弑主、杀降、背约、贪财等等,大体都是事实。事实上项羽干的缺德事也不少。比如会稽郡守殷通原本是请项梁、项羽来共同商议起兵反秦一事的,项羽却在项梁的指使下把信任他们毫无防备的殷通杀了,夺了殷通的地盘,这就做得不地道,多少有些"黑吃黑"的味道。但是随着地位的上升,他内心深处的高贵感也升腾起来。而且越到后来,就越是高贵,并在生命的最后一刻,表现出他人格的无比高贵。

项羽也是极其高傲的。在他看来,他是天下惟一的、无与伦比的盖世英雄和百胜将军。他从来就不相信自己会失败。当真失败了,也只怪时运不好(时不利兮骓不逝),没自己什么错。这恰恰正是他必然要失败的根子。世界上哪有什么从不失败的人,又哪有什么包打天下的英雄!真正的成功者,总是那些能不断反省自己的人,也总是最能团结人的人。有人曾向刘邦传闲话,说陈平这个人有才无德,盗嫂受金。诱奸嫂子,收受贿赂,当然都是不道德的。然而刘邦依然给予陈平以高度的信任,结果陈平在许多关键时刻都帮了他的大忙。项羽显然做不到这一点。因为他自认为是一点错误缺点都没有的人,当然也容不得别人有一点缺点错误。当年韩信在项羽手下得不到半点信任,根本的原因恐怕就在于项羽从骨子里看不起韩信。韩信确实非常贫贱。他甚至"无行不得推择为吏",比好歹当了个亭长的刘邦还不如,何况还曾受过胯下之辱,当然更让项羽看不起。但是韩信有才,项羽却看不见。正是由于项羽的这种高傲,许多贫贱无行却有才干的人,便都跑到"招降纳叛、藏污纳垢"的刘邦那里去了。结果刘邦成了气候,项羽则变成了"孤家寡人"。

这其实也正是一切高贵者的通病。由于高贵,他们往往不能容人,而且还自诩为眼里容不得沙子,胸中容不得尘埃。然而他们不知道,海洋之所以博大,恰在能容。"海纳百川,有容乃大。"流入海洋的,难道都是纯净的矿泉水?自然是泥沙俱下,鱼龙混杂。但正由于这种混杂,海洋才成其为海洋。项羽不懂这个道理,他的失败便是理所当然了。

二　项羽的毛病

其实,项羽的毛病还远不止于此。

韩信离开项羽投奔刘邦后,曾与刘邦有一次长谈,谈话的内容主要是谈项羽。刘邦问韩信,萧丞相一而再、再而三地向寡人推荐将军,请问将军有什么计策教导寡人呢?韩信并不直接回答这个问题,却反问:如今与大王东向争夺天下的,岂非就是项王?刘邦说是。韩信又问:大王自己掂量掂量,如果论个人的勇猛和兵势的精强,您比得上项王吗?刘邦默然良久,说:我不如他。韩信起身一拜说,这就对了。便是我韩信,也认为大王不如他。这就奇怪。明知刘邦比不过项羽,却要背叛了项羽来投奔刘邦,岂不是犯傻?韩信当然不傻。他向刘邦透彻地分析了项羽的为人,分析了项羽必然会失败的心理和性格上的原因。依照韩信的说法,项羽至少有两条致命的弱点,即"匹夫之勇"和"妇人之仁"。但在我看来,根据这一谈话,还起码得再加两条,即"小家子气"和"小心眼儿"。

先说"匹夫之勇"。

项羽这个人,应该说是很勇敢的。他这辈子,似乎没怕过什么,只有别人怕他。他的身体也好。《史记》说他"长八尺余,力能扛鼎",可以想见其英武魁伟、肌肉发达、孔武有力,当不让今日之施瓦辛格辈,很能让一些崇拜所谓阳刚之气的女孩子们心仪。公元前207年,赵王君臣被秦兵围在巨鹿,告急的羽书雪片般飞来。当时救赵的诸侯之兵凡十余壁(营垒),却无不做壁上观,只有项羽率楚军破釜沉舟,一以当十,与秦军血战九次,动天的杀声把诸侯将士的脸都吓白了,这才大破秦军,救出赵王。有这样的胆量,又有这样的体格,项羽便觉得如果不让它们有用武之地,实在是一种浪费,可惜了的。所以项羽便常常要逞威逞武。他虽然是主帅,却喜欢冲锋陷阵。每次战斗,都身先士卒,自然也都所向披靡。往往是,项羽的兵器还没有出手,只不过瞪眼一呵,对方便魂飞魄散,肝胆俱裂,目不敢视,手不能发,屁滚尿流,一败涂地。这样的战绩,很是不少。我相信,每来这么一回,项羽心里一定充满了快感。

这种快感甚至使他忍不住要同对方的主帅决斗。他对刘邦说,天下不得安宁这么多年,不就是因为我们两个吗?干脆我们两个打一架,谁打赢了,天下就是谁的,何必弄得天下人都跟着受罪!这真是英雄气概十足,贵族派头十足。可惜刘邦不吃这一套。他才不会和项羽单兵独练,徒手过招呢!于是刘邦咯咯直笑说,刘某斗智不斗勇。我相信,刘邦说这话时,也一定是一脸的痞笑。

从审美的角度看,刘邦的表现一点也不酷。但从政治学和军事学的角度看,刘邦却是对的。战争是政治的延续,是政治斗争的最高手段。战争的胜负,说到底,是政治斗争的胜负,至少也是战略战术的胜负,与主帅个人力气、身材的大小没什么关系。项羽把打仗看得跟打架一样,也就是把政治视同儿戏了,简直就是孩子气。谁都知道,"兵不在多而在精,将不在勇而在谋"。项羽自己也不是不知道,否则他就不会去学兵法,不会说不学"一人敌"而要学"万人敌"了。可惜,事到临头,他学的"万人敌"一点也用不上,用得上的还是"一人敌"。可见项羽实非帅才,不过是一个特别霸蛮特别有力的匹夫。

早就有人比较过"匹夫之勇"和"君子之勇"。路见不平,拔刀而起,一言不合,拳脚相加,这是匹夫之勇。因为只要有几分血气,有几分力气,不要有任何志向和修养,随便什么人都做得到,而且也不会有什么辉煌的战果,因此是匹夫之勇。什么是君子之勇呢?泰山崩于前而色不变,麋鹿兴于左而目不瞬,骤然临之而不惊,无故加之而不怒,这就是君子之勇。显然,君子之勇表现的是沉着,是定力。苏东坡说,这是因为"其所挟也大,其所致也远"的原因。也就是说,为了远大的理想,可以暂受一时之辱,或不计眼前的得失。所以,"敌进我退"不是懦弱,"打得赢就打,打不赢就走"也不是怯懦。当然,一味蛮干,为当下的面子不顾远大的理想,也不是勇敢。刘邦被项羽一箭射中前胸,腰不能直,便顺势弯下腰去摸脚趾头,还大骂说:臭小子,射中我的脚,然后掉头就跑。这就有些机智,也可以说有些狡猾,但不能说就是窝囊和胆小。

匹夫之勇是一人之勇,将帅之勇是万人之勇。战场上是不能没有勇敢的,所谓"两军相敌勇者胜"。但是,这里说的勇,是全军之勇,而不是个人之勇。当然,在某些时候,将领的身先士卒,确能起到鼓舞士气的作用,在冷兵器时代就更是如此。然而,项羽的冲锋陷阵,却并不完全是为了鼓舞士气,有时也是为了自己逞能过瘾。结果,由于他过于个人英雄主义,反倒让其他将领和士兵觉得自己可有可无,哪里还会有集体的智慧和力量?司马迁批评他"奋其私智"(只靠个人),"欲以力征"(只靠暴力),两条都说到了点子上。

再说"妇人之仁"。

妇人之仁和匹夫之勇好像是矛盾的。其实项羽这个人原本就很矛盾。他的性格中,有勇敢的一面,也有怯懦的一面;有残忍的一面,也有温柔的一面。项羽自称西楚霸王,事实上也够野蛮霸道的。他性情暴烈,恃强沽勇,杀起人来一点都不手软。会稽郡守殷通和他前世无仇后世无怨,而且还是打算和他们合伙起义反秦的,说杀就杀了。卿子冠军宋义夸夸其谈,其实是个蠢货,虽然对项羽有点那个,毕竟并没怎么样,也说杀就杀了。① 还有怀王,一个半点用也没有的"义帝",项羽指东他不敢指西,项羽指南他不敢指北,要他搬家他就搬家,要他让地他就让地,又没碍着项羽什么,居然也派人把他谋杀了。最惨的是秦王朝的二十万降兵,项羽居然在一个夜里把他们全部击杀坑埋。二十万人哪!二话不说就杀了,项羽只怕连眼睛都没有眨一下。

然而在鸿门宴上,面对刘邦,他却下不了手。

是因为刘邦与他无怨无仇吗?殷通也与他无怨无仇。是因为刘邦于他有恩有德吗?刘邦先入咸阳,已让他恨得咬牙切齿。是因为不知利害关系吗?范增已经说得非常清楚:刘邦"其志不在小",又有"天子之气",实在是必欲去之的心腹之患。是没有能力杀吗?以项羽之武功,叫谁三更死,谁还能活到五更?何况刘邦名为项羽座上客,实为阶下囚,里里外外都是项羽的人,连樊哙都对刘邦说现在人家是菜刀砧板,我们是鸡鸭鱼肉。是没有机会下手吗?机会多的是。至少在樊哙进帐护驾前,是没有问题的。可任凭范增又是递眼色,又是打暗号,项羽就是默然不应,终于让刘邦这只烤熟了的鸭子又飞了。气得范增恨恨地骂道:"竖子不足与谋(这小子真不配和他谋事儿)!"

其实范增早已看透:"君王有不忍之心。"所谓"不忍之心",也就是"妇人之仁"。

但,项羽不是很残忍的吗?怎么又会"不忍"?

实际上,项羽表面上看很强硬,其实内心很脆弱。项羽是一个很爱面子的人。爱面子的人内心都很脆弱。惟其脆弱,才那么爱面子。因为他受不了半点伤害,这才要拚命护住自己的面子。项羽的自刎乌江,很大程度上是出于面子的考虑:"纵江东父老怜而王我,我何面目见之!"于是便留下了一句关于面子的名言:"无颜见江东父老。"为什

---

① 宋义,故楚令尹,好言兵。他曾预言项梁失败而不幸言中,只说明他有观察能力,不能证明他有指挥能力。他当了统帅后,犯战略错误还自以为是,又张贴布告说"猛如虎,狠如狼,贪如羊,不听话的,都斩首",结果反被项羽所杀。

么无颜相见呢？除心中有愧外，还因为受不了那份怜悯。对于项羽这样一个一生要强的人来说，怜悯即是伤害。因此他宁愿去死。杀了自己，他的面子才挽得回来，他心里也才好过一些。

项羽就是这样一个内心冲突性格矛盾的人。说穿了，他其实是一个不幸被推向了战场和屠场的孩子气十足的行为艺术家。他并不多想杀人，却不能不杀人；并不多想打仗，却不能不打仗。因为除此以外他别无选择。他不可能有别的活法，也没有别的方式可以体现他的生存价值，完成他的行为艺术。他毕竟是通过杀人开始他的人生历程的，也毕竟是通过战争来走完他的人生道路的。因此，他又爱杀人，又爱打仗。但是，他的勇敢背后其实是怯懦，他的残忍背后其实是柔情。他杀人如麻，内心深处却有一种恐惧心理。他战无不胜，心理深层却有一种失败情结。正因为内心恐惧，才会不断杀人。正因为害怕失败，才会急于求胜。只有那不断流淌着的鲜血才能洗刷他因懦怯而感到的羞耻，也只有那一个接一个到来的胜利才能慰藉他那痛苦不安的心灵。

于是我们看到，他在向刘邦挑战时，是那么地沉不住气：用不着把那么多人拖在战场上，就我们两个打一架算了！这岂非证明他对这场战争早已厌倦，只想早早了结？这也岂非正好证明他对失败早已恐惧，便希望用这种对他来说最为便当也最有把握的方式以求一胜？因此，当他听见四面楚歌时，既不调查也不研究，更不愿动脑筋想一下这是不是敌人的计谋，立即就认定是自己打败了。因为他心理深层早有一个"失败情结"。我甚至相信，他的心底会响起一个声音："这一天终于来了！这一切终于了结了！"

就在项羽因终于失败而松了一口气时，他那内心深处的、残忍背后的柔情也就升腾起来了。胜负成败、生死存亡已都没有意义，惟一值得牵挂的是骏马名姬。这也是他惟一之所钟情，是他把一生都交给了征战杀戮之后保留下来的一块纯情之地。"雏不逝兮可奈何！虞兮虞兮奈若何！"这是何等地温柔体贴，这是何等地多情缠绵！难怪要"泣数行下"了。据说项羽这个人，是比较容易流泪的。韩信说，他看到手下的将士受伤生病，都要流着眼泪去送汤送饭。但这次，他是为自己。

一个血性男儿的真实情感和内心世界便都在这数行热泪之中了。

项羽确实是很有些儿女情长的,这正是他艺术家气质的一个组成部分。他甚至还有些婆婆妈妈。韩信说他"言语呕呕",也就是说话啰嗦、琐碎。我们不难想象他平时在军营里的形象:提着饭篮流着眼泪,拉着伤病将士的手絮絮叨叨地问寒问暖,诉说家常。如果不是韩信亲眼所见亲口所说,一般人很难相信这个"力拔山兮气盖世"的汉子还会有那么多的温柔和缠绵。

其实项羽的"仁"是敌对双方都公认的。韩信说项羽"恭敬慈爱",陈平说项羽"恭敬爱人",高起、王陵则说项羽"仁而爱人",看法相当一致。对于刘邦,他们的看法也相当一致,那就是简慢无礼,还喜欢侮辱别人。这些话都是当着刘邦的面说的,应该说相当可信。实际上刘邦也正是这样。他喜欢骂人。骂萧何,骂韩信,骂手下所有人。不高兴时骂,高兴了也骂。即便要封人家官爵,也要先骂一句他妈的,活脱脱一副流氓土匪山大王的嘴脸。至于待人接物,治国安邦的各类礼仪,他更是一窍不通,甚至不知礼仪为何物。他极为蔑视厌恶讲礼的儒生,说是一看见他们头上的帽子,就想扯下来当尿壶。儒生名士郦食其(音丽异基)去拜访他,他居然大大咧咧地叉开两腿坐在床上,两膝上耸着让两个女孩子给他洗脚。于是郦食其正色说,足下既然打算诛灭无道的暴秦,就不该这样傲慢无礼地接见老先生。刘邦这才连忙起身,整整衣冠说对不起,然后请郦生上座。萧何向他推荐韩信,讲了一大通道理,他挥挥手说看你萧何面子,就让他当将军好了。萧何说你让他当将军他也会走。刘邦又说,那就当大将军好了,你叫他进来吧!萧何说,你这个人,向来就简慢无礼。如今要拜大将军,怎么就像使唤小孩一样(如呼小儿耳)?怪不得韩信要走了。刘邦这才答应择吉斋戒、设坛具礼。刘邦之无礼,实在和项羽的温情重礼形成鲜明的对照。

这也不奇怪。项羽是贵族,而礼仪恰是贵族必不可少的修养,项羽当然懂得以礼待人和行礼如仪。刘邦是流氓,哪有这份修养? 当了公,当了王以后,虽然也逐渐变得人模狗样,但一不小心,还是会露出泼皮本色。未央宫建成后,做了皇帝的刘邦大宴群臣,乘着酒兴,居然对已是太上皇的刘大叔说,老爸呀,过去您老人家总说我无赖,不如二哥会干活,现在您看看,是二哥的产业多,还是我的多? 殿上群臣也跟着起哄,山呼万岁,大笑为乐,完全不成体统。

然而,恭敬爱人的贵族项羽,却不如简慢骂人的流氓刘邦得人心,这又是为什么?

韩信他们回答了这个问题。高起和王陵在总结刘项的成败得失时对刘邦说,陛下慢而侮人,项羽仁而爱人。可是陛下派人攻城略地,打下来就赐给他,这就是与天下同利了。项羽呢? 打了胜仗不论人家的功劳,占了城池不给人家好处,当然要丢天下了。韩信说得也很明白:项羽这个人,为人还是挺不错的,很关心体贴人。可是,别人有了功劳,原本应该封土赐爵的,他却把那印信捏在自己手里,摸过来摸过去,弄得印角都摸圆了也舍不得给人,这简直就是妇人之仁。的确,同封土赐爵、升官发财相比,嘘寒问暖、送汤送饭又算什么呢? 比起刘邦的大把送钱、大片赏地、大量封官来,项羽确实小家子气。

项羽的小家子气有时让人觉得不可思议。他占领了咸阳,却放着现成的皇帝不做,现成的帝都不住,只是烧杀掠抢一番,把金银财宝漂亮女人装满了车子,又跑回彭城(今江苏徐州)当西楚霸王去了。这就简直和阿Q的思路一样:只知道把秀才娘子的宁式床搬回土谷祠,不知道可以干脆住到秀才家去。有人劝项羽说,关中地势险要,土地肥沃,建都于此,可定霸业。他却说,富贵了不回老家去,岂不是穿着漂亮衣服在黑夜里出行(衣锦夜行),谁看得见? 这真是小家子气! 所以这人当时就议论说,人家都说楚人不过是大猕猴戴高帽子(沐猴而冠),果然!

说这句话的人当场就被项羽扔到锅里煮了,但项羽的没有出息,却也几乎成了公认的事实。王伯祥先生认为,衣锦还乡的说法,不过是项羽的托辞。他的真实想法,是因为楚的根据地在江东,又放心不下楚怀王。其实,那个有名无实的傀儡楚王、项羽自己扶上台的放羊娃子又何足挂齿?而夺得了天下又在乎什么根据地?当年南下的清军如果在占领了北京后又跑回奉天去,还有大清王朝吗?

这就是小心眼儿了。正是这小心眼儿,使他谋杀怀王,从而失去人心。也正是这小心眼儿,使他疑心范增,从而失去臂膀。小家子气已让人看不起,小心眼儿更让人受不了。于是,他身边那些有能力有志向的人如韩信、陈平便一个个都离他而去,只剩下一匹骏马一个美人和他心心相印。

项羽的孤独,是他自己造成的。项羽的失败,也是他自己造成的。

范增其实是项羽身边最忠心耿耿的人。

范增是居巢(今安徽巢县)人,"素居家,好奇计",是个诸葛亮式的人物。项梁起兵时,他已经七十岁了,仍毅然从军,随项梁、项羽南征北战,显然是很想成就一番事业的。他看问题往往高屋建瓴,切中肯綮。他曾对项梁说,陈胜的失败是理所当然的。秦灭六国,楚最无辜,所以谶语(带有预言性质的民间流言)说"楚虽三户,亡秦必楚也"。陈胜首义,不立楚王之后而自立为王,势头肯定长久不了。阁下世世代代是楚将,如果再拥立一位楚君后代以为号召,就一定会众望所归。这话说得很是在理,项梁也照办了,果然效果很好。刘邦先入关中后,他又对项羽说,刘邦在老家时,一贯贪财好色,这次入关,居然秋毫无犯,一个铜板不拿,一个女人不碰,可见其野心不小。此说简直就是一针见血。由是之故,项羽对他很是尊重,尊他为"亚父"(仅次于父亲),唤他为"阿叔",与齐桓公称管仲为"仲父"、刘阿斗称诸葛亮为"相父"差不多,陈平也认为他是项羽不多几个"骨鲠之臣"的头一名。

然而这位亚父却被刘邦轻而易举地离间了。计策也很简单:项羽的使节到刘邦军中时,刘邦用特备的盛宴款待。正要入席时,又装作仓皇失措的样子说:我们还以为是亚父的使者呢,原来是项王的。于是撤去宴席,用劣等食物打发那使者。这个计谋,其实"小儿科"得可以,然而项羽居然中计,立马起了疑心,对范增做起小动作来。范增是何等精明的人,便对项羽说:"天下事大定矣,君王自为之!"然后拂袖而去,回家的路上就死了。

刘邦、陈平这小小的、一眼就能让人看穿的阴谋诡计居然能够得逞,全因为项羽那小心眼儿。一个堂堂的贵胄居然小家子气,一个八尺大汉居然小心眼儿,表面上不可思议,仔细一想也不无道理。贵族其实是很容易变得心胸狭窄的(尽管不一定)。因为贵族之所以是贵族,就在于高贵,而高贵者总是少数人。这样,贵族的圈子就很小。一个人,如果从小就在一个小圈子里生活,心胸就不大容易开阔。即便以后到了广阔天地,由于那天生的高贵和高傲,也不容易和别人打成一片。因为他无法克服内心深处那种高贵感,常常不经意地就会流露出居高临下的派头。加上他们养尊处优,不知人间疾苦,因此即便是真心实意地关心他人,也给人装模作样的感觉,因为他们关心不到点子上。比如项羽就想不到,将士们出生入死浴血奋战,图的是什么?还不是封妻荫子耀祖光宗!可是他该封的不封该赏的不赏,只知道流些鳄鱼眼泪送些汤汤水水,这算什么呢?

贵族的另一个毛病是清高。清则易污,高则易折,所以他们的内心世界往往很脆弱,也容易变得小心眼儿。因为他们在洁身自好的同时,也常常对别人求全责备。这样的人当隐士倒没什么,当统帅便难免疑神疑鬼。结果自然是圈子越来越小。陈平就说过,项羽身边都是廉洁自好、注重风骨、讲究节操、彬彬有礼的人,刘邦身边则是些贪财好色的鸡鸣狗盗之徒。但哪些人多哪些人少,哪些人能干事哪些人干不了,不也一目了然吗?

事实上,贵族由于高贵,可能会有两种性格两种心胸。一种是非常的宽容,一种是非常的狭隘。宽容者的逻辑是这样的:我既然至尊至贵,也就犯不着去排斥什么了。这就像汪洋大海,惟其大,则无所不可包容。狭隘者的逻辑则是这样的:既然我是惟一的高贵,其余也就不是东西。这就像雪山冰峰,惟其高,什么也容不下。狭隘的贵族一旦贬入凡尘,就会处处格格不入;一旦由破落而发迹,又往往会十分小家子气。他会把一切都归功于自己高贵的气质和不凡的能力,不承认别人还有什么功劳。他也会把一切都据为己有,而不愿与他人共享。因为在他那里,别人原本不是东西。这种心态,在他自己是高贵,在别人眼里就是小气。项羽便恰恰是这样的人。

同样,流氓由于卑贱,也可能有两种做派两种德行。一种是猥琐卑鄙,一种是豪爽大方。前者多半只能占些小便宜,当些小差使,或做些小偷小摸的勾当,出不了头也没想过要出头。后者则倘有机缘,便往往能成大业。第一,他们反正只有光棍一条白纸一张,想什么也是白想,就不妨想大一点,比如"弄个皇帝当当"。有此念头,又有机会,没准真能"心想事成"。第二,他们一无所有,一旦有了,多半是不义之财,或白捡来的,反正不是自己劳动所得,也就并不心疼,不妨"千金散尽",博得"仗义疏财"的美名。第三,他们自己一身的不干净,哪里还会挑别人的毛病?自然特别能容人。何况他们是从最底层上来的,也最懂得世态炎凉和人间疾苦,知道人们追求什么惧怕什么,要收买人心,总是能够到位。有此知人之心容人之度,再加上豪爽豁达出手大方,便不愁买不到走狗雇不到打手,也不愁没人拥戴没人辅佐。一旦天下大乱烽烟四起,更不难趁火打劫乱中夺权。刘邦便正是这样的人。

刘邦的最后获胜,并非没有道理。

有句老话,叫"得人心者得天下,失人心者失天下"。刘、项的得失,确实应该从人心上去考察。

那么,他们两个对人又怎么样呢?

大体上说,项羽关心人,刘邦信任人。

关心和信任原本都是可以得人心的。但问题在于,项羽关心人,关心不到点子上。刘邦信任人,却是信任到极点。前面说过,陈平这个人,是有"盗嫂受金,反复无常"之嫌疑的。至少他的收受贿赂是一个事实。然而刘邦只是找他谈了一次话,便给予他高度的信任。刘邦问陈平:先生起先事魏,后来事楚,现在又跟寡人,难道一个忠实诚信的人会如此三心二意吗？陈平回答说，不错，我是先后事奉过魏王和项王。但是，魏王不能用人，我只好投奔项王。项王又不能信任人，我只好又投奔大王。我是光着身子一文不名逃出来的，不接受别人的资助，就没法生活。我的计谋，大王如果觉得可取，请予采用。如果一无可取，就请让我下岗。别人送给我的钱全都没动，我分文不少如数交公就是。刘邦一听，便起身向陈平道歉，还委以陈平更大的官职。后来，陈平向刘邦建议用银弹在项羽那边行反间计，刘邦立即拨款黄金（铜）四万斤，随便陈平如何使用，也不用报销（恣所为，不问其出入）。结果，陈平略施小计，果然弄得项羽疑心生暗鬼，对范增、钟离眜等心腹之臣都失去了信任。

这就不仅是用人不疑，而且是豁达大度了，与项羽的小心眼儿正好相反。刘邦为人，确实大方。这种大方也许在他老妈加倍替他偿还酒债时就已培养起来了，但更重要的应该说还是因为他"其志不在小"。他要攫取的，是整个天下，当然也就不会去计较一城一池的得失，更不会去计较那几个小钱。为了这一"远大目标"，他也能忍。比方说，克制自己的欲望。公元前206年，刘邦自武关入秦，进入咸阳。面对"宫室、帷帐、狗马、重宝、妇女以千数"，他不是没动过心。樊哙劝他出宫，他连理都不理。这也不难理解。一个小地方来的痞儿，见到如此之多的奇珍异宝、如花似玉、金碧辉煌，哪有不眼花缭乱、心神恍惚的道理？只怕喉咙里都伸出手来了。但听了张良一番逆耳忠言后，他毅然退出秦宫，还军霸上，而且干脆人情做到底，连秦人献来犒劳军士的牛羊酒食都不接受，说是我们自有军粮，不忍心破费大家，弄得秦人喜不自禁，惟恐刘邦不能当秦王。刘邦这一手，干得实在漂亮。比起后来项羽在咸阳大肆掠夺杀人无数烧城三月，显然更得人心。

刘邦能克制欲望，也能控制情绪。公元前203年，韩信攻下齐国七十余城，偌大一块地方，都成了他的地盘。手上有这么多本钱，韩信便想同刘邦讲价。他派人送信给刘邦说，齐人伪诈多变，是个反覆之国，南边又与楚国接壤。如果不立一个假王来镇守，只怕形势不定。当时，刘邦正被项羽的部队团团围在荥阳，太公和吕氏也都在项羽手里,一肚子气正没地方发。一看使者来信,不免火从心底起,怒向胆边生:王八蛋!老子困在这里,天天等你来救,你他妈的却要当个什么假齐王!便破口大骂。张良和陈平心知这时得罪韩信不得,便暗中踹刘邦的脚。于是刘邦接着又骂:没出息的东西!男子汉大丈夫,建功立业,平定诸侯,那就是真王了嘛,当的什么假王!这样一种随机应变的功夫,项羽是没有的。这样一种克制自己的能力,项羽也是没有的。这事要搁在项羽身上,他肯定二话不说便立马去杀人,而且非亲手杀了韩信不可。

这就不是性格问题了。没有谁会有"忍"的性格,忍都是逼出来的。有两种忍。一种是在强权强暴面前不得不忍气吞声。这与其说是忍耐,不如说是无奈。打又打不赢,拚命又没有本钱,不忍,又能怎么样呢?这就不能算是忍了。真正的忍,是在想做而又可做的前提下忍住不做。比如明明想占有秦宫的财宝、女子,也占有得了,却自动放弃,这就非常不易。显然,只有这样一种忍,才是真正的忍。也就是说,真正的忍,是自己战胜自己,是自己对自己下手。忍,心字头上一把刀,是拿刀子戳自己的心啊!一个对自己都能下手的人,对付别人的时候大约也不会手软。所以,能忍的人都心狠。刘邦是非常狠心的。有一次,楚军追击刘邦,刘邦为了逃命,居然把自己的儿子和女儿都推下车。车夫夏侯婴三次把他们抱上车来,又三次被刘邦推下去。夏侯婴实在看不下去,说,事情虽急,不可以赶得快些么?为什么要扔下他们不管呢?刘邦这才带着孩子一起逃命。俗云,虎毒不食子。一个可以弃亲生儿女于不顾的人,其内心深处之狠毒残忍,也就可以想象而知。

所以,当范增发现好色贪财的刘邦进了咸阳居然秋毫无犯时,他就清楚地意识到这是一个极其凶险残忍的敌人,不尽早翦除,必养虎留患。可惜,很多人当时都没能看出这一点,包括项羽,也包括韩信。

三　韩信的错误

韩信也是被刘邦杀掉的,尽管直接下手的是吕后,也尽管刘邦为此忍了很久。

韩信这个人非常有意思。他差不多一半是刘邦,一半是项羽。与刘邦一样,他也是一个能忍的人。南昌亭长嫌弃他、戏弄他,他忍了。拍絮漂母可怜他、数落他,他忍了。后来,淮阴县城的市井无赖故意羞辱他,他也忍了,而且当真从流氓无赖的胯下爬了过去,引得满街的嘲讽耻笑。说实在的,能忍如此之辱,并不容易。有哪个血性男儿能受此侮辱呢?就连韩信自己,也是几近忍无可忍。司马迁说他听了那无赖的话以后"熟视之"(盯着他看了很久),其间大约正在进行激烈的思想斗争吧!但最终,他还是忍了。毕竟,忍,不等于怕。柏杨先生说得好:心胆俱裂,由衷屈服,是瘫痪了的奴才。跳高之前,先曲双膝,则是英雄豪杰。如果稍一挑衅,就愤怒上前一口咬住,死也不放,那就是螃蟹了。韩信不是螃蟹,而是英雄。惟其如此,他才有资格批判项羽是"匹夫之勇"。因为他知道,受到流氓挑衅时,项羽是忍不了的,一定会跳起来一拳打在那混蛋的鼻子上。

韩信能忍,因为他也"其志不小"。以当时之情势,韩信只有两种选择:要么拔剑杀了那小子,要么从那小子胯下爬过去。但杀了他,他自己也要抵罪,志向抱负什么的也就统统谈不上了。因此,他决定忍。这一点很像刘邦。你想,刘邦同意封韩信为齐王,等于接受城下之盟,不多少也有点接受胯下之辱的意思吗?正因为他们都能忍,所以,刘邦这个当初一无所有的人,才成了皇皇炎汉的开国帝王,韩信这个当初人见人嫌(人多厌之者)的人才成了秦汉时期的一代名将。《水浒传》里那个杨志不能忍,一刀杀了牛二,最后怎么样呢?只好上山去当强盗。

然而,韩信虽无匹夫之勇,却有妇人之仁。

在楚汉相争的最后关头,韩信的地位是十分特殊的。用项羽的说客武涉的话说，是"当今二王之事，权在足下。足下右投则汉王胜，左投则项王胜"。用齐国辩士蒯通的话说，是"当今二主之命悬于足下。足下为汉则汉胜，为楚则楚胜"。总之，韩信已成为刘、项之外的第三种力量。因此，武涉和蒯通的意见是一致的，即韩信应该取中立态度，谁也不帮，与刘邦、项羽三分天下，鼎足而立。这个建议如果当时被采纳，则《三国演义》的故事，只怕就等不到曹操、刘备、孙权他们来演了。

可是，孙权的这个老乡却没有孙权的魄力。他犹豫过来犹豫过去，最后还是下不了背叛刘邦的决心。因为他觉得刘邦于己有恩，终不忍背叛。他对项羽的说客说，当初我事奉项王，官不过郎中，位不过执戟，言不听，计不从，这才背楚归汉。汉王授我大将军印，给我数十万兵，脱下自己的衣服给我穿，省下自己的饭菜给我吃，言听计从，这才有了我韩信的今天。一个人，这样亲爱信任我，我背叛他，不吉祥啊！

当然，韩信也还有几分侥幸，总以为自己有功于汉，终不至于真的兔死狗烹。总而言之，说到底，还是"不忍"。不忍，就正是妇人之仁。于是，有着妇人之仁的韩信，最后还是被那个不仁的妇人吕后给收拾了。

其实刘邦早就想收拾韩信了。我常常怀疑，刘邦是否真的喜欢过韩信。从韩信的传记看，他似乎从来就不是一个讨人喜欢的人。《史记》上说他始为布衣时"人多厌之者"。虽然这人见人嫌的原因被归结为既不得推择为吏，又不能治生商贾，整天价只是寄人篱下吃软饭，但那时节游手好闲的人也不在少数，为什么惟独讨厌韩信？恐怕他的性格多少也有些乖张。你看他被南昌亭长变相地撵出门后，也只是一个人跑到河边去钓鱼，并不和市井无赖们一起去混吃混喝，就可知他很不合群。

事实上也合不了群。他和谁合呢？贵族攀不上，流氓又搞不来。韩信这个人，身份虽然卑贱，内心却很高贵。这也是他和刘、项两个人都不太对劲的原因：项羽看不起他的出身，刘邦又不喜欢他身上的贵族气，这就使他和所有的人都格格不入。公元前 201 年，刘邦刚刚当上皇帝不久,有人举报韩信谋反。刘邦问身边诸将怎么办,诸将立即异口同声地说:立即发兵,活埋了那小子!可见韩信在汉军中也没有什么人缘。没人缘的原因,可能在于其他人多半愚昧,而韩信却是个有头脑的人,而且恃才自傲,自视甚高,还喜欢研究问题。我相信,他一定喜欢一个人独自沉思,而不喜欢同那些无赖丘八们聚在一起喝酒谈女人、讲荤故事,否则就不会对国家的形势和战争的局势有那么多独到的见解了。他一出山,就曾多次向项羽献计献策;与刘邦一谈话,就说得刘邦心服口服,相见恨晚。这些谋略是从哪里来的?总不会是现编的吧!一个整天琢磨事的人总有些呆气,也总有些孤僻,这就不讨人喜欢,尤其是不讨那些整天嬉皮笑脸胡说八道的流氓无赖和赳赳武夫喜欢。他要是个公子王孙书香子弟倒也罢了,偏偏又是个到处讨饭吃的。一方面自命清高,另方面又赖兮兮的,会有谁喜欢这种人呢?市井无赖不侮辱别人,偏偏要来找他的岔子,就因为他特别讨嫌之故。

　　流氓出身的刘邦当然也不会喜欢他。尽管刘邦出于政治的需要重用了他,尽管听了他一席高论后也"自以为得信晚",但他刚一进军营就伸手要权要官,而且狮子大开口,非大将军不当,也仍然会让刘邦心中不快,并留下阴影。没有哪个当领导的会真心喜欢这种狂傲的下属,无论他们是如何地有真才实学。也不会有哪个领导会高兴被自己的下属趁机要挟敲一竹杠,也不管他们立下了多大的功劳。可以肯定,当韩信要求当假齐王时,刘邦心里便已经动了杀机,只不过并没有流露出来罢了。因为刘邦能忍。为了自己的所谓"大业",刘邦是什么都忍得下的。

　　当然,当刘邦认为可以不必再忍时,事情就大不一样了。

　　刘邦收拾韩信,是一步一步来的。也可以说,是有计划有预谋的。

　　就在韩信发兵帮刘邦打败项羽没多久,刘邦就突然袭击夺走了韩信的兵权(项羽已破,高祖袭夺齐王军),然后借口"义帝无后,齐王韩信习楚风俗",把他打发到下邳(今江苏省邳州市)当楚王。这种事刘邦以前就干过一回。他曾在某个清晨佯称汉使,飞骑驰入军营,趁韩信和赵王张耳还没起床，就在他们的卧室内夺走印符，调兵遣将，弄得韩信和张耳大惊失色。这一次又故伎重演，趁着平定鲁国的机会，突然"还至定陶，驰入齐王（韩信）壁（军营），夺其军"。有过经验教训的韩信，应该想到刘邦会来这一手。在两次被突然袭击后，韩信也应该有所警觉。可惜他没有。

被打发到下邳当楚王的韩信开始时还活得很潇洒。韩信毕竟是楚人。楚人而楚王，多少有点衣锦还乡的意思，所以韩信对这一调动还没有什么怨言。他找到了当年在河边分给他饭吃的漂母，赠以千金，以为答谢，也算是兑现了当年"吾必有以重报母"的诺言。他也找到了当年曾管他饭食后来又撵他出门的南昌亭长，赏以百钱，并教训说：你老人家是个小人，做好事不做到底。当然，他也找到了那个曾使他蒙受胯下之辱的流氓，却令人意外地并没有报复他，反倒提拔他做了掌管巡城捕盗的中尉。韩信对大家解释说这是条汉子。当年他羞辱我时，我难道不能杀了他？只不过杀之无名，所以就忍了下来。显然，当初可杀之时尚且不杀，现在就更没道理也更没理由去杀了。如果当时不杀而现在杀，岂非恰好证明当时并不敢杀，证明自己当时确实怯懦了，这才从那小子裤裆下爬过去？无疑，只有此时不杀，才能证明当时不怯。韩信是聪明的。

实际上，杀了那小子，不但无益，而且有害。当韩信受那胯下之辱时，他们双方都是没有什么社会地位的人，是平等的。如果韩信奋起一搏，无论胜败，都会获得同情。现在不同了。韩信封王拜将，位极人臣，那小子依然故我，还是个市井无赖，双方的地位已极为悬殊。这时来杀他，固然易如反掌，却半点意思都没有，反倒给人以大欺小、以强凌弱的感觉，很是不上算。但是以德报怨，却显得宽宏大量，颇能得到舆论的好评。那个死里逃生的家伙，当然也会感恩戴德，到处说韩信的好话，又能收买一批人心。再说，"有仇报仇，有恩报恩"，是中国文化的通则，韩信报之以恩，岂非反过来证明当年所受并不是辱？这就等于给自己平反昭雪，洗刷了耻辱，当然合算了。

韩信不杀那市井无赖，却并不等于刘邦不杀韩信。

韩信的情况和那无赖不同。那无赖既无能力,又无地位,韩信让他活他就活,叫他死他就死,其实已是行尸走肉,自然无需动用牛刀。韩信就不同了。他其实已对刘邦构成威胁。蒯通早就对韩信说过:"勇略震主者身危,而功盖天下者不赏。"也就是说,一个为人之臣的,如果才智、能力和功劳都大到无以复加的地步,他也就性命难保了。为什么呢?因为所谓君臣关系,诚如韩非子所言,是"主卖官爵,臣卖智力"。双方的关系之所以能够维持,全在于人君手上有足够用于封赏的官爵,而人臣的智力又总是不够用,或总是有用武之地。如果某个人臣的智力和功勋已大得赏无可赏,这个买卖就做不下去了。因为再下一步,便只有请人君让出自己的交椅,这是任何一个稍有头脑和稍有能力的君主都断然不能接受的。刘邦和韩信的关系便正是这样。所以,刘邦非干掉韩信不可。

不过,刘邦还是打算一步一步来,并不打算一下子就置韩信于死地。就在徙韩信为楚王的第二年,刘邦伪称天子巡狩,出游云梦,从洛阳来到陈丘(今河南省淮阳县),在诸侯郊迎的道旁,突然袭击秘密逮捕了韩信,理由是有人告他谋反。这当然不是事实。要反,当齐王时反不好,等到今天?刘邦也清楚那举报是诬告,但却不愿放过这个收拾韩信的机会,于是便把他绑在车上带回了洛阳。一到洛阳,便宣布大赦天下,也趁机"赦免"了韩信,只不过把他降为淮阴侯,也不让他到封地就职,而是留在朝中,颇有些"宽大处理,以观后效"的意味。

刘邦这样做,自有他的道理。他深知,政治斗争讲究的是"有理、有利、有节"。此刻杀了韩信,理由并不充足,诸臣心中不服,自己也于心不忍。后来,韩信果真与陈豨合谋反汉,被吕后用萧何之计秘密逮捕,而且处死。刘邦从战场归来听到消息后,其反应是"且喜且怜之"。好一个"且喜且怜",实在是刘邦真情的写照。刘邦对韩信的感情确实是复杂的。他虽然嫉恨讨厌韩信,却也欣赏怜爱韩信。韩信毕竟是有功之臣,也是有才之人,能不杀,当然最好是不杀。何况韩信将兵多年,在军队中有一定威望,也多少有些心腹。骤然杀了韩信,弄不好会引起兵变。因此刘邦决定再等一等,再看一看。

的确,刘邦对韩信,不能不有所忌惮。

就在有人举报韩信谋反,诸将也异口同声扬言要立即发兵"活埋了那小子"时,刘邦并没有立即表态,而是去和陈平商量。陈平问:陛下的兵比韩信更精吗?刘邦说,不能比。陈平又问:陛下的将比韩信更强吗?刘邦说,比不上。陈平说,兵不如人家精,将不如人家强,却发兵去讨伐,不是赶着人家造反吗?这才定下了秘密逮捕的计策。可见,刘邦对韩信的实力还是有所顾忌的,对韩信的心理也不完全摸底。

然而就在这时,韩信却干了一件蠢事。

当刘邦自称"天子巡狩",带着不多的人马南巡,即将来到楚国边境时,韩信有些慌乱起来。他总觉得这件事有些不对劲,却又想不出哪里不对。因此,他不知自己应该如何对付才好:举兵造反吧,想想自己并没有什么得罪的地方,皇上未必是来讨伐自己的。亲自去拜见吧,又总觉得"来者不善,善者不来",弄不好一去就会被抓起来。这时,有人给他出了个馊主意,说:皇上最恨的是钟离将军。如果提着钟离将军的脑袋去见皇上,皇上一定高兴,咱们也就没事了。钟离将军即钟离眛,也有写作钟离眜的,是楚国的名将,也是韩信的铁哥们。项羽死后,钟离眛无处遁逃,便躲在韩信这里。刘邦仇恨钟离,曾下诏通缉,却被韩信保护起来。但这回,韩信为了自保,却决定拿好朋友的脑袋去邀功行赏、讨好卖乖。钟离眛听韩信居然向他来讨首级,真是伤心气愤到了极点,遂大骂韩信背信弃义,不是东西。可是有什么办法呢?只好怪自己没长眼睛,竟然交了这么个"朋友"。无论是眛,还是眜,都是"目不明"的意思。真不知这位老兄的爹妈怎么给他起了这么个名字,简直就是谶语了。一个瞎了眼,一个黑了心,一场悲剧就这样酿成。

可惜韩信打错了算盘。刘邦固然仇恨钟离,同样也嫉恨韩信。他要的是一统天下,是他刘氏家族子孙帝王万世之业,哪里仅仅只是一颗钟离的人头?所以,韩信出卖了朋友,刘邦却并不领情,只不过冷笑一声,然后一声断喝:左右,给我拿下!于是堂堂楚王,便立马成了阶下囚。韩信不服,高叫我有何罪?刘邦说人家告你谋反。说完便让人把韩信捆起扔在车上。韩信仰天长叹:"狡兔死,走狗烹;高鸟尽,良弓藏;敌国破,谋臣亡。"现在天下已定,我是该死了!刘邦却回过头来说,少废话!你以为你反迹还不彰明吗?

实在地说,这时的韩信是冤枉的。但认真想想,却也不冤枉。他早就应该想到刘邦会来这一手。兔死狗烹,鸟尽弓藏,功高震主,死到临头,这些道理,他不是不懂。武涉、蒯通他们也讲得很清楚:刘邦这个人,是靠不住的。在政治斗争中,交情友谊,亲密战友什么的,也是靠不住的。武涉说,刘邦这个人,野心极大而品性极差。他多次被项王捏在手里,项王可怜他,不肯杀他,他却一脱离危险便反咬项王一口,其不可亲近信任如此,你怎么就那么信得过他呢?告诉你吧,阁下之所以能活到今天,全因为项王还在。项王今日亡,明天就轮到阁下!蒯通也说,永远都不要相信什么君臣之谊。文种、范蠡辅佐越王勾践卧薪尝胆,报仇雪恨,打败吴国,成就霸业,立功成名之日也就是他们身首异处之时。① 这些话说得都很透彻,可惜韩信听不进去,这才有了今天。

如果说,妇人之仁使韩信坐失良机,那么,小人之心则使他铸成大错。韩信杀钟离昧以讨好刘邦,至少犯了三个错误。第一,他卖友求荣,便首先在道德上输了一着,使自己成为道德法庭上的罪人。我们知道,韩信原本是无罪的。加上他战功显赫,天下皆知,刘邦要杀他,就要受到道义上的谴责,承担道义上的责任。现在好了,刘邦可以放手干了。因为他要诛杀的,已不是劳苦功高的英雄,而是背信弃义的小人。杀功臣是有忌讳的,杀小人则理所应当。所谓"小人",在中国也差不多就是人人得而诛之的意思。所以韩信此举,无异为刘邦洗刷

---

① 被勾践赐死的是文种。勾践灭吴后,送了一把宝剑给文种,对他说,先生教给寡人七条杀人的办法,寡人用了三条就把吴国给灭了,这第四条就在先生身上做个实验吧!于是文种自杀。范蠡则早就预见了这一天,因此功成之后立即身退,悄悄地逃离越国,后来成为有名的富商。

了道德罪责,而把自己送上了刑场。

第二,韩信讨好献媚,说明心中有愧,在心理上也输了一着。本来,刘邦是多少有些心虚的。他知道韩信谋反的事是诬告,也知道刚一胜利就杀功臣有些那个。现在他理直气壮了。你韩信不曾想过谋反么?窝藏敌将钟离眛就是铁证!如果说不是为了谋反,只是出于哥们义气,那你怕什么?现在主动把他的脑袋献上来,只能说明你做贼心虚,弄不好还是杀人灭口!结果,没罪的成了有罪,有愧的反倒无愧。韩信此着,岂非授人以柄,自己给自己栽赃?

第三,韩信主动屈膝,说明自己心虚,在战术上又输了一着。"两军相敌勇者胜",韩信的心虚,就壮了刘邦的胆。本来刘邦还有些怕韩信的,现在不怕了。原来那个将百万之众,战必胜攻必克的大将军韩信,也不过尔尔!别看他神气十足威风八面,原来内心深处虚弱得不堪一击。我刘某不过只是说了一声"南巡",他就吓得屁滚尿流,忙不迭地把铁哥们卖了。这种人还不好收拾吗?

显然,韩信出卖朋友,并没能保住自己,反倒加速了自己的灭亡。

现在,韩信已是砧板上的鱼肉,只等刘邦下手。

刘邦并不着急。

在变相软禁韩信的那些日子里,刘邦经常找韩信聊天,十分优游从容地和韩信议论诸将的才能,各有不同。有一次,刘邦问韩信,像我这样的,能带多少兵?韩信说,超不过十万。又问:你呢?韩信说,多多益善。刘邦就笑了,好好好,多多益善,怎么被我抓起来了?韩信说,陛下不善将兵,而善将将(善于驾御将领),这就是我韩信斗不过陛下的原因。再说陛下是天才,哪里是人才比得上的(陛下所谓天授,非人力也)!

其实,话说到这个份上,韩信就该反思一下了。

所谓"天授",是指"天子"(君权神授)还是"天才"(天纵聪明),可以先不管,"将将"一说,则值得琢磨。刘邦确实善于将将,也确有领袖的天分。但将将之法,其实不难,无非知人善用再加恩威并重而已,也就是大棒加胡萝卜。所以，既要懂得"重赏之下必有勇夫"，也要懂得"杀一儆百"。反正，赏也好，罚也好，该出手时就出手，不能小气，也不能手软。因此，在将将的过程中，杀鸡给猴看，总是免不了的。韩信就是一只会打鸣的红毛大公鸡。杀与不杀，就看猴子跳不跳，也看公鸡乖不乖。

可惜韩信并没有想到这些。他似乎丝毫也没有想到，刘邦对他，正处于杀与不杀的两可两难之间。不杀，留着终是个危险；杀，一时半会还下不了手。如果这时韩信收敛一下自己，夹着尾巴做人，甚至干脆告老还乡，也许还能全身而退。刘邦的诛杀功臣，毕竟没有后来朱元璋那么狠毒(此所谓时代不同也)。然而韩信一点都不知检点。他常常称病不朝，住在家里也没精打采，日夜怨望，"羞与绛(绛侯周勃)、灌(颍阴侯灌婴)等列(排在同一位次)"。有一次他去看望樊哙，樊哙跪拜送迎，自言称臣，说大王您竟肯光顾小臣。出门之后，韩信便仰天大笑说，我韩信如今是和樊哙之流为伍了！所有这些言行，都表现出韩信对刘邦的处置是不服、不满、有怨、有恨的。这在韩信自己，是因为受了委屈，但在刘邦眼里，则是"不臣之心"。

这是不能允许的。专制政治的特点，就是不允许任何人有独立人格。既不允许有自己的看法思想，也不允许有自己的喜怒哀乐。倘有，便是"不臣"，就要剪除。何况韩信这只笼中之鼠，还当真起了打猫的心思。公元前196年，陈豨在边地反汉，刘邦御驾亲征，韩信称病不从，却派人送信给陈豨，准备在京城做内应，结果事不缜密，被手下人举报。吕后接到密告，与萧何商量，谎称边地大捷，陈豨已死，列侯群臣都要入宫庆贺。韩信心中有鬼，不敢不去，何况又是萧何发的通知！说起来萧何也是韩信的恩人。当年如果不是萧何月下追韩信，又向刘邦极力推荐，韩信也就当不上大将军。他当然做梦也想不到这次萧何是要设计捉拿他的，正所谓"成也萧何，败也萧何"了。结果，韩信一进宫，就被埋藏在两旁的武士擒拿，而后又被吕氏处死在长乐宫。在这方面，吕后显然比刘邦要狠毒得多。她并不事先请示刘邦，事后也不通气，没有片刻犹豫和怜惜，干净利索地就把韩信干掉了。死到临头，韩信这才痛悔当初不听蒯通之计,以至于竟被妇人所戮。是啊,他只知道讥讽嘲笑项羽的"妇人之仁",却不知道自己也有妇人之仁,更没想到妇人也未必都仁的。

应该说,韩信这个人,还是有知人之明也有容人之度的。他分析项羽的为人,一针见血,切中肯綮。他以弱胜强,击败成安君陈馀,却很明白自己得以胜利原因之一,是陈馀不用广武君李左车之计。所以,俘虏了李左车之后,他不但亲解其缚,而且"东向坐,西向对,师事之",像学生一样恭恭敬敬向李左车求教。他克己用忍,虚以待人,忍胯下之辱而成王霸之业,这些都是他的可敬之处。韩信的不足,是缺乏自知之明。所以,他说别人会说,事情一轮到自己头上就糊涂了。他总认为自己奇货可居,功不可没,没想到一旦天下平定,可居的奇货就会变成烫手的土豆,过高的功劳则只会引起君主的猜忌。刘邦降他的爵位夺他的封地,原本既有薄惩之心,也有示警之意。他却又是撂挑子,又是掼纱帽,又是发牢骚,又是讲怪话,最后还打算孤注一掷,抢班夺权,当然是以卵击石,自取灭亡。总之,刘邦既有知人之明,又有自知之明,所以刘邦胜利了。项羽既无知人之明,又无自知之明,所以项羽失败了。韩信有知人之明,无自知之明,所以虽有成功,终至失败。

缺乏自知之明,其实也不能真正知人。韩信以小人之心对待钟离眛,又以君子之腹度刘邦,简直就是颠倒荒唐。这里说的"小人",还并不完全是指道德意义上的,更是指心理意义上的,即度量狭小之人。刘邦仇恨钟离眛,韩信也不是不知道。如果害怕刘邦怪罪,当初就不要收留他。既然收留了,就该保护到底。老子豁出去,就要保护这个朋友,刘邦又能怎么样呢?也不能怎么样,也许反倒会生出几分敬意,生几分畏忌。韩信缺乏这个度量,使了个小心眼儿,结果出卖了朋友,又出卖了自己。

四 刘邦的长处

刘邦大约就不会这样。刘邦这个人,虽然没什么大本事,却也敢做敢当。他当亭长时,曾押送服劳役的犯人到骊山去,一路上开小差的人不少。于是刘邦干脆把犯人的绳子统统解开,说,你们都走吧,我也一走了之,没什么大不了的。可见刘邦并没把什么职衔放在眼里,也没把什么王法放在眼里,更不会因为要保住亭长的差使就什么出格的事都不敢干。只要他认为该干,就会去干,没那么多小心眼,也没那么多小算盘。这样大度的人,韩信自然不是对手。

　　实际上,韩信的错误,正在于狐疑,即所谓"当断不断,反受其乱"。事实上他一直在反与不反之间犹豫。正好刘邦对他的感情是复杂的,他对刘邦的感情也是复杂的,既感激,也怨恨,既蔑视,又畏惧,因此一直拿不定主意是反还是不反。当然,韩信的反,是被逼出来的。刘邦不逼他,他不会反。但要说他的造反或谋反完全是诬陷,似乎也不通。从他出卖钟离眜一事来看,韩信似乎也不是什么靠得住的人。他能背叛钟离眜,怎么就不能背叛刘邦?只不过在有条件背叛时不背叛,做了人家笼中之鸟时却蠢蠢欲动,未免糊涂罢了。这其实因为韩信是英雄不是枭雄,是军事家不是政治家。他的狠毒程度和卑鄙程度都比不上刘邦,总是心存忠厚心存幻想,觉得以自己的功劳和双方的交情,刘邦也不会把他怎么样,结果猝不及防,做了人家的刀下之鬼。

　　的确,在残酷的政治斗争中,是容不得犹豫和狐疑的。刘邦最大的优点,就是能当机立断,干净彻底,做什么都很到位,一点也不粘糊。刘邦自己虽然没什么本事,也没什么计谋,但判断力极强,也敢拍板,而且豁得出去。正是这种资质,使他多次转危为安,化险为夷,终至以弱到强,步步走向胜利。究其所以,就在于刘邦是流氓,是流氓中的英雄,因此敢于拿生命豪赌一把。韩信是流氓却又有贵族气,结果在气度上反不如刘邦。

　　刘邦端的称得上"量小非君子,无毒不丈夫",用人时真能放开手用,整人时也真能下得了手。刘邦手下,真是什么人都有:张良是贵族,陈平是游士,萧何是县吏,韩信是平民,樊哙是狗屠,灌婴是布贩,娄敬是车夫,彭越是强盗,周勃是吹鼓手,刘邦都一视同仁,各尽所长,毫不在乎别人说他是杂牌军、草头王。但他杀起人来也六亲不认。他曾误听谗言,以为樊哙有不臣之心,竟命令陈平去杀樊哙:"平至军中,即斩哙头!"樊哙可以说是刘邦最铁的哥们儿,早年在沛县就和刘邦是朋友。陈胜起义,萧何、曹参派樊哙迎来刘邦,立为沛公。以后,樊哙追随刘邦转战南北,战功赫赫。初入咸阳,是樊哙劝刘邦秋毫无犯,还军霸上,从而树立了刘邦的威望。鸿门宴上,是樊哙挺身而出,面折项羽,从而保住了刘邦的性命。樊哙还是吕后的妹夫,同刘邦是连襟。这样至亲至爱的人,也说杀就杀(最后陈平并未执行命令,刘邦又身受重伤,此事不了了之),可见其狠。

项羽就没这么狠。项羽当然也杀人,而且乱杀人。但正因为是乱杀,所以带有盲目性。另一方面,他又常常下不了手,比如几次三番地杀不了刘邦。因此我们可以推定,如果项羽得了天下,大约就不会诛杀功臣,除非惹恼了他。出于个人意气杀功臣是可能的,出于政治需要有计划有预谋地杀人则不可能。因为对于项羽而言,不存在什么功高震主的问题。有谁能比他的功更高?又有谁能震得了他这个天下第一的盖世英雄?没有。至少是他自认为没有。所以,在项羽手下当个功臣是安全的,只要你不去摸他的老虎屁股。反正他不会把你看成什么必欲去之而后快的威胁。他甚至可能根本不承认你是什么功臣。这样虽然难免受点委屈,却不会有性命之虞。即便被看成功臣也不要紧,因为那意味着他承认你是英雄。真正的英雄总是敬重英雄的。出于"英雄惜英雄"的心理,他也会放你一码。鸿门宴上他坚持不杀刘邦,便有这种心理因素在内。

当然,项羽不杀刘邦,原因也可能正好相反,即极端地蔑视刘邦:他算什么东西!这种狗一样的东西,也值得我去杀么?别弄脏了我的手。我们知道,项羽是极高傲的,而一开始轻视刘邦,也正是他失败的原因之一。怀王与诸侯约:"先入定关中者王之",却又安排项羽北伐,刘邦西征,其用心已十分明显。项羽虽然也提出"愿与沛公入关",但原因却是要为项梁报仇,不是怕刘邦抢了先。诸侯联席会议不同意,他也就不再坚持。因为他根本不相信刘邦那笨蛋也能打败秦军。所以一听说刘邦先入关中,"珍宝尽有之",便恼羞成怒,暴跳如雷。现在，他不得不承认刘邦是个人物了，却又在骨子里不肯承认他是英雄。因此他不知怎么办才好。如果承认刘邦是英雄，就该敬惜，哪有谋杀的道理？要杀，也得在战场上堂堂正正地杀。在自己军营里酒席上，这么鬼鬼祟祟地杀，实在太掉价，也下不了手。如果刘邦不是英雄，那又何必杀他呢？范增几次三番示意，他只是默认不语；樊哙慷慨陈词，他也"未有以应"，就因为他自己心里完全把握不了尺寸。结果刘邦终于虎口脱险，项羽则犯了放虎归山的大错误。

其实项羽犯不着那么看不起刘邦。

不错，刘邦是个流氓，然而却是流氓中的英雄。说他是流氓，只是指他的出身，他的教养，并不是指他的资质。要论资质，刘邦确实无愧于领袖称号，他简直就天生是当领袖的材料。一个领袖人物必须具备的素质他都有，根本不用别人教，况且也教不了。张良、陈平、韩信、萧何他们是给刘邦出过很多主意，但这些主意都是针对现实问题的，有的还是具体操作问题，是谋略而不是战略。战略性的建议也有，而刘邦也往往一点就通。这种洞察力、判断力和悟性，简直就是天生的。韩信说他"将将"的才能"此乃天授，非人力也"，并不完全是恭维，当然也不是讽刺。

作为一个领袖人物，刘邦最大的优点是"知人"。这里说的知人，还不是一般意义上的尊重人才和善用人才，而是懂得人情人性，既知道人性中的优点，也知道人性中的弱点，这才能最大限度地团结一切可以团结的力量，又能孤立敌人各个击破，终于运天下于股掌之中。什么是天下？天下并非土地，而是人。所以，得天下，也就是得人，得人心。刘邦很懂这个道理。他似乎天生就会和人打交道。《资治通鉴》说他厌恶读书，却天性聪明，胸襟开阔，能采纳最好的谋略，连看门人和最底层的小兵，一见面都成为老朋友。我想，除因他性格豪爽大度，不拘小节，易与相处外，还因为他懂得一个道理："世间一切事物中，人是第一个可宝贵的。"因此他把所有的人都看作宝贵的财富和资源，惟恐其少，不厌其多。

怎样才能得人心？也就是要能知道别人心里想要什么并予以满足。韩信念念不忘刘邦"解衣衣我，推食食我"之恩，说明刘邦已得他心，也说明刘邦能够做到设身处地、将心比心：自己肚子饿要吃饭，知道别人也想吃，便让出自己的饭食；自己身上冷要穿衣，知道别人也想穿，便让出自己的衣服；自己想得天下想当皇帝，知道别人也想封妻荫子耀祖光宗，便慷慨地予以封赏。这种"有饭大家吃，有衣大家穿，有钱大家赚，有财大家发"的想法和作派，在中国最是大得人心。

项羽却从来都不会替别人着想，顶多只会弄些小恩小惠，在进行权力和利益再分配时，却完全只凭一己的好恶，卖弄自己的权威。他把原来的燕王韩广贬到辽东，把原来的赵王赵歇打发到代国，对于韩王韩成，竟然因为其谋士张良曾帮助过刘邦的缘故，先是不让他"之国"（到封地去），继而又降为侯爵，最后予以谋杀（实在小心眼儿），终于把韩成的智囊张良逼入汉营，和他作对到底（事实上刘邦东进反楚，是张良鼓动的；反楚的同盟军黥布、彭越，也是张良替刘邦联络的）。刘邦入关灭秦，功居首位，即便不能如约封为关中王，至少也该把刘邦的家乡封给他，或封得离家乡近一点，以慰藉这支人马的思乡之情。项羽自己一门心思要衣锦还乡，应该知道别人也有同样的念头（事实上刘邦的将士"日夜跂而望归"）。然而他不。也许是出于对刘邦先入关中的忌恨，忌恨他抢了自己的镜头，竟然把刘邦打发到当时视为蛮荒之地的汉中，以至于刘邦一天都不愿意在那里呆下去（用刘邦自己的话来说，是"安能郁郁久居于此乎"），终于引兵东讨。从他一进咸阳宫就发呆不想走来看，刘邦原本也不是很有野心的人。如果当时项羽给刘邦一块肥肉，没准后来的事情就是另一个样子。至少是，谁要鼓动刘邦反楚，总不太容易，而已然回乡的士兵也很难再让他们重返战场。（张良就看到了这一点："天下已定，人皆自宁，不可复用。"）但是项羽偏不让刘邦吃饱，这就逼得刘邦非吃了他不可。

不能替别人着想的人，其实对自己也缺乏体验；而能够以己度人的人，也多半有自知之明。刘邦确实有自知之明。他知道自己百无一能，文不能安邦，武不能定国，用计没有谋略，打仗没有武力。因此他把这些事情都放手交给别人去做,自己只做两件事,一是用人,二是拍板。这样不但避免了自己的短处,也调动了别人的积极性,一举两得。加上他明是非,识好歹,善于听取别人意见,勇于纠正自己错误,又能容忍别人的过失,不拘一格用人才,也使得别人心甘情愿为他所用,从而在身边集结起一群英雄豪杰,并形成优势互补的格局。比如樊哙有勇,张良有谋,韩信会将兵,萧何会治国,简直就是一个优化组合。结果他这个老板当得非常潇洒,也非常成功。项羽不懂得这个道理,自恃天下英雄第一,什么都自己来,反倒吃力不讨好,变成光棍一条。

项羽不知人,也不自知。不知道哪些是自己所长,哪些是自己所短,当然也不肯认错。直到最后兵败垓下,自刎乌江,还说是天要亡他,他自己什么错都没有,真是"死不认错"。刘邦则不同。刘邦也犯错误,而且犯判断错误和战略错误,但他肯认错,也肯改。公元前200年,刘邦对形势和军情作出错误判断(实则中匈奴诱兵之计),不听娄敬的极力劝阻,亲自带兵挺进;深入敌方腹地,结果被匈奴围困在白登(白登是平城附近的一个小城。平城即今山西省大同市。此役又称"白登之围"或"平城之围"),幸亏用陈平密计(其计不详)才能脱离危险。刘邦班师回到广武(今山西省代县西南阳明堡镇),立即释放关押在那里的娄敬,向他赔礼道歉,承认错误,并封娄敬两千户,升关内侯。

这样的度量,项羽就没有。

看来,刘邦确实是英雄。他的公开认错,便正是他英雄气度的表现。中国历史上,并没有几个帝王、长官或首领能做到这一点。他们只要一当上个什么,就立即自我感觉良好,认为自己是"天才"、"全才",什么都懂,什么都会,什么都能发表高见、作出指示,而且句句是真理,事事都正确。如果他那愚蠢的见解被部属批驳,就会火冒三丈,或者怀恨在心。如果他的判断错误和决策错误居然被实践和事实所证明,那个提意见的人就会更加倒霉。公元200年官渡之战,袁绍不听田丰之劝而败北,为了挽回面子,竟然杀了田丰(详下章)。总之,他们只会用新的错误去掩盖旧的错误,而决不会认错,更不会公开认错。

刘邦的白登之围事在公元前200年,袁绍的官渡之战事在公元200年,两事相差整整四百年,结局却完全颠倒,精神的高下也不可以道里计。袁绍是个豪族,四世三公,贵不可言。刘邦是个流氓,一无所有,贱不可言。然而刘邦的气度,却不是袁绍之流可以比拟的。

刘邦不但大度,也细心。

刘邦这个人,表面上看大大咧咧,其实心细如发。鸿门宴前一天晚上,他听说项羽第二天就会兵临城下,又听说项伯可以从中斡旋,立即就决定和项伯拉关系,套近乎。但他并不马上急不可耐地去见项伯,而是先问张良与项伯谁的年纪大。听张良说项伯年长,便立即表态"吾得兄视之"。这就等于说自己和张良是"兄弟"。你张良的哥,就是我刘邦的哥。与张良平等,张良有面子;尊项伯为兄,项伯有面子。两边都讨了好,刘邦实在聪明。

项羽却很糊涂。项羽表面上婆婆妈妈,又是送汤又是送药的,其实粗心得很,是个傻小子、马大哈,或如武汉人所言,是个"体面苕"(长得漂亮又没有心计的人)。刘邦到项羽军中谢罪,说是臣与将军同心协力,诛灭暴秦。将军战河北,臣战河南,自己也没想到怎么就先入关了(其实早有预谋,且与赵高有交易),这才得以与将军久别重逢(一副老朋友口气)。可惜不幸有小人之言,害得将军对臣有了误会(一点也不误会)。项羽一听,马上接口说,还不是你老兄的部下曹无伤说的。要不然,我项籍怎么会这样?结果,稀里糊涂就把通风报信的人给卖了。

项羽和刘邦确实颇不相同。项羽表面残忍,其实温柔;表面勇猛,其实脆弱。刘邦表面随和,其实狠毒;表面窝囊,其实坚强。项羽易暴易怒,稍不如意,便暴跳如雷,怒发冲冠,火冒三丈。但几碗米汤一灌,又会和没事人一样。刘邦呢,一时半会的窝囊气是忍得下的,但是对不起,秋后算账。你看他整治韩信,简直就像猫玩耗子似的。

显然,项羽是性情中人而刘邦是实用主义者。因为实用,他不惮于起用小人。因为实用,他不惮于诛杀功臣。因为实用,他也不怕公开承认错误。只要能达到目的,他才不在乎自己的形象。不像项羽,什么事都由着性子来,又死要面子,死不认错。

不过,实用主义者刘邦也会像项羽一样欣赏英雄,赞美崇高。他并不愚蠢地把敌我双方分为义与非义,硬要说敌方都是坏人,己方都是君子。如果见到真正的英雄,真正的好汉,他会由衷地敬佩和赞赏,而无论对方是敌是友,是赞成自己还是反对自己。刘邦杀韩信之后,又杀彭越,屠三族,在洛阳城外集体处决弃市,而且扬言有胆敢收尸者,杀无赦。其时,正好梁国大夫栾布使齐归来,回到洛阳,便在彭越的人头之下,从容汇报出使过程,然后扑倒在地,拜祭彭越,并痛哭一场。刘邦见栾布公然无视自己的禁令,勃然大怒,下令将栾布扔进油锅。栾布一面从容向油锅走去,一面回过头来说:"愿一言而死"(说一句话再死)。刘邦说,你讲!栾布说,当年,皇上困于彭城,败于荥阳,危于成皋,项羽之所以不能西进穷追,就因为彭越大王据守在大梁,与汉联盟。那时,彭王只要稍微把头一歪,就没有今天了。何况垓下之战,如果没有彭王,项王也不会兵败。如今天下已定,彭王难道不该受封王爵,安享太平吗?想不到只因卧病在床,一次征兵不到,皇上就疑心他谋反。谋反的证据拿不到,就找些小岔子来治他的死罪,而且屠灭三族。臣恐天下功臣,人人自危。现在,彭王已被皇上杀了,我活着还有什么意思!就请让我自己跳进锅里去吧!刘邦一听,肃然起敬,立即下令释放栾布,并拜他为都尉。

刘邦释放栾布,固然因为心中有愧(彭越确实无辜),也因为敬重栾布的人格和人品。类似的事,很发生了不少,比如释放蒯通,赦免贯高。贯高是赵国宰相,因密谋暗杀刘邦而被捕。他在狱中受尽酷刑,也不肯出卖赵王张敖。刘邦敬重贯高是条汉子,在查明真相后,不但释放了张敖,而且赦免了贯高。蒯通策反韩信,贯高暗杀刘邦,事实俱在,本人也供认不讳,刘邦却不杀他们。刘邦并不是杀人狂。他的诛杀功臣,完全是政治需要,或者说是专制政治的需要。因此,应该说,是专制主义杀了韩信,杀了彭越,杀了臧荼、陈豨、卢绾、黥布,还差点杀了樊哙。刘邦的一连串屠戮,不过是"专制政治必不可免的一项作业"。惟其如此,对于那些手上并无兵权身上又有骨头的人,则反倒不杀。因为杀了他们并无意义，不杀则可以表示宽容，改善形象，在政治上是合算的。何况刘邦对于那些硬汉子，又确有敬重之心呢！

这就和项羽有些相同。

项羽也是敬重硬汉的。鸿门宴上，尽管范增多次示意而项羽依然无动于衷，但"项庄舞剑，意在沛公"，他也并不阻止。可见当时杀不杀刘邦还在两可之间，有点听天由命的味道。但樊哙进来以后，事情就变了。樊哙强行闯关，进入帐内，与项羽怒目相向，头发上指，目眦尽裂，这形象已让项羽大吃一惊。听张良说是沛公的参乘（近侍警卫），便称赞说："壮士！"等樊哙从容喝完一大斗酒，生吞大嚼一生猪腿后，项羽已为樊哙的"酷"大起喜爱之心了。因此，当樊哙回答他说"臣死且不避，卮酒安足辞"，并慷慨陈词，指斥项羽"欲诛有功之人"，简直就是"亡秦之续耳"时，项羽不但没有发怒，反倒已作出了不杀刘邦的决定。显然，项羽此时已忘了天下之争，也忘了自己的面子，他心中只是充满了对一个硬汉英雄气节的崇敬和赞赏。

这就是审美的态度了。这其实也是那个英雄时代的风尚。我总认为，先秦至汉初是我们民族最大气的时代，是我们民族古代历史上不可企及的一个英雄时代，就像马克思所说的，古代希腊是高不可及和永不复返的历史阶段一样。对于英雄气质和英雄气概的审美欣赏，是这个时代的一种精神。韩信初到汉营时，还是一个小小不然的公关先生。因为触犯军法，依律当斩。同案犯十三人，全部已被行刑。轮到韩信时，正好一眼看到刘邦的亲信滕公夏侯婴，便大声叫道：汉王不是要成就天下大业吗？为什么要杀壮士！结果，"滕公奇其言，壮其貌，释而不斩，与语，大悦之"。这里说的"壮其貌"，并非以貌取人，更多地还是为其内在气质所吸引。这是一个英雄时代之人特有的审美直觉，往往一眼就能看出好歹来。要不然，怎么会有那么多卓异之士在一夜之间由布衣而卿相，得到超常的提拔，又提拔得那么准呢？

作为这个英雄时代的顶尖级人物，项羽和刘邦当然都是英雄。所不同者，只不过刘邦是流氓英雄，项羽是本色英雄。正如翦伯赞先生论项羽所言:"他的英勇,坚强,慷慨,坦白和丰富的情感,都是英雄本色。"①遗憾的是,他有勇无谋,坚而不韧,慷慨而不大方,坦白又有些小心眼儿,情感丰富却又感情用事,过于任性,没有远见,这才败给了喜用智谋、坚韧不拔、豪爽大方、胸有城府、理智实用、深谋远虑,而且能克制自己的刘邦。可以说,项羽的成败功过,全在他那英雄本色。这气质因为是英雄的,所以有审美价值;因为是本色的,所以无成功可能。项羽可爱也可悲。

韩信则可敬也可怜。韩信的可敬,在于他虽然出身贫寒却心存高贵,身为下贱却志在上流,这是他和刘邦的不同之处。刘邦虽然在见到秦始皇时说过"大丈夫当如此也"的话,却不过只是说说而已,并没有什么动作,也没什么准备。刘邦的长处是善于学习,因此能在战斗中成长,靠着自己极高的天分和随机应变,终于成就了帝业。韩信却是有准备的。当他在别人家混饭吃,在河边饿肚子,在项羽手下当郎中执戟站岗,在刘邦手下当连敖接待宾客时,他就一直在作准备。他相信"天生我材必有用",不相信自己一辈子永无出头之日。正是靠着这一信念,他忍辱负重;正是靠着那些奋斗,他脱颖而出。

韩信的可悲在于不彻底。这是他性格中的内在矛盾所造成的。一个卑贱者如果存心高贵(刘邦并不存心,只是顺势),就不免会有了投机的成分。韩信吃亏就吃亏在这投机心理上。可以反汉时,他觉得不反油水更大;不可反汉时,他又觉得不反实在吃亏。他献上钟离眛的人头,原本是想买政治股的,却被刘邦看破套牢,也让善于把握时机的刘邦看不起。柏杨先生说:"悲剧就发生在韩信并没有谋反之心,如果有的话就好了。"②这话说得并不很对。柏杨说汉政府并没有抓住韩信谋反的任何证据,只凭举报者的口供就定之以罪,因此是"诬以谋反"。但据我看,韩信与陈豨的密谋,不像是编出来的。韩信死前说后悔没听蒯通的话,也不像是编出来的。当然这话既可以理解为错过了

---

① 翦伯赞:《秦汉史》,第 115 页,北京大学出版社 1983 年第二版。
② 柏杨:《柏杨曰》,第 122 页。

时机,也可以理解为有谋反之心就好了。但不管怎么说,韩信不是一丁点反意都没有。事情坏就坏在他既有忠心又有反意,而且两样都不彻底,忠不能尽忠,反不敢真反。如果忠到底,那么,即便刘邦、吕后诬陷他,栾布那样的正派人,也会出来为他说话、喊冤、打抱不平,或者日后会平反昭雪。可惜都没有。如果反到底,当然也很好。成功了不用说,失败了,也没什么可后悔的。那时,他就可以堂堂正正地对刘邦说:老子就是要杀了你这人面兽心的东西!不也很好吗?没准刘邦依照贯高的例子,还真不杀他。贯高的罪多重啊,弑君,是要判凌迟处死的。然而他表里如一,始终如一,一方面一口咬定赵王并未与谋,另方面一口咬定自己就是要反。结果,他在所有人眼里都是英雄。哪像韩信这么窝囊:说冤吧,又不太冤;说不冤吧,又够冤的。既不是忠臣,又不是反贼;既没讨着好,又得不到同情,你说冤不冤!

总之,项羽是本色英雄,也是彻底的英雄;韩信是挣扎出来的英雄,是不彻底的英雄。所以,项羽死得壮烈,韩信死得窝囊。

五 项羽之死

项羽原本是可以不死的。

当项羽来到乌江边时,有一条船在那里等他。驾船的乌江亭长大约是一位崇拜项羽的人,因此早早等在那里,一心要救项羽过江。他对项羽说,现在整个乌江之上,只有臣这一只小船,请大王立即上船,汉军无论如何追不过江的。江东虽小,地方千里,数十万人,完全可以在那里再成就霸业。然而项羽却谢绝了亭长的好意。他只是请亭长把他心爱的战马带过江去,自己却和随扈亲兵全都下马步行,冲入重围,同前来追杀的汉军短兵相接。这无疑是一场寡不敌众的战斗,也是一场无济于事的战斗。然而,如果因此就放弃战斗,举手投降,束手就擒,那就不是项羽了。项羽是宁肯站着去死,也不会跪下求生的。他当然也不会放下手中的武器。从他拿起这武器的那一天起,就没想过要放下它。相反,在生命的最后一刻,更应该把它高高举起,就像优秀的表演艺术家一定要让演出在谢幕时达到高潮一样。这也是项羽随扈亲兵们的共识。于是这场敌强我弱的战斗就打得风云变色气壮山河,光是项羽一个人就杀了数百汉军士兵,自己也受伤十多处。这时,前来追杀的汉军越来越多,其中就有项羽当年的旧部吕马童。项羽笑了。他大声地招呼说:啊哈,这不是老朋友吗!背楚降汉的吕马童难以为情,不敢正视项羽,扭过头去对另一员汉将王翳说:这就是项王。这可是"新朋友"了。于是项王对王翳说:听说贵国出大价钱,赏千金,封万户,买我的人头,我就送个人情给你吧!说完,便一剑砍下自己的头颅。

不用多说什么了。谁都不难看出,项羽死得壮烈,死得英雄,死得气势磅礴,惊天地,泣鬼神,就连乌江之水也要为之呜咽,为之洪波涌起,浊浪翻腾。显然,项羽的死是高贵的。无论他是为什么死的,他的死,都有无与伦比的人格魅力和审美价值。

然而项羽死得也很惨。

就在王翳一把抢得项羽头颅的同时,其他汉军将士也一拥而上,争相纵马践踏,争夺项王的尸体,以至于互相残杀,死数十人。最后,王翳得一首,杨喜、吕马童、吕胜、杨武各得一体。他们分摊了刘邦封赏的那块土地,每个人都当了个小小的什么官。而我们的英雄,曾经让这些人闻风丧胆、不敢仰视的英雄,却在他们卑劣的争夺下竟不得全尸而终。

这可真是"虎落平阳被犬欺"。

项羽的悲剧是时代的悲剧。项羽以前的时代,是一个英雄的时代,也是一个贵族的时代。高贵感和英雄气质,是那个时代的精神。这种精神是以虎和豹为象征的。与之相对应的,则是犬和羊。孔子的学生子贡就曾用虎豹和犬羊来比喻两种不同的人格,并惊叹于虎豹之可能沦落为犬羊:"文犹质也,质犹文也,虎豹之鞟犹犬羊之鞟。"虽然,在孔子师徒看来,虎豹的精神是高贵的,当是审美的,它不该被代之以狗的粗鄙和羊的平庸。

然而,自从秦始皇开创了中央集权的专制统治,英雄的时代也就开始走向没落。君臣之间的促膝谈心没有了,而代之以行礼如仪、磕头如捣蒜;游侠谋士纵横天下各展才华没有了,而代之以拉帮结派、巴结权贵往上爬;诸子百家争鸣自由辩论也没有了,而代之以独尊儒术、只许一个人思想。权欲和利欲将成为主宰和动力,人格和灵魂则将被阉割和践踏,就像王翳、吕马童们践踏项羽一样。

于是我们看到的便是这样一个画面:一只代表着英雄精神和高贵感的虎或豹,在草原上孤独地死去,而一群代表着权欲和利欲的粗鄙的狼和平庸的羊,则一拥而上,恣意践踏着那只虎或豹,然后每个人都扯下一块豹皮或一根虎骨叼在嘴里,准备回去邀功行赏。而在不久之前,他们是根本不敢看那只虎或豹的眼睛的。

这群狼和羊的首领是刘邦。刘邦是他们的君,他们的牧。

就个人魅力而言,刘邦虽然既不可爱也不可敬,但也不可鄙。刘邦虽然出身流氓,难免有些无赖气,一些事做得也不地道,但好歹也是英雄,骨子里也有英雄气概,也是血性男儿。公元前195年,他回到故乡沛县,尽召故人父老子弟畅饮。酒酣之际,刘邦亲手击筑,自为歌诗:"大风起兮云飞扬,威加海内兮归故乡,安得猛士兮守四方!"此歌一出,和声四起,刘邦离座起舞,慷慨伤怀,泣数行下。他拉着父老乡亲们的手说,游子悲故乡!我虽然不得不定都关中,但百年之后,我的魂魄还是要回沛中来的。可见,他虽无情,却并不冷酷,虽现实,却也浪漫。然而,他代表的,却毕竟是一个冷酷无情、摧残人性的制度,是一个必然要以权欲和利欲代替英雄气质和高贵精神的制度。事实上,他正是靠着权欲和利欲完成他所谓"大业"的。就连陈平也坦言,他的身边,尽是些顽钝嗜利的无耻之徒,而这些人正是靠刘邦"饶人以爵邑",也就是靠权欲和利欲集结起来的。因为刘邦继承的是秦始皇的事业。为了建立中央集权的一统天下,以天下万民臣朕一人,他不能不打击摧残践踏英雄气质和高贵精神,包括对他自己内心深处残留的这些东西下手,这正是他心灵深处不无痛苦不无孤独的原因。

显然,刘邦是代表着"历史方向"的,项羽则"不合时宜"。事实上,此后,像项羽这样傻,这样天真、任性的英雄越来越少,阴险毒辣的阴谋家和迂腐愚忠的书呆子则越来越多。从这个意义上讲,项羽说他的失败是"天之亡我",也对。

项羽之死,似乎预示着一个时代的结束。虎和豹的时代结束之后,取而代之的便是狼和羊的时代。而且,那狼也会退化为狗,走狗。

项羽,大约生于公元前233年,死于公元前202年。起兵时二十四岁,是个少年英雄;自刎时三十出头,是一个男儿告别少年走向成熟的最有魅力的年龄。

项羽的一生虽然短暂,却留下了许多故事、传说、成语,还有许多话题。大家熟知的成语有:破釜沉舟、作壁上观、衣锦夜行、沐猴而冠、四面楚歌、霸王别姬,以及"项庄舞剑,意在沛公"和"无颜见江东父老"等。最脍炙人口的诗则是李清照的五绝:"生当作人杰,死亦为鬼雄,而今思项羽,不肯过江东!"

曹操

一 做能臣,还是做奸雄

曹操是"奸雄"。

曹操这个"奸雄",多半是被逼出来的。

现在想来,项羽的时代,还是比较自由的。那时,中央集权的专制体制还处于草创阶段,而且试验的时间不长,秦就亡了,所以大家还不怎么把那玩艺儿当回事。天底下只能有一个皇帝,无论这皇帝是神是人是猪是狗都得绝对效忠,否则就是奸是匪的观念,也还没有真正形成。人们记忆犹新的,是天下分封,诸侯割据,五霸继起,七雄并峙,楚强南服,秦霸西陲,递主盟会,互为雄雌。诸侯们自由地宣战、媾和、结盟、征税,全然不把天子放在眼里。文人和武士、游侠和刺客们则自由地周游于列国,流动于诸侯,朝秦暮楚,择主而事,也不怎么把已经到手的官禄爵位当回事。田子方甚至对魏太子击说,士人议论不用主张不合,就立即跑到别国去。抛弃原先的国君,就像扔掉一只草鞋。总之,那时一个人只要有实力有能耐有本事,多少可以随心所欲干点自己想干的事。即便运气不好失败了,也没人说闲话。所以,虽云"成者王侯败者寇"，但陈胜向皇帝宣战，首义兵败，也没人说他是寇，是匪。不像后来宋江他们，即便受了招安，也摘不掉土匪和草寇的帽子。

　　这是一个征伐不断、战事频仍、相互吞并、弱肉强食的动荡时代，也是一个英雄的时代，是虎与豹的时代。对于弱者来说也许不太公平，却为强者提供了自由驰骋的天地。因此不管怎么说，项羽总算可以由着自己的性子来。即便失败了，也仍不失为一个体面的失败者，还有那么多人祭奠他、怀念他。相比较而言，曹操就要背时得多。他即便成功了（事实上已很成功），也仍要被画成一张大白脸。

　　曹操似乎命中注定只能当一个"坏人"。

　　曹操，字孟德，小名阿瞒，沛国谯县即今安徽省亳州市人。陈寿的《三国志》说他是西汉相国曹参的后代，这是胡扯。因为曹操原本不该姓曹。他的父亲曹嵩只是曹腾的养子。曹嵩和曹腾并无血缘关系，即便考证出曹腾是曹参之后，与曹操又有什么相干？事实上曹嵩的亲生父母究竟是谁，在当时就是一个谜，连陈寿也只能说"莫能审其生出本末"。于是连带着知道亲生父母的曹操，也弄得有点"来历不明"。

　　曹操所处的时代也不好。他生于东汉桓帝朝，长于灵帝朝，是在桓帝永寿元年（公元155年）出生、灵帝熹平三年（公元174年）入仕的，而桓、灵两朝，要算是汉王朝四百年间最黑暗、最混乱的年代。所谓"桓灵之时"，几乎就是君昏臣奸的代名词。在这样一个时代，要做一个"好人"，确乎很难。不是被人陷害，就是窝窝囊囊。曹操既不想被害，又不肯窝囊，当然便只好去当"坏人"。总之，来历不明又生不逢时，曹操倒霉得很。

　　实际上，曹操的时代已大不同于项羽的时代。他即便生逢盛世，也未必会有什么作为。自从我们那位流氓英雄刘邦在组织上将天下定为一尊，他的重孙武帝刘彻又在思想上将天下定于一尊，有着英雄气质和高贵精神的虎和豹，不管是文的还是武的，想问题的还是干事情的，便都被收拾得差不多了。收拾的办法，自然仍是大棒加胡萝卜，只不过那胡萝卜是带缨子的，大棒则变成了狼牙棒，血迹斑斑。太史公司马迁只不过替李陵说了几句公道话，冒犯了武帝的虎威，便被处以腐刑，弄得男不男女不女；而大农令颜异根本就没说话，只不过是在别人议论朝政时，下唇往外微微翻了一下，就被认为是"腹诽"（在肚子里诽谤朝廷和君父），应处死刑。难怪当时长安城里五十万人，囚犯就有十六七万；也难怪郎中令石建上书奏事，马字少写了一点，就要吓个半死了。这些事都发生在那位雄才大略的汉武帝当权时期。武帝一向被看作是中国历史上最伟大的帝王之一，即所谓"秦皇汉武，唐宗宋祖"。在他手上，汉帝国的疆域竟扩张到两倍以上，广达五百万平方公里。因此，他又往往被看作是英雄。但我以为，在他的铁骑践踏和铁腕统治之下，英雄业绩间或有之，英雄精神却是不会有的。

到了曹操所处的桓、灵之世，情形就更是每下愈况。大汉王朝和它所代表的那个制度，里里外外都散发着尸臭。事实上，自王莽篡政光武中兴后，汉王朝就没再打起过精神。外戚擅权、宦官专政、军阀称雄，奸臣拚命抓权，贪官拚命捞钱，老百姓则只好去吃观音土。道德的沦丧，更是一塌糊涂。当时的民谣说："举秀才，不识书，举孝廉，父别居"；"直如弦，死道边，曲如钩，反封侯"，可见少廉寡耻和口是心非已成风尚。这一点都不奇怪。一个王朝和一种制度既然容不得君子，那就只能培养小人；既然听不得真话，大家便只好都说假话。当多数人都鬼鬼祟祟或战战兢兢，都乌龟缩头或老鼠打洞时，当权欲嚣张物欲横流，卑鄙受到鼓励而高尚受到打击时，这个社会就很难有什么英雄气质和高贵精神，也很难产生虎和豹。有的，只是狗和羊。那粗鄙的狗是由粗野的狼退化而来的，那平庸的羊则是披着羊皮的狼，而且是黄鼠狼。

这时，如果突然出现了一只虎或豹，会怎么样呢？大家都会把它当作不祥的怪物，就像童话里的鸭子认定那只小天鹅是丑小鸭一样。但鸭子们只不过嘲笑一下丑小鸭罢了，那些粗俗的狗和平庸的羊却会一拥而上，给那只虎或豹画他一个大花脸。

曹操的命运，正是如此。

曹操的命运似乎老早就被决定了。

曹操这个人,小时候大约也是个"问题少年",与项羽、刘邦少时不乏相同之处,只不过比他俩喜欢读书。史书上说,曹操年少时,"好飞鹰走狗,游荡无度"。他叔叔实在看不下去,常常提醒曹嵩应该好好管教一下他这个儿子。曹操知道了,便想出一个鬼点子,来对付他那多管闲事的叔叔。有一天,曹操远远地见叔叔来了,立即作口歪嘴斜状。叔问其故,则答以突然中风。叔叔当即又去报告曹嵩。等曹嵩把曹操叫来一看,什么事都没有。曹操便趁机说,我哪里会中什么风!只因为叔叔不喜欢我,才乱讲我的坏话。有这么一个"狼来了"的故事垫底,自然以后叔叔再说曹操什么,曹嵩都不信了。

    实在地讲,曹嵩对他这个儿子的教育,大约是很少过问的。曹操自己的诗说:"既无三徙教,不闻过庭语。"所谓"三徙",是说孟子的母亲为了保证儿子有一个好的环境,不受坏的影响,竟三次搬家。所谓"过庭",则是说孔子的儿子两次从庭院中走过,孔子都叫住他予以教育,一次叫他学诗,一次叫他学礼。看来,曹操小时候,父亲母亲都不怎么管教他,是个没家教的。所以他"任侠放荡,不治行业",与刘邦年轻时"好酒及色","不事家人生产作业"差不太多。

    曹操的哥们袁绍、张邈等人,也是同类角色。他们常常聚在一起胡闹,事情做得十分出格。有一次,一家人家结婚,曹操和袁绍去看热闹,居然动念要偷人家的新娘。他俩先是躲在人家的园子里,等到天黑透了,突然放声大叫:"有贼!"参加婚礼的人纷纷从屋里跑出来,曹操则趁乱钻进洞房抢走了新娘。匆忙间路没走好,袁绍掉进带刺的灌木丛中,动弹不得。曹操急中生智,又大喊一声:"贼在这里!"袁绍一急,一下子就蹦了出来。曹操鬼点子这样多,难怪《三国志》说他"少机警,有权数"了。

    如此喜欢恶作剧的孩子,大约并不讨人喜欢,许多人也没把他放在眼里(世人未之奇也)。然而太尉桥玄却认为曹操是"命世之才",将来平定天下,非曹操莫属。因为曹操虽然调皮捣蛋,不守规矩,却并非一般的流氓地痞或纨绔子弟。他"才武绝人,莫之能害,博览群书,特好兵法",正是乱世需要的人才。所以桥玄十分看好曹操,竟以妻子相托,还建议他去结交许劭,看许劭怎么说。

许劭,字子将,汝南平舆(今河南省平舆)人,是当时最有名的鉴赏家和评论家。他常在每个月的初一,发表对当时人物的品评,叫"月旦评",又叫"汝南月旦评"。无论是谁,一经品题,身价百倍,世俗流传,以为美谈。我们要知道,在汉魏六朝,品评人物是社会中的一件大事。任何人要进入上层社会,都必须经过权威批评家的鉴定,由此决定自己的身价,就像当今欧美艺术市场上,只有权威批评家叫好的艺术品才能卖大价钱一样。曹操自然也希望得到许劭的好评。但不知是曹操太不好评,而曹操得到的评语则是人所共知的:"治世之能臣,乱世之奸雄。"据说,为了得到许劭的评语,曹操很费了些心思,很下了些功夫,而且无论曹操怎样请求,许劭都不肯发话。最后,许劭被曹操逼得没有办法,才冒出这一句。但这样一来,则曹操的一生,便虽未盖棺,却已论定。

显然,许劭也看出曹操是个人物。至于是成为能臣还是成为奸雄,则要看他是处在治世还是乱世。①

成为人物,素质所然;处于何世,则是运气。

曹操运气不好,他遇到了乱世,当奸雄只怕是当定了。其实曹操一开始也是想做能臣的。公元174年,二十岁的曹操被举为孝廉。孝是孝子,廉是廉士,有了这个称号,就向仕途迈出了第一步,就像现在有了学历,便可以报考公务员一样。不久,曹操便被任命为洛阳北部尉,负责洛阳北部的治安。这个差使,官不大(俸禄四百石),权不多,责任却很重大,麻烦也很不少。因为天子脚下,权贵甚多,没有哪个是惹得起的。然而首都地面的治安又不能不维持。于是曹操一到任,就把官署衙门修缮一新,又造五色大棒,每张大门旁边各挂十来根,"有犯禁者,不避豪强,皆棒杀之"。几个月后,果然来了个找死的。灵帝宠信的宦官蹇硕的叔叔,依仗侄子炙手可热的权势,不把曹操的禁令

---

① 所谓"治世之能臣,乱世之奸雄",也可以理解为治理天下的能臣,扰乱天下的奸雄。如此,则奸能与否,在于曹操的主观愿望。这里姑不讨论。

放在眼里,公然违禁夜行。曹操也不含糊,立即将这家伙用五色棒打死。这一下杀一儆百,从此"京师敛迹,莫敢犯者",治安情况大为好转,曹操也因此名震朝野。

大约从174年出山,到189年起兵,这十五年间,曹操还是想当能臣的。他历任洛阳北部尉、济南相(故城在今山东省历城县东)、典军校尉等职。其间,一次被免,两次辞官,三次被征召议郎。就在这宦海沉浮之中,他把朝廷和官场都看透了。他清楚地看出,东汉王朝已不可救药,天下大乱已不可逆转。即便不乱,腐朽的朝廷和官场也不需要什么"治世之能臣"。曹操曾上书朝廷,力陈时弊,却泥牛入海无消息。任洛阳尉,他执法如山,打击豪强;任济南相,他肃清吏治,安定地方。所有这一切,都未能整顿朝纲扭转时局,也没能产生多大的影响。他做的种种努力,对于江河日下的王朝,都如杯水车薪,已无济于事;对于横行霸道的权臣,则如蚍蜉撼树,无异以卵击石。之所以尚未招致杀身之祸,只不过有曹嵩这个大后台罢了。但朝廷借口他"能明古学",多次打发他去当有职无权的闲官议郎,则已不难看出其用心。①

曹操不能不重新考虑他人生道路的选择。

看来,治世之能臣是当不成了,曹操只好去当他的奸雄。

其实,做奸雄也许比做能臣更过瘾。

做能臣不容易。第一要忠,第二要能。忠而无能曰庸,能而不忠曰奸,都不是能臣。但,光是又忠又能,还不够,还得大家都承认。这第三条最难。因为嫉妒别人的能,是官场的通病;怀疑臣下的忠,是帝王的通病。所以历史上的能臣,好下场的不多。不是生前被贬,便是死后挨骂,能做到生前死后都没有什么人说闲话的,大约也就是诸葛亮。

---

① 曹操素以"任侠放荡"闻名,此刻却以"能明古学"应召,似颇具讽刺意义。曹操的学问固然不错,却更长于治世。不用其长而用其短,其实就是不想用他。

然而诸葛亮活得好累!

诸葛亮的形象,千百年来走样得厉害。在一般人心目中,他老先生很是潇洒的。不管遇到什么事情,那结果都是事先料定了的。计谋也很现成,甚至早就写好了,装在一个袋子里,只等执行者到时候拆开了看。自己则既不必亲自上阵杀敌,也不必操心费神,只要戴个大头巾,摇把鹅毛扇,泡壶菊花茶,摆个围棋盘,便"谈笑间强虏灰飞烟灭",真是何等潇洒。

其实,诸葛亮的心理压力大得很。刘备与诸葛亮的君臣际遇,历来就被看作君仁臣忠、君明臣贤的楷模。尤其是那有名的"三顾茅庐",千百年来让那些一心想出来做官又要摆一下臭架子的文人羡慕到死。实际上他们君臣之间的猜忌和防范,没有一天不深藏于心。君臣关系毕竟不是朋友关系,最信任的人往往同时也就是最疑忌的人。因为双方相处那么久,交往那么深,知根知柢,对方有多少斤两,彼此心里都有数。这就不能不防着点了。你看白帝城托孤那段话,表面上看是心不设防,信任到极点,其实是猜忌防范到不动声色。刘备对诸葛亮说,我这个儿子,就托付给先生了。先生看他还行,就帮他一把;不行,就废了他,取而代之(若嗣子可辅,辅之;如其不才,君可自取)。这是扯淡!刘禅的无能,简直就是明摆着的,还用看?无非因为明知诸葛亮之才"十倍曹丕",自己儿子又不中用,放心不下,故意把话说绝,说透,将他一军。诸葛亮是明白人,立即表态:"臣敢竭股肱之力,效忠贞之节,继之以死",铁了心来辅佐那年龄相当于高中生、智力相当于初中生的阿斗。

陈寿说,刘备的托孤,"心神无贰,诚君臣之至公,古今之盛轨也"。这种说法,如果不是拍马屁,就是没头脑。诚如孙盛所言,如所托贤良,就用不着说这些废话;如所托非人,则等于教唆人家谋反。"幸值刘禅暗弱,无猜险之性,诸葛威略,足以检卫异端,故使异同之心无由自起耳。"这话只说对了一半。刘备托孤成功,全因为诸葛亮受人之托,忠人之事,又为人谨慎,处处小心,这才没闹出什么事来。但要说刘禅没有猜疑忌恨过,则不是事实。诸葛亮去世后,蜀汉各地人民怀念他,要给他建立庙宇,刘禅就不批准,说是"史无前例"。可见刘禅内心深处是忌恨厌恶诸葛亮的。事实上,一个人只要当了皇帝,就会忌恨手下能力比自己更强的大臣,而且越是弱智,就越是忌恨。因为所有的蠢才都一样,只要手握权力,高人一等,便会自我感觉良好,牛皮马屁不绝。一旦发现手下人比自己强,又会恼羞成怒,必欲去之而后快。刘禅其实也一样。只不过有贼心无贼胆,有贼胆也无贼力,只好在诸葛亮死后做点小动作,发点小威风,表示他还是个人物。

其实,即便刘禅对诸葛亮真心"事之如父",也是没意思的。这家伙实在太蠢。又岂止是蠢,简直就没有心肝。他做了俘虏后,被迁往洛阳,封安乐县公。有一天,司马昭请他吃饭,席间故意表演蜀国歌舞。蜀国旧臣看了,无不怆然涕下,只有刘禅,照吃照喝,"嬉笑自若"。司马昭感慨说,一个人的无情无义,怎么可以到这个份上(人之无情,乃可至于是乎)!又一天,司马昭问他:很想念蜀国吧?刘禅立即答道:"此间乐,不思蜀。"旧臣郤正听说了,就对刘禅说,下次再问,就说先人坟墓远在陇、蜀,没有一天不想的,说完再把眼睛闭起来。后来司马昭又问,刘禅果然照着说,照着做。司马昭说,我怎么听着像是郤正的话呀!刘禅立即睁开眼睛,惊喜地说,猜对了,正是他!旁边的人都忍不住笑。当然,这也可能是为了保命,装傻。但即便是装傻,也是没心肝。事实上,除了"乐不思蜀"这句成语外,刘禅对于中国历史半点贡献都没有。辅佐这么个东西,有什么意思?

所以诸葛亮很累。又要打天下,又要哄小孩,又怕老的起疑心,又怕小的不高兴,能不累吗?事实上,诸葛亮不像军师,倒像管家。大大小小的事情,他都要亲自过问,亲自操持,即所谓"事必躬亲"。这固然是生性谨慎,也是势之所然。不这么做,他怎么能大权独揽而国人不疑呢?他实在是害怕出差错啊!

过度的疲劳,严重损害了诸葛亮的身体;沉重的压力,又使他吃不下饭,睡不着觉。① 公元234年,诸葛亮病逝于五丈原,倒在了北伐途

---

① 诸葛亮曾上表致刘禅云:"臣受命之日,寝不安席,食不甘味。"

中,享年五十四岁,比曹操少活了十二年。诸葛亮的身体原本是很好的。陈寿说他"身长八尺,容貌甚伟,时人异焉",是个伟丈夫。如非劳累过度,心力交瘁,岂能逝世于年富力强之时?

诸葛亮实现了他的诺言:"鞠躬尽瘁,死而后已。"他其实是累死的。①

做能臣太累,那么做皇帝,不好么?

做皇帝当然好,不过也要看怎么做,以及做不做得了。如果像刘协(献帝)那样,就不如不做。如果像袁术那样,则等于找死。

袁术这个人,是很有些牛气的。他出身世族,门第高贵。高祖父袁安,是章帝时的司徒;叔太祖父袁敞,司空;祖父袁汤,历任司空、司徒、太尉;父亲袁逢,司空;叔父袁隗,太傅。东汉官制,以太尉、司徒、司空为"三公",综理众务,是百官中地位最高、权力最大者。袁术祖上,高祖、太祖、祖、父四代,都有人出任三公之职,所以时称"四世三公",是当时官场上炙手可热的显赫家族。

袁术血统如此高贵,便不免牛皮烘烘,不大把别人放在眼里,包括他的哥哥袁绍。袁绍和袁术都是袁逢的儿子。袁绍年长,却是小老婆生的,即所谓"庶出"。袁术为弟,却是"嫡出",因此自视甚高。军阀割据时,袁绍、袁术兄弟均拥兵自重。但大约袁绍的实力比较强,威望比较高,人缘也比较好,因此诸侯豪杰多依附袁绍。袁术恼羞成怒,大骂诸侯不识好歹不分嫡庶,不追随他这个血统高贵的反倒去追随他们袁家的奴才!又写信给公孙瓒,说袁绍是丫鬟的儿子,不是袁家的种子。这就不但激怒了袁绍,也造成了极坏的影响,为他今后的失败埋下了伏笔。

然而,就是这么个狂妄自大又头脑简单的东西,却天天都在做皇

---

① 蜀魏交战,相持五丈原。蜀使至魏军营中,司马懿不问军事,只问饮食起居。当他听说诸葛亮黎明即起,深夜才睡,罚二十军棍以上的事,都要亲自过问时,便断定说:"亮将死矣。"

帝梦。孙坚手上有一块传国玉玺,是189年太监张让等人作乱时丢失,后来被孙坚获得。袁术听说后,竟将孙坚夫人扣作人质,强行夺了过来。有了这个宝贝,又误听了一些民间的谣言,他就觉得下一任的中国皇帝,非他袁术莫属。到了公元197年春,袁术终于按捺不住,正式称帝。这时曹操已经把献帝捏在手中,并迁都许昌,可以"挟天子以令诸侯"了,哪里容得袁术出来跳梁?自然要来收拾这个小丑。袁术又哪里是曹操的对手?结果也自然是一败再败。公元199年,兵败如山倒又众叛亲离的袁术,终于发现他这个皇帝再也做不下去,便决定把那传国玉玺让给袁绍。因为这个宝贝他还舍不得扔掉,也舍不得随便送人,觉得还是送给老哥比较合适(这时他又认袁绍是兄弟了),好歹也是袁家的人。可是,就连这个想法他也不能如愿,因为曹操已派刘备在下邳(今江苏省邳州市)截击,单等他来送死。袁术没有办法,只好又掉头回淮南。逃到离寿春(今安徽省寿县)八十里的江亭时,终于一病不起,呜呼哀哉,只当了三年半的皇帝,而且还是假的,没人承认。

　　据说袁术死得很惨。他死的时候,身边已没有粮食。询问厨房,回答说只有麦屑三十斛(音胡,十斗为一斛)。厨师将麦屑做好端来,袁术却怎么也咽不下。其时正当六月,烈日炎炎,酷暑难当。袁术想喝一口蜜浆,也不能够。袁术独自坐在床上,叹息良久,突然惨叫一声说:我袁术怎么会落到这个地步啊!喊完,倒伏床下,吐血一斗多死去。

　　袁术其实应该料到自己会有这个下场的。早在他刚起称帝念头时,就有许多人劝他不要轻举妄动胡作非为。与他关系好一点的,沛相陈珪不赞成,下属阎象和张范、张承兄弟不赞成,孙策也从江东来信表示反对。阎象说,当年周文王"三分天下有其二",尚且臣服于殷。明公比不上周文王,汉帝也不是殷纣王,怎么可以取而代之?张承则代表张范说,能不能取天下,"在德不在众"。如果众望所归、天下拥戴,便是一介匹夫,也可成就王道霸业。意思是说,当不当得上皇帝,与是不是高干子弟没什么关系。可惜这些逆耳忠言,袁术全都当成了耳边风。他实在是利令智昏。

袁术最蠢的地方,还是他在大家都想当皇帝,又都不敢挑头的时候,迫不及待地当了出头鸟。要知道,中国文化的传统之一,是"枪打出头鸟","出头的椽子先烂"。尤其是在群雄割据、势力相当的情况下,谁挑这个头,谁就会成为众矢之的。袁绍他们懂这个道理,因此尽管心里痒痒的,也只好忍住。曹操更是心里透亮。孙权劝他称帝,他一眼看穿孙权的鬼心眼,说这娃娃是想把我放在火上烤。袁术却不懂。他以为只要他一抢先,便占了上风,别人也就无可奈何。因此他就像现在抢先注册伟哥商标一样,抢先宣布自己是皇帝。没想到皇帝的称号不是商标,他也不是伟哥,结果不仅是把自己放在了火上,而且简直就是玩火自焚。

事实上,当不当得成皇帝,与抢不抢先没有什么关系。有关系的是实力,以及当时的条件。而且,即便条件成熟,也要作秀,要装模作样地推辞、谦让,让过三次以后,才装作顺从天意民心的样子,勉为其难一肚子委屈地去当。这当然很虚伪。但中国人偏偏就吃这一套。倘若无此虚伪,则会被视为恬不知耻。袁术没有条件和实力,又全然不顾这些既定的操作程序,这就不但是与曹操等人为敌,而是与中国文化为敌了。再加上他"天性骄肆,尊己陵物","不修法度","奢恣无厌",横征暴敛,鱼肉百姓,更是不得人心。在他的治下,江淮空尽,人民相食。他自己每天山珍海味,手下的士兵却一个个冻死饿死。这样的混账东西,不失败才是怪事!

二 天才与蠢才

曹操显然要聪明得多。

曹操不是没条件、没实力当皇帝。如果说,他最初的志向,只是当一个能臣,或者死后能在墓碑上刻下"汉故征西将军曹侯之墓"的字样,那么,他后来却自觉不自觉地走在一条通往帝王之位的道路上,而且最后离目的地只有一步之遥。196 年,曹操挟持献帝(当然是客客气气地)迁都许县,改元建安,开始成为当时政坛上举足轻重的人物。208年,废除三公官职,曹操任丞相,从此大权独揽。213年,献帝下诏将河东等十郡册封给曹操为魏公,并加九锡。① 同年七月,曹操在邺城建立了魏国的社稷宗庙;十一月,魏国设立尚书、侍中和六卿,曹操事实上成为一个公国的国君。214年,曹操开始享受王爵待遇。215年,献帝授予曹操分封诸侯、任命太守和国相的权力。216年,献帝进封曹操为魏王,魏国丞相改称相国,设天子旌旗,出入称警跸。② 后来又享有冕十二旒等一系列天子才能享用的礼仪。至此,曹操不仅在实际上掌握了汉室政权,而且在形式上与汉天子也没有什么两样,只差一个皇帝的称号了。

但曹操就是不要。

是曹操不想要吗?否。谁不知道当皇帝好,谁又不想当皇帝?那时节,诚如王粲对刘琮所言,"家家欲为帝王,人人欲为公侯"。是曹操没条件吗?也不。北中国基本统一,汉天子早已架空,朝廷内外,上上下下,都是曹操的人、曹操的兵,只等曹操一声令下。

曹操放着现成的皇帝不当,自然有他的深谋远虑,也有他的苦衷。他毕竟是靠所谓"兴义兵,诛暴乱,朝天子,佐王室"起家的。从公元189年起兵开始,讨董卓、伐袁术、杀吕布、降张绣、征袁绍、平乌桓、灭刘表、驱孙权、定关中、击刘备,一直用的是尊汉的名义,打的是讨逆的旗号。迁献帝于许都后,更是"奉天子以令不臣"。这是曹操的政治资本,也是曹操的政治负担。他必须把这个包袱背下去。因为他在扔掉包袱的同时,也就丢掉了旗帜。没有了这面旗帜,他曹操靠什么号召天下、收拾人心?

的确,在政治斗争中,旗帜是非常重要的。袁术丢了旗帜,身败名

---

① 九锡是帝王对大臣表示特别恩宠的九种器物。王莽在篡位前就曾加九锡。
② 警即警戒,跸即清道。警跸即出行时开路清道,严密警戒,断绝行人,为皇帝出行时之礼。

裂;袁绍举得不高,家破人亡;孙策、吕布、刘表没捞着旗帜,也就成不了气候;刘备仗着自己是皇叔,把旗帜举得高高的,也就从无到有,由弱变强。眼前的这些经验教训,曹操不会看不到。

为此,曹操曾一而再,再而三地向天下人表白:我曹某绝无篡汉之心!顶多也就想当齐桓公、晋文公或者周公。成王年幼时,如果没有周公、管叔、蔡叔不就篡位了吗?现如今,如果没有我曹操,真不知"当几人称帝,几人称王"。这是事实,也是麻烦。因为不准别人干的事,当然自己也不好去干,至少不便明目张胆地去干。一贯"讨贼"的自己成了贼,岂非真是贼喊捉贼?当然,贼喊捉贼的事曹操也不是没干过,但窃国毕竟不是偷新娘子,不能不讲政治策略。

而且曹操自己心里也明白,刘备、孙权,还有朝野一些家伙,全都没有安好心。他们有的想当皇帝,有的想当元勋,有的想趁火打劫,有的想混水摸鱼,只是大家都不说出来,也说不出口,都沉住了气,看曹操如何动作。当然,真心实意维护汉室的所谓正人君子也有。他们更是睁大了眼睛,警惕地注视着曹操的一举一动,一言一行。倘有不轨,立马就会群起而攻之。自己后院失火,刘备、孙权等就会幸灾乐祸,火上加油,乘机作乱,同朝中反对派联手与自己作对。这样一来,时局就将不可收拾,眼看到手的胜利果实就会功亏一篑、毁于一旦。

曹操实在是太清楚这一利害关系了。好嘛,你们不说,我也不说;你们能装,我也能装。到时候,看谁憋不住,等不及!政治斗争是一种艺术,讲究的是瓜熟蒂落,水到渠成,不到火候不揭锅。过早地轻举妄动是一种盲动,引而不发才是高手。曹操是高手,他沉得住这个气。

因此,当孙权上表称臣,属下也纷纷进劝时,老谋深算的曹操只说了意味深长的一句话:孔子说过,只要能对政治产生影响,就是参政,何必一定要当什么呢?如果天命真的在我身上,我就当个周文王好了!

这话说得非常策略,非常有弹性,也留有余地。它既表示曹操本人无意帝位,也不排除子孙改朝换代的可能。至于曹丕他们会不会这么干,那就要看天命,也要看他们的能耐了。干成了,我是太祖;干不成,我是忠臣。曹操的算盘打得很精。

何况曹操是一个务实的人。他有一句名言:"不得慕虚名而处实祸。"只要自己实际上拥有了天子的一切,那个惹是生非的虚名,要它作甚!

曹操的策略,是"打皇帝牌"。

皇帝是张好牌。这张牌好就好在它既虚又实。说它虚,是因为这时的皇帝,不要说"乾纲独断",就连人身自由都没有,完全听人摆布,有如提线木偶。所以,它是一张可以抓到手的牌。说它实,则是因为尽管谁都知道这皇帝是虚的,是个摆设,可又谁都不敢说他是虚的,可以不要,就像童话里谁也不敢说那皇帝没穿衣服一样。皇帝有个什么吩咐,有个什么号令,大家也都得装作服从的样子(事实上有些事还得照着做),不敢明目张胆地唱反调。所以,它又是一张有用的牌,而且是王牌。

曹操原本是没资格打这张牌的。最有资格的是袁绍。

袁绍四世三公,有政治地位;地广兵多,有军事实力。如果袁绍要迎奉天子,别人是抢不过的。而且,袁绍的谋士沮授也一再向袁绍提出这个建议。可惜袁绍目光短浅志大才疏,他身边其他一些谋士,也徒有虚名鼠目寸光。在这些短见的家伙看来,汉王朝风雨飘摇气数已尽,匡复汉室毫无意义。既然并不打算匡时济世,反倒琢磨着乱中夺权,那就没有必要把皇帝接来。把这么个宝贝弄到身边来,天天向他请示,事事向他汇报,实在麻烦。听他的吧,显得咱没分量;不听他的吧,说起来又算是违命,实在划不着。袁绍自己呢,一想到献帝是董卓拥立的,心里就犯恶心,也就打消了这个念头。

这实在是不折不扣的井蛙之见。要知道无论是毛玠(音介)建议曹操"奉天子以令不臣",还是沮授建议袁绍"挟天子以令诸侯",都并非真心要匡复早已颓圮的汉室,不过只是把献帝当牌打罢了。只要这张牌是王牌,你管他是哪儿来的?天高固然皇帝远,但那皇帝如果是傀儡,近一点岂不更便当,更便于操纵和控制?请示汇报、磕头行礼当然还是要的。但只要稍微有点头脑,就该知道那不过是走走过场而已,献帝岂能不一一照准?献帝当时才十六岁,还是个孩子。先是被捏在董卓手里,后来又被王允等人捏在手里,从来就没有真正掌过权。李傕(音决)、郭汜火并,在长安城里兵戎相见,献帝派人两边讲和,谁也不买他的账。可见这位堂堂天子,不要说号令天下,就连当个和事佬都当不成。这样可怜的皇帝,到了袁绍这里,怎么会摆天子的谱,同袁大人过不去呢?袁绍以为远离皇帝可以随心所欲,为所欲为,这种思维方法,同落草为寇占山为王的"强人"没什么两样,哪像一个有志于天下的豪雄?

机不可失,时不再来。袁绍一犹豫,曹操就抢了先。他有毛玠等人出谋划策,又有曹昭等人牵线搭桥,很快就把皇帝这张牌抓到了自己手里。这一回轮到袁绍大跌眼镜了:曹操迎奉献帝迁都许昌后,不但没有损失什么,或受制于人,反倒捞到了不少实惠。他得到了黄河以南的大片土地,关中地区的人民也纷纷归附。更重要的是,他捞到了一大笔政治资本,不但自己成了匡扶汉室的英雄,有了"一人之下,万人之上"的地位,而且把所有的反对派都置于不仁不义的不利地位。从此,曹操不管是任命官吏、扩大地盘,还是讨伐异己、打击政敌,都可以用皇帝的名义,再不义也是正义的。对手们呢?则很被动。他们要反对曹操,先得担反对皇帝的风险。即便打着"清君侧"的旗号,也远不如曹操直接用皇帝的名义下诏来得便当,来得理直气壮。比如后来袁绍要打曹操,沮授和崔琰便都说"天子在许",攻打许昌,"于义则违"。诸葛亮也说曹操"挟天子而令诸侯,此诚不可与争锋"。曹操捷足先登,占了个大便宜。

袁绍后悔之余,又想出一个补救办法。他以许昌低湿、洛阳残破为由,要求曹操把献帝迁到离自己较近的鄄城(今山东省鄄城县),试图与曹操共享这张王牌。这可真是做梦娶媳妇,尽想好事。曹操肚子里好笑,却一本正经地以献帝的名义给袁绍下了一道诏书,责备他"地广兵多,而专自树党",没见他出师勤王,只见他不停地攻击别人。袁绍偷鸡不着蚀把米,油水没捞到,反倒挨了一顿训,真是浑身气都不打一处来，却也只好忍气吞声上书为自己辩解一番。袁绍无论在政治上还是在心理上都大大输了一把。

于是，当曹操以献帝的名义任命袁绍为太尉、封邺侯时，袁绍便拒不接受。因为太尉虽然是全国最高军事长官，三公之一，地位却在大将军之下。而此刻的大将军不是别人，正是被他看不起的曹操。因此袁绍气愤地对人说，曹操早就死过好几回了，每次都是我救了他，现在倒打着天子的旗号命令起我来了，什么东西！这就十分小家子气和小心眼儿了。反倒是曹操大度，知道此时不可同袁绍翻脸，便上表辞去大将军一职，让给袁绍。袁绍这下以为得了面子和甜头，才不闹了。其实，袁绍不在朝中，他的号令也出不了自己的辖区范围，当大将军与小将军没什么两样。何况，这职位是曹操让出来的，也没什么面子，反倒显得自己小气。

曹操却面子里子都占全了。当然，献帝也得到了不少好处。到许昌之前，献帝和朝官们已经与叫花子差不太多。当时在洛阳，尚书郎以下的官都得自己出去挖野菜吃，有的竟活活饿死或被乱兵杀死。曹操却大大地改善了他们的生活，而且在做这些事时，非常地细心，很像一个管家的样子。更重要的是，献帝已不用再流离失所，不用再像一件奇货可居又一文不值的东西在一个接一个人的手上倒手转卖，不用担心害怕随时会被废黜、杀害。他有了一个保护神，可以过点安生日子了。虽然傀儡的日子很可怜，这皇帝当得也很窝囊，但要是落到袁绍那帮人手里，只怕更惨。显然，曹操和献帝做成的，是一笔双方都有利可图的政治交易，曹操实在不简单。

曹操的政治才能早就表现出来了，只是大家看不见。

汉末政坛上，开始大家比较看好的是袁绍。袁绍人长得漂亮（有姿貌威容），对人也不错（能折节下士），人缘也挺好（士多附之）。因此，当各路诸侯决定成立盟军讨伐董卓时，他便被公推为盟主。

其实袁绍徒有其表。公元189年，灵帝去世，留下十四岁的儿子刘辩和九岁的儿子刘协，根本控制不了局势，政局立即失去平衡。一场权力和利益的再分配势所难免,而此类动作又向来是通过宫廷政变和阴谋诡计来完成的。谁心狠手辣,谁就可能占便宜。所以大将军何进杀掉宦官头目之一的蹇硕后,袁绍便劝他一不做二不休,干脆把宦官统统杀掉,斩草除根。然而何进却很为难,因为他的妹子何太后不同意。何太后因当年毒杀刘协的生母王美人,差点被灵帝废掉,多亏宦官求情才过了关,现在当然也不肯对宦官下手。于是袁绍又给何进出主意,劝他多召四方猛将,尤其是并州牧董卓入京,以威逼太后。这实在是馊主意。连老百姓都知道,"请神容易送神难",何况是董卓这样的凶神?只怕是引狼入室。更何况根本就没有必要。曹操就说,要解决宦官问题,只要诛杀几个为首的元凶就行了。这是只用一个狱吏就能办到的事,"何必纷纷召外将乎"?结果,董卓还没进京,何进就先成了宦官们的刀下鬼。董卓一进京,皇帝也废掉了,太后也毒死了,洛阳变成了一片火海,一片废墟,这都是袁绍干的好事!

袁绍这事确实做得蠢。且不说他引进的,是自己根本控制不了的一股恶势力,即便来的真是"仁义之师"和"勤王之兵",也大可不必。宦官原本是些既没有地位人望、又没有兵力政权的人。他们之所以得势,正如曹操所说,是因为皇帝亲近信任他们。如果皇帝不宠信,就成不了气候。杀鸡焉用牛刀,何况这刀还不在自己手上?刀出鞘,就要见血。没有鸡可杀,便会杀牛。何进、袁绍辈就是该着挨杀的蠢牛犟牛。如果不是袁绍主张把宦官赶尽杀绝,逼得张让他们走投无路,狗急跳墙,何进或许还不会死于非命。搞宫廷政变是得心狠手辣,但不等于嗜血成性,更不等于滥杀无辜,最狠毒的打击只能施加于最凶险的政敌。事实上,所谓政治斗争,说穿了,就是人事的变更,权利的均衡,利益的再分配和人际关系的重新调整。得到的支持越多,胜利的可能就越大,因此应该"团结大多数,打击一小撮",怎么能像袁绍主张的这样,不问青红皂白,杀个一干二净?这就是给自己树敌了,而树敌过多的人,从来就没有好下场。

曹操就不会这样。公元 200 年,曹操大败袁绍于官渡,袁绍的大量辎重、珍宝、图书都落到曹操手里,其中就包括己方一些人暗地里写给袁绍的书信。白纸黑字,铁证如山,但凡与袁绍有过书信来往的,无不提心吊胆,惶惶然不可终日。然而曹操却下令将这些书信全都付之一炬。曹操的解释是这样的:袁绍强盛的时候,连我都自身难保,何况大家呢!这话说得够体贴人的。不要说那些心怀鬼胎的人疑窦冰释,便是没什么瓜葛的人,也会为曹操的宽宏大量和设身处地所感动。

曹操的话说得很漂亮,算盘则打得更精。他很清楚,这事一旦动起真格来,要处理的就不会是一个两个。因为在胜败未决又敌强我弱的情况下,谁不想着给自己留条后路呢?这时,脚踏两只船的人一定不在少数。当然,不会每个人都是双重间谍,多数人不过两边敷衍罢了。但敷衍和通敌原本是不大分得清的。而且按照封建伦理,不忠即是叛逆。只要和袁绍有书信来往,那通敌的嫌疑可是跳进黄河也洗不清了。如果都要一一追究,只怕有半数以上的人说不清。既然追究不了,不如卖个人情,统统不追究好了。而且,人情做到底,连证据都予以销毁,大家放心。这样,那些心中有鬼且有愧的人,就会感恩戴德;而那些原本忠心的人,则更会死心塌地。这岂不比揪出一大堆人来整治,最终削弱自己的力量合算得多?

在这里,曹操显然又表现出他政治家的天才。如果说,在对待召董卓入京,或立合肥侯为帝等问题上,①曹操表现的是政治家的远见卓识,那么,在对待上述事件时,他表现出的则是政治家的雄才大略。他深知,无论政治斗争还是军事斗争,最重要的凭据是正义,最重要的资源是人才。要网罗人才,首先要以诚待人,其次要以信取人,第三要以宽容人。人上一百,形形色色。世界上哪有清一色的队伍?"水至清则无鱼,人至察则无徒",有些时候,是要装点糊涂的。装糊涂才能宽容人,宽容人才能得人心,得人心才能得天下。曹操懂这个道理,所以曹操是赢家。

袁绍却既目光短浅,又心胸狭窄。官渡之战前,他的谋士田丰再

---

① 公元188年,冀州太守王芬等人阴谋废黜灵帝,立合肥侯,拉曹操下水,被曹操严词拒绝。后王芬果然事败自尽。

三劝阻他不要贸然出兵,袁绍不但不听,反倒把他关了起来。后来,兵败的消息传到邺城,有人到狱中探视田丰,说:这下老兄可要被重用了。田丰却摇了摇头说,我可是死定了。果然,袁绍一回到邺城,立即杀了田丰。

田丰真可谓知人知心,料事如神。他太清楚袁绍的为人了:志大才疏,刚愎自用,表面上宽厚儒雅,心底里猜忌刻薄。如果打了胜仗,心里高兴,还有可能释放田丰出狱,一方面显示他的宽宏大量,另方面也可借这个"反面教员"来证明自己的伟大英明。打了败仗,恼羞成怒,便一定会迁怒于别人,拿别人的人头来给自己出气,杀正确的人来掩盖自己的错误。这样的人,还想当皇帝、得天下,岂非白日做梦?

三 宽容与报复

在同类问题上,曹操的想法、做法,总是和袁绍相反。

公元197年,盘踞在宛城(今河南省南阳市)的张绣向曹操投降。曹操兵不血刃,就获得了南征的胜利,不免有些飘飘然,行为也不检点,举措也不推敲。他强纳张绣的婶婶(张济之妻)为妾,让张绣感到屈辱;拉拢张绣的贴身部将胡车儿,使张绣感到威胁。于是,张绣用谋士贾诩之计,突然反叛,在曹操猝不及防的情况下把他打得落花流水。长子曹昂(曹操最中意的接班人)、猛将典韦(曹操最贴心的亲兵队长),还有一个侄子曹安民,均在战斗中身亡,曹操自己也中了箭伤。面对这次惨败,曹操并未诿过于人,更没有追究主张接受张绣投降的人,而是自己承担了责任。他对诸将说,我已经知道自己错在哪儿了,我下回再也不会犯这样的错误了。[①]

公元207年,曹操北征乌桓大获全胜。回师的路上,走到冀州时,天寒地冻,荒无人烟,连续行军二百里不见滴水,军粮也所剩无几,"杀

[①] 199年,曹操再次南征张绣,出师不利,因于穰城(今河南省邓县),他又对军师荀攸说,不听先生的话,以至于此。

马数千匹以为粮,凿地入三十余丈乃得水"。回到邺城后,曹操下令彻查当初劝谏他不要征讨乌桓的人,并一一予以封赏。曹操说,我这场胜利,完全是侥幸。诸君的劝阻,才是万全之策。因此我要感谢诸位,恳请诸位以后还是有什么说什么,该怎么讲还是怎么讲。也就是在这一年,曹操发布《封功臣令》,说我起义兵,诛暴乱,于今已十九年了,战必胜,攻必克,征必服,难道是我的功劳?全仗各位贤士大夫之力啊!

打了败仗检讨自己(尽管检讨得并不到位,失败的原因也没有真正找到),打了胜仗感谢别人,而且感谢那些劝他不要打这一仗的人,这种胸襟与情怀,与袁绍打了胜仗归功于自己,打了败仗杀劝自己不要盲动的人,真是不可同日而语。正是这种非凡的气度和超人的胆识,使他战胜了一个又一个敌人和对手,凝聚了一个又一个勇将和谋臣,就连曾经背叛过他的张绣,也于199年再次向他投降。

张绣的第二次投降,也是贾诩的主意。贾诩,字文和,武威人,据说有张良、陈平的奇才。袁绍派人来招纳张绣,贾诩却力主去投靠曹操。① 贾诩的理由是:第一,曹操奉天子以令天下,政治上占有优势,投靠曹操名正言顺,此为有理。第二,袁绍人多势众,曹操人少势弱,我们这点人马,在袁绍那里微不足道,对于曹操却是雪里送炭,必被看重,此为有利。第三,但凡有志于王霸之业者,一定不会斤斤计较个人恩怨,反倒会拿我们做个榜样,向天下人表示他的宽宏大度和以德服人,此为有安全。因此,尽管袁绍强大,曹操弱小,同我们又有前嫌,我们还是要拒绝袁绍,投奔曹操。

贾诩的估计完全不差。张绣一到,曹操就亲亲热热地拉着他的手,为他设宴洗尘,并立即任命张绣为扬武将军,封列侯。为了进一步表示自己的诚意,曹操还为自己的儿子曹均娶张绣的女儿为妻,两人成了儿女亲家,同当年刘邦在鸿门宴之前对待项伯一样,极尽笼络之能事。至于过去的恩恩怨怨,当然也半个字不提,从此,张绣成为曹操

---

① 贾诩对袁绍的使者说,麻烦足下回去告诉袁本初,他们兄弟尚且不能相容,还容得下天下国士么?一点面子都不讲地就把袁绍的使者打发了。

麾下一员勇武的战将,贾诩则成为曹操身边一个重要的谋臣。

曹操和贾诩都实在是太懂政治了。他们都明白一个道理:天下的争夺,归根结蒂是人心的争夺。得人心者得天下,失人心者失天下。而要争取人心,就必须有一个宽宏大量的气度和一个既往不咎的政策,哪怕是装,也要装得像回事。这就需要有一个典型,一个样板,一个榜样。因为榜样的力量是无穷的。它比说多少好话都管用。张绣就恰恰是一个做榜样当典型的最好材料。他和曹操有过多次交手,而且每次都把曹操打得落荒而逃。他同曹操有着深仇大恨,而且是投降了又叛变的人。这样的人,都能为曹操所容,还有什么人不能容呢?这样的人,都能为曹操所信任,还有什么人不能信任呢?相比较而言,袁绍连自己的弟弟都不能信任,还能指望天下人归顺依附于他吗?

张绣来得也很是时候。曹操其时,"挟天子以令诸侯"才刚刚三年,天下不服的人不可胜数。他自己在社会上的名声也不太好。后来陈琳代袁绍起草的讨曹檄文,就把他骂得狗血淋头,说他从来就不讲道德,只不过鹰爪之才,甚至说"历观古今书籍,所载贪残虐烈无道之臣,于操为甚",简直就是天字第一号的大坏蛋大流氓。此类文章,历来是欲加之罪何患无辞,其中难免诬蔑不实之处,但有些事,恐怕也非空穴来风,曹操自己也有口难辩,说不清楚的。因此,他实在很需要有一个机会,来展示自己的博大胸怀和高尚情操;很需要有一个典型,来证明自己的容人之量和仁爱之心。张绣此时送上门来,真使他喜出望外。因此他不但尽释前嫌,而且始终如一地对张绣信任有加,给予的封赏也总是超过其他将领。对于贾诩,曹操更是既感激又欣赏——感激他雪中送炭,①欣赏他谋略过人,因此就连立储大计,也要与贾诩密谈。这就不再是为了示人以德,而是真诚地引为知己了。如果说,谋臣之智,首在"审于量主"(能够审慎而准确地选择自己的服务对象)②,那么,君主之明,则首在"知人善用"。应该说,曹操和贾诩都成

---

① 曹操曾感激地对贾诩说:"使我信重于天下者,子也。"
② 这是曹操另一位谋士郭嘉的话。

功地做到了这一点。他们的合作,是中国政治史上一个成功的范例。

贾诩为曹氏集团服务了两代人,在文帝曹丕朝官居太尉,七十七岁去世,谥曰肃侯,结局比某些曹操自己营垒里的人还好。

曹操能这样做,是因为他知道人才的宝贵。

曹操很早就意识到,正义的旗帜和精锐的队伍是克敌制胜的两大法宝。还是在起兵讨董卓的时候,袁绍曾问过曹操,如果讨伐董贼不能成功,你看哪方面能做我们的依靠和凭据(方面何所可据)?袁绍自己的回答是:南据黄河,北占燕代(泛指今河北北部和山西东北一带),兼领戎狄(指乌桓),南向以争天下。曹操却淡淡地说,照我看,任用普天下的智能之士,用正道和正义来统率他们,就左右逢源无所不可!① 曹操的见识,已明显地高出于袁绍之上。这也是曹操后来与袁绍逐鹿中原时的态度:你打军事地理牌,我打政治人材牌,咱哥俩就玩他一把好了!

袁绍当然不是曹操的对手。他的优势,是位高而势众。可他政治上短见,军事上弱智,组织上低能,有了机遇也抓不住,有了人才也不会用。袁绍那边是很有些人才的,有的水平还很不低,比如沮授、田丰。沮授劝袁绍"挟天子而令诸侯,蓄士马以讨不庭",同毛玠"奉天子以令不臣,修耕植以蓄军资"的建议几乎如出一辙。田丰则更是策无遗算,料事如神。可惜,这些人才全都没被他真正尊重过。田丰被关了起来,沮授被晾了起来,许攸气得投奔了曹操,剩下的那些货色,不是缺德(如郭图),就是少才(如审配),要不然就是一介武夫(如颜良、文丑)。最后,武将中最有谋略的张郃(音合),也因袁绍的拒谏和郭图的诬陷而投奔了曹操,终使袁绍全线崩溃,全军覆没。

---

① 在这里,曹操利用汉语词汇的多义性,表达了他与袁绍不同的政治见解。袁绍问"方面何所可据",这个"方面",可以理解为地理位置,也可以理解为政治条件;据,则既可理解为据点,也可理解为凭据。如此,则曹操的话就可以理解为:只要依靠正义和人才,什么地方都是根据地。

曹操却正好相反。他深知人才的重要,也清楚自己的分量。"一个篱笆三个桩,一个好汉三个帮",何况他背景、资历、地位、实力都不如别人。因此他需要大批的人来帮助他、支持他,尤其是要争取高门世族的人来合作,以资号召。能帮忙最好,帮凶、帮腔,哪怕帮闲也行。有才的要,有名的要,徒有虚名的也要。总之是来者不拒,多多益善。端的称得上是"求贤若渴,爱才如命",就连敌营中的人,他都要设法弄过来为自己所用。他手下的五员大将,就有三员来自敌营:张辽原是吕布部将,张郃原是袁绍部将,徐晃原是杨奉部将,乐进和于禁则是他亲自从底层提拔起来的。正所谓"拔于禁、乐进于行阵之间,取张辽、徐晃于亡虏之内,皆佐命立功,列为名将"。谋臣中也有不少来自敌方。许攸从袁绍营中来投奔他,他光着脚出来迎接。① 蒯越和刘琮一起投降,他说高兴的不是得到了荆州,而是得到了蒯越。陈琳为袁绍起草檄文,对曹操破口大骂,被俘后,曹操也只是说:骂人骂我一个就行了,怎么骂我祖宗三代呢?陈琳谢罪说,箭在弦上,不得不发。曹操也就算了,仍任命他为司空军谋祭酒。毕谌的母亲、弟弟、妻子、儿女被张邈扣押,曹操便对他说:令堂大人在张邈那里,你还是到他那里去吧!毕谌跪下磕头,说自己没有异心,感动得曹操流下眼泪。谁知毕谌一转身连招呼都没打一个,就背叛曹操投奔了张邈。后来,毕谌被俘,大家都认为他这回必死无疑。谁知曹操却说:尽孝的人能不尽忠吗?这正是我到处要找的人啊!不仅不治毕谌的罪,还让他到孔夫子的老家曲阜去做了鲁国相。

以张绣之"深仇大恨",一听来归,便握手言欢,封官晋爵;以许攸之"贪婪狂妄",一听来奔,便喜不自禁,赤脚出迎;以陈琳之"恶毒攻击",只因爱其才,竟毫不计较,坦然开释;以毕谌之"背信弃义",只因嘉其孝,竟既往不咎,信任如故。还有那个魏种,原本是曹操最信任的人,张邈反叛时,许多人倒戈跟随了张邈,曹操却十分自信地说:只有魏种是不会背叛我的。谁知魏种也跟着张邈跑了,气得曹操咬牙切

---

① 古礼,跣足是对于对方的极大尊重,不一定是"来不及穿鞋就匆忙出迎"。

齿:好你个魏种!就是跑到天涯海角,我也饶不得你!但当魏种果然被俘时,曹操却叹了一口气说:魏种是个人才啊!又任命他去当河内太守。凡此种种,都使曹操的英雄气度大帅胸襟跃然纸上。

曹操宽容人,更难得的是还能够以诚待人。许攸来降后,刚一坐下,开口便问:请问贵军还有多少粮食?曹操猝不及防,随口答道:起码还能支持一年。许攸毫不客气地说:不对!重讲!曹操又改口说:还可以支持半年。许攸冷笑一声:老朋友大概是存心不想打败袁绍吧?怎么一而再、再而三地不讲实话?曹操是聪明人,他知道许攸如果不是掌握了情报,便是看透了自己的心思,瞒是瞒不过去了。而且,如果再不讲真话,就难以取得许攸的信任和帮助,于是笑笑说:刚才不过是开个玩笑罢了!实打实地说,顶多只够一个月了。许攸见曹操实话实说,便将自己对战局的分析和解决的办法和盘托出,一仗就打得袁绍再也翻不过身来。

说起来,曹操的生性是很狡诈的。所谓"少机警,有权数",不过是史家比较委婉客气的说法,说穿了就是狡诈。何况曹操又是带兵打仗的人。兵不厌诈。战场上用诡计,官场上用权谋,不过军事斗争和政治斗争的家常便饭,没什么稀罕,也并不丢人,谁都这么做,只不过敌方叫"狡猾奸诈",己方叫"足智多谋"、"出奇制胜"罢了。曹操的聪明之处,在于他知道什么时候该说假话,什么时候该说真话。尊奉天子,继承汉室,不过买政治股,打正统牌,不妨做秀,也难免敷衍。同智士谋臣说话,因为双方都是聪明人,如果要小聪明使小心眼,就很容易被对方看穿而失去信任,那可真是"聪明反被聪明误"了,反倒不如实话实说。曹操很能把握这个尺寸。惟其如此,他才为自己造就了"谋臣如云,武将如雨"的局面。

不过,谁要是以为曹操不会整人报复人,那就大错特错了。

曹操这个人,报复心是很重的。而且,报复起来,一点都不手软。公元193年秋,曹操亲提大军,直扑徐州。一则因为徐州牧陶谦此刻与公孙瓒联手对付他,二则因为陶谦曾出兵帮助袁术打过他,三则因为他父亲曹嵩和弟弟曹德被陶谦的部将张闿(音凯)抢劫并杀死。杀父之仇,岂能不报,何况仇人又是敌人?这一下陶谦吃不消了,只好逃进郯城(今山东省郯城县)躲起来。曹操打不下郯城,便拿徐州老百姓出气。于是纵兵扫荡,实行"三光"政策,前后杀了数十万人,仅一次就在泗水边"坑杀男女数万口",连泗水都被尸体堵塞,为之不流。徐州地区许多城池"无复形迹",不但没有人影,连鸡犬都杀光了,简直就是惨绝人寰。所以195年曹操打算再次征讨徐州的时候,谋士荀彧(音玉)就断言徐州军民一定会拼死抵抗,决不投降,因为上次杀的人实在太多。确实,曹操这一回,也报复得太过分了。陶谦即便罪大恶极,也顶多杀了他本人或他那一伙,关老百姓什么事呢?如此滥杀无辜,岂非丧心病狂?

其实,就连他树的那个样板张绣,似乎也是遭了报复的。他随曹操北征乌桓,还没到地方就死了,死因不明。《魏略》说是被曹丕吓死的。张绣为了讨好曹丕,曾多次请他聚会,没想到曹丕竟然发怒说:你杀了我哥哥,怎么还好意思厚着脸皮见人呢!张绣"心不自安,乃自杀"。此案甚为可疑,姑不论。但他的儿子张泉被杀,则是事实。张泉是因牵扯到魏讽谋反案中被杀的。据说此案"连坐死者数千人",时在建安二十四年(公元219年),是曹操生前最后一次大清洗,下手的人又是曹丕,但下令的却是曹操。此案的案情倒不复杂。据说魏讽是沛人,"有惑众才,倾动邺都",大约是个"摇唇鼓舌,妖言惑众"的人。曹操的魏国相国钟繇(音由)见他名气大,便让他做了西曹掾。可是这个魏讽,却趁曹操在前线指挥与关羽决战之机"潜结徒党",与长乐卫尉陈祎(音伊)密谋袭取邺都,抄曹操的老窝。然而事到临头,陈祎却害怕了,便向看家的曹丕自首告密。曹操铲除异己向来就不手软,何况前方吃紧之时,更不容后院起火。曹丕手上有了老头子的令箭,也就趁机大开杀戒,杀魏讽,也杀与本案有牵连的人,包括张泉。

现在已无法查明张泉是怎样卷进此案的。一种可能是张泉因曹丕逼死了父亲,心怀仇恨或心存恐惧而加盟魏讽的徒党。第二种可能是曹丕因有间接谋杀张绣之嫌疑,畏惧张泉报仇,干脆逼人谋反,杀人灭口。第三种可能则是曹丕并未逼死张绣,但也深知曹操笼络张绣,完全是出于政治需要,杀子之仇是不会忘记的。报复既然无法施加于张绣,那就拿张泉来抵罪好了。你杀了我的儿子,我也杀你的儿子,岂不是扯平了？曹丕揣摩到曹操的这一心思,便想趁机替父王了却这一心思,没准更能巩固自己太子的地位。当然还有一种可能,就是曹操直接下令处死张泉。总之,张泉之死,很有可能是冤案,或是被逼上梁山。事实上,魏讽一案牵扯的人那样多(《世语》说数十人,《通鉴》说数千人),冤死鬼是少不了的,其中说不定就有曹操早就想报复又没有机会报复的人,比如在官渡之战中与袁绍暗中勾结的那些家伙。

实际上,曹操既爱才又妒才,能容人也会整人。他整起人来,也与他用人一样,是"大手笔"。没有什么他不敢杀的人,也没有什么他杀不了的人。当年在兖州时,他就杀了鼎鼎大名的边让。边让,陈留人,博学有辩才,所著《章华台赋》传颂一时,大将军何进曾特予征召,蔡邕、孔融、王朗等名士也都极为推崇,他本人也做过九江太守,后来辞官在家。边让自己是名士,自然不大看得起曹操这个宦官养子的儿子,可能很说了些侮辱不恭的话,自以为曹操不敢把他这个大名人怎么样。谁知此时曹操还不是宰相,肚子里也还撑不了船,便悍然地把他杀了,而且还杀了他一家。沛相袁忠和沛人桓邵也看不起曹操,边让被杀后,两人逃到交州,家人却落入虎口。后来桓邵自首,跪在曹操面前求饶,曹操却恶狠狠地说:下跪就可以免死吗？当然不能。结果桓邵也被推出去斩首。

曹操干的这件事,影响极坏,当时就引发了一场叛乱,事后也一直被人们议论。有了这次教训,加上官也大了,野心也大了,慢慢学得"将军额上跑马,宰相肚里撑船",报复起来,也就不那么直截了当。但报复还是要报复,嫉妒还是要嫉妒的。即便是老朋友,也不例外。老朋友许攸、娄圭,都因为才智过人又"恃旧不虔"(仗着自己是老朋友而对曹操不恭)而被杀。娄圭,字子伯,少有猛志,智勇双全,追随曹操,立功极多,曹操常常自叹不如(子伯之计,孤不及也),终因嫉才而杀了他。

相对娄圭而言,许攸就有点自己找死。他既恃旧,又恃功,一直对曹操不那么恭敬客气,常常当着众人同曹操开玩笑,甚至直呼曹操的小名说:阿瞒呀,没有我,你就得不到冀州了。曹操表面上笑着说:是呀是呀,你说得对呀,心里却恨得咬牙切齿。后来曹操攻下邺城,许攸又指着邺城城门对曹操身边的人说:这家伙要不是有了我,就进不了这个门啦!曹操便再也不能容忍。当年在官渡,曹操危在旦夕,对许攸的放肆只好忍了又忍,这会儿可就没有这个必要了。于是曹操便毫不犹豫地要了他的性命。

许攸实在是白长了个聪明脑袋。他难道不知道"伴君如伴虎",而老虎终究是要吃人的么?老百姓都知道,老虎的屁股摸不得。许攸却不但要去摸,而且越摸越上瘾,哪里还能保住脑袋!

四 几桩谋杀案

实际上,但凡得罪、顶撞过曹操的人,几乎都没有好下场。实在找不到岔子,就诬以谋反;谋反的赃也栽不了,便诬以"腹诽心谤"。腹诽心谤可是既说不清又不要证据的事,当然一抓一个准。这种以"腹诽心谤"为罪名杀人的事,刘邦干过,汉武帝刘彻干过,曹操干起来也很得心应手。那个道德最高尚、品行最端正、作风最正派,在群众中威望最高的崔琰,就是这样被曹操整死的。

崔琰,字季珪,是当时最为德高望重的名士,史书上称他"清忠高亮,雅识经远,推方直道,正色于朝",也就是清廉忠贞,正派儒雅,既有高风亮节,又有远见卓识,看人看得准,做事做得正,而且仪表堂堂,凛然于朝,据说连曹操看到他,也为他那一身正气而慑服(太祖亦敬惮焉)。事实上曹操也很推崇他,说他有"伯夷之风","史鱼之直"[①],

---

① 伯夷是所谓"君子"的典型,据说他"目不视恶色,耳不听恶声,非其君不事,非其民不使"。史鱼则是所谓"直臣"的典型,因卫灵公不纳他的忠言,便在临终前留下遗嘱,不让家人给他在正堂治丧,终于用这"尸谏"的方式,迫使卫灵公改正了错误。所以孔子说:正直啊,史鱼!国家有道他像箭一样直,国家无道他也像箭一样直。孟子则说:闻伯夷之风者,顽夫廉,懦夫有立志。

"贫夫慕名而清，壮士尚称而厉"，认为崔琰是众人的表率，时代的楷模。

崔琰也确实不负众望。他在担任组织部长兼人事部长职务期间，选拔了大量优秀人才（文武群才，多所明拔），而且量才录用，不讲情面，以致"朝廷归高，天下称平"，杜绝了用人的腐败，树立了朝廷的威望。

崔琰又是一个光明磊落、胸怀坦荡的人。曹操晚年，曾为立嗣问题苦恼，不知是立最年长的曹丕呢，还是立最有才的曹植。于是便以信函密问百官，请他们陈述意见，密封以答。惟独崔琰却"露板"（不封板牍）公开作答，说根据《春秋》之义，立子以长，何况五官中郎将（曹丕）仁孝聪明，宜承正统。我崔琰愿以死恪守正道。曹操一看，大为惊异。因为曹植正是崔琰的侄女婿。崔琰不举荐曹植而举荐曹丕，说明他确实是处以公心的，连曹操也不得不"喟然叹息"，敬佩他的大公无私。

然而就是这样一个人，也被曹操杀了，而且完全是诬杀。杀他的理由，就是"腹诽心谤"。以所谓"腹诽心谤"为罪名来杀人，原本就是混账逻辑，更何况说崔琰"腹诽心谤"，理由根本就不能成立。事情是这样的：曹操做了魏王之后，有一个名叫杨训的人写了表章，称颂曹操的功勋和盛德，遭到一些人的非议，说他迎合权势，为人虚伪。进而又议及崔琰，认为他居然举荐杨训做官，是他作为组织部长的失察和失职。于是崔琰便把杨训奏章的底稿要来看了一下，给杨训写了一封短信，说："省表，事佳耳！时乎时乎，会当有变时。"此案便由此而起。

我们现在已无法确知崔琰写这封信的真实想法和动机，但此信确实有些含糊其辞模棱两可。它直译过来是：表章我看过了，事情做得还算可以嘛！时间啊时间，随着时间的变化，情况也一定会发生变化的！这里的关键是：那个还算可以的事是什么事，而那个会发生变化的情况又是什么。它们可以理解为：杨训的这份奏章写得还算可以，或他上奏章这件事做得还算可以，而随着时间的迁移，人们对杨训的看法也是会发生变化的。这种理解，就事论事，顺理成章。

但告密的人不这么理解。他的解释翻译过来就会是这样:表章我看过了,曹某人做的那些事还算是可以嘛! 天时啊天时,总会有变的时候。所以曹操愤怒地说:老百姓通常都讲,生个女娃儿罢了,不过"还算可以"而已,这个"耳"字不是好字眼。"总会有变的时候",更是出言不逊,别有用心! 于是便处崔琰以髡刑输徒。也就是剃个阴阳头,送去劳改队吧。崔琰受此凌辱,内心却很坦然,行止如故,辞色不挠,毫无猥琐卑屈、摇尾乞怜的样子。那个告密者又去报告曹操,说崔琰并无认罪悔改之意。曹操便下手令说:崔琰虽然受刑,却仍接交宾客,门庭若市,说话抖动着胡须,看人直瞪着眼睛,好像心怀不满嘛!三天后,负责监视崔琰的官吏报告说崔琰并未自杀,曹操竟发怒说:崔琰难道一定要我去动刀锯吗? 崔琰听说这话,点点头说,这是我的不是了,不知曹公竟有这个意思。于是从容自尽。

崔琰之死,无疑是当时最大的冤案。连陈寿作史时,都忍不住要说:"太祖(曹操)性忌,有所不堪者,鲁国孔融,南阳许攸、娄圭,皆以恃旧不虔见诛,而(崔)琰最为世所痛惜,至今冤之。"其实,崔琰并无"不虔",而曹操早有杀机。公元204年,曹操攻克邺城,平定袁氏,领冀州牧。他得意洋洋地对刚从冀州监狱里救出来、当了他的别驾从事的崔琰说,昨天我查了一下户口,这一回我可得三十万人,冀州可真是个大州啊! 谁知崔琰却说:如今天下分崩,九州分裂,袁氏弟兄同室操戈,冀州百姓露尸荒野。王师驾到,没听说先传布仁声,存问风俗,救民于涂炭,反倒首先算计能得到多少兵甲,以扩充实力为当务之急,这难道是鄙州男女老少寄希望于明公的吗? 这一番义正词严,吓得旁边的宾客脸都白了,曹操也连忙收起得意的神态,向崔琰道歉。因为这实在是正义和正直的声音,不能不让人肃然起敬。但那疙瘩,也就结在了心底。应该说,从204年结怨,到216年杀人,曹操等了十二年,他已经等得够久的了。

我们不要忘记,专制时代那些掌握了权力的家伙,没有一个不打击报复、公报私仇的,曹操当然也不例外。因为就连最窝囊最低能的皇帝和官员都会这一手。所不同的仅仅在于:有的人会当场翻脸,立即实施报复;有的人则会为了长远的目标和更大的利益。先忍下来,等到秋后再算账。

但,是秋后算账还是当场翻脸,却是英雄或奸雄与狗熊或笨蛋的分野。

于是,崔琰便用自己的死,证明自己是君子;曹操则用崔琰的死,证明自己是奸雄。

孔融的死则有所不同。

孔融,字文举,据说是孔夫子第二十世孙,来头自然很大。他小时候便很聪明,被视为"神童";十六岁时为掩护受宦官迫害的张俭,与哥哥孔褒争死,被视为"义士"。于是孔融便名满天下,世人皆知,与前面说到过的那位边让同为"后进冠盖",三十八岁就当了北海相。后来,他又被曹操请到许昌,当了主管工程的将作大臣(建设部长)。每次朝廷开御前会议,都是他作主发言人,其他卿大夫则不过挂名委员而已。

孔融的才气大,名气大,脾气和架子当然也不小。197年,袁术称帝,曹操便想公报私仇趁机杀掉与袁术有婚姻关系的太尉杨彪。孔融听说后,立即去找曹操,说《周书》有云"父子兄弟,罪不相及",何况杨彪和袁术只是亲家!曹操推托说,这是上面的意思。孔融心想,扯你妈的淡!嘴上也不饶人:莫非成王要杀召公,周公也说不知道?如今天下人敬仰您,只因为您聪明仁智,办事公道。如果滥杀无辜,只怕天下人都要寒心。首先第一个,我孔融堂堂鲁国男子汉,明儿个就不来上班了!曹操想想他说得也有道理,就不杀杨彪了,但心里肯定结了个疙瘩。

然而孔融却不放过曹操,一有机会就找他的岔子,用讽刺挖苦和故意捣乱的方式来发泄他对曹操的不满。曹操攻破邺城,曹丕把袁熙的妻子甄氏抢来做小老婆。孔融就给曹操写信,说当年武王伐纣,把妲己赐给周公了。曹操因孔融博学,以为真有这事,便问他是在哪本书上看到的。孔融回答说:"以今度之,想当然耳。"又比如曹操为了节约粮食,下令禁酒,说酒可以亡国,由此非禁不可。孔融又跳出来唱反调,说天上有酒星,地上有酒泉,人间有酒德,酒怎么可以禁?再说从古以来就有因女人而亡国的,怎么不禁女人?这些话,当然让曹操很不受用。但孔融来头大,名气大,曹操轻易也奈何他不得,但"外虽宽容,而内不能平"。

如果孔融只是说些讽刺刻薄话,也许曹操忍一忍也就罢了。可惜孔融还要攻击曹操的政治路线和政治纲领,对曹操的每一重大决策都要表示反对,这就使曹操不能容忍了。加上孔融和刘备关系非同一般,曹操又正好要用兵荆州。留着这样的人在朝中,如何放心得下?于是曹操便决定在消灭刘备之前,先消灭了孔融。

杀孔融毕竟不是杀别的什么无名鼠辈,还得讲点法律程序。因此曹操便任命郗虑去当检察长(御史大夫),查一查孔融有什么问题。郗虑原本与孔融不和,对曹操的任命自然心领神会,很快就收集到孔融的罪证,并让一个叫路粹的人写了举报材料。其中最严重的一条,是扬言"有天下者,何必卯金刀"。卯金刀就是刘(刘)字。这便是谋反了,当然该杀,可杀。于是孔融很快就被下狱、处死、弃市,老婆孩子也统统受到株连。

不过曹操杀孔融,用的却不是"谋反"的罪名,而是"不孝"的罪名。据路粹的揭发和后来公布的罪状,孔融有两条"反动言论"。一是说:父与子,有什么恩?论其本义,不过当时情欲发作而已。子与母,又有什么爱?就像一件东西暂时寄放在瓦罐里,倒出来后就什么关系都没有了。二是说:闹饥荒时,有点吃的,如果父亲不好,便宁肯拿给别人去吃。这样的言论,当然是"不孝"。所以曹操在布告上恶狠狠地说:"融违天反道,败伦乱礼,虽肆市朝,犹恨其晚",不但该杀,而且还杀晚了。

这是典型的以言治罪,也是典型的专制政治。首先,我们不知道孔融是否真有上述言论。但曹操说有,那就有,不容申辩的。其次,即便有,也顶多是不像话,有错而无罪。但曹操那个时代是不讲人权的,连"腹诽心谤"都有罪,何况"猖狂攻击"?当然该死。第三,曹操自己说"唯才是举",盗嫂受金、不仁不孝也不要紧,怎么可以因为不孝而杀人呢？岂非出尔反尔、自打耳光？再说,孔融只不过有不孝的言论,曹操还把它用到组织路线和人事政策上去了,岂不更该杀？不过,这些话我们并不能去问曹操。正如鲁迅先生所说:"我们倘若去问他,恐怕他把我们也杀了!"①

其实,曹操用不孝的罪名杀孔融,用心是很深的,再次表明曹操是极有心计的政治家,而孔融是意气用事的书呆子。首先,汉王朝历来主张以孝道治天下。曹操杀孔融,说明他维护孝道,而维护孝道就是维护汉室。这就光明正大,同时还洗刷了自己"谋篡"的嫌疑,政治上又捞了一票。其次,这样做,不但能消灭孔融的肉体,还能诋毁孔融的名誉。你想,孔子的二十世孙居然主张不孝,他的人品还靠得住吗？一个连祖宗都背叛的人,难道还不该死吗？显然,曹操不但要整死孔融,还要让他死有余辜,死了以后也翻不过身来,遗臭万年。这一招是非常狠毒也很厉害的。陈寿作《三国志》时,便不敢为孔融立传。

说来曹操的杀孔融,确有正一正风气的目的。只不过这风气与孝不孝的没有什么关系,却与政治关系颇大。我们知道,东汉末年,许多名士都以"清流"相标榜。其中自然有洁身自好的高洁之士,也不乏沽名钓誉之徒。但不论何种"清流",共同的特点,是才气大脾气也大,或没有才气脾气却很大。他们都自命清高,不肯与所谓俗人来往,也不肯与当局合作,或装作不与当局合作。如果只是个人生活闹闹脾气,还不要紧,然而他们还要把这种风气带到政治生活中来,而且弄得影响很大,这就不能不让曹操头疼。曹操是一个在非常之时行非常之事的非常之人。他要专政,岂容别人天天说他的怪话？他要用人,岂容大家都不来合作？这就要杀一儆百,才能一正风气,而孔融正好是这样一只大公鸡。所以他要杀孔融,还要批判他。对另一个才气和脾气也很大,地位和影响却不如孔融的人,就不去动他,而是交给别人去杀。

---

① 鲁迅:《魏晋风度及文章与药及酒之关系》。

这个人,就是祢衡。

祢衡,字正平,平原(今山东省平原县)人。《后汉书》说他"少有辩才,而尚气刚傲,好矫时慢物",也就是非常意气用事,非常刚愎狂傲,喜欢故意和时尚唱反调,和别人过不去,也不把别人放在眼里的意思。大约意气相投之故,他和孔融的关系非常之好,无话不谈。孔融那两条不孝言论,据说就是对祢衡说的,并由祢衡到处散布传播。路粹还揭发说,孔融和祢衡相互吹捧。祢衡说孔融是"仲尼不死",孔融则夸祢衡是"颜回复生"。路粹的举报材料一再提到祢衡,可见孔融一案,在某种意义上是祢衡一案的延续。

祢衡的被杀,当然首先是得罪了曹操。孔融因爱祢衡之才,多次向曹操举荐祢衡。曹操自己也是爱才的人,便也想见一见这位名士。可是祢衡却看不起曹操,自称狂病,不肯前往,背地里又大放厥词,讥讽曹操。曹操哪里受得了这个?但考虑到祢衡才气大名气大,也并不想杀他,只想杀杀他的威风。听说祢衡善击鼓,便召祢衡为鼓吏,并大会宾客,阅试音节。这回祢衡倒是来了,而且鼓击得十分精彩漂亮,"容态有异,声节悲壮,听者莫不慷慨"。祢衡又走到曹操面前,却被负责礼仪的吏员呵住,说鼓吏应该换上特殊的服装,你怎么就这样走进来了?祢衡说:是。于是便当着曹操的面,不慌不忙一件一件脱下自己的衣服,脱得赤身裸体一丝不挂,然后又慢慢吞吞换上制服,再奏鼓曲而去,脸上没有半点羞愧的意思。这一来,曹操反倒弄得下不了台。不过曹操到底是曹操,便呵呵一笑对宾客说:我本来是想羞辱一下祢衡的,没想到反而被他羞辱了。

这事连孔融也觉得太不像话,下来就责备了祢衡一番,并再三申说曹操的慕才之意。祢衡便答应见曹操。孔融十分高兴,立即跑去对曹操说了。曹操听了也很高兴,马上吩咐门人,祢衡来了立即通报。谁知一直等到下午,祢衡才来,而且也不是来道歉,而是来骂人的。只见他身穿一件单布衣,头顶一袭粗葛巾,手上一根木棒棒,往大营门口一站,开口就骂。一边骂,还一边用木棍击地,骂得抑扬顿挫,有声有色。曹操勃然大怒,回头对孔融说:祢衡小子,算什么东西!孤要杀他,不过杀一只麻雀老鼠罢了!

祢衡这事做得确实不地道。至少是,他不该把孔融也卖了,弄得孔融里外不是人,也让曹操看不起。也许正是出于这种极度的蔑视,曹操甚至懒得亲手处死他,而是把他打发到刘表那里去。刘表素有宽和爱士的名声,祢衡去了以后,如能改弦更张,和睦相处,倒不失为一个很好的解决办法。可惜祢衡江山易改,本性难移,最终与刘表闹翻,又被刘表打发到黄祖那儿去。黄祖是个大老粗,哪里吃祢衡这一套?一次宴会上,祢衡又出言不逊。黄祖呵斥他,他反以骂言相对。黄祖大怒,喝令拉出去打屁股,祢衡却越骂越凶。黄祖再也忍无可忍,便下令杀了这小子。正好黄祖的主簿平时就痛恨祢衡,立即忙不迭地就把他杀了。祢衡死的时候,才二十六岁。

祢衡的死,多少有些咎由自取。他实在做得太过分了。在所有冤死的文士中,他最不值得同情。认真说来,他其实是一个极端自私的人。他的自高自大,就是他自私的表现。在他的心目中,只有自己,没有别人,所以他谁都看不起。为了表现他的所谓傲气,不惜把自己的朋友孔融推到极为尴尬的境地。这就不能算是英雄,只能叫做混蛋。

事实上祢衡的所谓傲骨,毫无正义的内容,只不过是他自我表现的恶性膨胀而已,而且到了不惜贬低别人来抬高自己的地步。那时,许昌刚刚建都,四方豪杰,云集于此,人才济济。有人建议他与陈群、司马朗交往,他一脸的不屑,说我岂能和杀猪卖酒的人打交道!陈群,字长文,祖父、父亲、叔父都是当时的名士,他本人也和孔融是朋友,同朝为官,并不是杀猪的。司马朗,字伯达,世家子弟,是司马懿的长兄,当然也不是卖酒的。祢衡这样说,只能显示他的狂妄。别人又问他,那么荀彧、赵稚长怎么样呢?荀是曹操的头号谋士,一表人才;赵是当时的荡寇将军,饭量颇大。于是祢衡便嘴巴一撇说:荀某可以凭他的脸蛋去司仪吊丧,赵某凭他的肚皮可以去监厨请客。总之,祢衡谁都看不起,稍微看得顺眼一点的也就是孔融和杨修。但祢衡对他俩也不客气,常常对人说,也就大儿子孔文举(孔融),小儿子杨德祖(杨修)还凑合,其他小子提都提不起来。祢衡说这话时,自己不过二十出头,孔融已经四十岁了,竟被呼为"大儿",祢衡的狂悖可想而知。

如此狂悖无礼的人,人际关系当然也好不了,而祢衡似乎也不想搞好关系。他被曹操驱逐出境,众人来送他,他却大摆架子,过了老半天才来,气得众人坐的坐,躺的躺,都不理他。祢衡却一屁股坐下来放声大哭。大家问他为什么哭,他说坐着的是坟堆,躺着的是尸体,我夹在坟墓和尸体之间,能不难过吗?这样喜欢骂人,而且骂起来这样尖酸刻毒的家伙,有谁会喜欢?

实际上祢衡正死于他的盛气凌人。他到刘表那里,刘表把他奉为上宾,他却不断讽刺刘表的左右亲信。于是这些人便到刘表那里去打小报告,说祢衡承认将军仁爱宽厚,却以为不过妇人之仁,没有决断能力,必败无疑。这话击中了刘表的要害,但祢衡却并没有说过。然而说它出自祢衡之口,却谁听了都信。于是刘表恼羞成怒,便把他打发到黄祖那里去。曹操送祢衡到刘表那里,是知道刘表宽厚,对祢衡也尚有网开一面,希望他能好自为之的意思。刘表明知黄祖暴躁,还要把祢衡往他那里推,就是存心和祢衡过不去,甚至有借刀杀人之意了。

说到底,祢衡是死于没有法制和人权。因为无论祢衡多么可恶和讨厌,至少罪不当死。但可以肯定,即便是在讲法制和人权的社会,他也不会讨人喜欢。

相比较而言,杨修死得有些不明不白。

杨修,字德祖,太尉杨彪之子,也是一个聪明绝顶、极有才华的人,连狂妄冠军祢衡也承认他还算个人物,呼他为小儿。杨修又是一个谦恭的人。他的死,并不因为得罪了谁谁谁。史家一般认为,杨修是死于立储之争。当时曹丕和曹植争当太子,而杨修是帮曹植的。曹操决意立曹丕为嫡以后,为了防止杨修给曹植出坏主意,同曹丕对着干,惹麻烦,弄得兄弟相争,祸起萧墙,便在自己临终之前一百多天,把杨修杀了。

此说甚为可疑。杨修确实是帮过曹植,但杨修并非曹植死党。曹丕被立为太子后,杨修就想疏远曹植。曹植却一再拉拢杨修,杨修"亦不敢自绝"。曹植毕竟是曹操的爱子,即便当不上太子,也是得罪不起的。杨修虽然出身名门,四世太尉,和袁绍兄弟一样也是"高干子弟",父亲又是当朝太尉,但此刻连皇帝都成了曹操的玩偶,太尉又算什么东西?杨修对曹氏兄弟不巴结着点,又能怎么样呢?

何况杨修和曹丕的关系也不坏。杨修曾把一把宝剑献给曹丕,曹丕十分喜欢,经常把它佩带在身上。后来曹丕当了皇帝,住在洛阳,也仍佩带这把宝剑。有一天,曹丕从容出宫,忽然想起了杨修,便抚着宝剑喝令停车,回头对左右说:这就是当年杨德祖说的王髦之剑了。王髦现在在哪里呢?及至找到王髦,曹丕便赐给他一些粮食和衣物。俗话说,爱屋及乌。曹丕这么喜欢这把宝剑,喜欢到连王髦都要赏赐;提起杨修时,称他的字不称他的名,都说明曹丕对杨修还是有些感情的,至少不那么反感。曹丕自己都不想杀的人,曹操替他杀什么!

曹操是为自己杀杨修的。

杨修这个人,虽然大家都公认他聪明,其实不过小聪明。他辅佐曹植,多半因为揣度曹操会立曹植。所以尽管两兄弟都和他交往,他还是倒向了曹植。曹植失势后,他又想开溜,这都是小聪明的表现。他给曹植出的那些点子,也都是小聪明。有一次,曹操命令曹丕、曹植兄弟各出邺城门外办事。事先又密令门卫不得放行。杨修猜中了曹操必然有此安排,便事先告诉曹植说,万一门卫不放侯爷出去,侯爷身有王命,可以杀了他。结果曹植出了城,曹丕没出去。但曹操的这一安排,是对兄弟俩的综合考察,既要察其才,更要察其德。曹植表面上赢了这场比赛,却给曹操留下了曹丕仁厚、曹植残忍的印象,实际上输了。杨修知其一,不知其二,看得并不远,所以是小聪明。

这种小聪明常常使他搬起石头砸自己的脚。杨修喜欢揣度曹操的心思,常常替曹植预先设想许多问题,并写好答案。每当曹操有事询问时,便把事先准备好的合适答案抄录送上去,希图给曹操"才思敏捷"的印象。然而一来二去,曹操便起了疑心,心想曹植再聪明,也不至于如此之快呀!派人一查,就查出了原因。从此便对曹植有了看法,对杨修则更是厌恶之极。

可惜杨修一点自知之明都没有，常常要卖弄小聪明。他身为曹操主簿，却又不肯老老实实坐在办公室里，老想溜出去玩。可是又怕曹操有问题要问，于是每当外出时，都要事先揣度曹操的心思，写出答案，按次序写好，并吩咐侍从，如果丞相有令传出，就按这个次序一一作答。没想到人算不如天算。一阵风吹来，纸张的次序全乱了。侍从按乱了的次序作答，自然文不对题。曹操勃然大怒，把杨修叫来盘问。杨修不敢隐瞒，只好老实交代。曹操见杨修这样对付他，心中自然十分忌恨。

更糟糕的是，杨修还要在众人面前卖弄这种小聪明。有一次，曹操去视察新建的相国府，看后不置可否，只让人在门上写了个"活"字。杨修便令人将门拆掉重建，说："门"中"活"，就是"阔"，丞相是嫌门太大了。又一次，有人送给曹操一盒酥糖。曹操吃了一口，便在盒子上写了个"合"字交给众人。众人不解，杨修却接过来就吃，并说：不是"人一口"吗？如果说这尚属雕虫小技，无伤大雅，那么，他在军中的表现就会让曹操大起杀心。公元219年，曹操亲率大军，从长安出斜谷，进军汉中，准备和刘备决战一场。谁知刘备敛众据险，死守不战。曹操欲攻不得进，欲守无所据，战守无策，进退两难。有一天部下向他请示军中口令，竟答应以"鸡肋"。杨修听了，立即收拾行装。大家忙问何故，杨修说：鸡肋这玩艺，食之无味，弃之可惜，主公是打算回家了。

这一回又叫杨修猜中了，可这一回只怕也就要了他的脑袋。果然，不到半年工夫，曹操就杀了杨修，罪名是"露泄言教，交关诸侯"，大约相当于泄漏国家机密罪、结党营私罪和妖言惑众罪。

据说，杨修临死前曾对人说："我固自以死之晚也。"但如果他以为他的死，是受曹植的牵连，那就是死都不明白。杨修不明白，他是生活在一个专制的体制之中，而曹操又是这种体制下罕见的几个"雄猜之主"之一。这类人物，猜忌心和防范心都是很重的。他们最忌恨的，便是别人猜透他们的心思。因为他们要维护自己一人专政的独裁统治，就必须实行愚民政策和特务政治。别人的一切他都要掌握，自己的想法却不能让别人知道，除非他有意暗示、提醒你。总之，独裁者必须把自己神秘化,才能显得"天威莫测",让别人战战兢兢,自己得心应手。杨修对曹操的心思洞若观火,而且连将要提问的次序都能猜到,这实在太恐怖了。有这么个像 X 光机一样的人物守在自己身边,曹操还能玩政治吗?如果杨修猜出来了却并不说出去,也许还好一点。他又偏要到处张扬,这就至少会显得曹操城府不深,不过如此,就会启动一些人的不臣之心。因此,杨修这颗钉子,非拔掉不可。可以说,祢衡之死,是因为他太不了解人;杨修之死,则因为他太了解人。而且,他们又都不了解自己,也不了解人与人之间究竟应如何相处。

简单地说,崔琰是死于他的忠诚正直,孔融是死于他的不识时务,祢衡是死于他的狂妄悖谬,杨修是死于他的自作聪明。崔琰死得最冤,而祢衡死得最没价值。

五　无情未必真豪杰

其实曹操也未必多想杀人。他原本是非常热爱生命热爱生活,也非常重感情的。

曹操虽然残忍,却并不暴虐;冷酷,却并非无情。残忍和冷酷不是他的天性,是他在残酷的政治斗争和军事斗争中被逼出来的。因为他不残忍,别人就要对他残忍;他不冷酷,就战胜不了一个又一个凶险的敌人。他面对的,毕竟是你死我活的斗争。不知多少人在居心叵测地抓他的辫子,不知多少人在处心积虑地找他的岔子,不知多少人在幸灾乐祸地看他的笑话,不知多少人在磨刀霍霍地想要他的脑袋。他不能不冷酷,不能不残忍,不能不抢先一步要了别人的性命,甚至不惜误杀无辜。然而,热爱生命,重于感情,又毕竟是他的天性。所以,他杀人不眨眼,却并不以杀人为乐;执法不讲情面,却又通情达理。

这样的事例很是不少。攻杀袁谭后,曹操曾下过一道命令:谁敢哭,连你老婆孩子一起杀!然而冀州别驾王修却公然违抗命令,赶到袁谭尸身边号啕大哭,还要求收葬袁谭的尸体。曹操故意默然不应。王修说:我受袁家厚恩,不能不报。让我收尸以后再死,我死而无憾!

曹操大为感动,说:这真是个义士啊!不但不杀王修,还任命他为司金中郎将。孔融死后,许多原来和他交好的人都不敢去吊唁,只有京兆人脂习(字元升)去了,抚着孔融的尸体哭着说,文举呀文举,你舍我而去,我以后还和谁说话,我活着还有什么意思呢!后来脂习见到曹操,向他认错,曹操却叫着他的字说:元升呀元升,你倒是个慷慨多情的人!又问他住在哪里。听说脂习刚搬了家,便马上让人给他送去一百斛谷子。

实际上曹操自己就是一个慷慨多情的人。郭嘉英年早逝,曹操悲痛得死去活来。他给朝廷上表,给荀彧写信,同荀攸等人议论郭嘉,每每痛哭流涕,声泪俱下。他说:奉孝年不满四十(实为三十八岁),和我在一起的时间就有十一年。那些艰难困苦的日子,全都是他和我一起硬挺过来的。那都是千钧一发的艰险呀!我自己都拿不定主意,奉孝却当机立断鼎力玉成。只有他,最知道我的心愿呀!诸位和我,都是同辈人,只有奉孝最年轻,我原本是要把后事托付给他的,谁知道他竟先我而去呢?奉孝其实是知道危险的。他身体不好,南方又多瘟疫,因此常说要是到了南方,只怕就不能活着回来了。可是为了和我共渡难关,他还是硬挺着去了。这样一份情义,如何叫人忘得了!如今,我虽然为他请了功,讨了封,可这对一个死了的人来说,又有什么用,有什么用啊!天下相知的人是这样少,好容易有了一个又弃我而去。苍天哪,你叫我怎么办,怎么办呀!读着这样的文字,恐怕连我们自己也要为之感动的。

甚至对于背叛了自己的朋友,曹操也很看重当年的情谊。陈宫和曹操有过一段不平常的交往,曹操出任兖州牧,就是陈宫的功劳。后来,因诛杀边让一案,陈宫离开曹操,投奔了吕布,而且死心塌地地帮吕布打曹操,被俘以后,也死不肯投降。曹操便叫着他的字说:公台,你死了不要紧,你的老母亲可怎么办呀!陈宫长叹一声说:陈某听说以孝治天下者不害人之亲,老母是死是活,全在明公您了。曹操又问:你的老婆孩子又怎么办呢?陈宫又说:我听说施仁政于天下者不绝人之后,老婆孩子是死是活,也由明公看着办了。说完,头也不回,昂首就刑。曹操流着眼泪,为他送行。陈宫死后,曹操赡养了他的老母,还为他女儿出了聘,对他们家比当初是朋友时还要好。

　　曹操确实很重友情。他非常希望在自己的生活和事业中,能有更多的朋友。他在《短歌行》一诗中说:"青青子衿,悠悠我心。但为君故,沉吟至今。呦呦鹿鸣,食野之苹。我有嘉宾,鼓瑟吹笙。明明如月,何时可掇?忧从中来,不可断绝。越陌度阡,枉用相存。契阔谈宴,心念旧恩。"这首诗也是很感人的,它翻译过来就是:

　　青青的,是你的衣领;
　　悠悠的,是我的深情。
　　只因为你的缘故啊,
　　让我思念到如今。

　　麋鹿找到了艾蒿,
　　就会相呼相鸣。
　　我要是有了嘉宾,
　　一定要鼓瑟吹笙。

　　明明的是那天上的玉轮,
　　不知何时才中断它的运行。
　　深深的是我心中的忧思,
　　也许永远都没有止境!

　　来吧朋友!
　　越过那田间小道,别管它阡陌纵横。
　　有劳你枉驾前来,让我们久别重逢。
　　把酒临风,握手谈心,
　　重温那往日的友情。

这难道不是很感人的吗?

最能体现出曹操之重情的,大约还是在他临终之际。

公元220年,征战了一生的曹操一病不起。这时他已六十六岁,按照"人生七十古来稀"的说法,他也算活够了岁数。曹操是个豁达的人,对于生死一类的事看得很开,对自己的功过得失似乎也无所萦怀。他留下了一份写得断断续续的《遗令》,算是最后的一个交代。然而,这个天才的杰出的政治家,却出人意外地不谈政治。对自己一生的功过得失也只说了一句话:我在军中执法,总的来说是对的。至于发的小脾气,犯的大错误,不值得效法。余下的篇幅,就是一些琐事的安排。比如婢妾和艺妓们平时都很勤劳辛苦,我死了以后让她们住铜雀台,不要亏待她们。余下的熏香分掉,不要用来祭祀,免得浪费。各房的女人闲着也是闲着,可以学着编丝带草鞋卖,等等,等等,颇有些絮絮叨叨、婆婆妈妈。

这就很让后世的一些人看不起。陆机是晋人,说得还算委婉,也说得文绉绉的:"系情累于外物,留曲念于闺房","惜内顾之缠绵,恨末命之微详"(《吊魏武帝文》)。苏东坡就不那么客气了。他说不管什么人,只有"临难不惧,谈笑就死",才称得上是英雄。像曹操这样,临死之前,哭哭啼啼,"留连妾妇,分香卖屦",算什么事呢?因此他撇了撇嘴说:"平生奸伪,死见真性。"(《孔北海赞》)意思也很明显:别看曹操平时人模狗样的,装得一副英雄豪杰气派,地地道道的一个奸雄,事到临头,还是露了马脚。

苏东坡是我最喜欢的一位文学家,但对他老先生这番高论,却实在不敢苟同。曹操是病死的,不是拉到刑场上去砍头,你要他如何"临难不惧"?曹操并没有呼天抢地哭哭闹闹地不肯去死,又怎么不英雄?老话说:"慷慨赴死易,从容就义难。"曹操虽非就义,但死得还算从容。能絮絮叨叨地安排这些后事,就是从容的表现。不错,与许多英雄人物临死前的慷慨陈词、豪言壮语相比,曹操这份《遗令》一点也不英雄,完全上不了台面,和普通老百姓没什么两样。但我以为这正是真实的曹操。他本来就是一个人，不是神。他本来就是一个普通人，不是（也不想做）什么超凡脱俗的"圣人"。而且，以他的身份地位，居然敢于把"凡夫俗子"的一面公开暴露出来，并不遮遮掩掩，装腔作势，正是曹操的过人之处和英雄本色：我就是个俗人，你们又能怎么着？我就是想什么就说什么，爱怎么做就怎么做，你们又能怎么样？因此我以为，曹操这份《遗令》，实在比那些充满了政治口号、写满了官腔套话的"遗嘱"，要真实得多，也可爱得多。反倒是了不起的苏东坡，多少露出了点庸人的尾巴。

当然苏东坡说得也对："平生奸伪，死见真性。"只不过我们和苏先生对那"真性"的理解不同，评价也不同。在我看来，那就是"人性"。曹操不是杀人机器或政治符号。他是一个人，一个有血有肉有思想有感情的人。如果说，平时为了政治斗争的需要，他不得不把内心世界遮蔽起来（即所谓"平生奸伪"），那么，临死之前，就没什么顾忌了（即所谓"死见真性"）。"鸟之将死也，其鸣也哀；人之将死也，其言也善。"曹操临终前的"善言"，流露出的是他对生活的眷恋和对亲人的感情。

曹操南征北战，戎马一生，享受天伦的时间不多，因此对家人的感情特别珍惜。他在临终前还说过这样的话，他说：我一生所作所为，没有什么可后悔的，也不觉得对不起谁，惟独不知到了九泉之下，如果子修向我要妈妈，我该怎么回答。子修就是曹昂，是曹操的长子。曹昂的生母刘夫人早逝，便由没有生育的正室丁夫人抚育，丁夫人也视为己出。后来曹昂阵亡，丁夫人哭得死去活来，又常常哭着骂着数落曹操：把我儿子杀了，你也不管。曹操一烦，便把她打发回了娘家，因此去世前有这样的说法。

其实曹操还是作过努力的。他亲自到丁夫人娘家去接她，丁夫人却坐在织布机前织她的布，动都不动，理都不理。曹操便抚着她的背，很温柔地说：我们一起坐车回家去，好不好呀？丁夫人不理他。曹操走到门外，又回过头来问：跟我回去，行不行呀？丁夫人还是不理他。曹操没有办法，只好和她分手。以曹操脾气之暴躁，为人之凶狠，做到这一步已很不简单。何况曹操还让丁夫人改嫁，不让她守活寡，只是丁夫人不肯，她父母也不敢。当然不敢的。就是敢嫁，也没人敢娶。

曹操临终前放心不下的，还有小儿子曹干。曹干三岁时，生母陈姬就去世了，这时也才五岁。于是曹操又专门给曹丕下了一道遗令："此儿三岁亡母，五岁失父，以累汝也。"因为有这道遗令，也因为曹干的生母在立嗣问题上帮过曹丕，所以后来曹丕对曹干，颇有些"长兄如父"的样子。曹丕临终前，又把他托付给明帝曹叡。曹叡对他也相当不错，恩宠有加，一直封到赵王。陆机对此也有一番议论："伤哉！曩以天下自任，今以爱子托人。"一个把天下都背在身上的人，临死前却不得不把爱子托给别人（虽然这"别人"也是自己的儿子），说起来是有点令人伤感，但这又确是一个人的真情。

看来，人其实是很脆弱的。伟人也不例外。

鲁迅先生说："无情未必真豪杰，怜子如何不丈夫。"曹操怜子，项羽别姬，他们都是性情中人，也都是真豪杰，大丈夫。

六　可爱的奸雄

曹操不但有情，而且可爱。

曹操最可爱之处，在于他爱讲真话。本来，搞政治斗争，在官场上混，是难免要讲些假话的，至少要讲官场套话，何况曹操是"奸雄"！但只要有可能，他就讲真话，或讲得像真话，不做官样文章。他的《让县自明本志令》，原本是一篇极其重要的政治文告，称得上"政治纲领"四个字的，却写得实实在在，明明白白，通篇大白话，一点官腔都没有。他先是坦率地承认自己原本胸无大志，也不是什么知名人士。起先只想当个好郡守，后来也只想当个好将军，连兵都不敢多带。只因为时势推演，才把自己推到这个位置，实在是"人臣之贵已极，意望已过矣"。不过现在倒是可以说句大话了：设使国家无有我曹某，真不知几人称帝，几人称王。当然这样一来，说我闲话的人就多了。我可以明明白白地告诉大家：我只想当齐桓公、晋文公，奉天子而霸诸侯。这话我不光是对诸位说,也对老婆孩子说。我还说百年之后,让姬妾们全都改嫁,把我的这些心思传遍四方。同样,我也要明明白白告诉大家,让我现在放弃兵权,回家养老,那也是办不到的。为什么呢?就是怕一旦失去兵权,便会被人所害,国家也不得安宁。我最多只能把皇上的赏赐让一些出去,权力是不让的。总之,"江湖未静,不可让位;至于邑土,可得而辞"。这就是我的态度!

这话说得实在是再直白不过,直白得你没有话说。你说他吹牛吧,他没吹,他少年时确实没有什么地位和声望;你说他骗人吧,他没有骗,他说他确实想当官,而且还想当齐桓公、晋文公,野心已经够大的了;你说他假谦虚吧,他口气大得很,说没有老子天下立马大乱;你说他不老实吧,他很老实,说手上的权力一时一刻都不放,一分一寸都不让。话说到这个份上,你还有什么话可说呢?没有了。

曹操实在是聪明:在一个人人都说假话的时代,最好的武器就是实话。这不但因为实话本身具有雄辩的力量,还因为你一讲实话,讲假话的人就没辙了,他们的戏就演不下去了。演不下去怎么样呢?只好下台。所以,对付那些一贯讲官话、套话、假话的人,最好的办法就是直通通地讲实话。就像那个孩子大喊一声"皇帝没穿衣服"一样。这时,那些一贯说假话的人,就会发现原来自己也没穿衣服,其狼狈不堪可想而知,其没有招架之功也可想而知。

曹操这样说,并不完全出于斗争策略,还因为他天性爱讲真话、实话。因此他讲得自然,讲得流畅,讲得大气磅礴。即便这些实话后面也有虚套,真话后面也有假心,甚至有不可告人的东西,也隐藏得自然,不露马脚。曹操确实很实在。他吃不讲究,穿不讲究,住不讲究,只要饱肚子,有营养,衣服穿着舒适,被子盖着暖和就行了。他惟一的"奢侈品"大约也就是歌舞艺人和小老婆。但曹操即便好色,也好得实在,并不以什么"子嗣艰难"为借口。他招聘人才也很实在,说不管什么人,在朝也好,在野也好,雅也好,俗也好,只要有治国用兵的本事就行,哪怕有不好的名声,可笑的行为,甚至"不仁不孝",都不要紧,反正能抓老鼠就是好猫。

正是这种实在,为奸诈的曹操平添了许多可爱。他西征马超、韩遂时,同韩遂在战场上约见。韩遂的士兵听说曹操亲自出场,都争先恐后伸长了脖子要看他。曹操便大声说:你们是想看曹操吧?告诉你们,和你们一样,也是个人,并没有四只眼睛两张嘴,只不过多了点智慧!这话说得很实在,也很可爱,还很洒脱。

日常生活中的曹操,确实是一个很洒脱很随和的人。他常常穿薄绸做的衣裳,腰里挂一个皮制的腰包,用来装手巾之类的零碎东西,有时还戴着丝绸制的便帽去会见宾客。与人交谈时,也没什么顾忌,想说什么就说什么,想怎么说就怎么说。说到高兴处,笑弯了腰,一头埋进桌上杯盘之中,弄得帽子上都是汤汤水水。他喜欢开玩笑,常常正经事也用玩笑话说。建安十七年机构改革时,有人要求裁并东曹,其意在排挤秉公办事、不徇私情的东曹掾毛玠。曹操的回答却很幽默:日出于东,月盛于东,东西东西,也是先说东而后说西,为什么要裁并东曹呢?又比如阎行投靠韩遂,父亲却在曹操手里做人质。曹操便给阎行写信说:令尊大人现在平安无事。不过,牢狱之中,也不是养老的地方,再说国家也不能老是替别人赡养父亲呀!

曹操喜欢开玩笑,也喜欢会开玩笑的朋友。太尉桥玄是最早赏识曹操的人,和曹操算是"忘年交"。曹操在祭祀桥玄的文章里就讲了一句笑话,说当年桥老曾和他"从容约誓":我死以后,路过我的坟墓,如果不拿一斗酒一只鸡来祭一祭,车过三步,你肚子疼起来可别怪我。这就比那些官样文章的悼词可爱得多,情感也真实得多。曹操还有一个老乡叫丁斐,爱贪小便宜,居然利用职权用自家的瘦牛换公家的一头肥牛,结果被罢了官。曹操见到他,故意问:文侯呀,你的官印到哪里去了?丁斐也嬉皮笑脸地说:拿去换大饼吃了。曹操哈哈大笑,回过头来对随从说:毛玠多次要我重罚丁斐。我说丁斐就像会抓老鼠又偷东西吃的猫,留着还是有用的。

曹操的这种性格,对他的事业很有帮助。搞政治的人,太一本正经其实不好。不是让人觉得城府太深,不可信;便是让人觉得不通人情,不可近。最好是办事严肃认真,平时洒脱随和,原则问题寸步不让,鸡毛蒜皮马马虎虎,既有领袖的威望威严,又有人情味、幽默感。这样的人,最能得人衷心的爱戴和拥护。曹操便正是这样的人。

的确,曹操虽然洒脱随和,却并不轻浮。他其实是个很深沉的人。

几乎所有的人都认为曹操狡诈,但不少人又认为他轻浮(即所谓"佻易无威重"),这就是品人之误了。狡诈和轻浮是不能兼容的。轻浮的人必不狡诈,而狡诈的人也一定深沉。因为深沉才有城府,有城府才有权谋。轻浮的人,一眼就能被人看穿,还想搞阴谋诡计?笑话。

事实上曹操并不轻浮,也不喜欢轻浮的人。在曹操眼里,孔融、祢衡之流便正是轻浮的人。正因为视其为轻浮的人,所以,曹操只是把祢衡驱逐出境,对孔融也迟迟没有下手。直到孔融上书,提出"千里之内不封侯"的主张,几乎要把曹操赶到天荒地远去时(曹操当时封武平侯,封邑离许都仅三百里),曹操这才忍无可忍。即便这样,曹操还是先给了他一个警告。曹操曾以调解孔融和郗虑的矛盾为名,给孔融写了一封信,信中说:我虽然进不能施行教化移风易俗,退不能建立仁德团结同僚,但是我抚养战士,杀身为国,打击那些轻浮虚华又爱结党营私的小人(浮华交会之徒),办法还是很多的。可见曹操十分憎恶轻浮,他自己当然也不轻浮。

不错,曹操小时候是不那么"正经"。他喜欢飞鹰走狗,甚至胡作非为,或者搞点恶作剧,但也喜欢读书,这正是他不同于刘邦、项羽等人的地方。在后来复杂尖锐的政治斗争中,他更是磨砺得深于城府,沉于静思。史书上讲,他"御军三十余年,手不舍书,昼则讲武策,夜则思经传",这是轻浮的人吗?他穿便衣,说笑话,作辞赋,听音乐,只不过是他紧张工作之余的一种放松,也是他内心世界丰富的一种表现,没准还是他麻痹敌人的烟幕弹。他行文、做事、用人的不拘一格,更不是轻浮,而是大气。大法无法。对于曹操这样的大手笔,根本就用不着那么多的格式,那么多的讲究。

曹操的深沉,还表现在他识人之准,用心之深。曹操是很有心计的。表面上,他可以和你握手言欢,可以和你嘻嘻哈哈,但他无时无刻不在观察你,而且入骨三分。袁术那么气焰嚣张,袁绍那么不可一世,曹操都不放在眼里,但对于那个先前卖草鞋、此刻又寄人篱下的刘备,却另眼相看。尽管刘备在他手下时一再韬光养晦,装聋作哑,曹操还是一眼看穿:"今天下英雄,惟使君(指刘备)与操耳!"吓得刘备当场就掉了筷子。也许曹操不该把这话当着刘备的面说出来,但这可以理解为不够稳重,也可以理解为火力侦察,或敲山震虎。意思是咱们俩谁也别装孙子。咱俩谁也不比谁更傻,或谁也不比谁更聪明。果然,刘备再也装不下去,找个机会就逃之夭夭了。

如果说,放走刘备,是曹操自己也不能原谅自己的一次疏忽,那么,他收拾别人,应该说都是步步为营,相当缜密的。为了杀荀彧,他先是请荀彧到前线劳军,把他调离朝廷。接着,将其尚书令的职务解除,降为参丞相军事,使之成为自己的直接下属。最后,派人给荀彧送去一个食盒。荀彧打开一看,里面什么也没有,是空的。于是自杀。这样的手段,是轻浮的人使得出的么?在曹操的手下,谁要当真以为他轻浮,那么,自己的脑袋只怕离搬家也就不远了。

然而曹操又是一个热爱生命热爱生活而且好读书、勤思考的人。这就使他的深沉不同于一般阴谋家、野心家的深于城府,而是有一种对宇宙人生的深刻思考。他的《龟虽寿》和《短歌行》说:神龟能活千年,也有死亡的时候;飞龙能上九天,终将变成灰土。人的一生能有多久?就像那早晨的露水,转瞬即逝("神龟虽寿,犹有竟时。腾蛇乘雾,终为土灰"。"对酒当歌,人生几何?譬如朝露,去日苦多")。这样短暂的人生,难道不应珍惜?这样脆弱的生命,难道不应呵护?这样不多的时光,难道不应抓紧吗?

这就似乎可以看作是对宇宙人生的一种哲学思考了。当然,曹操是站在他政治家的立场上来思考的。因此他的结论是"老骥伏枥,志在千里。烈士暮年,壮心不已";是"山不厌高,水不厌深,周公吐哺,天下归心"。也就是说,应该抓紧这不多的时光,在短暂的人生中做出轰轰烈烈的事业,实现自己的政治抱负。但这样一种政治抱负,由于有对宇宙人生的哲学思考为背景,有着"让有限的生命变成永恒"的意思,就比"帝王将相宁有种乎"或"大丈夫当如此也"更有格调和品味,也更大气。

曹操确实是很大气的。读他的诗和文,常会感到他的英雄气势。哪怕是信手拈来、嬉笑怒骂、随心所欲的短章,也因有一种大气而不显粗俗。尤其是他的《观沧海》,是何等的气势:"东临碣石,以观沧海。水何澹澹,山岛竦峙。树木丛生,百草丰茂。秋风萧瑟,洪波涌起。日月之行,若出其中;星汉灿烂,若出其里。"这样的诗句,确非大手笔而不能作。钟嵘说:"曹公古直,甚有悲凉之句。"这种悲凉,除如刘勰所说,是"良由世积乱离,风衰俗怨,并志深而笔长,故梗概而多气也"外,与曹操对宇宙人生的哲学思考也不无关系。曹操毕竟是乱世英雄。对于生命的毁灭,他比谁都看得多,比谁都想得多。他的感慨,是多少带点终极关怀的意味的。

这就是曹操了。他大气、深沉、豁达、豪爽、洒脱、风趣、机敏、随和、诡谲、狡诈、冷酷、残忍,实在是一个极为丰富、多面,极有个性又极富戏剧性的人物。他是一个鲜活的人,不是政治符号或政治僵尸,更不是康生那样整天阴着张脸、一门心思只想整人的王八蛋!

然而曹操却被指控为奸雄,背了上千年的骂名。

曹操当然有该骂的地方。他杀了那么多的人,而且杀得冤枉。他做了那么多亏心事,而且做得缺德。但刘备、孙权他们就不杀人?就不做缺德事?刘备出卖故人吕布,就不地道;孙权废黜太子孙和,就很冤枉。孙和原本是孙权最宠爱的儿子,本人表现也不错,既聪明,又好学,对人也和气。他的失宠,完全是被人陷害。结果,出来打抱不平讲公道话的那些大臣,有的被族诛,有的被廷杖,有的被流放,"众咸冤之",所有人都认为是冤案。吕布死得倒不冤,因为吕布也不是什么好东西。他原本是并州刺史丁原的部将,丁原待他像亲人,他却杀了丁原去投靠董卓;董卓对他像父子,他却又杀了董卓去投靠王允。后来落到曹操手上,又向曹操摇尾巴。当时,刘备正坐在曹操旁边,吕布便向刘备求助,因为以前吕布是帮过刘备的。吕布说:玄德公,如今你是座上客,我是阶下囚,绳子把我捆得这么紧,你就不能帮我美言一句吗?谁知刘备却冷冷地对准备下令松绑的曹操说:明公没看见吕布是怎么侍奉丁原、董卓的吗?一句话,便要了吕布的脑袋,气得吕布大骂:大耳朵的小子(刘备耳朵特大)最不可靠!

实在地讲,吕布虽然是个忘恩负义的东西,但他对刘备还是够意思的。当年刘备被袁术的军队团团围在沛县,曾向吕布求救。吕布虽然和刘备有矛盾,也想杀刘备,但还是亲赴战场,辕门射戟,救了刘备一命。而且,他对袁术的部将说得很清楚:刘备是我的兄弟,我今天是来救他的。所以,这一回吕布也认为自己有资格向刘备求救。诚然,吕布救刘备,是为自己打算(怕袁术得手后又来攻他);刘备不救吕布,也是帮曹操着想(这等小人留下终是祸害)。但以怨报德,终究有些缺德。实际上,刘备也好,孙权也好,吕布也好,都和曹操一样,是把利益放在首位,道义放在第二位的。作为乱世枭雄,他们的道德观念和道德水平,其实半斤八两,顶多只有五十步和一百步的差别。至少孙权就"性多猜忌,果于杀戮",也是个喜欢制造冤案而且心狠手辣的。只不过刘备会装,孙权能忍,不像曹操那样明火执仗,肆无忌惮,所以也就没曹操那么多骂名。

刘备和孙权确实比曹操更狡猾(他们势力较弱,也不能不狡猾些)。尤其是刘备,最会装。他在曹操跟前装窝囊,在诸葛亮面前装弱智,在手下人面前装仁慈、装厚道,连老百姓都知道:"刘备摔孩子,邀买人心"。当然,他们两人的狡猾或者说聪明之处,还在于政治上的低调。他们一直小心翼翼地尽量不露锋芒,以免成为众矢之的。孙权甚至还居心不良地怂恿曹操当出头鸟,幸而被曹操一眼看穿,没有上当。但曹丕沉不住气。曹操刚一去世,他就把汉献帝赶下台,自己当了皇帝,这下子刘备和孙权高兴坏了:有人带头,不上白不上。于是也都人模狗样堂而皇之地当起皇帝来。结果,没当皇帝的曹操被骂成"奸",当了皇帝的刘备和孙权却无人斥之为"篡"。

其实曹操吃亏也在这里:他在朝,刘备、孙权在野;他在内,刘备、孙权在外;他的儿子称帝在先,刘备、孙权在后。他"挟天子以令诸侯"，在当时占了便宜，到写历史的时候可就麻烦了：他无论如何也逃脱不了"篡汉"的罪名，摘不掉"奸臣"的帽子，成为历代王朝都要防范的人物，被视为最危险的敌人。你想，如果身边有个曹操式的人物，哪个皇帝睡得着？结果，盛世要防他，乱世也要防他。盛世要防他图谋不轨，乱世要防他兴风作浪，什么时候也讨不了好。

皇帝要防他，官们也要防他。谁愿意摊上曹操这么个顶头上司呢？没本事他看不起你，本事太大他又要整治你。执法又严，办事又认真，说话又不打官腔，完全不按官场上那一套来操作，这都让人受不了。尤其是他"唯才是举"，用人不论出身，不讲学历，不看背景，以及办事讲究实效，不重形式等等，都让那些只知"等因奉此"、行礼如仪、推诿扯皮的官僚主义者们感到威胁。官僚主义从来就是和官僚制度共生的。而且，越是到封建时代后期，文官制度越成熟、越完善，官僚主义也越严重。曹操既然是官僚主义的敌人，那他也就是官们的敌人。历朝历代，做事的人总是被那些只做官不做事的人攻击，曹操也不例外。

文人和老百姓也不喜欢曹操。因为曹操杀了不少文人。文人喜欢同病相怜，老百姓更不管他在历史上有没有贡献。陆机就说："曹氏虽功济诸夏，虐亦深矣，其民怨矣！"在魏蜀吴三国三位开国领袖中，曹操留下的血债大概最多，令人发指的残忍记录也最多。血债总是要还的。杀不了曹操，口诛笔伐不行吗？义愤填膺之际，便难免夸大其辞，甚至诬蔑不实。比方说，他就未必杀过吕伯奢一家，更未必说过"宁我负人，毋人负我"的话。不过，曹操也曾诬赖过别人的，冤枉他一回，也算一报还一报。何况这些事栽到他头上也"很像"。于是，皇帝、官僚、文人、老百姓便都异口同声地说曹操"奸"，尽管他们所指的具体内容并不相同。

更为严重的是，曹操得罪了中国文化。或者说，得罪了中国文化对人的评价系统。曹操的观点是：一个人，最重要的是要有才、能干，"不仁不孝"倒不要紧。中国文化的传统观念则是：一个人，最重要的是仁义忠孝，有没有才华，有没有能力，有没有功劳，有没有政绩倒不要紧。甚至,平庸一点更好,显得老实、忠厚、可靠。所以,传统社会中的中国人宁肯选择刘备,也不选曹操。对德才兼备的诸葛亮,就更是推崇备至;对屡犯军事错误、葬送蜀汉前程,却忠心耿耿的关羽,也推崇备至。倒是苏东坡说了句公道话。他认为诸葛亮"言兵不若曹操之多,言地不若曹操之广,言战不若曹操之能,而有以一胜之者,区区之忠信也"。也就是说,仅仅那么一点忠信,便把过人才略和盖世功勋全压倒了。

这是曹操的悲剧,也是历史的悲剧、时代的悲剧、中国文化的悲剧。因为这种"宁要无才之德,不要无德之才"的逻辑,发展到后来,就是大清王朝的"宁赠友邦,不与家奴"和张春桥之流的"宁要社会主义的草,不要资本主义的苗"①。这也是典型的狗与羊的逻辑。因为它翻译过来就是:"宁要一大群狗与羊,也不要一只虎和豹",如果那虎或豹曾在农场里偷过猪的话。

好在曹操并不在乎别人给他画的大花脸,更不在乎死后别人的说三道四。他打算做的事情在生前大体已经做完。他可以含笑于九泉了。

但在我们看来,曹操"至少是一个英雄"(鲁迅语)。而且,是一个有几分可爱也有几分奸诈的英雄。

曹操,公元155年生,220年卒,享年六十六岁。曹操死后九个月,献帝让位于曹丕,东汉遂亡。又过了一个月,曹丕追尊曹操为太祖武皇帝。第二年,刘备在成都即帝位。229年,孙权在武昌(今湖北省鄂州市)称帝。至此,三国鼎立的局面名副其实地形成,中国历史进入了一个新的时期。

曹操一生,政治上最得意的一笔是"挟天子以令诸侯",军事上最成功的一仗是官渡之战,后果最为严重的一次疏忽是放走刘备,失败

---

① 正确的评价系统是德才兼备。而且,德不等于政治态度,才也不等于科学知识。其中涉及问题甚多,姑不论。另请参看本书《雍正》一章。

得最惨的一次是在赤壁,最受肯定的是他的才略,最受指责的是他的人品,最有争议的是他的历史功过,最没争议的是他的文学成就。

　　后世吟咏到曹操的诗词不多。古代最有名的是杜牧的诗:"折戟沉沙铁未销,自将磨洗认前朝。东风不与周郎便,铜雀春深锁二乔。"当代最有名的是毛泽东的词:"往事越千年,魏武挥鞭。东临碣石有遗篇。萧瑟秋风今又是,换了人间。"

武则天

像后皇天则

一 这个女人不寻常

武则天其实并不叫"武则天"。她姓武,名曌。曌也就是照,是武则天发明的字,除了用来做她的名字,没别的用。

其实就连这个名字,也是没有用的。因为当她有资格发明一个怪字来做自己名字的时候,已没人敢直呼其名。她自己也用不着。那时,她的自称已是"朕"。至于"武则天"这个称呼,在她生前,无论是她自己,还是别人,都没有用过。"则天"是她被迫移居上阳宫后,儿子中宗李显给她上的尊号,全称是"则天大圣皇帝"。武则天临终前留下遗嘱,令去掉帝号,改称皇后。于是,"则天大圣皇后"便成了她的谥号。之所以叫"则天",有两个说法。一说是因为她即皇帝位时,是在洛阳宫的南面正门"则天门";另说是典出《论语》:"唯天为大,唯尧则之。"所以,"则天"是她的号,不是她的名。不过就连这个称呼,也被后来的皇帝改了几回,比如"天后"、"大圣天后"、"圣帝天后"等。开元九年(公元721年),著作郎吴兢编撰《则天实录》,开始使用则天二字概括性地称呼这位既是皇后又是皇帝的女人,一锤定音,武则天便成了她最通用的称呼。

这当然也是可以的。古人的称呼方式很复杂。光是表示尊敬或客气的,就有好几种。有称字的,如李太白(李白);有称号的,如苏东坡(苏轼);有称官衔的,如杜工部(杜甫);有称郡望的,如韩昌黎(韩愈);有称排行的,如白二十二(白居易)。如果是皇帝或皇后,则有谥号(如汉武帝)、庙号(如唐太宗)、徽号(如慈禧)、年号(如雍正)等。还有尊号,但不常用。至于谥号前加姓氏的,于臣则有之,如岳武穆(岳飞);于君则无。君的称呼方式,是谥号或庙号前加朝代名,如唐明皇(谥号)、宋太祖(庙号)。姓氏加于谥号之前的君主,只有武则天一个。

这当然因为武则天的身份有点不伦不类。说她是皇后吧,她又当过皇帝;说她是皇帝吧,她又没有庙号。再说她那个武周王朝又不怎么算数,何况她又是女人。

女人是不能当皇帝的,这是规矩。所以武则天原本不能当皇帝,除非她是唐太宗李世民的儿子。不过即便是李世民的儿子,也未必能当皇帝。李世民一共有十四个儿子,其中长子常山王李承乾、四子魏王李泰、九子晋王李治,都是长孙(音掌孙)皇后所生。长孙皇后是正宫,为人又极贤德,在朝臣中威望很高,李世民对她也是十分敬重的。下一任的皇帝,当然要从她的儿子当中选。承乾是嫡子,又是长子,无论"立子以嫡",还是"立嫡以长",他都天经地义地是太子。可惜这位太子,形象不佳(有足疾),表现也不好(瞎胡闹),后来索性在汉王李元昌和宰相侯君集的煽动下谋反,事败被废为庶人,流放黔州(今四川省彭水县),再也做不成皇帝梦了。

李世民比较看好的是皇四子魏王李泰。李泰比承乾小一岁,相貌英俊,聪明好学,端肃多才,在太宗看来,是一定能成为一个有道明君的。

然而朝中的重臣却都很反对,尤以长孙无忌(已故长孙皇后之兄)和褚遂良(谏议大夫)反对最为激烈。他们主张立皇九子晋王李治。李治时年二十二岁,虽不失为一个良善青年,却是有名的糯米团子,一点用都没有。但长孙无忌等人看中的,恰恰正是他的温厚文弱、一无所长。也许,他们伺候李世民这位"英主",实在已经很累了,不想再来一位"雄主"。如果是李泰接班,一朝天子一朝臣,没准会把他们开了涮。如果是李治呢?就好控制得多了。长孙无忌可以继续维持外戚权威,褚遂良、李世勣(绩的异体字)他们也可以继续保持元老地位,君臣共治,天下太平。

这算盘打得并不错,只是没把武则天算进去。他们当然想不到,李治身边会出现一个蛇一样的女人武则天。他们当然也想不到,李治虽然好控制,却不是控制在他们手里,而是控制在老婆手里。结果,他们把李治扶上了台,李治却在老婆的指使下把他们整了下去。

李泰这边也屡犯错误。首先是恃宠骄横,目中无人。身边呢?据说又是些阿谀奉承的小人。这就不但让朝中的老臣看不起,也让他们不放心。更重要的是,他对继位一事表现得太猴急。他自作聪明地对李世民说:儿臣只有一个儿子。将来儿臣寿尽之日,一定把他杀了,传位给晋王。这话实在太假了,只能骗鬼去。褚遂良就当面对李世民说绝不可能。天底下哪有杀了爱子传位给弟弟的皇帝?宋太祖赵匡胤倒是传位给弟弟赵光义的,但他没有杀儿子,他自己倒没准是赵光义谋杀的(这事在历史上一直是个疑案)。而且,赵光义临终准备把皇位还给赵匡胤的儿子时,他的谋士赵普就说"一错岂可再错"。可见李泰的信誓旦旦,其实是靠不住的,虽然赵光义的故事此刻还没有发生。

李泰还犯了一个自作聪明的错误。他跑去对李治说:你平时和李元昌关系最好,现在他被砍了头,你就不害怕吗?李治本来就是个没用的人,一听,果然愁眉苦脸。李泰的意思,是要警告李治:别和我争,没好果子吃的。没想到反而提醒了李世民:立李泰,承乾和李治都会有危险。只有立李治,才能保证三个儿子都平安无事。

李泰当时就被打发到均县(今湖北省均县)去了。李治被立为太子,后来又继承皇位,这就是高宗。历史证明,由于君臣两方面各自的原因,李世民他们犯下了无可挽回的错误。大唐王朝差一点丢了江山,长孙无忌、褚遂良他们则丢了性命。

懦弱无能的李治捡了只皮夹子,真是天上掉下个大馅饼。

武则天的运气也来了。我相信,她那时一定庆幸自己是个女人。因为女人虽然不能当皇帝,却可以当皇后呀!

武则天原本也是不能当皇后的。

武则天起先并不是李治的老婆,而是唐太宗李世民的小老婆,名分是才人。唐沿隋制,除皇后外,皇帝的小老婆从正一品的妃,到正八品的采女,一共有八个品级。正五品的才人只能算个中等偏下。要升到皇后,简直是难于上青天。何况武则天并不十分得宠,李世民的日子又不太多。但武则天是一个有心机的女人。她把自己的蜘蛛网丝,悄悄地搭在了太子李治的身上。这位未来的年轻皇帝对自己显然要有用得多,很值得为他献身的。李治后来在一份诏书中说,自己当太子时,因为父皇宠爱,"常得侍从"。但对父皇的嫔妃,却"未尝迕目(目光相遇)"。先帝知道后,非常赞叹欣赏,"遂以武氏赐朕"。这话半真半假。"常得侍从"是真的,"未尝迕目"则是鬼话。他和那位武才人之间,岂止是眉目传情,只怕早就几番云雨了。"遂以武氏赐朕"更是他编造出来的谎言。既然已经赏给他了,为什么太宗死后,武则天并没有"出口转内销",顺理成章地去做李治的小老婆,而是和太宗其他没有生育的嫔妃一样,去当了尼姑?

武则天不想在青灯古佛前了此一生。她想当的是皇后,而不是什么尼姑。何况她已经在这个年轻皇帝身上下了本钱,不能颗粒无收。不过,骆驼进帐篷,先得伸进去一张嘴。武则天要做的第一件事,是要尽快回到后宫去。

这时,一个蠢女人帮了她的忙。这个女人就是王皇后。王皇后是李治的发妻,出身名门,而且是太宗皇帝亲自为李治选的"佳媳",为人正派贤淑大概没有问题,但看来或许少了点魅力。这其实也是在"女子无才便是德"的观念影响下,中国古代那些正妻们的"通病"[①]。所以李治的心思,便主要放在一个叫萧淑妃的女人

[①] 关于这个问题,我在《中国的男人和女人》一书中有所论述,请参看。

身上。这使王皇后十分忌恨。加上萧妃有子,自己却无生育,便觉得自己皇后的地位,有点摇摇欲坠。于是,王皇后便和所有利令智昏的蠢女人一样,想出了一个自以为得计的馊主意:把李治偷偷去看过好几次的那个小尼姑接进宫来,让她去和萧淑妃那个小贱人撕咬,自己坐山观虎斗。

有王皇后的支持,李治和武则天很快都如愿以偿。武则天拿着那张旧船票,重新登上了后宫这艘豪华游艇。她觉得自己真的时来运转了。李治也很高兴武则天终于到了他手里,却不知道自己就像一只苍蝇掉进了蜘蛛网,虽然那网很柔软,很温馨,还有点香味。

王皇后却得自己吞下这颗苦果。她的主意打得并不错,只可惜找错了对象。武则天可不是一只傻乎乎只知蛮干的母老虎,而是一条蛇,一条可以在草丛里隐忍潜伏很久,但只要咬你一口就见血封喉的毒蛇。何况重返后宫的武则天,早已不再满足于当一个什么"才人"或"淑妃"。她是冲着皇后的位子来的。这可真是"前门驱虎,后门揖狼"了。尽管武则天刚进宫时,在王皇后面前温顺乖巧得就像一只猫;也尽管"三千宠爱在一身"的萧淑妃果然失宠,让王皇后出了一口恶气;但,王皇后也很快就发现,她的这个低智商阴谋诡计和当年何进召董卓进京的性质结果完全一样:引狼入室。

于是,两个过去相互敌对的女人决定重新联合起来,对付武则天这个更危险的敌人。但是无济于事。李治这头大尾巴羊决心投入狼的怀抱,十头牛都拉不回来。

何况这时宫中又发生了一件奇案:李治兴致勃勃来看武则天刚生下不久的小公主,却发现小公主已死在襁褓之中。一问,只有王皇后刚刚来过,还摆弄过孩子,而且旁边没有人。这下王皇后便浑身是嘴也说不清了。其实没有任何证据证明是王皇后谋杀了小公主。[①] 何

[①] 小公主之死其实有多种可能。比如正好突发急病,或王皇后因为没有抚育孩子的经验,被子盖得太严捂死了,甚或就是武则天自己掐死的。姑不论。

况王皇后既犯不着,也没那么蠢,会跑到武则天的住处来杀人。但李治和王皇后,一个脑子蠢,一个嘴巴笨,一个在气头上,一个又说不清,冤案便这么稀里糊涂地铸成。

怒不可遏的李治当时就想废了王皇后,但被武则天止住了。武则天心里很清楚,这时即便废了王氏,皇后的位子也还轮不到她。与其再添一个对手,不如让王皇后在这个位子上再苟延残喘些时日。这样既显得自己宽宏大量,又不致给别人以可乘之机。她和曹操一样具有政治天才,懂得以她出身之卑贱,地位之尴尬,要实现远大目标,还需要假以时日。这就要耐心地等待,要能忍,要沉得住气。她也懂得什么事都要水到渠成,强扭的瓜不甜。

但武则天并没有闲着。她很清楚像她这样的女人在后宫里是既遭鄙薄又招忌恨的,因此她的当务之急是搞好群众关系,改善周边环境,使自己在宫里由少数派变成多数派。这时,武则天卑贱的出身帮了她的大忙。王皇后因为出身高贵,后台又硬,难免高傲,不把周围手下人放在眼里。她的母亲魏国夫人柳氏和舅舅中书令柳奭(音是)也都妄自尊大趾高气扬,令宫中人十分憎厌。武则天这个出身卑贱的小女子却懂得人情世故,懂得如何用小恩小惠笼络人心,尤其是拉拢那些憎恶王皇后、萧淑妃的人。她也懂得无风不起浪的道理,知道如果没有那些王皇后她们一百个看不起的"小人",后宫里就别想闹出什么事端来。终于有一天,王皇后的一项"阴谋"被揭发出来了:她居然在宫中装神弄鬼,行"厌胜"之术———一种诅咒他人致病致死的巫术。这事究竟是王皇后之母柳氏出的馊主意,还是武则天的诬陷,已不得而知。但武则天收买的那些仆人奴婢,则肯定起了不小的作用。反正那个身上扎满了针的木头小人在王皇后的寝宫里被当场搜出,而高宗皇帝李治这几天又刚好生病。王皇后再次有口难辩,她的被废,已是迟早的事情。

为此,武则天还必须和长孙无忌、褚遂良这些元老重臣面对面地进行一番较量。

刚一交手,没两个回合,几个男人就败下阵来。

这几位两朝开济的老臣一开始可能把事情想简单了，也把对手想简单了。他们显然没有想到，武则天这个"贱人"在李治的心目中会有那么重要的地位；他们也没有想到，李治这个"娃娃"犟起来会像一头驴。他们没有进行很好的策划就匆忙上阵，以为只要他们一反对，李治和武则天就没辙了。所以，他们的反对显然有点意气用事，而且一上来，就把事情弄得不可收拾。

第一个上阵的是褚遂良。褚遂良是前朝元老，顾命大臣，反对废王立武，立场坚定，旗帜鲜明，胆气很壮，做法却不大得体。他的理由有两条：一，王皇后出身名门，先帝所选，又没有犯什么大错误，不能废。二，即便要另立皇后，也得妙选天下名门望族之女。武则天侍奉过先帝，名声太坏，不能立。最后的一招，则是把手中的象笏往地上一放，说：这象笏是陛下所赐，现在还给陛下，请陛下准臣告老还乡！

这第一炮就打走了火。目标没有对准武则天，却把炮弹全砸在李治身上。事情当然是李治引起的。毕竟是李治要换老婆，不是别人要换，或武则天公然要当。但李治是不能反对的，因为他是大唐王朝的皇帝。反对李治，就是反对大唐。至少是，公开反对皇帝，等于跟自己有仇。褚遂良一上来，就把矛头直指李治，简直就是自己找不痛快。

其实，在这场废立斗争中，不但不能反对李治，而且还要争取李治。因为要换的那个人，不管你算她是李治的老婆也好，算她是大唐的皇后也好，换不换，最后还得既是老公又是皇帝的李治说了算。既然是李治说了算，你就只能说服李治，不能攻击李治。但褚遂良说的那些话，在李治看来，句句都是攻击他，字字都和他过不去。褚遂良一开始就说王皇后是先帝所选，不能废，这就不但是拿先帝来压服李治，而且等于说他李治没有选择老婆的权利。李治也明白，他是不如先帝，但他好歹也是现任皇帝，怎么就连个换老婆的权利都没有？武则天的心腹许敬宗在朝中大造舆论，说一个老农民多收了几斗谷子，也要换老婆，何况贵为天子？这话虽然说得粗俗不堪，也不成体统，居然把至尊天子和乡下老农相提并论，但李治如果这回换不了皇后，岂不是连乡下老农都不如了？这口气如何咽得下！

褚遂良又说,先帝临终时,拉着陛下的手对臣说:"朕佳儿佳妇,今以付卿。"先帝言犹在耳,陛下不会忘记吧? 这就不但是抬出先帝压皇帝,而且是倚老卖老,把皇帝当小孩子,自己摆老资格了。李治血气方刚(二十八岁),又是皇帝当得正过瘾的时候(当了六年),哪里受得了这个? 一听就气炸了肺。不错,李治是比较柔顺懦弱,但不等于没有脾气。事实上,柔弱的人往往倔强,正如刚毅的人往往豁达。况且,再柔弱的人,只要当了皇帝,手上有了生杀予夺之权,也会变得有脾气的。而且,正因为李治一贯被视为柔弱,也就特别怕人家说他没用,很需要找一两只鸡来杀一杀,表示他不是好欺负的。褚遂良这一回就撞到了枪口上。

　　何况褚遂良还把老账也翻了出来,说什么武则天曾侍奉过先帝,天下人人皆知,陛下立她为后,如何向世人交代、向历史交代云云。这就等于说武则天是破鞋,不干不净;李治乱伦,少廉寡耻了。老实说,这话即便对普通老百姓,也不好当面说的,怎么可以当着那么多人的面对皇帝说? 至少,李治可以问他一句:褚遂良,你是来和朕商量事情的,还是来和朕吵架、揭朕之短的? 苟有此一问,褚遂良一定无言以对。

　　事实上褚遂良就是来和李治吵架的,要不然他掼纱帽干什么? 身为朝臣,当众交出象笏,这就不但是同皇帝吵架,而且是公开同皇帝翻脸了。褚遂良实在糊涂。他以为正义和真理在他这边,就可以理直气壮、慷慨陈词,没想到在李治眼里,这是目无君父、犯上作乱。你既然不把皇帝放在眼里,皇帝当然也可以不把你放在眼里。你既然要和皇帝断绝关系,皇帝当然也可以和你断绝关系。不信咱们君臣比试比试,看看究竟谁怕谁? 于是李治勃然大怒,喝令:拉出去! 躲在帘子后面的武则天也怒不可遏,忘乎所以地叫了一声:还不杀了这野种!

　　由于褚遂良的意气用事不讲策略,一局棋完全被他搅乱。现在,问题已经由王皇后该不该废,武则天该不该立,变成了褚遂良该不该杀。长孙无忌他们只好赶紧先来救褚遂良的命,武则天的事就顾不上了。

说起来,褚遂良也算是一个老政治家了,不知为什么遇事这么沉不住气,又这么不动脑子。他一而再、再而三地说门第,却不知大唐王朝从李世民开始,最恨的就是门第;①他一而再、再而三地说先帝,却不知李治最讨厌的就是别人老拿先帝和他比,老拿先帝来压他。两年后,被贬到爱州(今越南清化)的褚遂良上表自陈,重提往事,顾影自怜,字里行间充满了哀求。他说,当年承乾和李泰都想当太子,是我和无忌坚定不移地拥戴陛下;先帝去世以后,又是我和无忌不辞辛苦地辅佐陛下。我自悔忤圣意,但希望陛下看在往事的份上,多多哀怜。他甚至还提到太宗去世时,李治扒在自己肩上痛哭失声的事。然而,这封信送到李治手里,却如泥牛入海,全无消息。据说,李治连看都没看。

公元658年,褚遂良在忧郁中死去,时年六十三岁。

褚遂良实在是糊涂透顶。他应该知道,在专制体制下,政治人物之间,尤其是君臣之间,是没有什么交情和友谊可言的。如果对方是英雄,是虎,是豹,也许还能用理性唤醒,用真情感动。可惜李治不是。对于李治这样一只大尾巴羊,重提往事等于揭他老底,只能使他恼羞成怒。我相信,李治在看了褚遂良这封信时,一定在鼻子里哼了一声:到这个份上了,还要摆老资格。于是把心一横:去他的,不理他!

另一位老政治家李世勣就没有这么蠢。

当李治召集御前会议,讨论废王皇后、立武则天问题时,李世勣请了病假。早不病晚不病,偏偏在这个时候生病,李世勣这病生得蹊跷。

李世勣确实有心病。

李世勣是大唐王朝的开国元勋,和李世民关系极好。他原本姓徐,因为功勋盖世而被太宗赐姓李,又因避李世民之讳,时称李勣。李世勣和李世民的关系,据说是"外虽君臣,内实骨肉",是穿一条裤子都嫌太肥的"铁哥儿们"。李世勣生病,李世民听说胡须灰可以治,就把

---

① 贞观年间,高士廉等人作《氏族志》,仍以山东崔干为第一等,李世民看了就很不高兴。后来,李治和武则天又颁布《姓氏录》,进一步打击门阀观念。

自己的胡须剪了烧成灰,给李世勣做药。有一天,李世民对李世勣说:我要把儿子托付给你。你不辜负李密,也不会辜负我。李世勣感动得把手指都咬出了血。可是,当李世民立李治为太子时,却莫名其妙地把李世勣贬到千里之外、万山丛中的叠州(今甘肃省迭部县)去了,并没有把儿子托给他。李世民对李治说:李世勣的才能智慧绰绰有余,但你对他没有恩德,恐怕他未必对你效忠。朕现在就把他贬到天荒地远去。他如果立即上路,你将来可以重用他;他如果观望犹豫,不及时赴任,那就只有把他杀掉!

李世勣没有观望犹豫。他接到任命,连家都没有回,立即就到叠州去了。所以,李治一即位,就立即召回李世勣,委以重任。

然而李世勣却彻底地心灰意冷。他十七岁参加瓦岗军,以后又事奉李渊、李世民、李治三朝天子,几十年军旅生涯,几十年政治风雨,早已磨练得老于世故,缜密圆滑,何况太宗驾崩前的突然被贬,还记忆犹新!那一次自己如果不是看透了李世民的心思,只怕脑袋早就搬了家。想起来真是既寒心,又后怕,不寒而栗。你不仁,休怪我不义。我凭什么还要再掺和到你们李家舅甥之间的纠纷里去?我又凭什么还要再为你们李家出谋划策赴汤蹈火?他现在对政治、对官场、对人生,是越看越透了。他犯不着为什么朝廷纲纪或君臣大义之类空洞的东西献出生命,也犯不着和长孙无忌、褚遂良这伙飞扬跋扈的家伙搅和在一起。因此,他决定持一种超然旁观的态度。当李治向他征求意见时,他也只是淡淡地说了一句:这是陛下的家事,何必再问外人?

李世勣这个不是态度的态度却给李治以极大的鼓舞。对呀,我是皇帝。我的家务,关这些老白菜帮子什么事!这个态度也等于变相地告诉李治:并非所有元老重臣都一边倒地反对废王立武。这下子李治既有决心又有信心了。公元655年,或者说,唐高宗永徽六年十月十三日,李治下诏废王皇后、萧淑妃。十九日,百官请立中宫,李治诏立昭仪武氏为皇后。武则天终于达到了目的。

武则天到底是武则天呀!就在李治下诏立她为皇后的第三天,即十月二十一日,武则天上表,要求褒奖韩瑗、来济。韩瑗和来济都是反武派的中坚。早在废王立武之前,李治曾提出封武则天为"宸妃"。唐制,天子四妃,曰贵淑德贤。武则天却要求在此四妃之上再设宸妃。宸,北辰也,即北极星,是帝王的象征。宸极指君位,宸居则指帝王的居处,也代指君位。武则天要当宸妃,意思很清楚,就是要当准皇后。这是她一时半会当不上皇后时,使出的缓冲之计。但这样一个妥协平衡的方案也遭到韩瑗和来济的极力反对,说是史无前例。在册立皇后的问题上,韩瑗和来济也是坚定的反对派,而且话说得很难听,连妲己、褒姒(音四)的故事都被翻出来了。现在武则天居然以他们曾经反对自己当宸妃为由提出要褒奖他们,韩瑗和来济都断定这是"黄鼠狼给鸡拜年,没安好心"。

韩瑗和来济估计得并不错。武则天是不会放过她的仇人的。就在她正式成为皇后的二十六天后,王皇后、萧淑妃被赐自尽。两年后,韩瑗和来济被贬。四年后,长孙无忌也被谋杀。办法是刘邦、曹操都用过的:诬以谋反。

韩瑗也被牵涉到这个案子里,只不过其时韩瑗已死,武则天没砍成他的头。来济的下场要好一些:他是在和突厥作战时战死的,没给武则天留下诬以谋反的机会。

当然,武则天此刻还顾不上收拾他们。她正忙着加冕呢!十一月一日,举行了隆重的册封皇后仪式。礼使英国公李世勣将皇后的玺绶恭敬地奉献给武则天。接着,盛装的新皇后又来到肃仪门,接受文武百官、四夷君主的祝贺。这种朝拜皇后的仪式是由武则天首开先例的。武则天,这个木材商的女儿,太宗宫殿里卑贱的侍妾,感业寺里孤寂的尼姑,终于实现了她的愿望,成为大唐王朝的堂堂国母。这一年,她三十二岁。

现在,作为一个女人,武则天已经到了顶。精力旺盛、才智过人而又不甘寂寞的她,便只好去做男人的事情。

二　大尾巴羊

　　使武则天成为男人的是她的男人——唐高宗李治。

　　史料证明,唐太宗李世民对他这个宝贝儿子,一直是不怎么放心的。贞观十八年(公元644年)太宗在两仪殿接见群臣,当着李治的面问:太子的品行,天下人都知道吗?长孙无忌回答:太子虽未出宫门,但天下人无不钦仰其圣德。太宗又感慨地说,老百姓都这么讲:"生子如狼,还怕是羊",治儿可是从小就宽厚啊!长孙无忌又说:陛下骁勇,是创业之君;太子仁恕,有守成之德。陛下与太子性格相异,正是皇天所赐,苍生之福!

　　长孙无忌的话在理论上并不错。马上可以得天下,却不可以治天下。开国之君必须是虎,守成之君则不妨是羊。只是他没想到,羊并不只吃草。如果当了皇帝,也吃人。李世民的担忧也不无道理。不过他同样没想到,李治不但柔弱,而且"好内",喜欢听女人的。

　　这都给武则天以可乘之机。

　　李世民对李治的教育是抓得很紧的。看见他吃饭,就说:你要是知道种田的辛苦,就总会有饭吃了。看见他骑马,就说:他要是知道不让马太累,就总会有马骑了。看见他坐船,就说:水能载舟,也能覆舟。民就是水,君就是舟。看见他站在树下,就说:木头有墨绳就笔直,元首听意见就圣明。真可谓用心良苦。李世民还专门写了一本叫《帝范》的书,教李治如何做皇帝。

　　李治的表现也不差。刚当皇帝时,他是很虚心的。有一天,李治外出打猎,正碰上下雨。李治问谏议大夫谷那律:雨衣怎么样才能不漏?谷那律回答说:用瓦做就不漏了。李治明白这是在劝谏他不要因好打猎而荒于朝政,很高兴地赏赐了谷那律。对那些不该赏的,他也不留情面,颇能做到赏罚分明。他的叔叔腾王李元婴和哥哥蒋王李恽(音运)搜刮民财,屡教不改。在赏赐诸王时,李治就独不赏腾王和蒋王,说:腾叔和蒋兄反正自己会捞钱,就不用赏什么东西了。给他们两车麻绳,用来穿铜板吧。羞得二王面红耳赤,无地自容。显然,李治并不昏庸,也不蠢。

然而他的心病却很重。

李治一上台,就面临三大难题:一,如何摆脱先帝的阴影;二,如何摆脱权臣的控制;三,如何克服自己性格上的弱点。这三个问题他一定想了很久。他后来所做的一切,都是从这三个问题出发的。

在一般人看来,李治从唐太宗手上接过这个摊子,是很幸运的。贞观之治,成就斐然,君仁臣忠,民富国强。李世民这个盖世英主,几乎把什么都设计好了,考虑好了,安排好了,李治简直就只要坐享其成就行。但,创业难,守成更难。李治的苦恼,只有李治自己知道:干好了,是先帝的福泽;干不好,是自己无能。父皇太成功了,他怎么都走不出先帝的阴影。

权臣们也是一个麻烦。他们追随先帝多年,功勋盖世,谋略过人,说是来辅佐自己的,谁知道他们心里怎么想?即便不谋反,总把自己当小孩子,也很可气。李治看得出,这些老家伙并不好伺候。就拿长孙无忌来说,名字叫无忌,其实无所不忌。唐太宗因李治仁弱,恐怕难守社稷,曾打算另立英武果断的吴王李恪为太子,便遭到长孙无忌的断然反对。因为李恪不是他妹妹长孙皇后所生,生母杨妃是隋炀帝的女儿。结果,李恪不但没能当上太子,而且在李治登基后被长孙无忌谋杀,办法就是后来武则天对付他的那个——诬以谋反。李恪临死时曾大骂说:长孙无忌窃弄权威,陷害忠良,祖宗有灵,不久你就要灭族。史家也认为长孙无忌诬人谋反,反被人诬,多少有点算是报应。①

其实就算长孙无忌他们无忌,李治也有忌。李世民尚且猜忌李世勣,李治怎么就不猜忌长孙无忌?专制政治,最忌权臣功高震主,尾大

---

① 唐高宗永徽三年(公元652年),高阳公主及驸马房遗爱、薛万彻、柴令武等人谋反,阴谋废去高宗,另立荆王李元景为帝。此事与吴王李恪并无关系。长孙无忌因为曾经反对立李恪为太子,害怕李恪报复。为了去掉这块心病,便诬陷李恪插手,并亲自提审案犯,动用酷刑,锻炼成狱。李恪被赐自尽。

不掉。不杀了这些大尾巴羊,自己是睡不着觉的。羊群中总要有羊被杀,谁的尾巴大就杀谁。只不过李治下不了手。这只他自己也没有想到会成为头羊的小羊,性格内向,内心羞怯,一见到长孙无忌他们那狼一样的凛然目光,心里就犯怵。他们连太宗皇帝都敢顶撞,还有什么不敢的。

这些苦恼很需要向人诉说,更需要有人帮他走出困境。但是,又能和谁商量呢?后妃们只知道争风吃醋,朝臣们又心怀鬼胎。年轻的皇帝感到了孤独,感到了"高处不胜寒"。

这时,上帝把武则天派来了。

李治和武则天一见钟情。两个人的偷情,开始时可能出于一时的冲动。但很快,李治就发现,这个比自己大四岁的女人身上,有一种特殊的气质和魅力,正是自己求之不得的。像李治这样羞怯内向的大男孩,原本就喜欢那些比自己年龄大、介乎母亲与姐姐之间的女人,就像那些特别具有男子汉气质的人,往往喜欢比自己小、介乎妹妹和女儿之间的女人一样。更何况李治还惊喜地发现,这个女人身上有的,正是自己身上没有的。她沉着冷静、深谋远虑、机敏果断、精力旺盛,与自己的多愁善感、柔弱任性、优柔寡断、羞怯无为正好相反。李治很为自己的发现而欢欣鼓舞。他决心和这个女人一起,解决他面临的三大难题。为此,他不顾一切地要把这个女人推上皇后的位子。这是长孙无忌他们无论如何也想不通的。因为他们的想象力有限,跳不出"好色"或"惧内"的框框,更弄不清这位年轻的皇帝心里到底想什么。

李治寄希望于武则天的,也正是她想要做的。

我们现在已无法弄清,武则天的政治兴趣和政治才能是从哪里来的。和一般的女人不同,她对政治有着天生的敏锐和潜能,加上她那女人特有的直觉,玩起来比她老公李治更得心应手。她知道什么事该做什么事不该做,什么事要先做什么事得放一放。正是靠着这种稳扎稳打步步为营,她一步一步登上峰巅。

当上皇后以后,武则天最迫切要做的事,除废掉太子李忠,另立自己的儿子李弘为太子外,就是要建立自己的组织系统。这件事情她和李治有共识,甚至李治比她更有切肤之痛:李治已经尝到了元老派联合起来反对自己的滋味。如果这些元老重臣们动不动就联合起来和自己对着干,那他这个皇帝当得还有什么意思? 所以,当武则天提出要重赏并提拔拥护她当皇后的那些人时,李治连想都没想就同意了。

其实,李治对这些人也是心存感激的。他还清楚地记得,当他提出要废王皇后、立武则天时,朝臣们基本上是一边倒的。除少数默不作声的外,大多数人都站在长孙无忌他们一边,而且一个个都那么愤激、冲动,好像他李治犯了多大错误似的。这事他想想就寒心,想想就后怕。这大唐的江山,究竟是他李治的,还是长孙无忌他们的? 幸亏有许敬宗、李义府他们出来说话。他还记得,第一个公开站出来支持他的,是李义府;在朝堂上为他大造舆论的,是许敬宗。这使他感到极大的欣慰,就像孤军奋战的斗士遇到了拔刀相助的侠客,就像一个在荒郊暮色中四顾茫然的独行者看见了远方的一缕炊烟。

人最珍惜的,就是他在孤立时得到的支持,哪怕这种支持微不足道,哪怕这种支持来自非常卑微的人。不! 正因为支持者是那样卑微,这种支持才更加弥足珍贵。李治从心底里赞成武则天对这几个人的重赏和重用。这样的人不赏,赏谁? 这样的人不用,用谁? 应该把这些人提拔起来,让他们和长孙无忌的元老集团抗衡。

李治有这样一些想法是很自然的。他当然不会这样去想:这些家伙究竟算是自己的队伍,还是武则天的人马? 他当然也不会想到,这些家伙对自己的支持,并非都是出于什么正义、公道、原则,或是出于对君王的绝对忠诚。他们完全是出于个人的私利,而且事先经过了反复的掂量和考虑,这才决定出来豪赌一把,并把赌注押在武则天这颗即将冉冉升起的政治明星身上。

至少李义府是这样的。因为李义府是小人。

李义府这个家伙,在当时的政坛上,名声是很臭的。他的外号叫"李猫",意思是和猫一样,外表柔顺,内心狠毒,笑里藏刀。这样一个名声极坏的家伙,又是敌对集团的人(李义府的靠山是刘洎,刘洎是魏王李泰一党,和长孙无忌、褚遂良是死敌,后被褚遂良陷害),长孙无忌当然容不得他,便打算把他贬到外地去。李义府恐慌之极,问计于王德俭。王德俭说,现在能救你的,只有一个人。李义府忙问是谁。答曰武昭仪。李义府摇摇头说:恐怕不行吧! 皇上早就想立武昭仪为后,一直没能成功。武昭仪自己的事都办不好,还管得了别人? 王德俭笑了起来,说你这个人真是聪明一世,糊涂一时。武昭仪的事办不成,是因为没人支持。如果你出来支持,岂非雪中送炭? 武昭仪的事就是皇上的事。你帮了皇上这个大忙,能没好处吗? 李义府这才成了支持废王立武的第一个"英雄",也成了因为此事最早受惠的人。

此后李义府一直青云直上步步高升,成为当时政坛上炙手可热的人物。不过狗总是改不了吃屎的。李义府当政以后,大概只干了一件事,那就是卖官。《旧唐书》说他"专业卖官为事",竟是个"卖官专业户"。因为贪得无厌,他连长孙无忌孙子的贿赂也收,卖给他一个司律监的官职。其他的坏事干得也很出格。洛阳有个女犯人长得很漂亮,他竟命令审判官毕正义枉法释放,然后据为己有。东窗事发后,又逼毕正义在狱中自杀。最后,由于他作恶多端,罪行累累,民愤太大,加上他小人得志,仗势欺人,飞扬跋扈,连皇帝都不放在眼里,弄得天怒人怨,终于在龙朔三年(公元 663 年)被捕下狱,乾封元年(公元 666 年)死在流放地。死后,朝野额手称庆,拍手称快。

许敬宗倒没有这么恶劣,也并非不学无术。唐太宗李世民还是秦王的时候,他就进了文学馆,和杜如晦、房玄龄、孔颖达、虞世南等人同为十八学士,成为李世民的政治顾问,资格是很老的。他学识渊博,文采出众,著作等身,曾总修《五代史》、《晋书》,是个历史学家。不过此人的人品和史德都不怎么样。他的父亲在隋末江都兵变时被害,他贪生怕死,不敢营救。封德彝把这事说了出去,他又忌恨封德彝,在给封德彝作传时,添油加醋,"盛加其罪恶"。其他人如果给他送礼行贿,他也不吝吹捧粉饰之词。学问做到这个程度,实在应该算是道德败坏了。

不过,武则天和李治此刻还顾不上这么多道德的考虑。对于他们来说,最重要的是建立自己的队伍,集结自己的人马,而无论这些人是君子,还是小人。

李义府之流的得势,和褚遂良等人的被贬正成鲜明对照。人们开始认识到,得罪武则天,就是得罪皇上,甚至可能比得罪皇上还糟糕,决没有好果子吃。相反,投靠武则天,就是站在皇上一边,肯定青云直上。于是,一些犹疑不决持观望态度的人认清了形势,一些原先受排挤受压制的下层官吏和寒门士人看到了希望,一些原本就见风使舵善于钻营的小人更是有了可乘之机。武则天的旗帜下开始集结人马,她的队伍壮大了起来。

但,她也因此获得了一个骂名:亲信小人,重用匪类。

武则天并不喜欢小人。没有人会喜欢小人,连小人都不喜欢小人。可是,正人君子们都不和她合作,她又有什么办法呢?再说,反对她的那些人,也不见得十分干净,也做过亏心缺德事吧?褚遂良诬陷过刘洎(音记),长孙无忌陷害过李恪。他们的手下,也有不少是小人。大哥二哥麻子哥,大家脸上差不多。既然如此,就不能再谈道德问题,只能靠政治态度来划线了。

不过,武则天重用许敬宗、李义府之流,并不完全是为了酬劳他们的拥立之功,也不完全是因为无人可用,还在于她深知小人有小人的用处。在专制政治体制下,小人从来就是阴谋家、野心家、独裁者最趁手的工具。乱世要靠他们兴风作浪(他们最擅长造谣告密),治世要靠他们粉饰太平(他们最擅长拍马吹牛)。尤其是搞宫廷斗争时,小人更是有不可替代的作用。那些正人君子不肯、不敢、不屑去做的事,都可以放心地交给小人去做,而且包管有令人满意的结果。何况小人用起来比君子更顺手。小人没有道德观念,好收买;没有个人意志,好指挥;没有社会基础,不怕他们翘尾巴;没有自身价值,没用时扔了也不可惜。所以,历朝历代的帝王,都既用君子,又用小人。君子的作用是伸张正义,树立楷模;小人的作用是制造恐怖,实施阴谋。君子是领头羊,小人是看门狗。君子务虚,小人务实。有君子作榜样作楷模,人们自觉忠君;有小人作耳目作打手,大家不敢谋反。一个高明的君主,是一定两种人都要用的,就像大棒和胡萝卜缺一不可一样。武则天在她执政的后期,就大量起用正人君子,如狄仁杰。但现在还不行。她还得依靠小人,为她杀出一条血路来。

小人的作用无非四种:帮忙、帮闲、帮腔、帮凶。李义府没多少能耐,只能帮腔;许敬宗满腹经纶,便可以帮凶。显庆四年(公元659年),洛阳人李奉节状告太子洗马(为太子掌管书籍的侍从官)韦季方和监察御史李巢两人朋比为奸,图谋不轨,李治派许敬宗审理此案。许敬宗想到了当年长孙无忌利用房遗爱谋反案诬陷李恪的事,如法炮制,捏造了长孙无忌谋反的供词。李治不敢相信,许敬宗说证据确凿。李治伤心地哭着说:我家太不幸了,亲戚中总是有人居心不良。前几年高阳公主和房遗爱谋反,现在舅舅又是这样,真叫朕羞见天下人。许敬宗煽动说:房遗爱乳臭未干,高阳公主是个女子,他们谋反,能成什么气候?长孙无忌可就非同小可。他帮先帝夺取了天下,天下人都佩服他的智谋;他当宰相三十年,天下人都惧怕他的权威。陛下还记得宇文述吗?臣可是亲眼看到过隋炀帝对他们一家的亲爱信任。那可真是权宠无伦,势倾朝野,言听计从,不分彼此。结果怎么样呢?炀帝还不是被宇文述的儿子杀了?前车之鉴,陛下该不会忘记吧?

李治当然不会忘记。这事太宗皇帝曾多次对他说过:隋炀帝死于非命,就因为对宇文父子太宠幸、太信任了。于是李治又流着眼泪说:就算元舅真的这样,朕也不忍杀他。杀了元舅,叫天下人怎么看朕,后代人怎么看朕啊!许敬宗这时又再次发挥他历史学家的作用了。许敬宗说:汉文帝的母舅薄昭因杀人获罪,文帝命百官往哭,含泪把他处死,至今人称圣明。长孙无忌的罪大得多,陛下有何不忍?古人云:当断不断,反受其乱。陛下如果姑息养奸,将来变乱生于肘腋,只怕后悔莫及。

李治完全被这个博学多才的历史学家所说服。他不再过问长孙无忌的案子,全都交给许敬宗去办理,甚至没有差人把长孙无忌召来核实一下。四月二十二日,长孙无忌的官爵封邑被剥夺,贬往黔州。牵连到此案的柳奭、韩瑗被除名,于志宁被免官。七月,许敬宗趁李治下令重审此案之机，派中书舍人袁公输前往黔州，逼长孙无忌招供反状并自缢。接着，与此案有关的官员，或贬，或杀，或充军，或除名。可怜长孙无忌一代英豪，两朝元老，三十年相国，数十载经营，权势熏天，盘根错节，却只因许敬宗摇唇鼓舌，血口喷人，便一朝倾覆，土崩瓦解，整个集团被连根拔掉。谁说舌头不能杀人？

我们现在已无法得知，武则天在此案中扮演的是什么角色。但可以肯定，她是拍手称快的。就连李治的角色也很暧昧。表面上看，他是受了许敬宗的蒙蔽，稀里糊涂地杀了舅舅，而且一直于心不忍。但没有他的首肯、默认、纵容，许敬宗能有那么大的狗胆，又下得了那么重的毒手？也许，李治也好，武则天也好，都没给许敬宗什么指示或暗示，一切都是许敬宗自作聪明的投其所好。这其实也正是小人的本事。他们总是能知道主子想要什么想干什么，然后主动把主子想干又不便明说的事办好。这同时也是小人的可怜之处：他们不但必须帮主子干坏事，还必须帮主子背罪名。

看着政敌们人仰马翻，许敬宗笑了，武则天笑了，李治大概也笑了。

不过，李治很快就笑不起来。他发现，除掉了长孙无忌集团后，权力好像并没有回到自己手上。他这个皇帝当得还是不开心。

有一件事情对他刺激很大。这件事是武则天的那个走狗李义府引起的。李义府这个家伙，仗着自己是武则天的亲信死党，又掌握着选官之权，便公然卖官鬻爵，为非作歹，连家人也横行不法，弄得民怨沸腾。李治看他闹得太不像话，便把他叫来，语气温和地对他说：爱卿的儿子女婿都不太谨慎，多有不法之事。朕倒是可以帮爱卿掩饰掩饰，不过爱卿也该教训一下他们才是。谁知李义府勃然变色，脖子腮帮都涨得通红，青筋暴起，压低了声音一字一句地反问李治：这是谁对陛下说的？李治心想，这难道是臣子在对皇上说话吗？他强压怒火，说：只要朕说的是事实，何必问朕是从哪里听来的呢？

这事让李治很是恼火。李义府这个狗仗人势的王八蛋，居然连朕都不放在眼里，简直可杀！但，打狗还得看主人。一想到这条狗的主人,李治便不免有些泄气。他对他那位皇后娘娘,是越来越看不懂摸不透了。他对他自己这个皇帝该怎么当,也越来越弄不清搞不明了。过去,面对长孙无忌、褚遂良他们,他感到有压力。现在,换了李义府、许敬宗等人,他又觉得受愚弄。过去他觉得江山不是他的,是长孙无忌的。现在,他又觉得这江山仍然不是他的,是武则天的。李治觉得很窝囊。

窝囊的李治进行了三次努力。麟德元年(公元664年)十二月,他一时兴起,决定废掉武后。可惜诏书墨迹未干,就被武则天发现,计划也就随之流产,还搭进去宰相上官仪的一条性命。十一年后,上元二年(公元675年)三月,他打算彻底退位让权,由武则天独掌国政,或者干脆把皇帝让给武则天去做,自己图个清静,安享晚年算了。他的胡思乱想遭到宰相郝处俊的坚决反对,说这种想法既不敬天(天道阴阳岂可颠倒),又不法祖(祖宗基业岂可送人),甚为不当。他又想禅位于太子李弘,这倒是可以的,然而李弘却在这年四月突然死去,死因十分可疑。李治发现自己的任何努力都徒劳无益。他就像一只肥囊囊的大尾巴羊,一旦当了皇帝,就和陷入狼群没有两样。之所以没被吃掉,是因为所有的狼都盯着这惟一的羊,而且狼们还需要留着他这颗羊头,以便贩卖他们的狗肉。李治完全没有办法从这狼群中突围,他只能顺其自然,当一天皇帝坐一天朝。

何况李治的健康也越来越差。在他登极十一年、武则天册立为皇后五年后,即显庆五年(公元660年),李治得了风眩病,目不能视,部分政务只好交给皇后处理。龙朔二年(公元662年),又患风痹;咸亨四年(公元673年),患疟疾。总之李治的后半生,大体上是在病痛中度过的。他实在已管不了许多。

然而武则天却越活越年轻,越干越红火。显庆五年李治生病以后,她就开始参预朝政,并表现出她的政治天才。麟德元年,废后阴谋破产后,她开始垂帘听政,与李治平起平坐,并称"二圣"。乾封元年(公元666年),她和李治同往泰山,首开皇后参与封禅大典的先例。上元元年(公元674年),她改称"天后"(李治则称"天皇"),已非一般皇后可同日而语。同年,她又发布改革政治的十二条施政纲领,实际上已成为大唐王朝的核心人物和政治领袖。因此,当弘道元年(公元683年)李治病逝(终年五十六岁)时,她几乎没费多少气力就轻而易举地接管了政权。

武则天在李治死后接管大唐政权,应该说并不奇怪。从公元655年册封,到683年李治去世,武则天当了二十八年皇后。这二十八年,她可没有闲着,也没有虚度。她一直活跃在大唐的政治舞台上,而且一直在洗牌。洗一回,赢一把。在武则天当皇后的头十年(公元655年至664年)里,主政的基本上是李治。李治日日临朝,武则天临朝大体上只是偶一为之。中间十年的"二圣时期"(公元664年至674年),李治和武则天同时临朝。进入"天后时期"(公元674年至683年)以后,武则天便日日临朝,李治临朝反倒是偶一为之了。李治和武则天的位置,正好掉了一个个儿。

武则天能走到这一步,完全因为她的深谋远虑。她要求参加封禅,人们以为这不过是一个女人的爱出风头,没想到这是在造舆论。她上书谈论改革,人们以为这不过是一个女人的心血来潮,没想到这是在讲政治。她提出要召集文学之士来宫中修撰史籍,也没引起什么特别的注意。李治甚至抱着一种无所谓的态度,放手让武则天去抓这件"无关紧要"的事。尽管武则天特地提到了太宗皇帝的三句名言"以铜为镜,可正衣冠;以史为镜,可知兴替;以人为镜,可明得失",大家还是没想到这事与当前政治有什么关系。他们想不到一个女人会有那么大的政治兴趣和政治野心。直到那些为武则天编撰书籍的"北门学士"[①]终于有一天出现在殿堂之上,对朝廷的舆论和决策起着举足轻重的作用时,人们才恍然大悟:原来武则天不但要研究历史,还要改写历史;不但要为自己组织一个写作班子,还要为自己组织一个顾

---

① 这些人经武则天特别批准,可以不经过百官办公的南衙,直接从北门进宫。北门是皇宫后门,乃皇家重地,只有皇帝、后妃、太子、王公才可出入。因此这些可以"走后门"的学士便被称为"北门学士"。

问班子和行政班子。天后娘娘并不是吃饱了饭没事做。

有如此之多政治上、思想上、组织上、舆论上的准备,武则天距离帝位其实已只有一步之遥。

三 血染的皇冠

尽管有这么多的准备,武则天要当皇帝,仍并不那么容易。

按理说,皇帝驾崩,应由太子继位。武则天有四个儿子,其中三个当过太子。第一个是李弘。李弘早在显庆元年(公元656年)正月就被册封为太子,却于上元二年(公元675年)四月去世。许多人都说他是被武则天毒死的。可惜死无对证,何况这位太子的身体确实很差,早在他被册封为太子的那一年,就曾大病一场,以至"御医无策"。咸亨二年(公元671年)监国时,也因多病而由戴至德等人处理政务。所以我们只好算他是病死。

第二位太子是李贤。上元二年(公元675年)立,永隆元年(公元680年)废。他的被废,也是一个疑案。我们只知道他们母子之间猜忌很重。有人说是因为他组织名儒注《后汉书》,大讲后妃外戚干政犯了武则天的忌讳;也有人说李贤根本不是武则天的儿子,而是她姐姐韩国夫人和李治的私生。总之,他被告发谋反,在他的宫殿里搜出兵卒甲服数百件以为罪证。这位可怜的太子被废为庶人,嗣圣元年(公元684年)死在巴州。

以数百件兵卒甲服为谋反的罪证,显然证据不足。就这么一丁点儿武器装备,能谋什么反?因此这一"确凿"的证据,就像从王皇后那里搜出的木头小人一样,完全有两种可能。一种,这些兵器武备确实是李贤私藏的,但目的却不过是自卫。另一种,就是栽赃了。栽赃也有两种可能:一种是武则天栽赃,另一种是别的什么人栽赃,意在挑起他们母子之间的争斗,自己好坐收渔利。但如果武则天对她这个儿子并无猜忌,那么,这个赃就栽不成。而且,即便那些东西真是李贤私藏的,也不会有如此严重的后果。事实上,如果不是武则天已有废掉太子之心,就不会有人出来控告太子,更不会有人去搜查太子的府第。可见,李贤实际上是死于武则天的猜忌。

说武则天诬陷太子贤,和说她毒杀太子弘一样,并无任何证据。但武则天猜忌甚至嫉恨她这两个儿子,则大休上可以肯定。原因是当时君臣朝野都看好这两位太子。李治曾对侍臣们说:"弘仁孝,宾礼大臣,未尝有过。"《资治通鉴》也说李弘仁孝有礼,"上甚爱之"而"中外属心"。这当然不会让武则天高兴。武则天希望的是中外都属心于她自己,而不是属心于别的什么人。所以,李弘突然去世,当时就有人怀疑是武则天下的毒手——"时人以为天后鸩(音震,用毒酒杀人)之也"。

李弘死后,大家又转而拥戴李贤。因为这时谁都看出,武则天野心不小,李治则早已大权旁落。而以李治身体之衰弱,性格之懦弱,夺回政权,重振朝纲,几乎就不可能。因此他们都寄希望于新太子。李贤似乎也不负众望。他容貌俊秀,举止端庄,自幼就爱读书,而且过目不忘。他还主持对《后汉书》作了注释,水平相当的高,至今仍很权威。这事使他名声大振。朝野一致认为,李贤将承继大位,一主唐祚。李治甚至对李世勣说:"此子严于律己,不失为成就大业之才。"诸子如果都像李贤一样,"大唐无虞矣"!

大唐无虞,则天有忌。已尝到大权独揽甜头的武则天,很不喜欢在她兴头上有人横插一杠子。正好这时发生了明崇俨被杀一案。明崇俨是一个装神弄鬼的家伙,据说会一些巫术,能给人治病。他曾对武则天说,太子贤命相不好,不堪继统,应另立英王李显或相王李旦。后来,明崇俨神秘地被人谋杀。办案人员把李贤的同性恋对象赵道生抓来一问,招供说是李贤买通盗贼所杀。接着便是在李贤的马房里搜出了兵器武备。整个案件扑朔迷离无可深究。但可以肯定:或者是武则天一手制造了这一冤案,或者是武则天利用了这一案件,又在其中做了些手脚。反正,她达到了目的。

看来,李贤的书还是读少了点。他实在不该在武则天风头正健时去抢她的戏。他只知道太子可以当皇帝,却不知道连皇帝也是可以被废掉的,何况太子?

三任太子李显就是在皇帝位子上被废的。这家伙是个混蛋加草包。他比他老爸更窝囊,更好色,更怕老婆,更没头脑。李治虽然弱一点,却好歹还有自知之明,为人处事都比较谨慎稳当得体,因此也还有一定威望。李显却完全拎不清自己的斤两。上台没两天,屁股还没坐热,就忙不迭地拍老婆的马屁,要让老丈人韦玄贞当宰相。宰相裴炎不同意,这个糊涂皇帝竟然说:国家是朕的。朕就是把天下都让给他,也没什么了不起,何况只是让他当个侍中?这就不但武则天不能容忍,其他人也无法接受。哪怕说的是气话,也不能容忍。因此,这家伙只当了两个月皇帝,就被武则天和裴炎从宝座上拖了下来。

事实上李显也确实不堪为人君。神龙元年(公元705年),武则天退位后,他又当了皇帝,最后却死于非命。因为韦皇后想学婆婆武则天当女皇,女儿安乐公主则想当皇太女。她们合谋在馅饼里放毒药,把这个糊涂皇帝送上了西天。中宗李显这只昏头昏脑的大尾巴羊,一生栽在了他最亲密的三个女人身上:亲娘武则天、爱妻韦皇后、娇女李裹儿。不难想象,武则天就算不废他,他也当不好皇帝的。

接替李显当皇帝的睿宗李旦是个聪明人。他干脆连朝都不上,把所有的政务都交给母后去处理,说是自己年轻不懂事(时年二十二岁),无德无才,不堪执掌国政。两年后,武则天提出要还政于他,他只是叩头,死也不肯答应。事情到了这个份上,武则天取代李家的人当皇帝,已是迟早的事。

然而武则天并没有匆匆忙忙把皇冠戴在自己头上。

武则天不是一个轻举妄动的人(这是她成功的重要原因之一)。她深知,她要做的,是开天辟地以来前所未有的事。中国不要说从来没有过女皇帝,便是女人执政掌权,也很不"合法"。这就要有铺垫、准备,要让人们在思想上转弯子,也要耐住性子等一等,看一看。武则天能做到这一点。她有耐心,沉得住气,但不能等太久,因为她已经六十一岁了。

事实上当时的形势也容不得她慢条斯理温文尔雅。权力斗争从来就你死我活,改朝换代更不是绘画绣花。高宗去世以后,实际上空缺的帝位已成为一个敏感的问题,挂羊头卖狗肉的把戏已经演不下去。武则天面临着两种选择:要么还政于子,让李治的儿子去卖羊肉;要么亮出武家店的招牌,公开卖狗肉。武则天心里很清楚,大家都在等着她摊牌,何况还有那么多人在磨刀霍霍虎视眈眈。

第一个公开跳出来和武则天叫板的是徐敬业。嗣圣元年(公元684年)九月二十九日,也就是中宗李显被废七个多月、章怀太子李贤自杀六个多月后,徐敬业在扬州起兵,宣布要用武力推翻武则天的"伪政权"。徐敬业是李世勣的孙子。李世勣既然被太宗皇帝赐姓了李,则徐敬业当时也就叫李敬业。不过,李敬业现在已经同武则天翻了脸,武则天便愤怒地宣布他不再有资格姓李。徐敬业也不客气,宣布不肯和自己一起举兵讨伐武氏的叔叔李思文(已被徐敬业羁押)姓武。看来,徐敬业和武则天在这一点上倒是一致的:李乃皇家之姓,尊贵莫名,岂能让"贼人"得而姓之?李敬业既然背叛朝廷,当然仍应去姓他的徐;李思文既然追随武氏,那就让他去姓那卑贱、恶劣的武好了。

这场现在看来十分可笑的姓氏之争,当时可是进行得非常认真。双方都把这一决定昭示全国,以示自己的立场堂堂正正。其实,徐敬业姓什么倒无关紧要,要紧的是他这次行动几乎一开始就注定要失败。他事先并无思想上、组织上、军事上和财政上的准备,只是几个失意官僚落魄文人,凑在一起发了一通牢骚,慷慨陈词一番后,就匆忙起兵,扬言要把天下翻个个儿,岂有不败之理?

但徐敬业并没有想到这些。他一开始还是十分牛气的。他请骆宾王专门为他起草了一份檄文,对武则天进行口诛笔伐,对天下人进行宣传鼓动。骆宾王到底不愧"初唐四杰"之一,文笔好得出奇。加上自己长期郁郁不得其志,公愤加私仇,一股怨气喷薄而出,便把这篇檄文写得惊天地泣鬼神。在骆宾王的笔下,武则天原本就不是什么好东西。她本性不良(性非和顺),出身卑贱(地实寒微),靠着隐瞒历史(潜隐先帝之私),混入高宗后宫(阴图后房之嬖)。一进宫,就露出狐狸尾巴(入门见嫉,蛾眉不肯让人;掩袖工谗,狐媚偏能惑主)。一有权,就露出豺狼本性(近狎邪僻,残害忠良,杀姊屠兄,弑君鸩母)。简直就十恶不赦,早应该天诛地灭(人神之所同嫉,天地之所不容)。更何况,她现在居然还妄图颠覆大唐,窃取帝位,以至于先帝的灵魂不得安息,先帝的爱子不得安宁(一抔之土未干,六尺之孤何托),正所谓"是可忍,孰不可忍"! 徐敬业作为"皇唐旧臣,公侯冢子",既"奉先君之成业",又"荷本朝之厚恩",当然不能见死不救,坐视不管。这才"因天下之失望,顺宇内之推心",高举起正义的旗帜,集结起除妖的武装。这是何等强大的力量啊!"南连百越,北尽山河,铁骑成群,玉轴相接"。这又是何等威武的军队啊!"班声动而北风起,剑气冲而南斗平,喑呜则山岳崩颓,叱咤则风云变色。"这样的力量是不可战胜的(以此制敌,何敌不摧),这样的军队是所向无敌的(以此攻城,何城不克)。岂止是胜利在望,简直就已然胜利。不信,"试看今日之域中,竟是谁家之天下"!

　　这确实堪称中国历史上最出色最精彩的一篇檄文,端的写得义薄云天,气壮山河,据说连武则天读了也拍案叫好,认为这样的人才居然没被发现,实在是"宰相之过"。徐敬业的叛军自然也沾光成了仁者之师、正义之师、威武之师、胜利之师。可惜,批判的武器并不能代替武器的批判。徐敬业临时纠集的乌合之众根本就不是王朝天兵的对手。只几个回合,就被打得七零八落,落荒而逃。

　　其实,徐敬业的败迹早在骆宾王的檄文中就已显露出来。徐敬业在檄文的结尾处许愿说:"凡诸爵赏,同指山河。"意思是说我徐某向大家保证,只要诸位参加我的行动,那么,事成之后,所有的爵位封赏,现在就可以指着山河为信。如此口气,似乎这大好河山,此刻就已经是他徐敬业的了,岂非狂妄之极,骄兵必败? 别说此刻胜败还尚不可知,即便将来胜利了,那官爵也不该你徐敬业来封,那恩荣也不该你徐敬业来赏。从理论上讲,这应该是皇上的事。徐敬业以皇上的口气说话,岂非正好暴露了自己想称王称帝的狼子野心? 徐敬业讨伐武则天,如果说还多少有点胜利之可能的话,那就是占了一个"义"字。现在既然以利代义，丢了政治资本，就只有自取灭亡。

事实上徐敬业败就败在这里。军师魏思温曾对他说，我们既然是以匡复唐室、勤劳王事为号召，就该直取洛阳，争取天下人的群起响应。然而徐敬业却抵挡不了所谓"金陵王气"和据地称王的诱惑，不肯北伐而要东征，结果一败涂地，在逃往高丽的途中被部下杀死。他只闹腾了四五十天便身败名裂，只能说是活该。

就在武则天取消徐敬业姓李资格的前一天，即嗣圣元年十月十八日，宰相裴炎被斩杀于都亭。他的死，也冤也不冤。

裴炎是以谋反罪被杀的。证据是他曾与叛乱分子骆宾王私下接触，并与徐敬业有书信来往。据说，骆宾王为了策反裴炎，曾编造民谣"一片火，两片火，绯衣小儿当殿坐"，并解释说："绯衣"即裴，"一片火，两片火"即炎，"小儿"即子隆（裴炎的字），"当殿坐"自然是当皇帝了，因此激起了裴炎的反心。又据说裴炎给徐敬业的信中只有"青鹅"两个字，被武则天猜出谜底，是"十二月（青），我自与（鹅）"，也就是裴炎将于十二月在朝廷发动政变，以应扬州军事。总之，按照这些说法，裴炎的谋反，既有犯罪动机，又有犯罪事实，铁证如山，不容狡辩，该杀。

其实，裴炎与徐敬业并不是一路人。他对徐敬业这个人和徐敬业要做的事都有所警惕，并不想掺和进去。徐敬业的目的是推翻武氏，自己称王；裴炎的目的则是逼退太后，还政睿宗。他们在倒武这一点上有共同之处，但分歧则更大。裴炎反对搞武装叛乱，更不想让徐敬业成什么气候。他的打算，是和程务挺一起，对武则天进行"兵谏"，就像"西安事变"时张学良、杨虎城对蒋介石做的那样。只不过张、杨搞成了，裴、程没搞成。没搞成的原因是运气不好。他们的计划，原本是打算趁武则天游龙门时，"以兵执之"，逼她交出政权。只是因为天不作美，大雨不止，这个计划一直无法实施。

因此，当徐敬业在扬州起兵时，裴炎的心情，可以说是"一则以喜，一则以惧"。喜的是终于有人向武则天的权威公开挑战，她大约再也不能一意孤行。惧的是战端一开,时局将不可收拾。而且,不管是现在对付足智多谋的皇太后,还是将来对付重兵在握的徐敬业,都是难题。但他实在不愿放弃这千载难逢可以坐收渔利的天赐良机。于是便决定豪赌一把。他对武则天说:皇帝年长,不亲政事,这才给叛匪以口实。如果太后还政于皇上,臣以为叛军不讨自平。

裴炎下的是一着险棋。他的如意算盘是:既然自己兵谏不成,就借徐敬业的兵。先借徐敬业的兵逼武则天下台,再用武则天的兵逼徐敬业就范。只要太后退位,皇上还朝,徐敬业的军事行动便师出无名,再坚持下去就是谋反。那时,不说是"不讨自平",便是要讨,也容易得多。无论兵不血刃平息叛乱,还是不动干戈夺回朝政,他裴炎都是盖世英雄,千古名臣。何况,裴炎的说法,也并非没有道理。徐敬业并没有反唐。相反,他打的正是匡复唐室的旗号。如果皇帝回到朝廷,徐敬业岂有不偃旗息鼓、俯首称臣之理?

可惜武则天没那么好哄。她脸上不动声色,心里却暗暗好笑:少跟老娘来这一套!不讨自平?天下哪有不讨自平的反贼!大军征讨还不一定平呢!以你裴炎头脑之清醒、政治经验之丰富,难道不懂这个道理?难道看不出徐敬业的真实目的是"凡诸爵赏,同指山河"?即便我把政权还给皇帝,他徐敬业也会借口"还政是假"云云继续兴兵作乱。看来,所谓"不讨自平"是假,要老娘下台才是真。难怪他对讨伐叛贼毫无兴趣(不汲汲议诛讨)了。对这种人,武则天从来就不手软。你裴炎和徐敬业不是南北呼应一唱一和吗?那好,不管你是敲边鼓也好,作内应也好,或者趁火打劫、混水摸鱼也好,老娘先杀了你再说,免得变生肘腋,防不胜防。所以,武则天没有丝毫犹豫就把裴炎送上了断头台。平息扬州叛乱以后,又斩杀程务挺于军中。

裴炎谋反案在朝中引起很大震动。很少有人相信裴炎谋反是真的。因为谁都知道裴炎既是忠臣又是清官。裴炎被捕后,照例抄家,却发现堂堂相府,居然家徒四壁,一贫如洗。程务挺就更是冤枉。作为大唐一代名将和功臣,他不但没有谋反,而且在前方奋勇作战保卫边境,杀得敌人闻风丧胆不敢来犯。程务挺被害后,边境将士悲痛莫名,痛哭流涕,猝厥则欢呼雀跃,大摆宴席。武则天杀程务挺,实在是做了一件亲者痛仇者快的事。

实际上,裴炎和程务挺反不反,只有武则天和他们两人心里有数。这就是:如果武则天不当皇帝,还政于睿宗,裴炎和程务挺必不反;如果武则天悍然称帝,裴炎和程务挺必反无疑。只不过这话谁都不能说出口罢了。所以,当有人劝裴炎认罪求情,或可免于一死时,裴炎只是笑着摇摇头说:宰相下狱,断无全理。多余的话无须再讲。同样,当朝中大臣担保裴炎不反,说"若裴炎谋反,臣辈也谋反了"时,武则天也只是笑着摇摇头说:朕知裴炎必反,卿等必不反。可见双方都心照不宣。

其实,不论裴炎谋反一案是否证据确凿,他的死,都是一个悲剧。对裴炎是悲剧,对武则天也是悲剧。因为他们都没有"错",又都付出了代价,而且损失惨重。裴炎是为了维护自己的主张而被杀的。这个主张就是:皇帝只能由男人来当,而且只能由李世民的子孙来当。从封建礼法和裴炎所受的教育来看,这是对的,是"正义"和"正道"。武则天的主张则是:强者为王。皇帝应该由有能力的人来当,而不拘这个人是男人还是女人,姓李还是姓别的。从另一个角度来讲,这也不错,也是"正义"和"正道"。结果,裴炎和武则天为各自不同的"正义"和"正道"发生冲突,并分别付出代价:裴炎丢了性命,武则天则失去了一代名臣和一代名将,等于砍掉了自己的左膀右臂。

不过,武则天在内心深处还得感谢裴炎。

如果说,徐敬业短命的叛乱增强了武则天的信心,使她感到天下事并非不可为之,那么,裴炎未遂的政变则提醒她要小心,万万不可大意失荆州。道路并不平坦,前途也不会一帆风顺,而是危机四伏、险象环生。徐敬业的叛乱固然不得人心(诚如时人陈子昂所说"扬州构逆,殆有五旬,而海内晏然,纤尘不动"),自己的临朝称制也同样颇遭物议(亦如重臣刘祎之所言:"太后既废昏立明,安用临朝称制!不如返政,以安天下之心。")看来,李唐宗室的残渣余孽倒不可怕,礼法传统却是很难战胜的劲敌。想当年,曹操在非常之时行非常之事,尚且只能"挟天子以令诸侯",如今武某要在寻常之时行非常之事,就更得要有非常之举。显然,对于武则天而言,她通往帝位的道路,只能由尸骨来铺就。她头顶上那女皇的皇冠,也只能用鲜血来染成。她不能等着人撞到枪口上来。她必须制造恐怖,大开杀戒,让所有人都服服帖帖、噤若寒蝉。

现在武则天深信她是在进行一次翻天覆地的伟大革命。"革命"这个词,在中国古代原来就是"改朝换代"即"变革天命"的意思,比如殷革夏命、周革殷命等。所以《周易》说"汤、武革命,顺乎天而应乎人"。不过,商汤革命也好,周武革命也好,和武则天的革命都颇不相同。前者发生在旧王朝行将就木之际,后者则发生在新王朝蓬勃兴旺之时;前者是一个男性家族取代另一个男性家族,后者却是一个女人要颠覆男人的天下;前者是通过武装夺取政权,后者可只能搞宫廷政变。显然,武则天的难度更大,是否"顺乎天而应乎人"也大成问题。然而武则天是一个天不怕地不怕、不信邪不服输、连日月星辰都为之一空(曌就是日月空)的伟大女性。如果上帝不准她革命,她就革上帝的命;如果老天不给她革命的氛围,她就自己来创造;如果所有人都不赞成她革命,她就让大家都不敢开口说话。总之,她必须创造一种政治气候,让所有的人都知道对她的反抗已徒劳无益。

于是武则天开始理直气壮地实行她的特务政治和恐怖统治。这种政治和统治的核心部分,是告密制度、酷吏集团和冤假错案。制造冤假错案,诬陷自己的政敌和不喜欢的人谋反,是一切专制独裁者的惯用伎俩。刘邦用过,曹操用过,武则天当然也可以用。武则天的不同之处,是公开地、普遍地通过鼓励告密和起用酷吏来大规模制造冤假错案。大约很少有人像武则天这样把告密合法化并公开予以鼓励了。她规定,任何人都不得阻拦告密的人。即便是樵夫和农民,也可以到京师面见皇帝,提出控告。他们将由官府供给驿马,沿途享受五品官的待遇,进京后住官家客栈,吃官家伙食,而且能得到武则天的亲自接见和赏赐。最重要的是:即便揭发不实,也不反坐,不会受到任何处分。

这种只有进项没有亏损的无本生意谁不想做。哪怕是到京城公费旅游一回，过把五品官的瘾，也值。于是乎，四方密告蜂拥而至，朝中大臣人人自危。武则天则每天都要坚持翻看那些告密信，津津有味，乐此不疲。这些告密信为她提供了许多线索，使她对朝廷中社会上的动向了如指掌，洞若观火。这实在让她喜出望外笑逐颜开。她没有忘记，因为情报不灵，徐敬业一伙搞了那么多阴谋诡计，朝廷居然一无所知，直到他们集结起十万大军攻城略地时，才大惊失色，匆忙应对。她也没有忘记，正是因为有人告密，裴炎兵变的预谋才被扼杀在摇篮之中。告密，对于独裁者来说，真是个好东西。

因此，武则天决定重奖告密者，并从告密者当中选拔一批酷吏。这些酷吏之所以要从告密者当中选拔，是因为不屑于告密的人也一定不肯搞逼供信。不搞逼供信，又怎能把告密变成案件，置反对派于死地？在尝到告密的甜头以后，武则天已不满足于仅仅通过这种手段获取情报了。她还要通过对所有密告的处理，制造一个又一个的冤案，以便把反对派打翻在地，再踏上一只脚，让他们永世不得翻身。事实上，只有一个个"骇人听闻"的案件被不断揭露出来，才能证明建立告密制度是完全必要的，是非常及时的。这就非有酷吏不可了。这些人都是些什么出身，是否读过书、有学问，或者是否懂法律、有能力，都无关紧要。要紧的是会看武则天的脸色，以及有足够的卑鄙和残忍。

可见，告密制度、酷吏集团、冤假错案，这三个东西是一环扣一环的。有人出来告密，就有了情报和线索，也就有了整人的理由和借口；有人充当酷吏，告密者的举报才可能被"坐实"，也才可能制造冤假错案；有了冤假错案，才能不断宣称"国家受到威胁"，从而使告密制度和酷吏集团显得合理合法。既然国家安全受到如此严重的威胁，就更需要鼓励告密，重用酷吏了。如此恶性循环，恐怖的气氛也就自然形成。其实，国家何曾受到威胁？只不过武则天自己神经过敏，或者只是她杀人立威的一种借口。

尽管武则天这一手段极其卑鄙无耻、肮脏下流，却挺管用。几年下来，已没有什么人胆敢对她的所作所为说三道四，有的只是一片歌功颂德和阿谀奉承之声。呈报所谓祥瑞的绿纸书和言说所谓天命的劝进表雪片般飞往宫中,飞到武则天的丹陛之下。在装模作样进行了一番推让辞谢以后,载初元年亦即天授元年(公元690年)九月九日,这个中国历史上最大的女野心家,终于如愿以偿,戴上了那血染的皇冠。这一年,她六十七岁。

四　左右开弓

　　武则天赢了,但赢得并不光彩。因为她在这一场较量中,使用了最可耻的手段——告密,建立了最卑劣的机制——告密制度。

　　告密肯定是人类社会中最卑鄙下流的行为之一。无论武则天是出于何种动机奖励告密,无论这些动机如何地被说成是迫不得已或冠冕堂皇,也无论武则天登基后做了多少好事,有过多少贡献,为她奖励告密而作的任何辩解都是最无耻的谰言。我们可以不苛求武则天这个人,但不能不谴责告密。

　　告密和举报是不同的。举报出于公愤,告密出于私欲;举报出于正义,告密出于邪恶。告密的动机无非两种:或是陷害他人,以泄私愤;或是邀功请赏,讨好卖乖。反正不是为了损人,就是为了利己。而且,告密往往意味着出卖。因为只有告发最隐秘之事才是告密,而若非关系极为亲密者,这些事情又何以知晓?可见告密不仅是报告秘密,也是告发亲密,或者说是出卖。历史上那些告密者,不是卖主求荣,便是卖友求荣,不是出卖亲人,就是出卖同志。所以,告密之风一开,社会风气就会迅速污染,人类那些美好的情感,如亲情、爱情、友情,便都荡然无存了。

　　武则天当然不会不懂这个道理。她的告密制度,便是以举报之名出笼的。她最初的做法,是在庙堂的四周各放一个类似于信箱的东西——铜匦,分别收集劝农务本、朝政得失、申冤告状和天象军机四个方面的常人表奏,颇有些广开言路、下情上达的意思。她自己也声称:"铜匦之设,在求民意畅达于朝廷,正义得张于天下。"可惜,在专制政治体制下,这些说法即便不是掩人耳目,也会变成一纸空文。真正的民意并不可能反映上来,反映上来也不会被采纳,邪恶反倒可能假正义之名横行于天下。原因就在于体制是"君主"而不是"民主"。民作主,民意当然就是天意;君作主,则天意也无非君意。这样,即便有种种广开言路的措施,也完全不顶用的。因为说不说固然由民,听不听却完全由君。君主既然是言论是非的最高仲裁者,则君主一人之好恶,也就成了检验真理的惟一标准。这样一来,大家当然都拣君主爱听的话说,投其所好,以谋私利,以防不虞。如此,则所谓"民意畅达,正义伸张"云云,也就成了自欺欺人的鬼话。

君主们爱听什么话呢?无非吹牛拍马和挑拨离间。因为专制君主都有两个通病,一是自以为是,二是疑神疑鬼。所以,专制君主的身边,总少不了两种人,一是马屁精,二是告密者。马屁精保证他感觉良好,告密者保证他不遭暗算。即便所告之密,不过臣下们的相互攻击,也很不错。臣子们越是互不相让,互不相亲,皇上的君位就越安全。臣子们如果团结一致,那他这个君可就真是孤家寡人了。所以,历朝历代的君王,几乎没有一个不爱听人吹捧,也没有一个不爱听人告密的。不过,歌功颂德的话不妨公开来讲,投入那铜匦之中的,便十有八九是告密。

武则天不一定欣赏告密,却需要告密。她必须查清哪些是暗藏的反对派,也希望朝廷的大臣们狗咬狗。对于这一类的权术,她是很在行的。因此她故意把举报和告密混淆起来,而且故意对举报不实者不予追究。这就不但是奖励告密,而且是鼓励诬告了。道理很简单:告别人一下,运气好一点,没准能扳倒仇人,或捞他一把。运气不好呢,也没什么损失,岂非不告白不告?

其实在这最黑暗的年代,几乎没有什么人会"白告"。因为武则天不仅建立了告密制度,而且豢养了酷吏集团。这些人比武则天还要喜欢告密者。他们自己就是靠告密起家的,是"告密专业户",对告密自然有一种"职业兴趣",和其他告密者也原为一丘之貉,很欢迎他们加入自己的队伍,结为狐朋狗党,或雇为打手耳目。再说,如果没人告密,他们就没有事情做,岂不是要砸饭碗?这些王八蛋原本就恨不得没事找事,无风也兴三尺浪,现在既然有人告密,岂有不炼成大狱之理?结果,某人只不过撇了一下嘴巴,到他们那里就变成了诽谤朝廷;某人不过只是发了几句牢骚,到他们那里就变成了妄图谋反。犯人不肯招供么?他们有的是办法。一是集体诬告,即买通雇佣一批告密者,在不同的地方一起告发,众口一辞地诬告某人谋反,使不明真相者信以为真,被诬告者有口难辩。二是严刑逼供。比如索元礼、来俊臣的刑具,光是大枷就有十种,名称也十分吓人,有"死猪愁"和"求即死"等等。常言说"死猪不怕开水烫",又说"好死不如赖活着"。酷吏的刑法既然能让死猪发愁,恨不能马上就死,可见比开水还厉害,比死亡还可怕。第三种办法更便当,就是一刀砍下犯人的脑袋,然后在预先写好的供词上按下犯人的手印。有这么多办法,什么案子不能小题大做,变成必须从重从快的大案要案?

实际上酷吏们不把案子做大也是不行的。因为武则天嘴巴上说要听取民意,其实只对谋反案有兴趣。既然是谋反,那就不是一两个人的事了,非得有谋反集团不可。于是,只要有一人被密告谋反,他的亲人、朋友、同僚也都得跟着倒霉。这样一来,恐怖的气氛便立即传遍全国。没有人知道自己会不会在某一天被告发,也没有人知道自己会不会在某一案件中被牵连。除酷吏们外,每个大臣在上朝时都要和家人作生死诀别,散朝时都要庆幸今天又能活着回家。一个王朝的政治气氛到了这个份上,按理说恐怕就离垮台不远了。

然而武则天的政权并没有垮台。相反,在她登基之后,新王朝在政治、经济、军事和文化方面,还当真出现了新的气象。这些成就甚至连武则天的敌人也无法否认,而且被视为一个不可思议的奇迹。其实这事一点也不奇怪。因为武则天一当上皇帝,便迅速地调整了政策,由高压一变而为怀柔,由恐怖一变而为开明。这既是武则天高明之处,亦无妨看作她本性使然。武则天毕竟不是嗜血成性的杀人狂,而是老谋深算的政治家。她知道不同的人有不同的用处,不同的时候应该有不同的政策,就像人们头顶上的天空一样,有时候和风细雨,有时候雷霆万钧。生与杀,爱与恨,宽容与忌刻,抚慰与整肃,全都取决于政治的需要。为了实现自己的野心,这个非凡的女人不惜翻云覆雨,左右开弓,也不惜出尔反尔,翻脸不认人。

武则天在临朝称制之初曾对臣下说过:"朕情在爱育,志切哀矜。疏网恢恢,实素怀之所尚;苛政察察,良素心之所鄙。"这话一半是真一半是假。武则天确实并不真心喜欢苛政,也不真心喜欢那些卑鄙下流、阴鸷歹毒的小人、酷吏和告密者。任何一个可以称得上"雄"的人,无论他是英雄、豪雄、枭雄、奸雄,在内心深处都不会喜欢这些东西。所不同者,仅在于有些雄者完全拒绝这类下流角色,有的则把他们视为粪桶便器一类的东西,不可没有,但可利用而不可重用。武则天就是这样。她手下最有名的三个酷吏:索元礼、周兴、来俊臣,官阶都不高,职位都不重。除了罗织罪名、诬人谋反,也没别的什么权力。道理很简单:第一,这些家伙能力不强,学问不多,人望不高,靠他们治国根本就不行,而女皇陛下并不愿意自己的国家紊乱无序、民不聊生。第二,这些家伙都是鹰犬,而鹰犬是不能喂得太饱的。喂得太饱,他们就不抓狐狸和兔子了。

武则天对告密者的厌恶使她忍不住要捉弄一下这些王八蛋。当然,只能挑那些不太重要的事来发难,挑那些不太重要的家伙来开涮。如意元年亦即长寿元年(公元692年),武则天为了表示虔心礼佛,心血来潮,下令禁止屠杀牲畜和捕捞鱼虾(这项禁令在八年后因凤阁舍人崔融的劝谏而被废止)。右拾遗张德因为喜得贵子,违禁杀了一只羊,宴请同僚,结果被一个前来赴宴的人告发。武则天却在朝会上将告密信交给张德观看,还对他说:以后请客,最好先看清人头,不要把好酒好菜拿去喂了背后咬人的狗。众目睽睽之下,那个名叫杜肃的告密者当众挨了一耳光,脸上火辣辣,心里灰溜溜,从此抬不起头来,再也没脸见人。

武则天这件事做得似乎不怎么地道。禁屠的命令是她下的,告密的风气也是她鼓励的,现在却把告密信交给被告看,岂非存心推翻自己的主张,而且故意出卖自己的走狗?但对待那些卑鄙下流的告密者和出卖者,没有什么比当众揭露他们出卖他们更大快人心了。正如战争只能由战争来消灭,出卖也只能由出卖来遏制。而这种大快人心的效果,又正是武则天的政治需要。

此刻的武则天,已不是当年那个临朝称制、名不正言不顺的代理皇帝,而是堂堂正正的大周圣神皇帝了。新王朝要有新气象。当务之急是要刷新政治,调整政策,改善形象,是让人们感到幸福和安宁。黑暗、恐怖的岁月只能属于那个该死的李唐,不能属于光辉灿烂的武周。武周的皇帝是武曌,曌也就是光明的天空。光明的天空日月高悬,岂能再容魑魅魍魉横行?因此,告密这种卑劣的行径应该根除,而告密者则应该受到鄙视。杜肃这个蠢货在这个时候还想用这种卑鄙下流的办法来讨好卖乖,简直就是自讨没趣,愚蠢透顶。

于是,武则天决定用他那不开窍的笨驴脑袋给大家开开窍:第一,现在是新朝,需要的不是恐怖,而是祥和,你们不要打错了算盘。第二,告密或者不告密,说别人的好话或者坏话,都并不重要,重要的是要会看老娘的眼色,懂得按老娘的旨意去办事。老娘需要有人告密时你不告,是没眼色;不需要有人告密时你来告,也是没眼色。没眼色,挨一耳光也是活该。还有一层意思也很明显:你们大家都看见了,朕其实是很宽容的,张德违禁而未受处分便是证明。朕其实也是厌恶告密的,杜肃告密而当众出丑也是证明。至于先前的奖励告密,重用酷吏,完全是因为国家安全受到威胁,不得已而为之。如果大家有怨气,那就应该把仇恨集中在那些"反贼"身上。如果他们不谋反,朕又何苦要劳神费力,盖那么多监狱,养那么多鹰犬呢!

武则天到底是武则天,她不过只是拿杜肃这个小人物开了个小玩笑,就出台了一个大政策,搞掂了一件大事情:清算了过去,交代了历史,改变了方针,也撇清了自己。过去的黑暗、恐怖、肮脏、丑恶,都是别人的责任:裴炎之流要谋反,杜肃之流没眼色,而周兴之流又做得太过分(周兴已于此事发生前一年被杀),则天太后或则天皇帝是没有过错的,也是一贯正确的。现在,她慈眉善目,宽宏大量,和蔼可亲,俨然一副菩萨模样菩萨心肠。她高踞于皇帝的宝座之上,笑逐颜开地舒展着她那张青春永驻灿若桃花的老太婆脸,全然不知道那上面沾满了血迹。

刚刚从恐怖高压之下透过气来的臣民们还能说什么呢?他们只能诚惶诚恐,感恩戴德,扑翻在地,山呼礼拜:吾皇万岁万岁万万岁!

现在看来武则天真应该被评为中国历史上最出色的表演艺术家。她的演技十分精湛,她的表演也天衣无缝。然而人们还是不禁要问:当她签发一张张逮捕令,批准一次次死刑时,难道从来不曾想到其中会有冤情吗?当她看到一个又一个"阴谋集团"被揭发出来,被剿灭被粉碎时,难道真相信有这么多人谋反吗?

武则天明白,受害人明白,告密者明白,历史也明白。

悄然的反抗在暗中进行,办法则是"以其人之道还治其人之身"。早在武则天刚刚开始鼓励告密的时候,一个名叫鱼家保的小人便用自己的血祭奠了这该死的制度。鱼家保特地为武则天设计了一种专门用于告密的铜匦。这种铜制的信箱中间分为四隔,各开一个小洞,信件可入不可出。铜匦很快就造出来了,也很快就收到了告密信,其中一封就是举报鱼家保的。这封密信举报鱼家保曾为徐敬业打造兵器。而且,他向太后呈献铜匦的设计,正是为了掩盖反迹,逃脱追究,十分地居心不良。武则天对"反贼"从不宽容,哪怕设计了告密箱也不例外。于是,就像法国大革命时第一个走上断头台的正是无痛断头机的发明人约瑟夫·乔丹一样,鱼家保也成了自己发明创造的牺牲品,这可真是"始作俑者,其无后乎"。

一些正直的法官则公开进行抵制。他们无法阻拦告密,但坚持在办案时不逼供,不用刑,不违背审讯程序,不制造冤假错案。杜景俭"用法宽平",徐有功"为政宽仁",连他们的下属都受到感动,相誓不再鞭打犯人。这些法官为了维护国法尊严,全然不顾个人安危。但有疑处,便据理力争。有一次,法官李日知因一死囚案与另一法官胡元礼发生争执。胡元礼蛮横地说,只要胡某不下台,这人就断无生还之理！李日知也针锋相对，毫不客气地说：只要李某不离职，此人就绝无处死之法！最后官司打到武则天那里，李日知胜诉，那个死囚保住了性命。

武则天在重用来俊臣、周兴、索元礼一类酷吏的同时，也任用徐有功、杜景俭、李日知这些正直、正派法官，用心是很深的。她心里很清楚：奖励告密、重用酷吏、制造冤假错案，只是非常之法，断然不能持久的。即便不得已而用之，也要有所节制，有所缓冲，有所平衡。她也深知，来俊臣之流不过鹰犬走卒，虽不可不用，其用也有限。徐有功等人才是国家栋梁之才，必须加以保护。所以，徐有功两次被贬，三次起复。武则天问他：你通常断案，错放之人不少，你自己说该当何罪？徐有功说：法网疏漏错放罪人，不过人臣的小过；爱惜生命厌恶杀戮，才是圣人的大德！武则天虽不能马上接受他的说法，却也不能不承认他言之有理，也不能不承认他是一个正直正派的人。

正直正派的人总是会受到人们（包括敌人和持不同政见者）由衷的敬重，而卑鄙无耻的小人则总是会受到人们（包括其主子）的厌恶和鄙视。在专制政治体制下，小人是有可能得志的。不过一旦失去利用价值，下场也就十分可怜。周兴、来俊臣、索元礼之流，都未能猖狂太久，其中又以周兴的下场最具戏剧性。天授二年（公元691年）二月，酷吏丘神绩因罪被杀，有人告发周兴是同谋，而被派去审理此案的则正是来俊臣。来俊臣请周兴吃饭。酒过三巡，来俊臣很诚恳地问周兴：人犯总是不肯招供，不知仁兄有什么好法子？周兴说，这太容易了！找一个大瓮来，用木炭在四周烧烤，再把人犯放进瓮里，还有什么不招的。来俊臣如法炮制，当真找来一个大瓮，四周点上炭火，然后取出圣旨，对周兴说：有人告发老兄。既然如此，那就请君入瓮吧！如遭五雷轰顶的周兴除了按照审讯者的意图一一招供外再无办法。他被判处流放岭南，并在流放的途中被仇人杀死。这个心狠手辣害人无数的奸贼实在应该为自己的"发明"申请一份专利的。他一生暗算他人，怎么就想不到自己也会遭人暗算呢？

索元礼的死也有异曲同工之妙。这个告密专业户也被别人告了密,派去审理此案的也是他的老朋友。索元礼审案的办法,是给人犯戴上铁帽子,再把楔子一根根打进去,直至犯人脑浆流出。于是老朋友问他:要不要把那顶铁帽子给你戴上?索元礼当然赶忙说不用不用,结果也在同一年死于狱中。

最狠毒的一个酷吏来俊臣死于神功元年(公元697年)六月三日。这一回是公开处决的。这个吃人不吐骨头的魔鬼狂妄之极,以为想害谁就可以害谁,竟然打起了武则天的侄子武承嗣的主意,结果当然轮到他自己下地狱。他被绑在囚车上,嘴里塞着木球,押往刑场。之所以嘴里要塞木球,是因为先前处决被诬告的郝象贤时,郝象贤曾破口大骂,并在刑场上慷慨陈词,发表演讲,历数武则天的罪恶,连她与和尚通奸的事都讲出来了。来俊臣知道的秘密更多,当然更不能让他开口说话。行刑之日,洛阳城万人空巷,争看这个万恶的刽子手最后的下场。来俊臣的人头刚一落地,臣民们在一声欢呼雷动之后,便蜂拥向前,争相抢夺他的尸体,势如疯狂,不可遏止。顷刻之间,来俊臣变作一摊烂泥。武则天也再一次表现出她政治家的"不徇私情"。她宣布自己这个最得力的走狗罪大恶极,死有余辜,不但应该粉身碎骨,而且应该诛灭全族。

来俊臣的死最清楚不过地告诉人们:昧着良心充当鹰犬会有一种什么样的下场。但被武则天毒化的社会风气,却不是诛杀几个酷吏就可以改变的。也许有人会说,与武则天作对的都是些"恶势力"。他们死抱着男尊女卑的观念不放,不肯让这个最有能力的女子抖一回精神。但武则天在对抗"恶"的时候,却把自己变成了更大的恶。当她动用手中的权力,公然把告密和出卖这两种最丑陋卑劣的行径一变而为值得赞扬和应予褒奖的事情时,她自己就变成了不折不扣的祸首。因为她启动了人性中最黑暗最肮脏的东西。现在,潘多拉的盒子已经打开,漫天飞扬的是瘟疫和病毒。

不过武则天可顾不上这些。因为新的难题正等着她去解决。

五　进退两难

从天授元年(公元690年)九月九日登基,到神龙元年(公元705年)正月二十四日退位,武则天差不多当了十五年皇帝。这十五年,她面临着两大难题:一是如何治理好她的大周,二是为她的王朝选定一个接班人。

第一件事她干得很成功。武周王朝十五年,大体上做到了河清海晏,国泰民安。虽然经济发展速度不如贞观(太宗之治),社会繁荣程度不如开元(玄宗之治),但至少做到了仓廪充实,人丁兴旺。帝国的版图,也超过了唐太宗贞观时期。女皇陛下本人,更是重新焕发了青春。长寿元年(公元692年)九月,她长出了新的牙齿(时年六十九岁);圣历二年(公元699年)正月,又生出了新的眉毛(时年七十六岁)。人们通常都说,爱情使女人年轻。武则天这个女人,却居然因政治斗争和政治生活而年轻,这真是个奇迹。

另一个奇迹是:中国历史上不少帝王,中青年时励精图治,奋发有为,到了晚年却不是犯糊涂,就是犯错误。武则天却是个例外。她当皇帝时已经六十七岁,但直到八十二岁退位时,头脑之清醒,思维之敏捷,精力之充沛,判断之准确,都丝毫不减当年,全无衰老迹象,也全无倦政情绪。只是在被夺去权力的同时又被夺取男宠后,政治和男人都玩不成了,这才迅速地老下来。

也许,这都因为她是个女人。女人的身体素质和心理素质其实比男人好,至少比男人更持久。"峣峣者易折,皎皎者易污",刚性的男人容易夭折,柔性的女人则更坚韧。所以女人往往比男人更长寿,糊涂老爷子似乎也比糊涂老太太要多。只要想想历史上有那么多有名的太后,杨府和贾府里挂帅的也是精明强干的老太君,便不难明白这个道理。

武则天当然比杨家将中的佘太君和《红楼梦》里的史太君(贾母)更厉害,因为她是皇帝。皇帝历来被称作"君父",而父亲和儿子之间总是难免有些别扭的。现在皇帝换成了武则天,武周王朝的朝廷,便有了些老太太领着一群儿孙的味道。所以,则天一朝的君臣关系,还当真比较和谐。

这当然主要因为武则天是一个高明的政治家,女君男臣的"阴阳互补"倒在其次。在顺利地夺取了政权,登上了帝位以后,武则天并没有被胜利冲昏头脑。她深知,保住一个政权并不比夺取一个政权更容易,保住政权还要创造太平盛世,就更是困难。要做到这一点,靠她一个人是不行的,必须广纳人才。人才不是摆设。要使用人才,首先就要尊重人才,而对人才的最大尊重,又莫过于虚心听取他们的意见。显然,治国必须招贤,招贤又必须纳谏。

有人认为,武则天的虚心纳谏,有"古贤王之风",其实不然。秦皇汉武唐太宗,都是早年纳谏,晚年拒谏。武则天正好相反,是早年拒谏,晚年纳谏。因为早年之谏,是反对她当皇帝,她为什么要听?晚年之谏,则是帮助她当皇帝,她为什么不听?可见,武则天并不是一个不识好歹的人。前一段之所以要钳制言论杜绝批评,实在因为"牝鸡司晨"之类的说法不绝于耳,只好先把大家的嘴封起来,免得麻烦。

难怪此刻的武则天,会对批评表现出极大的宽容了。她这个人,是很喜欢所谓"祥瑞"的。圣历二年(公元 699 年)九月,有梨树开花。武则天问群臣:这是什么祥瑞啊?诸臣都说:是陛下德被草木。惟独凤阁侍郎杜景俭说:这不是祥瑞,而是臣的罪过。因为宰相之责,在辅佐陛下,协调阴阳。现在居然出了秋天里开梨花这种阴阳颠倒物理不平的怪事,当然是臣的罪过。说完,跪倒在地,请武则天处分。女皇大为感动,说:"卿真宰相也!"

这样的事例不胜枚举。长安元年(公元 701 年)三月,天降大雪,宰相苏味道以为祥瑞,率百官庆贺,惟独侍御史王求礼不拜,他反问:如果三月里下的是瑞雪,那腊月里下的是什么雪?仲春之际,万物正在复苏,突降大雪,只能是灾害,哪里是什么祥瑞!武则天虽然很扫兴,却当即表示接受意见,并下令停止朝会三天,以表示对天有不测的惊恐。

看来,这位七老八十的老太太一点也不糊涂。她完全知道什么意见正确,什么意见不对;也知道什么人才易得,什么人才难得。王及善原本已退休在家,因契丹侵扰而被起用为滑州刺史。上任之前照例陛辞,武则天便向他询问朝廷得失。王及善娓娓道来,提出十几条改善意见。武则天马上改变任命,留王及善在京中任内史,因为她发现让这个全局之才去当地方官是大材小用了。蜀中官吏多暴贪,姚璹任益州大都督府长史后,短时间内就肃清了吏治。武则天立即下诏表扬说:"严霜之下,识贞松之擅奇;疾风之前,知劲草之为贵。"她还对人说:一个做长官的,洁身自好也许不算太难,能让僚属也都清廉,就很不容易。只有姚璹可谓兼之,真是人才难得了。

只要是难得的人才,武则天都一一予以重任,而不拘他是什么出身、什么门第、什么学历。薛季昶原本是个布衣,因上了一道很好的奏章,受到赏识,被任命为监察御史。薛季昶也不负圣恩,颇有作为。将军侯味虚畏敌不战,反而谎报军情,说敌军有老虎毒蛇打头阵。薛季昶一到军中,立即砍下侯味虚的脑袋,军威为之一振。县尉吴泽贪污残暴,横行不法,州中长官毫无办法。薛季昶一到河北,立即将吴泽擒获,乱棍打死,民众拍手称快。以后,哪里难治理,武则天就派薛季昶到哪里去。平民出身的薛季昶,遂成为则天一朝有名的能员。

甚至连仇人或罪人的子孙,只要有才,也能得到则天皇帝的重用,如上官婉儿、广武公。广武公的伯父曾因罪被杀,上官婉儿的祖父上官仪则更是当年密谋废掉武则天的"首恶",但女皇陛下对他们的子孙却并无歧视。有容人之度量,又有识人之慧眼,武则天很快就网罗了一大批文能治国、武可安邦的杰出人才,而其中最优秀者,又当属狄仁杰。

狄仁杰,字怀英,并州太原人,与并州文水人武则天是老乡。他的名字,对于中国人来说并不陌生,就连不少外国人都知道他。因为不但中国有《狄公案》,而且一位名叫高罗佩的荷兰人也写了不少狄仁杰的侦探小说,使他有了"中国的福尔摩斯"之称。其实狄仁杰不但是杰出的侦探、正直的法官,也是优秀的政治家。他博通经史,熟悉刑律,仪表堂堂,一身正气。为官,则爱民如子,不惧权要;为臣,则忠贞不贰,老成谋国;为人,则诚实友善,刚正不阿;处事,则机警权变,足智多谋。很少有哪个政治家像他这样集中了这么多优点的。正如林语堂先生所言:"他的冷静,他的耐性,他的智慧,他的眼光,都不弱于武后。他正是武后的克星。"①

然而武则天和狄仁杰的君臣关系,却又真是好极了,尤其是他担任宰相的最后几年。狄仁杰是在天授二年(公元691年)九月二十六日担任宰相的。到久视元年(公元700年)九月二十六日去世,正好整整九年。这九年期间,狄仁杰实际担任宰相不到四年。长寿元年(公元692年)一月,他被来俊臣诬陷入狱,大难不死,被贬为彭泽县令,神功元年(公元697年)闰十月恢复相位。历此磨难后,在他担任宰相的最后三年中,武则天对狄仁杰一直敬重有加,爱护有加,信任有加。狄仁杰提出的批评、建议、意见,武则天多半都能接受,比如久视元年就接受狄仁杰的意见,取消集资建造大佛的决定,还说:"公教朕为善,何得相违。"狄仁杰推荐的官吏人选,武则天也多半都予以重任,以致狄仁杰所荐公卿竟达数十人之多。武则天还亲手做了一件袍子赐给狄仁杰,上面绣了十二个大字:"敷正术,守清勤,升显位,励相臣。"平日相见,则以"国老"相称,为唐廷之中绝无仅有。狄仁杰上朝,武则天不让他下拜,说每见国老下拜,于心不忍。狄仁杰去世后,武则天痛哭失声,说国老一去,殿堂就像空了一样。以后,每遇大事难决,武则天总是喟然长叹:天夺我国老! 天夺我国老啊!

武则天与狄仁杰能建立起这样一种鱼水关系,完全得益于武则天政治上的开明和狄仁杰政治上的聪明。尤其是神功元年以后,两人都年事已高,自知不久于人世,很希望同心协力办好几件事情,武则天深知,要重振朝纲,治理天下,则非有忠心耿耿又刚正贤良的栋梁之材不可。狄仁杰便正是这样的人。狄仁杰从来就没有反对过武则天。即

---

① 林语堂:《武则天正传》,第129页,时代文艺出版社1988年版。

便在武则天大施淫威,滥杀无辜的年代,他也没有反过,只不过坚守岗位,做好自己份内的事,尽可能地减少酷吏们造成的损失。这正是他的聪明之处。他知道,以当时自己之位卑德薄,人微言轻,反之无益,不如保存力量,以待将来。武则天代唐称帝,他也不持反对态度,而是积极合作,主动参与,且多有贡献和建树。在狄仁杰看来,武则天当皇帝这件事,挡是挡不住的。只要她能把国家治理好(武则天确有这个才能),也未必不是天下苍生之福,何必一定要李姓男人来当皇帝呢?因此,与其阻拦武则天,不如帮她当好皇帝,这才真正是对国家人民负责。何况,武则天总是要死的。只要能让她在去世后还政于李唐,自己也仍不失为忠臣。为此,就更应该和武则天合作,以便在立嗣问题上有更多的发言权,也能为将来政权的交替打下坚实的基础,作好组织上的准备。狄仁杰的这种想法和做法,正体现了他一个杰出政治家的英明睿智和远见卓识。

狄仁杰的这些想法,武则天是否知道,我们无从得知。但狄仁杰的人品和才智,则是武则天早已注意到的。狄仁杰生于隋大业三年(公元607年),比武则天大十七岁,在武则天即位之前,曾担任过并州都督府法曹、大理丞、侍御史,宁州和豫州刺史等职。据说,他在做大理丞时,到任一年即处理了一万七千个遗案,无一人讼冤,以办案公正、处断明达而闻名。当宁州刺史时,深得百姓拥护,民众自发地为他刻石立碑。垂拱四年(公元688年),越王李贞谋反被平,武则天派狄仁杰到豫州当刺史,去追查李贞余党。狄仁杰到任后发现,领兵平叛的宰相张光辅已拘捕了五千余人,牵涉到六七百个家庭,只待他来行刑。狄仁杰立即解除了这些人的枷锁,并飞奏太后说,如此之多的人被牵连到谋反案中,错捕的一定不少。臣不愿意违背陛下体恤生民的圣意,甘愿冒着替反贼说话的风险,请陛下网开一面。武则天批准了他的奏章,改判这些人远戍边疆。这些死里逃生的囚犯路过宁州时,在宁州人民为狄仁杰树立的功德碑下焚香礼拜,放声大哭,说:是狄公给了我们一条生命啊!但狄仁杰本人,却因得罪张光辅而被贬为洛州司马。

这事一定给武则天留下了深刻印象。因此,在她登基一年后,就把狄仁杰从洛州司马任上调回京都,当了宰相。武则天对他说,你在汝南的善政朝中大臣都很欣赏,但也有人说你的坏话,你想知道他的名字吗?狄仁杰说,臣不想知道。不知道还好些,这样可以和那人正常相处。武则天一听,大为赞赏。也许,正因为武则天对狄仁杰素有好感,所以,来俊臣他们对狄仁杰的诬陷就没有达到目的。来俊臣被杀四个月后,狄仁杰便又回到了他宰相的位子上。

重新入相的狄仁杰,已经是几十年风风雨雨炼就的"金刚不坏身"了。在过去那些岁月里,很少有人逃脱过来俊臣的魔掌,只有狄仁杰安然脱险,还附带拯救了魏元忠、崔宣礼、卢献、任知古、裴行本、李嗣真六位同案大臣。他们都被控谋反,原本是灭族和杀头的罪,但最后只是贬官或流放。这也是专制政治最通用的逻辑:抓你是对的,放你也是对的,所以处分一下也是应该的。但大难不死,也就该知足了。

狄仁杰死里逃生,全靠他的智慧和计谋。他刚一被捕,就立即招供说:大周革命,我乃唐臣,谋反属实,甘愿受死。其他人除魏元忠外,也都跟着狄仁杰这么说。来俊臣见不费吹灰之力,就办下这么大个案子,心情十分愉快,也就不再把狄仁杰一案当回事,只是把他们收监而已,看管也比较松弛。于是狄仁杰便悄悄给武则天写了一封信,设法托人带给女皇陛下。武则天看了信,心中一动,便把来俊臣叫来说:狄仁杰他们都是忠良之臣。再审一次,不准动刑,要秉公处理。来俊臣觉得事情出了毛病,又不知毛病出在哪里,便伪造了狄仁杰等人的谢罪表呈给武则天。武则天越发起疑,立即召见这些犯官和死囚。狄仁杰等人跪在武则天面前,矢口否认有谋反之事。武则天问,既然不曾谋反,为什么要承认呢?狄仁杰苦笑道:如果不承认,只怕早就死于非命了,哪里还能见到陛下!武则天又问:那为什么要写谢罪表呢?狄仁杰说:臣等并没有写。武则天令人将谢罪表和几位大臣的笔迹一对,真相立即大白。到了这个份上,来俊臣所有的招数全都不管用了。

然而武承嗣却坚持要杀掉狄仁杰,理由是这伙人虽不曾谋反,却是危险分子,不能留在朝中。武则天心里有数,知道狄仁杰对自己并无危险,而对武承嗣就很难讲。武承嗣是武则天的侄子。他认为"大周革命"时,自己功劳最大,在武氏宗室中年龄也最大,又曾袭封周国公,应该当武氏皇帝的皇太子。可惜他几乎一无所长,完全提不起来:无德、无才、无头脑、无尊严、无人缘,望之不似人君,近之徒生厌恶,简直有些人见人嫌的味道。武则天的另两个侄子武三思和武懿宗也都是些着三不着四、一点政治头脑都没有的货色。女皇陛下很为自己娘家人的不争气而恼火,却也徒唤奈何。

武承嗣想当太子,当然几乎遭到举朝反对。最先站出来反对的是宰相李昭德。天授二年(公元691年),有个洛阳人名叫王庆之的,在武承嗣的授意下,纠集了一伙市井无赖来宫中上书,坚持要求立武承嗣为太子。武则天开始对他们还算客气。但这伙人既没有眼色,又不识好歹,隔三岔五就来纠缠,一来就赖着不走,武则天终于烦起来,命令李昭德赏他们几棍子。李昭德一朝权在手,就把令来行,喝令手下人往死里打,当场就把王庆之击毙于棍下。接着,李昭德又对武则天说:天皇(指李治),陛下之夫;皇嗣(指李旦),陛下之子。陛下身有天下,当传之子孙,为万代之业,哪有让侄子接班的道理!武则天想想也不错,就把立储问题搁置了起来。

武承嗣这边可就耐不住了。他意识到,不把这班忠贞刚直的大臣整下去,自己是当不上皇太子的。于是就有了与来俊臣联手诬陷狄仁杰的事,李昭德后来也在延载元年(公元694年)被贬并流放,又与来俊臣同日被杀。但他没想到,整不死的狄仁杰又回来当宰相了。圣历元年(公元698年),也就是狄仁杰重归相位的第二年八月十一日,武承嗣在绝望中死去,没有人为他感到惋惜。

狄仁杰却是"烈士暮年,壮心不已",一片夕阳红。他这时虽已是九旬老人,精力却还十分充沛,头脑也还十分清醒。他知道自己的时间已经不多,有两件事必须抓紧。一件是赶紧立李家的人为太子,另一件是要让尽可能多的可以托付后事的人进入政府,掌握要职。第一件事在他和朝中有识之士的共同努力下办成了。这些人除前面说到过的李昭德外,还有王方庆、王及善、吉顼(音序),甚至包括武则天的两个男宠张易之、张昌宗兄弟。圣历元年（公元 698 年 3 月），武则天以治病为名，将庐陵王李显（即被废的中宗）从外地接回神都洛阳，藏在宫中，然后召见狄仁杰。狄仁杰再次慷慨陈词，武则天却打断了他的话，把李显从幕帐后唤出，很亲切地对狄仁杰说：朕现在就把储君交给你了！又对李显说：快拜谢国老吧，是国老让你复位的。

第二件事狄仁杰做得也很漂亮。武则天要他推荐奇才，他立即就举荐了张柬之。他说：如果陛下要求文章写得好，现在当宰相的李峤、苏味道就可以了。如果要求文能领袖群臣，武能统帅三军，只有张柬之。过了几天，武则天又要狄仁杰荐贤。狄仁杰说，臣已荐过张柬之。武则天说，朕已让他当洛州司马（京都卫戍司令）了。狄仁杰说，当司马无以尽其才。武则天点了点头，任命张柬之当了宰相。此外，姚崇、崔玄暐、敬晖、桓彦范、袁恕己等人，也都在他的举荐下担任了要职。

狄仁杰这两着棋对后来的政局都产生了深远的影响。他现在已经安排妥当，可以含笑瞑目了。他知道只要时机一到，张柬之等人就会发动宫廷政变，复辟大唐王朝。正如林语堂先生说的那样，狄仁杰这个大侦探已经理清了破案的线索，安排了故事的结局，至于逮捕人犯之类的事，就不劳他老人家亲自动手了。

武则天现在已经钻进了狄仁杰的圈套，但她没有办法。

事实上武则天最头痛的就是立储问题。她有两个儿子，三个侄子，儿子姓李，侄子姓武，按说选择余地很大，其实立谁都不合适。立儿子为嗣吧，等于把江山还给丈夫李治；立侄子吧，又等于把江山送给哥哥武元爽或武元庆，而这两个人又是她最讨厌的。不但被她判了罪，而且还被她改了姓，不姓武，姓蝮。江山岂能送他们！但，如果不还给丈夫，又不送给哥哥，还能给谁？

当武则天勇往直前夺取帝位时，她是没有想过这些问题的。她那时只想当皇帝，没想当了皇帝以后怎么办。她当然也没想过，一个女人要开朝立代究竟难在哪里。现在她明白了。事情并不难在这个女人能不能登上皇帝的宝座，而难在如何把这个女性王朝延续下去。现在她也明白了,这是不可能的。她必须把这个王朝交还给男人。显然,无论这个男人是她的娘家人还是婆家人,都是对她"革命"的背叛。于是,她就像一个凭着自己的聪明才智和艰苦奋斗挣下一大笔产业的大老板,不知死后将遗产留给何人才好。她的确很苦恼。

狄仁杰很理解女皇的苦恼。他委婉地暗示这位千百年来独一无二的女皇帝:你那个"革命"成果能不能巩固,现在是顾不上的了。要考虑的是一个十分"现实"的问题,那就是您老人家百年之后有没有人供饭,有没有人烧香。他说:请陛下想一想,姑侄和母子,哪一个更亲?陛下如果立儿子为嗣,那么千秋万岁之后,还可以配享太庙,作为帝王之母祭祀无穷。如果立侄子为嗣,臣等可从来没有听说过有哪个皇帝会给他姑妈立庙的。这话李昭德以前也说过,但狄仁杰说得似乎更亲切更实在。武则天不能不暂时抛弃她的"革命理想",换一个角度来思考问题:究竟应该做下一任皇帝的妈妈还是做下一任皇帝的姑妈?

答案似乎很明确:当然是做妈妈更好。不管是武承嗣还是武三思,如果当了皇帝,都只会给武元爽或武元庆立庙,不会给她武则天立庙。这样一来,自己岂非什么都不是,什么都没有了?武则天不愿意一无所有,也不愿意身后变成饥饿之鬼,没人祭祀,没人关怀。

但把皇位传给儿子,她也于心不甘。因为她的王朝姓武,而她的儿子姓李。当然儿子现在都改姓武了。但他们能改过来,也能改回去。总不能要求他们把老武家的祖宗当祖宗,不把李渊、李世民他们当祖宗吧?这样一来,自己这个"命",就算是白"革"了。

要把"革命"进行到底,改变只有男人才能当皇帝的传统,也只有一个办法,就是传位给女儿。但这就更不行了。传给儿子,江山好歹姓了丈夫的李;传给侄子,江山好歹姓了娘家的武。传给女儿,江山只怕就得去姓女婿的姓,那才更是见鬼。依照父系来确认血统,继承财产,祭祀祖先,已经有了几千年的历史。这个传统,武则天拗它不过。

武则天这才发现自己真正遇到了劲敌。这个劲敌就是传统文化,或文化传统。武则天毅然以女儿之身行男儿之事,这本身就是反传统的事。任何反传统的人都要被传统所反。武则天充当了传统的反叛者,现在她不得不向传统投降,成为它的手下败将。

事实上武则天一开始就处于进退两难之中。因为她要做的,是前无古人后无来者的事,既没有现成的经验可以借鉴,也没有强大的力量可供支援。在这种孤立无援的情况下,她只能借助传统的力量来反传统,包括任用狄仁杰这样的官吏,以及利用帝王权威和国家机器等等。然而她越是利用传统,就越是远离目标,而不利用传统,又将一事无成。她很想继续前进,把她的"革命"进行到底,但又发现已经走进了死胡同,再也进不了一步。

我们无法得知,武则天是否最终想通了这个问题,只知道她在神龙元年(公元705年)正月二十四日正式交出了权力,把自己打理了几十年的江山交给了一个窝囊废。当然,这次交班是有些勉强的。两天以前,一班既已掌握了政权又已掌握了军权的朝臣趁她病重卧床之际,借口其男宠张易之、张昌宗谋反,率羽林军包围武则天所居之迎仙宫,不由分说地砍下那两个男宠美如莲花的脑袋,①提着人头逼她交出大权。领兵的人,是武则天一手提拔的大臣崔玄暐;杀二张者,则为李义府的儿子李湛。此外,还有平时最为亲近的左右羽林军将士五百多人。他们的领头人,就是被狄仁杰称为"文可领袖群臣,武可统帅三军"的宰相张柬之。张柬之的身后,则哆哆嗦嗦地站着她那宝贝儿子李显。

也就在这一年的十一月二十六日,一个凄冷的冬日,武则天在豪华而寂寞的软禁中孤独地死去。临终前她留下遗言,赦免王皇后、萧淑妃、褚遂良、韩瑗、柳奭及其家族(长孙无忌的官爵已于上元元年即公元674年诏复,并听陪昭陵)。这样,她的心里可能好过一点。到了九泉之下,也许能"相逢一笑泯恩仇"吧!

武则天还留下遗言:去帝号,称皇后,葬于乾陵,回到丈夫高宗的

---

① 马屁精杨再思(他的外号是"两脚狐")吹捧张氏兄弟说:人们都说六郎(张昌宗)面似莲花,依我看是莲花似六郎,不是六郎似莲花。鲁迅先生诗"难得莲花似六郎"即典出于此。

身边。半个多世纪以前,守着青灯古佛的她曾在感业寺给热恋中的李治写过一首情诗:"看朱成碧思纷纷,憔悴支离为忆君。不信比来长下泪,开箱验取石榴裙。"以后那半个多世纪,不知有多少人拜倒或败倒在她这石榴裙下。直到她脱下这石榴裙,换上帝王的衮冕,也仍然魅力无穷,让人敬畏,让人臣服,让人痴迷。

现在,她又要换上这石榴裙了。她无法对抗那强大的文化。这个一生要强的女人,不得不脱下男装,换上女装,离开男人的世界,回到女人的天地。

武则天未能把她的"革命"进行到底。但,这并不是她的错。

武则天,公元 624 年生,705 年卒,享年八十二岁,是一位长寿的人。

据林语堂先生《武则天正传》,武则天一生共谋杀了九十三人(不包括其受到株连的亲属)。其中她自己的亲人二十三人,唐宗室三十四人,朝廷大臣三十六人(不包括其走狗)。这里面有多少是该死的,有多少是冤案;有多少确为武则天所害,有多少是别人对武则天的诬陷,这笔账,只好留给历史学家慢慢去算了。

武则天的陵前立的是一块无字碑。碑身由一块完整的巨石雕成,通高 7.35 米,宽 2.1 米,厚 1.49 米,重 9.8 吨。碑上刻着螭(一种蛟龙类神物)和龙,却没有字。也许,武则天的一生,连她自己也说不清。也许,她有意在身后留下一片空白,任由褒贬,随人评说。当然,也许她根本就不在乎别人说些什么。

"没字碑头镌字满,谁人能识古坤元?"信然。

海瑞

一 屡被罢官的官

海瑞是一个清官。不过他这个清官,却是以"罢官"而闻名的。

现在四十五岁以上的中国人,大约很少有人不知道"海瑞罢官"的。1966年,以对新编历史剧《海瑞罢官》的批判为导火线,引发了一场"史无前例"的"文化大革命"。当然,不管历史上有没有海瑞这个人,以及他是否被罢过官,这场所谓"文化大革命"也要进行。只不过,这样一来,便弄得海瑞这个名字家喻户晓,而且一提起海瑞,便想起罢官。

海瑞这个人,的确与罢官有缘。海瑞一生,经历了正德、嘉靖、隆庆、万历四朝。从嘉靖三十二年(公元1554年)十二月十日在福建延平府南平县当教谕(一种低级学官),到万历十五年(公元1587年)十月十四日病死在南京都察院右都御史任上,他与官场差不多算是打了半辈子交道,其间罢官和请求辞职就有好几回。仅在南京任上的两年之中,请求告老还乡就达七次之多;而赋闲时间最长的一次,竟达十六年之久。这样折扣下来,则海瑞踏入仕途三十三年,就有一半的光阴属于罢官。如果按照严格的计算方式,以他被提升为地方行政长官,担任浙江淳安知县(时在嘉靖三十七年即公元1558年)作为正式从政的起点,则当官的时间还要更短,半数以上处于罢官状态。

不过海瑞罢官也升官,而且罢一次升一次,官也越做越大。他第一次罢官是在嘉靖四十一年(公元1562年),被免去淳安知县(正七品)职务,但很快就平调江西赣州府兴国县,一年半以后调升户部云南司主事,由地方官变成了京官,官阶也由正七品升到了正六品。第二次罢官是在嘉靖四十五年(公元1566年),这次长达数月之久,还坐了牢。出狱后先是官复原职,后改任兵部武库司主事,又调尚宝司司丞(均正六品)、大理寺寺丞(正五品)、通政司右通政(正四品),最后升调右佥都御史(正三品)、钦差总督粮道巡抚应天十府,已是封疆大吏,方面之员。第三次罢官是在隆庆四年(公元1570年)。这一回直到十六年后才重新出山,先是恢复了他的南京右佥都御史职务,赴任途中升为南京吏部右侍郎,次年(万历十四年即公元1586年)升任南京都察院右都御史,官阶二品,成为大明王朝的高级干部。这时,海瑞已是七十三岁的老人,而他的学历或功名又只是一个举人。

这就使海瑞的仕宦生涯带有了传奇色彩。于是我们有点弄不清他究竟是好官还是坏官。如果是好官,为什么屡屡被罢?如果是坏官,为什么又一升再升?皇帝也好,官场也好,究竟是喜欢他呢,还是不喜欢他?

如果按照中国普通老百姓衡量一个官员好坏最通用的标准来评估海瑞,他当然是一个好官。这个标准就是清廉。海瑞的清廉是举世闻名的,也是绝对真实的。他晚年职任右都御史(监察部长)[①],官居二品,留下的积蓄竟不够殓葬之资,还得靠同僚们来捐助费用。一个人,做官做到连死都死不起,也算得上"一清见底"了。

关于海瑞死后所遗资产的数目,有三种说法。最多的一种说是一

---

① 明制,中央监察机关为都察院。都察院官员共四级:都御史、都副御史、佥都御史、监察御史。左、右都御史为其最高长官。

共有一百五十一两银子,绫、绸、葛各一匹。最少的一种则谓"检点行囊中俸金八两,葛布一端,旧衣数件而已"。居中的一种,则说有白银二十两。即便按一百五十一两计算,数目也十分可怜。常言道:"三年清知府,十万雪花银",而知府不过正四品。百多两银子,对于任何一位二品大员的家产而言,都够不到一个零头,更不要说和严嵩那样的奸相相比了。嘉靖四十一年(公元1562年),严嵩倒台,抄家时单单白银一项就抄出二百万两之多。由此可见,海瑞的清廉,不但名副其实,而且难能可贵。

更难能可贵的是,海瑞始终如一地坚持着他的清廉。他当知县的时候,饭桌上的蔬菜都是他亲自带人在衙后种的。酒肉之类,大约也很少食用。据说他惟一的一次"奢侈",是为了给母亲做寿(海瑞是孝子),买了两斤肉。这事当时就作为新闻在官场上广为传播,就连总督胡宗宪都忍不住用大惊小怪的口吻对别人说:你知道不知道,海瑞买肉了,买了两斤肉,两斤哪!

海瑞担任了应天巡抚后,其地位与知县已不可同日而语,辖区包括应天、苏州、常州、镇江、松江、徽州、天平、宁国、安庆、池州十府及广德州,多为江南富庶的鱼米之乡。但他仍节俭清廉如常。他下车伊始,就颁布《督抚宪约》,规定巡抚出巡各地,府、州、县官一律不准出城迎接,也不准设宴招待。考虑到朝廷大员或许仍须稍存体面,他准许工作餐可以有鸡、鱼、猪肉各一样,但不得供应鹅和黄酒,而且也不准超过伙食标准。这个标准是:物价高的地方纹银三钱,物价低的地方两钱,连蜡烛、柴火等开支也在上述数目之内。至于叫"小姐"来席间作陪,或酒足饭饱后的各项余兴节目,当然不言而喻地均在严禁之列。

海瑞的清廉,甚至达到了不近人情或匪夷所思的地步。按照当时官场的风气,新官到任,旧友高升,总会有人来送些礼品礼金,以示祝贺。这些礼品礼金只要数额不大,不过意思意思,也是人之常情。然而海瑞一点意思也没有。他公开贴出告示,说"今日做了朝廷官,便与家居之私不同"。"彼酬此答,殊是虚繁,却之不为已甚"。然后当真把别人送的礼品一一退还,连老朋友贺邦泰、舒大猷远道送来的礼也不例外。至于公家的便宜,更是一分也不占。海瑞临终前,兵部送来的柴金多算了七钱银子,他也要算清了退回去。七钱银子实在不算什么,他海瑞却决不肯为这蝇头小利,毁了自己一世清白。

这样的清官,老百姓当然由衷拥护,官员们却反感异常。他们虽然嘴上不便多言,心里却是说不出的嫌厌和腻味。一想到要和海瑞共事打交道,就更是头皮发麻。可资证明的一个事实是:海瑞调升应天巡抚的任命刚一发表,应天十府官员便几乎快要哭出来。不少人纷纷请求改调他处,有的甚至自动离职,宁肯不要头上的乌纱。这固然说明海瑞的清廉和声威已足以让人闻风丧胆,但也说明他在当时的官场上,其实已很孤立。

海瑞确实是不讲什么官场规矩的。他并不是一个胡来的人。相反,他的原则性很强。他的原则有两条,一条是四书五经阐述的道德准则,一条是洪武皇帝制定的政策法令。这两个东西里面,可都没说过一个官员应该贪污腐化,以权谋私,也都没说过要当官就得学会阿谀奉承、吹牛拍马、迎来送往、请客吃饭。圣人和太祖没说过可以做的,就不能做。圣人和太祖明确规定不可以做的,就更不能做。至于时下的风气,决非海瑞之可效法,也决非海瑞之应趋附。有人曾劝他不要太死心眼儿,该走动的还要走动,该打点的还要打点。海瑞却瞪着眼睛反问:假设所有的地方官都不打点走动,是不是就没人升官呢?假设所有的地方官都打点走动,是不是就没人降职呢?那人见海瑞榆木脑袋死不开窍,所言"假设"云云又根本不能成立,完全是书生气十足,也就只好悻悻而去。

海瑞不但谨遵圣贤教诲且身体力行,而且还要和不良风气作斗争,而无论对方职位有多高,来头有多大。哪怕是公认的老虎,海瑞也敢摸他的屁股。海瑞担任淳安县令时,出任总督的是胡宗宪。总督与知县,官阶之别,如同天壤。胡宗宪这个人,又是当朝权相严嵩的党羽,权倾天下,炙手可热,加上他官风凌厉,气势逼人,境内官民无不凛然畏惧。然而海瑞却如初生牛犊。胡宗宪的儿子到淳安,耀武扬威,颐指气使,对驿站的款待百般挑剔,还把驿丞倒吊起来。海瑞毫不客气,立即下令将其拘捕,押往总督衙门,其随身所携一千两银子也没收充公。海瑞还给胡宗宪呈上一份公文,声称久闻总督大人节望清高,爱民如子而教子甚严。此人既然品行恶劣胡作非为,其所称胡公子云云必系假冒,其随身所携也必系赃银。胡宗宪心知是自己的儿子不争气,却也不敢声张,只好打落了牙齿往肚里咽,自认倒霉。

严嵩的另一党羽鄢懋卿也在海瑞这里碰了一个软钉子。鄢懋卿奉命钦差巡视浙江盐务,事先曾明发通令,声称本院"素性简朴,不喜逢迎",因此"凡饮食供帐俱宜简朴为尚,毋得过为华奢,靡费里甲"。这种官样文章,原本是此类人物标榜俭朴以沽名钓誉的把戏,十足的既要做婊子,又要立牌坊。所以沿途官员都不当真,接待也极尽奢靡,所费自然都是民脂民膏。海瑞却一本正经地上了一个禀帖,规规矩矩写上"严州府淳安县知县海谨禀"。禀帖先是照录鄢懋卿的通令原文,接着又说据悉钦差大人所到之处,接待逢迎与通令所言完全两样。不但要摆酒席,还要供应女人,每席耗银三四百两,连小便器都要用银子打造。因此下官糊涂起来了,不知是按通令的要求做呢,还是照前面的样子做?按通令的要求做吧,生怕简慢了大人;照前面的样子来做吧,又怕违背了大人体恤百姓的好意。因此恳请大人明示,到底怎样做才好。鄢懋卿看了禀帖,一肚子火气发作不得,只好不过严州,绕道而去。

海瑞这一手不但吓退了鄢懋卿,也吓坏了严州知府。他对海瑞大发雷霆,问他为什么这样惹是生非。海瑞既不顶撞,也不辩白,等知府把脾气发够了,才作揖告退。后来,知府大人见海瑞此举并没有惹来什么祸事,又感激地对海瑞说:淳安百姓逃此一难,真难为你了!真难为你了!

不过这回知府大人又搞错了。海瑞如此直言抗命顶撞上峰,连钦差大臣都被弄得下不了台,岂有不遭报复之理?果然,就在海瑞接到升任嘉兴通判调令,正准备和新任淳安知县办移交时,袁淳在京弹劾了他。袁淳也是严嵩一党,和鄢懋卿更是狐朋狗友。他作为巡盐御史出巡浙江时，在海瑞那里亲身领教了简慢的招待，还和海瑞大吵了一架，于是便弹劾海瑞"倨傲弗恭，不安分守"。尽管海瑞并无过错，也尽管严嵩已被免职，鄢懋卿也被充了军，但朝中大臣们此刻热衷的是权力与利益的再分配，没有人关心这个举人出身、既无后台而脾气又有些古怪的七品芝麻官。只是由于曾当过海瑞上司的朱衡已任吏部侍郎，极力向吏部尚书严讷推荐，海瑞才在免职后又被调任兴国知县。

按说，像海瑞这样不会巴结上司，还要老去惹是生非的人，能保住七品县令的职位，已经是万幸了。他原本只能在几个边远贫穷的小县调来调去，最多升个六品闲差然后退休。然而海瑞的运气出奇的好。严嵩的倒台终于引起一系列连锁反应，人们开始对严嵩当权时的人和事一一进行清理和甄别。中国官场历来就是以人划线的。严嵩一倒，他所扶植任用的胡宗宪、鄢懋卿之流也得跟着完蛋。这些人既然被确定为坏人，那么，当年反对过他们的人也就一律是好人。这也是中国政治斗争中最通用的逻辑，历来如此的。海瑞以卑微之职公然对抗令人谈虎色变的权臣，就不但是大大的好人，而且是大大的英雄了。这样的英雄如果不能加以表彰，委以重任，那就不但是帝国的奇耻大辱，而且是吏部的严重失职。于是，在担任兴国知县一年半后，海瑞被调往北京，任户部云南司主事，官阶正六品。

户部主事，是一个不大不小、不上不下的职位。正如黄仁宇先生所言："大政方针出自堂官尚书侍郎，技术上的细节则为吏员所操纵。像海瑞这样的主事，根本不必每日到部办公，不过只是日渐一日增积做官的资历而已。"①

然而海瑞是一个闲不住的人，想做事的人，喜欢琢磨问题的人，对国家对君主认真负责的人，也是个只知进不知退的人。即便居于一个闲散的职位，他也不想在无所事事中打发时光。既然没有小事可做，那他就只好去考虑大事。他现在已经进入中央政府（尽管职位低得可

---

① 黄仁宇：《万历十五年》，第138页，中华书局1982年版。

怜,离所谓中枢还十分遥远),不再是一个有局限的地方官,很可以站在历史和全局的高度思考一些问题了。何况他的工作任务又不繁重,不像在做县令时那样,每天要处理许多繁琐而具体的事务。这就使他有充裕的时间去胡思乱想。而且,与那些自命不凡、以天下为己任的儒生一样,海瑞认为他应该对时局和朝政发布自己高屋建瓴的见解,而国家的现状又十分地令他不能满意。不但离孔夫子他们设计的唐尧虞舜般太平盛世相距甚远,而且简直就是危机四伏。海瑞觉得自己不能沉默。沉默就是不负责任,就是对历史对国家对君王对祖宗犯罪。一股正义感和使命感从他心中升起。他决定发起进攻。

这一回,他把斗争的矛头直接指向了当今皇上。

嘉靖四十五年(公元1566年)二月,也就是海瑞进京一年半以后,这位"位卑未敢忘忧国"的六品司员,向嘉靖皇帝呈上了《直言天下第一事疏》。海瑞深知当朝的这位皇帝是只听得进好话听不进批评的,因此开宗明义就说一个皇帝是否够格关键就在于能不能让臣民知无不言,言无不尽。接下来,他便对嘉靖本人进行诛心剖骨的批评。他指出,如果拿汉文帝刘恒和当今圣上相比,则圣上的"天资英断",要远远超过汉文。然而圣上的仁德政绩,比起汉文来,却差得很远。汉文帝创造了历史上有名的"文景之治",而当今皇帝创造的,却是"吏贪官横,民不聊生,水旱无时,盗贼滋炽"的局面。究其所以,就因为他这个皇帝昏聩多疑(心惑)、刚愎残忍(苛断)、自私虚荣(情偏),既是昏君,又是暴君。他还指出,嘉靖不但从政治的角度看不是好皇帝,从伦理的角度看也不是好男人。如果拿君臣、父子、夫妇这"三纲"来衡量一下,就会发现原本应该成为全体臣民道德楷模的皇上,居然一纲都谈不上:任意怀疑、谩骂、屠杀臣僚,是不君;对亲生儿子毫无教诲养育,连面都不见,是不父;与皇后分居,躲在西苑炼丹,是不夫。难怪普天下的臣民百姓,早就认为你不对了(天下之人不直陛下久矣)!也难怪老百姓要以你的年号来表示对你的不满,说什么"嘉靖嘉靖"就是"家家皆净"(一无所有)了!其实,臣民们的要求并不高,无非希望官府的盘剥轻一点,当局的关怀多一点,冤假错案少一点,社会风气正一点。这都是很容易做到的事,"而陛下何不为之"？既然做起来并不困难,那就应该"幡然悔悟,洗数十年之积误"。事实上,由乱致治,也不过"一振作间而已",那就请陛下振作起来吧!

这样的奏疏真是史无前例。正如黄仁宇先生所指出,往常谏臣的批评都是对事,只有海瑞的批评是对人,更不要说还有那咄咄逼人的口气了!因此此疏一出,立即引起轩然大波,海瑞的刚直也名震天下,"上自九重,下及薄海,内外无不知有所谓海主事者"。

嘉靖皇帝倒是看完了奏疏的全文。这样的奏疏他从未见过(也不会有人见过),便是出于好奇也会把它看完。但看完之后的震怒也可想而知。据说他当场把奏折摔在地下,气急败坏地狂喊:马上把这家伙抓起来,不要让他跑了!然而海瑞这一回做的事,实在太了不起了,连太监宫女都被他感动,心中很是有些敬佩。于是宦官黄锦跪下来不慌不忙地奏道:万岁爷不必动怒。听说此人向来就有痴名,上疏前就买好了棺材,诀别了家人,安排了后事。这个人是不会逃跑的。嘉靖听罢,长叹一声,又从地上拣起奏本一读再读。

据说嘉靖私心也认为海瑞所说是实。他曾多次向首辅①徐阶透露过这个意思。他把海瑞比作殷末的忠臣比干,却又不肯承认自己是纣王。他承认海瑞说的也有道理,却又认为自己年老病重,不可能再改了。因此他只有责打宫女来出气。这样拖了一段时间后,嘉靖还是下令逮捕了海瑞,交锦衣卫审讯,问成死罪。然而嘉靖又一直不批准海瑞的死刑,只是将他交东厂监禁。十个月后,嘉靖终于死去,成为一个已经知道自己过错却又"死不改悔"的皇帝。② 消息传来,狱中以酒肴招待海瑞,祝贺他出狱有望,海瑞却放声号哭,继以呕吐,最后晕倒在地。

新君隆庆皇帝登极以后,海瑞被释出狱。现在他已成了更大的英

---

① 明代开国不久,朱元璋就取消了宰相职位和宰相制度,首辅则相当于宰相。
② 嘉靖在其《世宗遗诏》中对自己的过错几乎都认了账。

雄,其声望之高,整个帝国无人不晓。他很快就官复原职,又一升再升,其职衔已于前述。事实上不升也是不行的。没有哪个吏部的官员胆敢反对这位举国瞩目的英雄人物步步高升,也没有谁会对他的品行道德提出质疑。这样,在相当短的时间内,海瑞一步步地升了上去,直至升到应天巡抚,然后因遭弹劾而被迫辞职。

海瑞的第三次罢官完全是他自找的。

依照内阁和吏部的想法,对海瑞的最好的安排,是让他担任一种品级较高而实权较小的职务,把他当作一个活化石供在庙堂之上。这样对大家和他自己都比较合适。① 因为他那种精神固然可嘉,做法却不可效法,也不宜提倡。如果大家都像他那样,动不动就直言犯上,提出让人无法接受的尖锐批评,则朝廷体统何在,官府体面何存? 一个开明的君主和时代应该允许人们说话,但这种开明只能是一种装饰,一种点缀,不能太动真格,而海瑞上书这种事也只可一二,不可再三。再说,像海瑞这样连皇帝都敢骂的人,放到哪个要害部门都是麻烦。万一闹出什么乱子来,不但大家脸上不好看,对海瑞自己也没有什么好处。因此,内阁和吏部的安排,亦无妨看作对海瑞的保护。

然而海瑞却不领情,他的责任心和使命感都不允许自己尸位素餐,无所作为。他不理解朝廷为什么对他表示了足够的尊敬却又不给予信任,也不能满意于在一个又一个体面而又无聊的闲职上耗费光阴。于是,他决定表示抗议。或者说,将内阁一军。他的机会很好,这一年(公元1569年)正好是所谓"京察之年"。京察是一种对京官的考绩制度,这种考绩每六年举行一次,届时四品以上官员都要作出自我鉴定。海瑞便趁机给皇帝上了一份奏折,宣称像他这样不能为国家作出重大贡献的官员,其实应予革退,颇有些"当官不为民作主,不如回家卖红薯"的味道。

---

① 后来给事中舒化弹劾海瑞时也是这么说的。他也主张给海瑞安排一个闲曹,"以全地方,亦所以全瑞"(既保全地方,也保全海瑞)。

内阁和吏部拿这个咬不动、煮不烂、杀不死、吓不怕又死不开窍的怪人毫无办法。他们甚至弄不清这个边远外省来的书呆子是真天真呢,还是假天真。说他不天真吧,他居然以为只要对他委以重任,凭着他那一身正气和勇往直前的精神,就能肃清天下流弊,整顿官场颓风。说他天真吧,他似乎又知道以退为进、讨价还价的办法。但不管怎么说,海瑞这时声望正隆,没有人当真胆敢罢黜。既然不能罢黜,那就只能给他一个实缺,任命他为应天巡抚,驻地苏州。何况,外放也有外放的好处:不在皇上和内阁的眼皮底下,眼不见心不烦,耳朵也要清净一些。

海瑞决心大干一场。他要扬善惩恶,移风易俗,作出一个榜样来。这种先声夺人的气势让许多贪官污吏土豪劣绅闻风丧胆。缙绅之家纷纷把朱漆大门改成黑色,以示素朴,弄得苏州城里好像家家都在操办丧事。气焰嚣张的江南织造太监也夹起了尾巴,把自己的轿夫由八人减至四人。但海瑞仍觉得很不过瘾,他下令:境内的公文,今后一律使用廉价的纸张。公文后面不许留有空白,以免浪费。他甚至干预官民的私生活,就连佩戴奢华的首饰和嗜吃甜美的零食,也在禁止之列,被禁的项目从忠靖凌云巾、宛红撒金纸,一直到斗糖斗缠和大定胜饼桌席。这些规定显然未免失之琐碎苛细,但海瑞不这么看。他坚持认为,根据"千里之堤,溃于蚁穴"的原理和"勿以善小而不为,勿以恶小而为之"的准则,在道德风尚方面所有行为都并无大小之别。再小的善也应褒奖,再小的恶也应遏制。定大局须从做小事入手,因此这些小事也是大事。道德的重建如不能落实到具体的事情上,那就将是空洞的口号。

事实上海瑞整顿吏治的计划正是通过一个个可操作的具体规定来实施的。比方说,为了整肃江南士大夫出入官府互通关节的风气,他规定:凡乡绅、举人、监生等到衙门拜见官员,或投递书信,必须进行登记。登记的内容包括谈话的要点和书信的节录,官员出行则要记载行踪和言论。凡不让登记、所记不实或事后篡改者,官员和登记者都要受到处罚。对于过往的官员,海瑞也不客气,规定他们均应自雇人夫和船只,地方上只负责补贴费用。而且,如果二等的官坐了一等的船,只给他二等船钱;可坐一条船却坐了两条船的,也只给他一条船钱。海瑞认为,这样既可以使那些逢迎拍马的人无从下手,也可使那些借出巡之际搜刮民脂民膏的人一无所获,还可以一正官场的风气,因此应予坚决地执行。

海瑞雷厉风行地推行他的廉政措施,义无反顾,斗志昂扬,全中国的官场却是一片哗然。人们因海瑞的举措大惊失色,义愤填膺。几乎所有官员都一致公认从来未见过如此怪僻、乖张、不近情理的封疆大吏,居然视自己的僚属和过往的官员为寇仇。京师和外地的官员到了海瑞的辖区,如同进入敌国;下属的官员一举一动都要登记在册,简直形同囚犯。这样古怪的巡抚,当然无法见容于官场,弹劾的奏章也就不断地送达御前。给事中舒化的奏章还算客气,说海瑞早年以风节称著,不失鲠直之臣,但政令乖谬,"恐非人情"。戴凤翔的攻击就要猛烈得多,甚至指控他犯有谋杀罪,因为他的一妻一妾曾在一个晚上同时神秘地死去。尽管海瑞答辩说其妾是八月十四日自缢,其妻则是八月二十五日病亡,并非死于同一天。但日期如此之近,已足以让人疑窦顿生。何况大家都相信,海瑞的家庭出现悲剧是很自然的,因为他是如此地乖谬怪僻和不近人情。甚至对于海瑞会有这样的性格大家也不奇怪,因为他原本就是帝国最南端化外之地一个没见过世面的乡巴佬,而且还可能是一个少数民族,一个外国人。

内阁和吏部的处置办法仍是将海瑞调任闲曹,然而海瑞脾气之大似乎超过了官场的公愤。他给隆庆皇帝写了一封信,告诫皇上说:"今举朝之士皆妇人也,皇上勿听可也。"至于他自己,当然更不屑与这些不像男人的家伙为伍。一气之下,他跑回海南老家,一去就是十五六年。

二　不合时宜的人

与前两次罢官不同,海瑞这一回似乎很少得到同情。

道理很简单:上两次海瑞反对的是个人(胡宗宪、鄢懋卿或者嘉靖皇帝),这一回他反对的是整个官场。这个强劲的对手不论由谁出面来和海瑞对抗,都有两个坚强的后盾:一是根深蒂固、积重难返的官场传统,二是盘根错节、人数众多的文官集团。海瑞却只有一个人。他的武器,只不过是些空洞的道德信条,早就被人束之高阁,或视为粉饰。他的资本,也只是靠不怕死挣来的名声,一旦得罪了全体官僚,也就变得一文不值。所以,海瑞向整个官场发起的进攻,就只能是以卵击石,不碰得头破血流才是怪事!

显然,海瑞同整个官场是格格不入的。这使得他在第三次斗争中极为孤立,就连过去大力支持他的人和享有声誉清名的人都站到了他的敌对方面。那么,海瑞为什么会是这样一个人,他又为什么要同整个官场过不去呢?

看来,我们还必须从头说起。

海瑞,字汝贤,一字国开,自号刚峰,正德九年(公元1515年)十二月生于海南,祖籍却是福建。海瑞的曾祖父海答儿,洪武年间从广州从军到海南,就在琼山县左所落了籍。有学者认为海答儿可能是少数民族,甚至可能是外国人。因为元代好几个海答儿,都是回族,而波斯十四世纪的一个地方长官,也叫海答儿。不管怎么说,海这个姓和答儿这个名,都有些怪异。海瑞身上这有些怪异的脾气,不知和他特殊的遗传因素有没有关系。

海瑞的童年贫穷而不幸。父亲海翰在他四岁时即已去世,留下母亲谢氏(时年二十八岁)和他孤儿寡母两人相依为命,靠着几亩薄田和谢氏做些针线女红维持生计。他的生存环境很差,海南历来就是我们帝国天荒地远的边鄙,琼山也是一个穷困的县份。文人墨客望而生畏谈虎色变,历代皇帝则把它看作流放犯人以示惩罚的好地方。唐代宰相李德裕和宋代的四位宰相或副宰相李纲、赵鼎、李光和胡铨就曾被流放到这里,此外还有鼎鼎大名的苏东坡。尽管这个流放地和他们的流放生活被某散文作家写得诗情画意,但我想没有哪个昏君和奸臣会有如此好心,竟给他们的政敌安排一个养老的好去处。海瑞童年的生存环境一定是荒凉、贫穷而乏味,同时也很闭塞的。没有京都的恢宏气势,市井的繁华景象,古城的人文荟萃,水乡的悠长韵味。因此海瑞身上,也没有与之对应的东西,比方说,没有一个高级官员应有的雍容华贵,似乎也没有什么灵秀之气和人情味儿,反倒显得有些吝啬、琐屑和小气。他的政敌攻击他"不识大体",倒并非诬蔑不实之词。因为他曾规定下属只有先交上一张誊正的公文,才能在他那里再领一张空白的公文纸。

海瑞的家庭生活也很不幸。中国人心目中最不幸的三件事:幼年丧父,中年丧妻,晚年丧子,他都有份。他曾结过三次婚,又有两个小妾。前两位夫人都因与婆母不和而被休去,其中第二位夫人过门才刚刚一个月。第三位夫人则在他五十五岁时可疑地死去。第三位夫人和一位小妾先后生过三个儿子,但都不幸夭折。不孝有三,断后为大,何况海瑞还是独子,就更是不幸之至了。

如此算下来,同海瑞一起生活时间最长的人,大约就是他的母亲谢老夫人。谢氏是一个坚强的女人,在极其困难的条件下把海瑞抚养成人,可谓呕心沥血,甘苦备尝。她既是慈母,又是严父,曾向海瑞口授经书,后来为他择师也谨慎而严格。海瑞对母亲,既感谢又孝顺,在南平、淳安、兴国和苏州时,都把母亲接到任上一起生活。母亲对他的影响也极深。史家多以为海瑞的善良、忠诚、刚毅和正直,就有他母亲的影子。

不过年轻时守寡带大儿子的老太太,心理上多少会有些问题,与儿媳的关系也不容易搞好;而一个家庭生活不幸的人,人际关系也往往紧张。史料证明,海瑞的家庭纠纷,不仅已成为政敌攻击的口实,也为时论所不满,谓其"笃于行谊,薄于闺阁"。其实这八字评语是海瑞祭文中的话,已经很客气了,政敌们嘴里说的肯定要难听得多。中国人是十分看重家庭生活的。家伦理也就是国伦理。人们相信,一个孝敬父母的人也一定能忠于国君(所以海瑞的忠诚无人怀疑),而一个夫妻关系不好的人也一定很难与同僚和睦相处(这是海瑞遭受攻击最多之处)。许多中国人都认为,正如一个不会品尝食物滋味的人也一定没有艺术鉴赏力,一个没有男女之情的人也一定不通人情。因此海瑞的政敌们都以幸灾乐祸的口吻谈论他家庭关系的紧张,并以此作为他不好合作的一个证据。

海瑞的童年生活既如此单调,家庭生活又那样不幸,则他惟一的乐趣就只有工作。只有疯狂的工作才能填补他心灵的缺憾。海瑞确实是个工作狂。只要是他任内的事,都会不遗余力地去做,而不惮其细碎烦琐。他任应天巡抚时,依例每月初二、十六两日放告,每次受理案件竟达三四千之多,还不包括平日受理的人命、强盗和贪污案。其他职份事无巨细,也往往躬亲,几无休息之日。这种作风,与当时文恬武嬉的官场风气自然格格不入。谁也不愿意和这样一个古板、认真、不讲情面,只知疯狂工作而不通人情世故的人共事,更不愿意让他真的被树为官僚的楷模,因为谁也做不到他那样。

但是海瑞却能做到。

海瑞是一个有思想的人。在他看来,人生的追求无非义与利。如果追求利,可以为农,为工,为商。农工商原本是兴利之事,求利无可厚非。惟独为士做官不可求利,只能是为国尽忠,为民办事。因为士的追求是义。世界上之所以有士农工商的区分,就因为有义利之别。义高于利,所以士高于农工商。一个士人如果也去追名逐利,那就不够资格当一个士,也不够资格当君子了。因此,一个做了官的君子,只能利国、利民、利公,决不能利私。这当然很崇高,很伟大,很值得敬佩和敬仰。但如果以此作为对所有官员之普遍和基本的要求,则既不现实,也未必正确。

首先我们得承认,士也好,官也好,都是人,都要生存,也都想过好日子。这就是利,也是私,而这种私利无可指责。所以,一个人,如果能做到大公无私,公而忘私,固然是君子,是高尚的人。甚至只要能做到公私兼顾,人己两利,或谋私也奉公、利己不损人,就不能算是坏人。我们无妨将人分为五个品类:一、大公无私,专门利人;二、先公后私,先人后己;三、公私兼顾,人己两利;四、谋私也奉公,利己不损人;五、损公肥私,损人利己。其中第一类是圣人,第二类是君子,第三类是好人,第四类是不坏的人,只有第五类是坏人。圣人极少,君子和坏人也不多,最多的是中间层次大体还好和不好不坏的人。他们不是君子也不是小人,无妨说是常人。

常人之情也就是人之常情,其中就包括改变处境、提高地位、增加财富等等。因此即使一般的好人,也难免弄些小权术,要点小心眼,做点小动作,打些小算盘。当然,依照道德上所谓量变质变原理,小权术也可能变成大诡计,小心眼也可能变成大阴谋,小动作也可能变成大罪恶,小算盘也可能变成大野心,尤其当这个人掌握了一定的权力时,就更是如此。这是不能不防范的,但只能靠体制和法度来防范和制约,包括限制权力、惩治腐败、高薪养廉等等。因为趋利避害是人之常情。你不能要求所有人都舍生忘死、克己奉公、舍己利人,只能因势利导,从趋利避害的人之常情出发,晓之以利害,绳之以刑法,让他觉得贪污受贿、以权谋私是一种会导致自己倾家荡产、身败名裂的可怕行为,至少是不合算的买卖;还要让他即便想冒天下之大不韪,或对营私舞弊心存侥幸,也无从下手。这就只能靠制度,不能靠道德。

道德永远都是必需的。人之为人,就在于有道德。没有道德,人就会变成兽;只有道德,人就会变成神。人不能变成兽,也变不成神。所以人不能没有道德,也不能只讲道德。真正高尚的道德只是一种理想境界。这种境界很值得追求,也应该追求,但总有求之不得和追之不及的时候,也总有达不到这个境界的人,而且人数还不少。因此所谓道德高尚,必须提倡也只能提倡,不能苛求也无法苛求。既然无法苛求每个人都道德高尚,那么,社会和政治生活中的不道德行为和犯罪行为,就不能指望依靠道德风尚的提倡来消除,只能靠制度和法律来防范。我们通常说"反腐倡廉",就是充分意识到廉洁要靠道德来提倡,腐败却只能靠法制来铲除。

法制和道德其实是一种相辅相成的关系。法制是防范性的,道德是倡导性的。法制规定不准做什么,或不准怎么做;道德则要求人们应该做什么,或应该怎么做。这两样东西,缺一不可,因为它们的分工不同。比如出现了火灾,道德告诉我们应该去救火,法制却只规定不准纵火。不救火的人并不犯法,也未必不道德,因为他不救火的原因可能有很多,包括并无此种能力等等。只有那些有此能力却见死不救的才不道德,只有那些见死不救还要幸灾乐祸的才缺德,也只有那些趁火打劫的才犯罪。可见,道德与法不可相互替代,也不可随意滥用。只有道德没有法,则故意纵火和趁火打劫就无法受到惩罚;只有法律没有道德,则幸灾乐祸就无由受到谴责,见义勇为也不能得到提倡。

然而儒家的学说却只看到道德的作用,完全忽视了法律的意义。孔子说:"道之以政,齐之以刑,民免而无耻。道之以德,齐之以礼,有耻且格。"这意思是说,以法治国,顶多只能保证人们不敢犯罪(民免),却不能保证人们不想犯罪(无耻)。以德治国,以礼治国,才能保证人们不想犯罪(有耻),而且想做好人(格)。这话并非没有道理,却过于理想化了。道德教育确实能起到这样的作用(一个有道德的人不会去犯罪),但无法保证这种教育一定是行之有效的,即无法保证每个人都有道德。因此德治也好,礼治也好,都无法防范罪恶的发生。

历代帝王中稍有头脑的人都明白这个道理。他们的对策,是既用儒家道德来提倡,也用法家制度来防范。所以历朝历代,也都有刑律和法典,而且实行起来都很恐怖,比如凌迟、腰斩等等。明代的开国皇帝朱元璋当然也不例外。他也制定和出台了一系列反腐倡廉的法令和举措。但这些法令和举措,乃是建立在空洞的道德理念和社会理想基础之上的。既不尽合情理,也难予以实行。比如官吏的薪俸都很低,吏的薪给更是微薄,甚至不足供家大口阔者维持生计。这就不但谈不上"高薪养廉",简直就是"逼良为娼"了。因为要求所有官员都像海瑞那样自己种菜,母亲生日才买两斤肉,显然极不现实。其结果必然是官吏勾结,上下其手,或损公肥私,或鱼肉百姓。又比如规定一应官员非经批准不准出城,就很可笑。这固然防止了扰民,却也割断了官民之间的联系,使官僚主义更为严重,实在是得不偿失。再比如规定凡贪赃在八十贯以上的官员都要处以剥皮实草(剥下人皮,肚子里塞草)的极刑,也很荒唐。八十贯钱何其少也,剥皮实草又何其之重,二者放在一起,根本不成比例,只能让人徒生荒诞之感。如果当真实行起来,则全国的官员,恐怕杀得就会只剩下一个海瑞。一项法令如果一开始就并不具备实施的可能,那就没有人会把它当回事。洪武朝的这些法令,在海瑞时代的情况就是如此:人们早就把它们忘得一干二净了。

然而海瑞却很认真。

海瑞认为,既然太祖洪武皇帝是本朝的开国君王,既然君无戏言而太祖又制定了这些法令,既然这些法令又是完全符合圣人理想的,那么,就应该坚决执行,不打折扣,而不能考虑执行起来有无困难。因此,他不但身体力行,对微薄的薪金毫无怨言,而且决心像一个勇敢的斗士,向一切腐败的行为开火。

海瑞实在太天真了。他不知道孔子的主张原本只是一种理想,也不知道本朝开国已经二百年。洪武皇帝一些心血来潮的政令,即便是在当时,有的也只是一纸具文。他当然更不知道,官场的弊病并非只有贪墨,还有危险更大的一件事情——派系斗争。

海瑞其实一开始就卷入了派系斗争,只不过他自己不知道。他既是派系斗争的受害者,也是派系斗争的受益者。他的升官和罢官,除一次是因为得罪皇帝外,其他几次都与派系斗争有关。第一次升官,由兴国知县调升户部主事,是因为严嵩倒台而他反对过严嵩的党羽;第二次升官,是因为徐阶的引荐而徐阶反严,罢官则因张居正主政而他又非张居正一党;第三次复出,则是因为张居正已死并被问罪。但海瑞并不把自己的升迁和朝局的变化联系起来。他坚持认为这是道德上善与恶斗争的结果:自己被重用,是正气得到伸张;自己遭贬黜,则是邪恶占了上风。因此他一如既往地按照自己简单的善恶二元论思想去判断是非决定行止:是善的就支持,是恶的就反对,而无论对方属何派系,也无论他们与自己是有恩还是有仇。

因此,海瑞一到应天巡抚任上,就拿徐阶开刀。

徐阶一向是支持海瑞的,他甚至是海瑞的救命恩人。海瑞因痛骂皇帝而被捕下狱,刑部参照儿子诅骂父亲的条例,主张处以绞刑,被徐阶压了下来。嘉靖皇帝自己对于杀不杀海瑞也一直都很犹豫。他一会儿承认海瑞说得也有道理,一会儿又觉得不杀了这个目无君父的畜生简直忍无可忍。徐阶便找了个机会悄悄对嘉靖说:像海瑞这样的草野狂夫,根本就不值得为他动怒。他无非明知皇上圣明,故意来找些岔子,以便沽名钓誉。皇上杀了他,反倒成全了他。不如干脆不加罪,他也捞不着虚名,大家也更会颂扬皇上德被四海。这话虽然不中听,但对海瑞却是小骂大帮忙,非如此不能将其从那暴君的虎口中救出。当时徐阶如果在嘉靖的耳边煽风点火添油加醋,十个海瑞也得粉身碎骨。

海瑞出狱后,徐阶对他信任提拔有加。海瑞这一阶段的青云直上,与徐阶有很大关系。海瑞虽然迂阔,还不至于不识好歹。对于这位于己有救命之恩又有提携之恩的首辅,内心十分地感激。徐阶主政以后,也确实做了不少好事,比如清除了严嵩的党羽,法办坑害人的巫师,减免了四十万两盐税,人民拥护,海瑞也拥护。于是,徐阶在海瑞心中,就成了一个正人君子。当徐阶受到高拱、李芳等人攻击时,海瑞是坚决站在徐阶一边的。徐阶因为四面受敌,年事又高,打算知难而退,告老还乡,海瑞专门去信劝阻,说徐阶受到攻击,无非因为"小人欲行己私,变乱是非",徐阶的政策并无错误,政绩也不可抹杀。此时海瑞对徐阶,可以说是感激、敬重,还有些崇拜。

然而海瑞到应天巡抚任上后,对徐阶的态度就大为改变。因为海瑞一到任,就发现此地最为严重的社会问题,是乡绅豪强大量地占有土地,使耕者无其田,而税收无由出。这些土地,都是土豪劣绅们从农民手里侵夺的,农民当然很想收回。听说连皇帝都不怕的青天大老爷海瑞来了,穷苦无告的农民们便纷纷向海瑞提出控诉,据说仅松江府华亭县(也就是现在的上海),提出控诉的农民就达万人之多。松江府华亭县正是徐阶的故乡,而徐阶也正是侵占民田最多、最为小户农民痛恨的一个大地主。徐阶一家,是个大家族,几代没有分家,因此成员多达数千。他们一家占有的土地,数字也很吓人,有说二十四万亩的,有说四十万亩的。① 这么多的土地,当然不可能是他的家人诚实劳动所得,只能来自巧取豪夺。更为严重的是,他们兼并土地以后,还仗势拒交赋税。地方官畏于徐阶的官威,不敢认真催收,只好在其他自耕农身上加重盘剥,以完成征收赋税的任务。无法忍受的农民走投无路,又只好把土地抵押甚至奉献给徐家,以换取保护。如此恶性循环,结果也很简单,那就是:天怒人怨,民不聊生。

徐阶一家这种损公(国家)又损人(农民)的利己行为,使清廉、正直的海瑞十分震惊,而徐阶的形象,在他心目中也一落千丈。他觉得徐阶不但不是什么正人君子,而且简直就是伪君子。他无法理解,在朝中为官尚属清正的徐阶,在家乡怎么会有这样的恶行?人,可真是难以看透。当然,上述不法行为,主要是徐阶的弟弟和子侄们干的,徐阶也曾有所劝阻,但劝阻并不得力,实际上睁眼闭眼,默许放纵,姑息养奸。海瑞眼里是揉不得沙子的,何况此事与他的原则抵触太大:既不符合他均贫富、一天下的社会理想,又不符合他廉洁奉公、遵纪守法的政治标准,当然不能容忍和姑息。

事情最后的结果是:徐阶的长子、次子和十多个豪奴被判充军,三子被革去官职,数千家奴被遣散十之八九,掠夺的民田至少退还了一半。

对徐家的这一处分究竟是出自何人之手,史家尚有不同说法。有人认为主要是高拱和蔡国熙所为,也有人认为应该归功于海瑞。高拱是徐阶的政敌,曾被徐阶赶下了台。徐阶退休,高拱复出,便派了自己的门生蔡国熙来苏州做知府,以后又调任松江,专一对付徐阶。现在有如此把柄抓在手里,他们没有不狠狠报复的道理。至于海瑞,内心可能是比较矛盾的。他很不愿意看到这民愤极大的事竟会是他恩人所为,又不能不正视事实,坚守原则。但他也还

---

① 据说最后被落实为六万亩,并被没收。此事在海瑞罢官之后。

有另一条原则:对事不对人。他要做的,是整肃风纪,而不是整人。因此他把工作的重点,放在退田一事上,而且希望徐阶能主动退田。海瑞知道,民田一退,民愤便可平息。那时要帮徐阶一把,也就比较容易说话。可惜徐阶很不自觉,又十分吝啬,居然仅仅象征性地退了些许,便想敷衍了事,蒙混过关。海瑞是个认真的人,也不会那一套,便去催。徐阶却推诿说这些田地都是儿子的,不好作主。这就做得太差劲了,半点宰相风度都没有。海瑞只好再次去信催促,说最近查阅退田名册,得知阁下的盛德出人意表,可惜退数不多,希望再加清理。过去一些做儿子的,连父亲的错误都可以改正,现在阁老以父亲的身份,来改正儿子的过错,应该无所不可。同时,海瑞又给首辅李春芳写信,说徐阶为小人所蒙蔽,产业之多,令人骇异。如今"民风刁险",徐阶退田如不过半,只怕对他自己不利。可见海瑞还是想维护徐阶的,只是不肯牺牲原则而已。看来,退田一事,主要功在海瑞;而充军罢官的处分,则多半出自高、蔡二人之手,并且是在海瑞罢官之后。海瑞的想法,很可能是只想纠正徐阶的错误,并不想置徐阶个人于死地。

不管海瑞如何用心良苦,力图在不牺牲原则的前提下保全徐阶,他都等于同徐阶翻了脸。在他自己,当然问心无愧:上无愧于国家君父,下无愧于黎民百姓,居中呢,也无愧于救命恩人。但他不知道,官场是没有是非只有亲疏的。官场中人依照他们以人划线的逻辑,都已派定海瑞是背叛了徐阶,变成了高拱同伙。因此这一回,海瑞已把徐阶集团的人得罪了个干净。

然而高拱集团也不领情。因为海瑞早就得罪了高拱。隆庆元年(公元1567年)时,徐、高二人勾心斗角。高拱的党羽齐康弹劾徐阶,说他的儿子和家人横行乡里为非作歹。这是事实,因此徐阶也就只好请求退休。这时,朝中负责监察的官员都是徐阶的亲信,便群起反攻。欧阳一敬首先发难,一口咬定高拱、齐康是奸党。齐康也提出反诉,说欧阳一敬是奸党。闹得不可开交之际,海瑞说话了。他上了奏疏,武断地指责齐康,说齐康之所以弹劾徐阶,目的是让高拱掌权,因此齐康是受高拱指使,是"只顾一己爵禄,不顾天下安危"的"鹰犬",因此高拱应该罢官,齐康应该判刑。① 海瑞当时声望正隆,如日中天。他的奏疏,当时是对高拱的沉重打击。结果高拱辞职,齐康罢官。高拱东山再起后,当然要报复海瑞。他可不会因海瑞要徐阶退田就放过海瑞的。

海瑞这一回还把张居正也得罪了。张居正原本是徐阶一党。他能够成为阁臣,全因徐阶的引荐。入阁以后,也一直与徐阶站在一边。徐阶退休后,害怕高拱报复,也一直与张居正保持联系,这回当然也要拜托张居正从中斡旋。张居正认为这件事很简单:苏州知府虽然是蔡国熙,可应天巡抚是海瑞呀!徐阶于海瑞有恩,哪有不关照之理?顶多也就再打个招呼就行了。于是张居正给海瑞去了一封信,很滑头地要他兼顾一下"存老之体面,玄翁之美意"。存老就是徐阶。徐阶字存斋,所以称他存老。玄翁就是高拱。高拱字中玄,所以称他玄翁。当时高拱是首辅,张居正是次辅。张居正要帮徐阶,又不想得罪高拱,所以这么说。他没有想到海瑞原则性极强而高拱报复心极重,结果不但徐阶的体面未能保存,自己的面子也扫了地,因此对海瑞极为不满。海瑞罢官后,历次有人保荐海瑞,均因张居正从中作梗,一直没能起复。

张居正不肯让海瑞复职,当然还有一个原因,那就是觉得像海瑞这样什么事情都不肯通融的人,留在官场是个祸害。反正,海瑞现在算是把徐阶、高拱、张居正都得罪了。这三个人,在当时官场中势力极大。得罪了他们三个,也就差不多得罪了整个官场。

但海瑞好像还不过瘾。在受到舒化、戴凤翔的弹劾以后,他给高拱去信说:"人情世态,天下事亦止是如此而已矣!能有成乎!"他还气愤之极地说,想我海瑞,放弃了母子天伦之乐,山林自然之美,整天价

---

① 其实高拱并不很坏。他才智魄力都超过徐阶,生活也很清苦简朴。他的门生蔡国熙任苏州知府时也很称职,与海瑞合作也很好。所以后来海瑞编文集时,对自己这篇奏疏有所反省。

和一群小人较量是非,出一万分力量才能做成一件事情,有什么用处!看来天下大事,只能指望阁下了!这就等于是指着鼻子骂高拱。骂了高拱还不算,还两次写信给皇帝骂朝廷,一次说"举朝之士,皆妇人也",一次说"举朝柔懦,皆为妇人"。这种骂倒一切的做法,等于自绝于文官集团。据说就连最有名的好好先生李春芳都觉得有点难以接受。李春芳曾对人说,海瑞的说法要是成立,我岂不就是一个老太婆了么?

现在海瑞大体上已把朝廷所有的人都得罪完了。即便那些并未与他正面发生冲突的人,也不会以他的思想和做派为然。海瑞无疑是一个好人,也是一个好官。他善良、正直、刚毅、果敢,勇于负责,不怕困难,宁折不弯,决不妥协,意志坚定,勇往直前。但正是这些优秀的品格使他四处碰壁,走投无路。他就像一只天真无邪的小鹿,不经意撞入了豺狼和狐狸群中,却还以为自己是一头雄狮。

真心拥护海瑞的,大约只有贫苦的农民和百姓吧!但,在海瑞的时代,他们的拥护又顶什么用!

三 无法医治之国

其实,对于海瑞的政绩,许多人都不否认。

海瑞被免去应天巡抚之后,继任人是朱大器。高拱和张居正都给朱大器写了信,也都谈到如何看待海瑞政策的问题。高拱和张居正虽然是政敌,也都主张罢免海瑞,但对海瑞的评价都很高,也相当一致。第一,他们都认为对海瑞不可全盘否定,高拱甚至开宗明义就说:"海君所行,谓其尽善,非也;谓其尽不善,亦非也。"第二,他们都认为海瑞的目的是"除弊"而动机是"为民",只不过做法不妥。张居正甚至用替海瑞辩解的口气说,"其施为虽若过当,而心则出于为民",总之动机和出发点是好的。第三,他们都认为海瑞的政策只需调整不可推翻。张居正说得比较客气,说:"霜雪之后,稍加和煦,人即怀春,不必尽变其法,以徇人也。"高拱则说得斩钉截铁:"若于其过激不近人情处不加调停,固不可;若并其痛积弊、为民作主处悉去之,则尤不可矣。"这"尤不可"的一个"尤"字,说明高拱对海瑞的肯定要超过否定,甚至宁肯不否定海瑞的不足之处,也不能否定海瑞扫除积弊、为民作主的大方向。

看来,高拱和张居正这两个人,还不能算是什么坏人,更不是庸才。他们的头脑都很清楚,度量也不算小。他们并不因为讨厌海瑞这个人,就否定他的人品人格和他的正确方向,也不因海瑞已经罢官,就落井下石,穷追不放,非把他说得一无是处不可。两位阁老,真有些"宰相肚里能撑船"的味道。相比之下,海瑞的骂倒一切,倒显得有些小家子气。

高拱、张居正他们与海瑞的分歧,主要在方式方法上。高拱认为他"过激",张居正认为他"过当",海瑞自己则觉得还不够。他曾对人既忧虑又愤懑地说:现在医国的,只有一味药:甘草。现在处世的,也只有两个字:乡愿!乡愿也叫乡原,孟子下的定义是:"同乎流俗,合乎污世,居之似忠信,行之似廉洁,众皆悦之,自以为是,而不可与入尧舜之道。"可见乡愿就是虚伪、敷衍,四处讨好,八面玲珑,不讲原则,表面上廉洁自律,实际上同流合污。这样的人,开出的医国药方,当然只是甜津津的甘草,治不了病,也治不死人。海瑞却认为应该下猛药。他给嘉靖皇帝上的奏折,就是他下的猛药,药引子则是他自己的生命。他希望这味药能使皇上猛醒,能使帝国振作。可惜,那位皇帝从身体到思想都已病入膏肓,终于一命呜呼。难怪海瑞听到消息要号啕大哭了。他既是哭这位死去的皇帝,也是哭自己失效的药方。

现在,海瑞好不容易才有了一个医国的机会,自然不肯放过。因此他一到应天巡抚任上,便大刀阔斧,雷厉风行,甚至不怕矫枉过正。本来,徐阶的田一退,他便应该见好就收。因为此事已经产生了影响,大地主沈恺等人见海瑞对徐阶都毫不通融,也只好主动地把侵夺的民田退了出去。这时,诚如黄仁宇先生所言:如果海瑞"采取惩一警百的方式,把徐家或其他几家有代表性的案件广事宣传,以使藉富欺贫者知所戒惧",那么,"他也许会在一种外张内弛的气氛中取得成功"①。然而海瑞似乎并不懂得"一张一弛,文武之道也"的道理,他的工作热情不但没有稍减,反因初战告捷而倍增。他不满足于坐在巡抚衙门接受投诉(前面提到,这种投诉已达每月七八千件之多),还要亲临府县听取诉讼,一一过问,一一审理,一发而不可收,斗争的弦也就越绷越紧。

这样一种工作热情也是海瑞所独有的。他本来就是工作狂,下车伊始,又发现要做的事千头万绪,真可谓百废待兴。海瑞深知,像他这样既非进士出身又没有后台老板的人,能官任封疆,是特例中的特例,惟有拚命工作,才能报答国家,不负皇恩。何况,这时他已经五十好几,能做事的时间已不太多,亦所谓"时乎不待"。因此他有一种紧迫感,很有些韩愈当年"欲为圣明除弊事,肯将衰朽惜残年"的味道。另外,他心里也有数:天下没有不散的宴席,也没有不下台的官,他海瑞就更是如此,只能在任一天就猛干一天,能做多少事就做多少事,为了加快吴淞江治水工程的进度,他把行署设在工地,并斩杀了三个监工不力的吏员,把他们的尸体用席子卷起埋在行署厅前。结果,工程进展迅速异常。一个本想阻拦、陷害海瑞的巡按御史还没来得及下手,工程便已完成,那个巡按也只好徒唤奈何,叹息说"万世功被他成了"。当然海瑞也让人挖出了厅前的尸体,却是三只肥猪,而那三个吏员则被海瑞转移藏匿在别处。

一项水利工程或许可以这样加紧进行,政治工程可就没有那么简单。现在看来,海瑞当时的处置可能是简单了点。他受理的案件如此之多,事实上也不可能不简单。可是他涉及到的问题,却又十分复杂:丈量土地,清退农田,平反冤狱,整顿治安,兴修水利,遣散募兵,刷新吏治,考核官员,以及推行"一条鞭法"(一种新的赋税制度)等,哪一件不是盘根错节,牵一发而动全身?然而海瑞的力量却很单薄,既没有明确的法律条款,又没有得力的专门机构,仅凭一股政治热情,外加

---

① 黄仁宇:《万历十五年》,第142页。

对善与恶的道德直觉,就希望快刀斩乱麻,在一个早上把百年积弊清除殆尽,其不能成功也自不待言。

对海瑞的弹劾几乎与海瑞在应天的改革同步进行,而且同样出手极重,攻势凌厉。给事中戴凤翔甚至危言耸听地说,在海瑞的治下,佃户不敢向业主缴租,借方不敢向贷方还债,民间流传的说法是"种肥田不如告瘦状"。如果不是因为海瑞自己清廉到无可挑剔,他一定会被描述成周兴、来俊臣那样的酷吏。内阁也深为海瑞的做法忧虑。他们想起一个医生,这个医生曾给病人猛吃巴豆,还振振有词地讲什么医书上说"巴豆不可轻用",当然要重用了。内阁觉得海瑞就是这样一个医生,应该迅速地将其从巡抚的任上召回,以免我们这个原本就病病殃殃的帝国被他过度的热情医得人仰马翻。

海瑞决定向张居正求援。

海瑞在京时,大约与张居正有过接触。在他看来,张居正这个人还是有头脑的,不至于和那些尸位素餐的大员们一样都是妇人。这时张居正已入阁三年,为吏部尚书,武英殿大学士。因此海瑞希望张居正能出来主持公道。张居正和海瑞一样,也主张革新政治,加强法纪,而且也讨厌苏(苏州)松(松江)地主,然而对海瑞的求援却表示无能为力。他给海瑞回信说:"三尺之法不行于吴久矣。公骤而矫以绳墨,宜其不堪也。"①他还说,现在朝廷对海瑞的议论,是"讹言沸腾,听者惶惑"。所以居正虽然忝列庙堂之末,也惭愧不能为奉法之臣说几句话。

张居正这封信历来颇受谴责,认为他阳为同情,阴为谴责,虚伪得很。我却认为张居正所言句句是实。当时朝廷上下确实已视海瑞为眼中之钉,必欲去之而后快,张居正帮他说上几句也无济于事,何况还不以海瑞的做法为然? 当然不能怪他不援手。

那么,张居正自己做得又如何呢? 好像也不怎么样。

---

① 古代将法律条文写在三尺长的竹简上,故称"三尺法",也称"三尺"。

张居正应该算是明代最有名的政治家之一。他在万历皇帝登基那年(公元1572年)采取突然袭击的方式,以迅雷不及掩耳之势击倒首辅高拱,到万历十年(公元1582年)去世,担任元辅兼帝师十年之久。去世前九天,被加封太师衔,成为有明一朝生前获此殊荣的惟一一人。这十年间,万历皇帝其实不过只是他的学生(万历登基时九岁),慈圣皇太后对他又恩宠信任到无以复加的程度,所以这十年间的皇帝圣旨和太后懿旨,不过是他张居正的旨意。满朝文武,也大多是他提拔、栽培的私人。这样的权势,海瑞当然不敢望其项背。

不过张居正和海瑞的地位权威虽然悬殊,两人的作风却颇多相似之处。比如都勇于任事,认真负责,一丝不苟,雷厉风行等等,只是张居正比海瑞少了廉洁,多了权谋。张居正的政治才能是毋庸置疑的,他的个人魅力也很让人倾倒。他聪明绝顶,机敏过人,博闻强记,明察秋毫,而且重礼仪,修边幅,里里外外都表现出一个贤相应有的风度。隆庆去世时,他与高拱同在内阁。高拱是首辅,他是次辅。因为明代没有宰相制度,只有阁臣制度,因此次辅也略为有些"第一副总理"的意思。但当时的廷臣们,都很厌恶高拱这个一号阁臣,而对二号阁臣张居正有好感。张居正为了排挤高拱,由宦官冯保穿针引线,与万历的生母李贵妃达成政治上的秘密协定,条件是尊李贵妃为"慈圣皇太后",与万历的嫡母"仁圣皇太后"两宫并尊。这种向为正派臣僚不齿的行径,居然也得到了谅解。张居正当时人缘之好,威望之高,可见一斑。

小皇帝万历对张居正也是既敬且畏。万历皇帝名叫朱翊钧,万历是他的年号,死后的庙号是神宗。明以前,一个皇帝的年号有许多,其中尤以武则天的年号为最多,有时一年之中要改好几次,因此历史上习惯用他们的谥号或庙号来称呼,比如汉武帝、唐太宗。明清两代的皇帝只有一个年号(惟明英宗朱祁镇因两次登基而例外),人们也就习惯于用年号来称呼,如明的万历,清的雍正。万历和他的两位母亲对张居正有着特殊的尊重,称他为"元辅张先生"。因为张居正帮他们孤儿寡母除掉了骄横跋扈、有不臣之心的首揆(即首辅、元辅)高拱。其实这事是张居正和冯保的阴谋。冯保把高拱哭灵时说过"十岁的太子,如何治天下"的话,稍加改动,变成"十岁的孩子,如何做天子",传到后宫,使两宫太后大为震惊,万历皇帝也陡然变色。于是,在张居正的精心安排下,高拱在一个早晨突然被褫夺全部官衔职位,驱逐出京,遣返原籍,交地方严加管束。据说当时跪在百官最前列的高拱如遭雷击,瘫倒在地,不能动弹,最后还是在张居正的搀扶下,才得以蹒跚出宫。

张居正有勤王保驾之功,加上他是那样地仪态庄重,道貌岸然,聪明睿智,博学多才,每一句话都说得那么在理,每一件事都办得那么得当,每一项举措也那么合理和得体,让十岁的小皇帝和那两个妇道人家佩服得五体投地,也就理所当然地成为国政的总设计师和皇帝的总教育长。

然而张居正的下场,却比海瑞惨得多。他去世半年后,就遭到了全方位的揭发和批判,罪名有欺君毒民、收受贿赂、卖官鬻爵、任用私人、放纵奴仆,以及结党营私、把持朝政、居心叵测,甚至还有人告他妄图篡位谋反。两年后,即万历十二年(公元1584年),他的家财被抄了个一干二净,长子也在所谓"追赃"的过程中自杀。四个月后,又正式宣布了他的罪行,一共五项:诬蔑亲藩,侵夺王府,钳制言官,蔽塞圣聪,专权乱治。有如此罪行,本当剖棺戮尸,姑且加恩宽免,但他的弟弟和两个儿子被送到烟瘴地面充军。

张居正是否果真犯有上述罪行,是一个既说不清又不重要的问题,因为在中国古代的政治斗争中,一个头面人物身败名裂的真实原因,总是会被一系列似是而非而又冠冕堂皇的说法所遮蔽。张居正由"万人称颂"一变而为"万人唾骂",真正的原因其实同海瑞罢官一样,是得罪了官场全体。不过海瑞只是坏了官场的规矩,张居正却几乎是要砸官们的饭碗。同海瑞一样,张居正也认为帝国积弊甚多,非予以刷新不可。所不同者,在于海瑞的念头,是要为民作主,因此更注意廉政;张居正的目的,却是要富国强兵,因此更注意效率。反腐倡廉,只要弘扬道德精神和恢复洪武成宪就行了;而要提高国家机器的运作效率,则非得变法不可。变法,就一定会触及整个官场的神经系统,损害相当多人的既得利益和将得利益,使许多人升官发财的计划泡汤。所以,张居正的"官愤"更大。

至少有两件事使张居正遭到文官们的痛恨。

第一件事,是他曾用皇帝的名义责令地方将所欠的税收按照规定全部缴足。这道命令表面上看并无不妥之处:种田纳税缴皇粮,自古以来就是天经地义的事。如果没有缴足,当然要补缴,除非遇到天灾,朝廷特令减免。然而实际情况却是:全国各地,无论穷县富县、灾年丰收,税收都一律拖欠。其原因大体上是这样的:本朝一千一百个县,自然情况大不相同,因此各县的税额乃至税率,都不相同。据说一个富裕县份的税粮总数,竟可以是一个穷僻贫困县份的三百到五百倍。这就会引起心理上的不平衡。在贫困县,人们的纳税意识往往都很低。在他们看来,既然享受低税优惠是天经地义的,拖欠一些税粮也不算什么。因为谁都知道他们穷,缴不起。即便什么税都不缴,与富裕地区相比,生活水准的高低优劣也不可同日而语,真要缴足了,还过什么日子?再说,税率和税额本来就很低,即便都缴齐了,也没多少,何必斤斤计较呢?我们帝国地大物博,财大气粗,还在乎咱这两个小钱?富裕地区从牙缝里省一点就有了。贫困地区的地主和农民既然都作如是观,自然能拖就拖,能赖就赖。

富裕地区的农民和地主则是另一种想法。他们认为,既然"普天之下,莫非王土,率土之滨,莫非王臣",就该一视同仁,公平对待,凭什么我们就该多缴税粮,别人就可以少缴?穷县地少人稀,税粮总额少一些不足为奇,但税率不该两样。事实上却相差很大。比如苏州府的田赋,大约占农村收入的20%,而山东曹县只占9%,溧阳更少,约在1%到5%之间。溧阳与苏州相去不远,税率之悬殊却有天壤之别,难怪苏州人心里要不平衡。况且,富裕地区哪怕只缴60%的税粮,数目也已远远超过贫困地区的总和,贡献已经很不少了。余下的数额,自然也是能拖就拖,能赖就赖。

结果,无论穷县富县,都只能收到六成的税粮,剩下四成的收缴,也就成了永无期日的事情。这个数目也是有讲究的。谁都知道,抗缴税粮是犯王法的事。田主既不能一点都不缴,地方官也不能一点都收不上来,否则便乌纱难保。但如果收缴了六成,已在半数以上,就不好说民抗税而官无能了。因为有这个数目垫底,大家都有恃无恐,则拖欠剩下的四成,也就成了官民之间心照不宣的约定俗成。

还有一点也很重要,这就是百姓缴纳税粮,在法定的数字以外还有约定的附加。比如粮米在转运储存的过程中难免有所损耗,碎银重铸为元宝也难免有损耗。为了弥补这些亏损,收缴税粮时就要有所附加,称为"米耗"和"火耗"。这些附加的"常例",其实是各级官吏的额外收入,连海瑞也有一份,只不过海瑞宣布自己不收而已。但其他地方官则没有不收的。事实上一个地方官只要不在"常例"之外再巧立名目,就会被公认为清官。因为如前述,本朝官吏的薪俸极低,正二品大员的年俸竟然只有纹银一百五十二两,根本就入不敷出。他们要想维持稍微体面一点的生活,都不能不有些额外的"灰色收入"。在京官,主要靠地方官的"孝敬";在地方官,则少不了这一份"常例"。所以,这份收入,虽然认真说来要算贪墨,却又公认合理合法,至少正常,故曰"常例"。一种制度居然会导致"合法的贪污",这种制度本身的合理性就大成问题了,但没有人敢对制度表示怀疑。

税民们虽然拖欠国家的税粮,却并不拖欠常例。地方官虽不能将税粮如数上缴国库,每年的常例却是一文不少。这样,拖欠剩下的四成税粮,就于民有利而于官无损,吃亏的只是国家。而国家吃点亏,是没有多少人心疼的。第一,国家庞大、富有,这点亏它吃得起。第二,国家崇高、遥远,吃不吃亏也不关小民的痛痒。再说,国家征收了这么多的税粮,却并未"取之于民,用之于民",不过用于供养庞大的官僚系统和供少数人挥霍。用于保卫边疆和兴修水利的并不太多,更从未想过将其用于发展经济、提高生产力、给广大纳税人带来好处。既然如此,我们缴那么足干什么?

当然,职责所在,地方官也要催粮催款。但是,当成百上千的户主一起用拖拖拉拉的方式来拒不纳粮时,没有哪一个地方官可以与之长期抗衡。大户人家因为有较硬的后台,一个七品县令也未必当真惹得起。至于穷苦无告的小民,也有他们的办法,那就是"要粮没有,要命有一条"。县官们固然可以将抗缴税粮者绳之以法,但法不治众,只能惩一警百。不过拖欠税粮既然是全体农户的共识,则这种惩治往往也收效甚微。然而旧税不清,就会成为新税之累。官方只好用种种名义将未收的部分予以减免,而能够为减免提出一个说法的地方官则被公认为"为民作主"的清官好官,"仁民爱物"的一方父母。这其实就等于鼓励拖欠了。最后,拖欠税粮就和照缴附加一样,成了"常例"。

张居正要富国强兵,当然不能容忍这种陋习。然而这样一来,他也就不再是"人民的公仆",而成了"人民的公敌"。地方府县固然压力不小,黎民百姓也怨声载道。就连朝中一些了解下情的正派大臣,也不能赞同。他们深知,让府县从私囊中掏出钱来完粮纳税,等于与虎谋皮。这些拖欠的税款,还得羊毛出在羊身上,由绵羊般被盘剥和宰割的乡民负担。他们也深知,帝国的每一道政令都要通过官吏们去实施,实施的过程又往往是对下层层加码,对上层层折扣,底层的负担骤然加重,国库的收入未必增多。因此他们问:京都和地方的库银堆积如山,为什么还要与民争利、刻意敛财?岂非存心逼迫地方官吏敲扑小民,甚至鞭笞致死? 于是,要不要严肃法纪、执行国家税收政策这样一个法制问题,就照例转化为要不要体恤百姓、让利于民,乃至要不要创建尧舜之世的道德问题。这个立论一旦成立,则"是非"就会完全颠倒过来:赖着不缴税款的地方官是君子,维护法纪政策严肃性的张居正反倒成了小人。因为前者重义而后者趋利,前者体恤民情而后者盘剥百姓。然而问题在于:反对派所说的"下情"又完全是事实,并不能说他们有什么不是。爱民与为国如此相悖,帝国的不可救药也就一目了然。

张居正第二件"不得人心"的事情是制定了新的"考成法"。官员的考试、录用、提拔和考核,历来是帝国政治制度的重要组成部分。前两件事要容易些,因为有科举制度和推荐制度。考绩却是一件既重要又令人头痛的事。它关系到官员的升迁和罢免,对于所有的官员都利害攸关,既不能不认真,又不能太认真。不认真,则考绩形同虚设;太认真,就不免要得罪人,甚至激化官场的派系斗争,弄得朝局动荡,国本动摇。

何况这件事具体做起来,又有两大问题。一是由谁考核,二是如何考核。从理论上讲,最有资格考核官员的当然是皇帝。但这事也是说起来容易做起来难。且不说像万历这样十来岁的娃娃皇帝做不了,便是唐太宗李世民那样的精明皇帝,也不可能对全国上下所有官员的表现和政绩了如指掌。张居正当国时,大明王朝共有一千一百多个县,各级文官两万多人。这么多的官员,谁能认得全?就连在京的二千官员,皇帝也不可能都认识的。

所以文官的考核,只有假手于他人。京官的考核靠他们的上司,地方官的考核就要靠京官了。但京官之于地方官,并不像理论上讲的那么超然。因为薪水既低又无常例可收的京官,全靠地方官"孝敬"。各省督抚一次送给六部尚书的礼品礼金,便可能相当于其年薪的十倍。被考核者既然成了考核者的"衣食父母",则考核结果的公正性和可靠性,自然要大大地打折扣。

金钱之外,还有人情。同省同县的有"乡谊",同年考中的有"年谊",如果是儿女亲家,则还有"姻谊"。事实上没有哪个地方官和京官没有这样那样的关系。或为门生,或为故吏,或为旧雨,或为新知,每个人都有派系,每个人都有后台。对于自己派系或有关系的人如不关照,今后就别想在官场里混。于是考核的结果,又要再打一次折扣。

如何考核,问题也很大。明代的考绩,分上中下三等,曰称职、平常、不称职。具体的科目,则有贪、酷、浮躁、不及(才力不及)、老、病、罢(即疲,软弱无能)、不谨。属于老病的要退休,属于浮躁和不及的降职调离,属于罢(疲)和不谨的改任闲职,属于贪和酷的削职为民。这一制度,看起来缜密细致,实际上含糊空疏。比如某官一任三年毫无建树,但也没有出什么大的差错,便既可能被考评为平庸不及,也可能被考评为稳重不浮躁。至于他会获得一个什么样的评语,就全看他人际关系如何,以及巴结上司讨好京官的功夫如何了。

这样的考绩,其实是很难做到公平公允的。但大局的稳定,显然比少数人的前程更为重要。为了保持朝局的稳定,让个别优秀者受点委屈,总是必要的牺牲。何况考绩的宽严,也要视政治的需要而时时加以调整。比如朝廷感到空气沉闷,办事拖沓,效率低下,需要振作精神,吐故纳新时,标准就会严一些。反之,当朝廷觉得政局动荡,人心浮动,危机四伏,需要稳定军心,安抚官员时,标准就会松一些。因此,考核指标的空洞抽象、含糊其辞,完全是为了政治上有一个进退裕如的余地。

然而张居正却认为不能含糊。他是一个办事认真的人,又善于理财,经常亲自核对各类统计数字,甚至设计报表的格式,规定报告的期限,许多细节都过目不忘。考核官员是何等大事?当然不能打马虎眼,也不能支吾搪塞。因此他规定,各地方官员都要建立政绩档案,由中央各部各科给事中按年月记载,并且规定了具体项目,如欠税能否追缴,盗匪能否擒获等。这些具体项目,又都要有具体的数字和日期。以便秋后算账。比如甲县令将欠税全部缴回,为期不过半年;乙县令只缴回一半,且为期一年;而丙县令一点都未追缴,则自然甲为上等,乙为中等,丙为下等。因为有档案记载,又有数字比较,所以丙县即便不服,也无话可说。

这就简直和海瑞的想法、做法如出一辙。海瑞任应天巡抚后,痛感官员的考核"往往习为两可活套之辞,事鲜指实(很少落实到具体问题),语无分明",因而专门制定了《考语册式》,内分才识、治民、治兵、教化、狱讼、均田、水利、开垦、积谷等项目,其下又有种种细目,让负责考绩的官员逐项一一填报,不得含糊。事实上也含糊不得。因为除"才识"一项外,其他项目都很具体,做了就是做了,没做就是没做;做得好坏,也都有事实和数字为证。如果诸项政绩平平,那么,才识一项也不好评为上上的。

海瑞和张居正的这种考评考成法,充分体现了他们这一类务实派官员的作风,较之从前的考绩方法,显然要科学得多,很有些"现代意识"了。但这种作风和做法,却既与帝国的根本国策相悖,又为官场的传统习气所不容。大明王朝从洪武皇帝开国之日起,就没想过怎样使国家强盛、人民富裕。所有政治经济制度的着眼点和出发点,都是王朝的稳定和政权的巩固,尤其是要保证皇帝的地位不被动摇,大权不致旁落。为此,就必须维持小农经济的低水平。与之相适应,政府的管理也应该简单、粗放、迟钝而低能,行政效率太高反倒是不对的,因为那会使基层惊惶失措而被指责为"民不聊生",让皇帝感到威胁而被指责为"图谋不轨"。海瑞惹下的,正是前一类麻烦;张居正所犯的,则正是后一类忌讳。

显然,海瑞和张居正的失败,都在于他们试图让整个帝国纳入自己设计的政治规范之中。这就像强制或劝说一个以胖为美的人减肥一样,势必自讨没趣。于是他们一个生前被罢免,一个死后被清算。由是之故,张居正的旧属申时行当了首辅后,便极力纠正他们的做法,反其道而行之。然而,有趣的是,与他们完全相反的申时行也没能讨什么好。万历十九年(公元1591年),他终因实在无法在皇帝和朝臣之间搞平衡而被迫辞职,辞职前还背了一个"两面派"的名声。这里面透露出来的信息,就很值得玩味了。

申时行是张居正一手提拔起来的官僚,在张居正去世后当了九年首辅。海瑞的第三次起复,可能出自他的安排。为此他曾给海瑞写过信。他是苏州吴县人,与海南琼山人海瑞、湖北江陵人张居正、河南新郑人高拱相比,要乖巧圆滑一些,也要温文尔雅一些,与他的老乡、松江华亭(今上海)人徐阶的性格做派差不多。因此舆论一致公认高拱、张居正和他这三位首辅,高拱跋扈,张居正霸道,而他申时行谦和。加上他对待万历皇帝,严守君臣之分,不以帝师自居,而以辅臣自任,所以在担任首辅期间,一直受到万历的尊重和信任,也被称为"先生"而不是"卿"。他离职养老以后,万历也一直关心眷恋着他,常派人到他家慰问,赠送礼品。他在家乡平静、安详地度过了二十三年离休生涯,活到八十岁才去世,不折不扣的"寿终正寝",比海瑞、张居正、高拱的结局都好。

申时行聪明会做人,心眼也不坏。他只是自私一点,胆小一点,门槛精一点,舍己为人的事不做,损人利己的事也不做。在不损害自身利益的前提下,也能说些公道话,或暗中给人帮忙,表现出正义感。张居正把他拉进内阁,培养成接班人,原本是想在自己死后有个关照的。这一点他并没能做到,也做不到。张居正被抄家后,万历的怒气不但没有稍减,反倒日甚一日。这时帮张居正说话,等于把自己的脖子往刀下送,申时行当然不干。但当有人疏请将张居正以大逆论处,应该开棺戮尸时,他对这种"落井下石"的做法也极为不满。于是他对万历说,这个疏奏以暧昧之辞,诬陷别人谋反,只怕谗言会接踵而至,这可不是清明之朝该有的气象。这话正中万历下怀:他最怕别人说他是昏君,也就心甘情愿不再追究。申时行四两拨千斤,救了张居正,刹住了诬告之风,正是他聪明之处。

还有一点也值得称道。张居正死后遭到举朝抨击,申时行作为其故吏和继任,既不否认其错误以为自己开脱,也不夸大其错误作为自己执政的资本。他只是实事求是地评价张居正的功过,然后予以纠正和调整。在他看来,张居正除了有过度自信,严峻细刻,得理不让人,生活作风不够检点等问题外,其最大的错误,根本的错误,是没有弄清我们这个帝国的性质,不知道帝国的生命恰恰是靠中央集权和官僚主义来维系的。表面上看,中央集权和官僚主义好像是两回事。但你想,那时并没有电报、电话、伊妹儿,一封文件从地方送达中央,往往要一个月的时间。皇帝足不出宫,对地方上的情况原本就很隔膜;京官不在现场,也未必能有准确判断。加上这些奏折往往又用华丽的文辞写成,让人看来不着边际,不得要领,甚至摸不着头脑,由此便作出决策和判断,还有不犯官僚主义错误的?然而如不事事请示,又无法体现权在中央。所以,反官僚主义,就是反中央集权;而这个由中央集权派生出来的官僚主义,又只能靠中央集权的行政手段去反对,还不是自己跟自己有仇,自己和自己过不去吗?

显然，要维系中央集权，就要维护官僚主义；而要维护官僚主义，就要维持现状，保护文官集团。帝国的政治目标既然原本不高，只要黎民不饥不寒，官员不吵不闹，就是天下太平、国运昌隆，还要那么强的能力、那么高的效率干什么？相反，既然政令的雷厉风行，考绩的公平认真，会给文官集团带来恐惧和不安，那么，做宰相的反倒应该极力维持政府的低效和低能。在这里，稳定是压倒一切的。最重要的，是不要让文官集团出现分裂。即便不能和衷共济，至少也得相安无事。所以，尽管徐阶被骂做"调停国手"，申时行被斥为"四面逢迎"，但这两个江南来的聪明人，都认为这正是自己应尽的职份。首辅虽然不是宰相，但又相当于宰相。宰相的职份是什么呢？不是征收税赋管好财政（这是户部的事），不是操练军队保卫边疆（这是兵部的事），不是审理案件惩治罪犯（这是刑部的事），甚至也不是任命官吏处分僚属（这是吏部的事）。这些事宰相都该管，但更重要的还是"协调阴阳"，搞好君与臣、臣与臣、臣与民之间的关系，维护政治领域的"生态平衡"。说白了，宰相就该当"和事佬"，就该八面讨好、八面玲珑。能讨好就好了，怕的是讨不了好！申时行的悲剧，就在于他殚精竭虑地想各方讨好，却又费力不讨好，这才让他感到委屈和伤心。

应该说，申时行是尽了努力的。万历十三年（公元1585年），他呈请皇帝陛下废除张居正的考成法，因为这个方法并不尽合理，也不尽公允。税收能否如额征收，并不完全取决于官员的努力和能力；盗匪能否按时捕获，也有许多客观原因。如果以此作为考评的条件，不是导致基层官员弄虚作假，就是逼得他们诬良为盗，这都不是圣朝气象，所以仍以原先那样含糊暧昧地进行考核为好。在两年以后的"京察"中，他更是高抬贵手，网开一面，大小官员都得以各安其位，被罢免或降职的官员只有三十三个，且都供职于无关紧要的部门，算是考绩制度得到严肃执行的一个象征。于是，申时行受到众口交誉，皇帝陛下也龙颜大悦，深表满意。

然而四年以后，申时行的威望却降到了最低点。根本的原因，在于他只看到文官集团有要求稳定的一面，没看到还有要求动荡的一面。这就好比打牌。如果总不洗牌,就不会出现新的赢家,而游戏也就做不下去。因此所谓永久的安定团结根本就不可能。总会有人出来惹是生非、兴风作浪,以便火中取栗、浑水摸鱼,而且最好能把庄家干掉。宰相或首辅便是庄家(皇帝则无妨看作赌场的老板,无论谁输谁赢,他都有"抽头"可得,所以有的皇帝会鼓励游戏的进行),自然首当其冲。何况这时,闹事分子又有了极好的口实。[①] 申时行只好申请退休。只是幸亏有万历的呵护,他的下台,才不至于太不体面。

海瑞、张居正、申时行,这三个性格、观点、作风不同的人,全都败给了同一个对象——文官集团或官场,而他们又都是想改善或维护官场的。海瑞以身作则,力图以道德来清除积弊,结果怨声四起;张居正锐意革新,力图用法令来振作精神,结果抗拒横生;申时行妥协安抚,力图用调和来维持团结,结果众叛亲离。他们都失败了,正所谓"可怜无补费精神"。显然,他们这个帝国,其实已无药可救。

四 难以成功的事

我们无妨再来比较一下海瑞和张居正。

张居正和海瑞是不同的人。张居正懂政治,且能力极强;海瑞却不懂政治,还有些意气用事。按说张居正是不该倒霉的。他之所以倒霉,就在于他不仅想做官,还想做事,希望对帝国有贡献,这倒是和海瑞相同的。可惜帝国并不需要有人做事。它只想在普遍贫穷的低水平低标准前提下维持所谓长治久安。所以任何想做点事的人在它那里都讨不到好,混日子的则官运亨通。不过,张居正自己也有一个致命的弱点,即道德水平与海瑞不可同日而语。海瑞表里如一,始终如一,张居正则口是心非、言行不一。这虽不是他死后遭到清算的根本原因,却是其直接原因。

[①] 这个题目就是立储问题,本书不再展开。有兴趣的读者,请参看黄仁宇《万历十五年》和温功义《三案始末》两书。

万历小皇帝对张居正本来是极尊重且畏惧的。原因之一，就因为张居正是他心目中道德的楷模。中国古代教育，最重要的是德育。为帝王之师，就更要将德育放在压倒一切的高度。我们帝国是靠道德与礼仪来治理的。如果皇帝本人不能做到有德有礼，则奈天下苍生百姓何？所以张先生对小皇帝的德育抓得极紧，反复告诉他一个为人君者，必须仁爱、宽和、节俭、勤勉，不能随心所欲，也不能玩物丧志。在张先生的监督下，小皇帝每天要完成很重的功课，不能偷懒，也不能玩耍，甚至不能爱好艺术，因为张先生告诉他：历朝历代的亡国之君，比如陈后主、隋炀帝、李后主和宋徽宗，都是喜爱艺术和精通艺术的。这些教导，都有圣贤的训示或历史的教训为依据，当然绝对正确。小皇帝如有违背，太后就要罚他跪在祖宗灵前，直到叩头痛哭保证下次不犯为止，或者要抄写张先生代拟的"罪己诏"（其实就是公开发表的检讨书），直抄到小皇帝自己也脸红。因此，小皇帝的童年，过得十分乏味，甚至有些清苦。

然而张居正自己又怎样呢？揭发者报告皇帝：他的起居十分排场，生活也极为奢靡。几年以前，小皇帝听说张先生要改建住宅，考虑到老师的官俸不高，曾给了一千两银子做资助，没想到这次装修实际耗银一万两，这些钱是从哪里来的？何况他这豪华的住宅里还堆满了珠宝和字画，蓄养了许多绝色的美女，这些东西和人又是从哪里来的？小皇帝还被告知：万历六年（公元1578年）张居正回乡葬父时，坐的是三十二人抬的轿子，内分卧室和餐厅，还有小童两名伺候。沿途的接待，也耗费惊人。每餐饭要上一百道菜，张居正居然还说没有地方下筷子。至于平时其他种种声色犬马的享受，就算不上什么了。

这一状告得极准。万历的愤怒立即被激发起来。年轻的皇帝想起了许多往事：在张居正当国的这十年里，他虽然号称天子，富有四海，实际上却穷得一文不名。有时想拿几个小钱赏赐宫女，都只能打白条，同几百年后中国最基层的乡镇干部一样。有一次他不过只是和几个小太监做了游戏，让两个宫女唱了小曲（实际没唱），就差一点被废掉,而代之以皇弟潞王。为了表示对母亲的孝敬,他想装修一下太后的宫室,也被张居正阻止,还讲了一大套爱民惜物的道理。他的外祖父李伟更惨:因为官俸太低,不得不承揽公物的采购,以便吃些回扣,也被公开申饬,当众出丑。然而这个道貌岸然的张居正,却在限制皇帝私欲的同时膨胀自己的私欲,而且占尽了便宜。仅此一项,就该千刀万剐!

万历皇帝在愤怒之余倍感伤心,在伤心之余又极其灰心。他不知道,如果连张先生这样的人,其道德品质都是靠不住的,那么,天下还有没有可靠之人?如果天下人的道德品质都不可靠,那么,以礼仪道德为立国之本,还能不能成立?

在这样一个背景下,海瑞的复出,无疑有着特殊的意义。

万历和申时行对海瑞的再次出山,肯定有所希冀。因为实在地讲,全国上下,像海瑞这样真正清廉的官员,恐怕真的没有几个了。因此他们希望海瑞能够成为一个榜样,一个楷模,至少能成为一个象征,一个点缀。关于这一点,申时行似乎很清醒。他给海瑞写信说:"维公祖久居山林,于圣朝为阙典。"这意思很明显:老兄一直住在乡下,对朝廷和官场的情况并不甚了然。不过既然是政治清明的圣朝,也不能没有老兄这样的清官。潜台词其实也很清楚:做做摆设就好,别惹什么事了!

海瑞对自己的第三次复职也曾有过忧虑。他反复问自己:我出来以后,能做什么,该做什么呢?难道像汉朝的魏桓那样,说些"后宫千数,其可损乎;厩马万匹,其可减乎"之类无关痛痒的话么?多年的阅历,使他对前景已不存乐观。

然而海瑞毕竟是海瑞。尽管不抱太大的希望,他还是一如既往地刮起了廉政旋风。除采取种种廉政措施外,他又一次把矛头指向了皇帝。他给万历写信说:如果各省的巡抚都贪污,那贪污还禁得了吗?如果中央各部都勒索,勒索还止得住吗?如果天子脚下的是非对错都辨不明白,反腐倡廉还有希望吗?在这封奏折里,他还提出廉政要从皇帝做起,比如宫内该不该有那么多怨女(指宫女)和旷夫(指太监)。

当然，他也没有放过那些贪官污吏。他提出，本朝开国年间之所以比较清廉，就因为用了重刑，贪赃枉法受贿八十贯，就要剥皮实草。如今要想真的肃清贪墨，也非用重典不可。

这封惹是生非的奏折再次掀起了轩然大波，弹劾海瑞的奏折也再一次纷纷飞到御前。只不过这一回的攻击有了新花样：指斥海瑞是伪君子。

表里一致、言行一致的道德楷模海瑞，居然被指控为伪君子，这本身就是一件具有戏剧性的事情。同时它也说明，当时的道德已堕落到何种地步。

朱元璋建立的大明王朝是由三根支柱支撑起来的，这就是小农经济、孔孟之道和文官集团。小农经济是其经济基础，孔孟之道是其意识形态，文官集团则是其上层建筑的核心构件。其中，最重要的是孔孟之道，因为无论是重农抑商，还是儒者治国，都包含在孔孟之道当中。孔孟之道的核心，是礼仪道德。因此，道德就成了帝国最重要的事情。它是立国之本，也是治国之道，不但可以指导行政，还可以代替行政。

有明一代的许多制度和政策，就是依照道德原则制定的。依照这个原则，文官对于民众，有两个作用或者说有两项任务，一是治理他们，二是教化他们。也就是说，文官不但是管理者，也是教育者，不但要执行国家的法令，还要宣传国家的精神。这就要求所有的文官，在理论上应该是道德的楷模，足以垂范小民、感化小民。如此，文官们当然只能领取微薄的薪水，过简朴的生活了。

然而这样一种理想化的政策，在实际执行过程中是根本行不通的。因为即便官员们都很廉洁，起码的生活水准和必要的官场体面也总得维持。何况低薪制度和官治体制（即"官本位"）也不相容。很难设想，在一个以"官"为"本位"的国度里，官员们竟然会是一副捉襟见肘的寒酸相。本来，正确的做法是"高薪养廉"，即一方面大量裁减冗员，另一方面大幅度提高官员的俸禄，同时禁绝一切"小费"，也不准公车私用、公费吃喝等。但这是做不到的。① 首先没人敢提,因为"高薪"的方案,与前述道德原则不符,谁也不愿去背道德的罪名。其次,许多官员也不愿改变制度。因为薪水提得再高,也不会超过灰色收入。于是便只好对前面所说的"常例"睁眼闭眼,同时允许地方官的生活费、招待费、馈送上司的礼品费等等,均可以用公事的名义向地方摊派,或用公款报销。

这种变通办法的依据,也是从孔子那里来的。孔子的学说中原本就有"经"和"权"的说法。经就是经常,权就是权变,也就是允许在不改变政策的前提下通融,因此总算是有了"理论根据"。然而由此造成的后果却很严重:官员们说的是一套,做的是另一套,不要说为民表率,能保住自身的节操也已经很不容易。

结果,文官们便大体上分成了三类人。一种是像海瑞这样极廉,这类人很少;一类是像严嵩那样极贪,这类人也不多。更多的人则徘徊在两者之间。他们从小饱读诗书,明德知礼,知道一个正派君子在做了官以后应该廉洁奉公、自我牺牲,却又无法抵御那些"挡不住的诱惑"。于是他们多半采取这样一种态度:随波逐流地接受一些数额不大的"好处",但也不做太出格的事情。这在当时,就已经算很不错了。

不过,高尚的道德总是要受到表彰和鼓励的。在道德水准普遍下降的情况下,就尤应受到赞扬。这种赞扬不但出于政治的需要,也出自不少人的内心。于是一些人又发现了一种沽名钓誉、投机倒把的好办法:贩卖道德。

人臣的道德,除了忠以外,无非两种,一是廉,二是直。无论何种,都能赢得声誉并成为自己的政治资本。但靠廉洁来获取"清名",远不如制造"直声"来得便当快捷。具体的做法,是找一个题目去批评皇帝,犯下大不敬的罪,受到廷杖、降职、罢官、流放等惩罚,却可以赢得"直臣"的名声,为今后东山再起、名垂史册打下基础。这样一种"苦肉计",就叫做"讪君卖直",也就是讪议人君、贩卖正直。臣僚靠诽谤

---

① 就连雄才大略的康熙皇帝也做不到,但雍正皇帝却做到了。详下章。

君父来博取声名,当然决非帝国制度设计者的初衷,却是这种制度的必然产物。因为如前所述,帝国的制度已经默认了官员可以过双重生活,同时又坚持以道德治国,并不肯承认那道德不过只是门面。

海瑞政敌的做法,便正是诬蔑海瑞"讪君卖直"。这一手是很毒的。首先,海瑞之所以打不倒,就因为道德高尚。但如果被指控并确认为"讪君卖直",那就不但毫无高尚可言,而且是最阴险最卑劣的小人,要遗臭万年的。其次,万历最痛恨"讪君卖直",有一个名叫邹元标的监察官便曾受到这一指控。这一回如果能把这顶帽子扣在海瑞头上,他可就永世不得翻身了。因此,他们在海瑞头上扣了一大堆帽子,有"贬夺主威"、"损辱国体"、"诋毁孔孟"和"崇诡饰虚"等,总之是要把海瑞说成既骄且伪、卖主求荣的坏人。显然,政敌们的预谋,是不但要把海瑞斗倒,还要把他搞臭。

幸亏海瑞行得正站得直,一身正气无懈可击,万历皇帝也还不算十分糊涂。在攻击者和捍卫者争辩了一段时间后,万历表态说:"海瑞屡行荐举,故特旨简用。近日条陈重刑之说,有乖政体,且指切朕躬,词多迂戆,朕已优容。"至于海瑞的工作安排,他也同意吏部的意见:职务应予保留,但不应有所职司。万历批示说:海瑞"当局任事,恐非所长,而用以镇雅俗、励颓风,未为无补,合令本官照旧供职"。这就十分荒唐滑稽了:有着高风亮节的人只能"镇雅俗、励颓风"(说白了就是做摆设),而不能"当局任事",岂非反过来说只有道德败坏、作风不正的人才能担此重任?看来,皇帝陛下本人对所谓"以德治国",也已经丧失了信心。

当然,这话也可以理解为:只有既道德高尚又长于任事的人才是国家栋梁。但,比较有操守的人已属凤毛麟角,又上哪儿找德才兼备者去?

海瑞看到皇帝陛下的朱批,一定是伤心至极。因为这不但意味着他本人已成为帝国的摆设,就连纲常伦理、仁义道德这些从前被当作立国之本的东西,也被看作了帝国的摆设。于是他一连七次向皇上递交了辞呈,但每次都为御批所不准。这就等于不死不活地把他晾在那里了。哀莫大于心死,何况海瑞此时已是七旬老人。没过多久,他就郁郁寡欢地死在任上。

其实海瑞用不着那么伤心。因为他要做的,原本就是难以成就的事。海瑞对此,应该说多少有点感觉。早在十六年前辞去官职时,他就说过:"这等世界做得成甚事业!"既然如此,做他作甚!

海瑞临终前一定死不瞑目。

海瑞是一个有理想的人。他的理想并不空洞。往大里说,是如杜甫所言:"致君尧舜上,再使风俗淳。"往小里说,也不过就是消除腐败而已。腐败对国家对人民都没有好处,政府为什么要放任,皇帝为什么要纵容?他想不通。

当然想不通的。海瑞不可能知道,腐败是权力造成的。权力,尤其是不受限制的权力,天然地具有导致腐败的潜在可能性。道理很简单:当一个人手中的权力可以轻而易举地换取种种个人利益(金钱、美女),又不会受到任何限制和惩处时,有多少人能抵御诱惑、洁身自好呢?这简直就像给了一个人大把的钞票,却又不准他购买任何东西一样困难。

权钱交易在海瑞出山前多年便已普遍存在。当时甚至有这样的生意:一些放债人故意把钱借给穷困的京官。因为该官一旦外放为地方官,收回的利息往往极为可观。还有人借钱给人去买官,收效也一样。显然,这种生意之所以能够开展,归根结蒂就在于权力是可以换钱的。

历朝历代的政治家们不可能不懂得这个道理。然而他们开出的药方却是诉诸道德,寄希望于各级官员的道德修养。他们的逻辑是:既然帝国规定只有道德的人才能担任官吏,则官吏必不腐败,因为腐败是不道德的。这种想法如果不是自欺欺人,就是天真烂漫。用道德来制御权力,根本就靠不住。首先,道德是一种软控制,它只能诉诸良心,而一个人如果良心已丧,道德也就无可奈何。其次,一个人的道德品质是可以伪装的。"满口仁义道德,一肚子男盗女娼",这样的人我们并不少见。第三,个人的道德品质还是可能发生变化的。"近朱者赤,近墨者黑",如果一个人身边全是贪官污吏,便很难保证这个人出污泥而不染。那么,帝国有什么办法识别真伪呢?没有。有什么办法防微杜渐呢?也没有。

根除腐败的惟一途径是限制权力。权力有一种自我扩张的倾向。如不加限制,就会恶性膨胀。一旦权力膨胀到无所不能的地步,腐败就会不期而至。但为了治理国家,又不能没有权力。消灭权力是无政府主义的想法。所以权力不能消灭,只能限制。如能有效地限制权力,就能较好地防止腐败。

海瑞极力想维护的那个制度却不可能做到限制权力。权力是它的命根子,是它必须竭尽全力不惜代价予以保护的东西,怎么会去限制?当然,它也会部分地限制权力,比如限制相权。但这种限制的目的,却是要保证君权不致旁落。也就是说,它对权力的限制,是为了保证拥有不受限制的权力。这样一种完全不受限制的最高权力——君权,正是导致一切腐败的总根源。因为这种最高的、不受任何限制的绝对权力,只有通过一个层层递减的权力系统,才能行之有效地加以使用。我们帝国的幅员是那样辽阔,人民是那样众多,君王的指令不可能直接下达于草民,草民也无法直接效忠于君王,各级官吏总是不可或缺的中间层。因此,任何一个独裁的君王都不能不赋予下级官吏以一定的权力,至少必须保证他们对子民们拥有这项权力。这种权力同样是不受限制的,至少在对人民使用时是不受限制的。尽管历朝历代都有监察弹劾制度,但它往往会演变成权力斗争的工具。官员们互相攻击互相指责,目的却是为了攫取更大的权力。帝王们为了确保自己的君临一切,则又往往采取坐山观虎斗的态度,结果权力不但未能受到限制,反而导致了新的腐败。同时,为了让官员们尽力效忠,也得让他们有些好处,因此对一般性质的权钱交易和以权谋私,也只能睁眼闭眼,听之任之,只有"太不像话"时,才出来收拾。显然,没有人民的监督,权力是不会受到限制的。惟其如此,尽管历史上有不少帝王试图根除或遏制腐败,但最终总是不能完全彻底,因为根子就在他那里。

甚至专制制度本身就是最大的腐败,最大的罪恶。因为它公然把私人侵犯公众利益和无偿占有他人劳动,以及强奸民意、践踏人权、任意杀戮等等都视为合法。君王一不高兴,动辄便可谋人性命,抄人家财,比任何一个谋财害命的江洋大盗都有过之无不及。相比之下,贪官污吏们那点小打小闹,又算得了什么!

在这样一种制度下,依靠所谓"道德振兴运动"来铲除腐败,不但根本不可能奏效,而且很可能会南其辕而北其辙。因为专制制度本身就是不道德的。人之所以有道德,是因为人有自我意识。建立在自我意识基础上的独立人格和自由意志,则是道德行为的保证和前提。我们知道,善,只有当它发自内心时,才是真实的善,否则就是伪善。但一个人如果没有独立人格和自由意志,则发自内心的善也就无从说起。道理也很简单:他既然必须依附于他人、听命于他人,自己完全不能作主,又哪来的"发自内心"?

正是在这最根本之处,专制制度与道德原则背道而驰。道德原则要求独立思考,专制制度要求绝对服从;道德原则要求自由选择,专制制度要求依附他人。一个只知依附与服从的人是不会有什么道德上的良心和责任的。当所有的人都被要求服从和依附于他人时,所谓是非善恶的判断最终只不过是上级和君王一己的好恶。更何况,把自己的意志强加于他人,把他人的人格践踏于脚下,这本身就不道德。

最不道德的社会制度却以道德相标榜,并把道德视为或说成是这种制度的存在依据,天底下没有比这更荒唐悖谬的事情了。显然,只要这种荒谬一天不被消除,道德的堕落和腐败的滋生也就永远无法避免。这种荒谬当然不是依靠海瑞个人的力量所能消除的。因为它是这种制度的"胎毒",与生俱来,终其一生,甚至连海瑞这样的人也不能不被其毒害而陷入荒谬:为了坚持自己的道德原则,他一直都在试图坚持独立的立场,不偏私,不阿党,不拉帮结派,不同流合污,不依附权贵,不出卖良心,甚至不惜和皇帝作对。但他的独立立场,却又只能以忠诚于帝国的专制政权为前提。于是,他也只能落得如此下场:身上所有的道德含量都被抽干,然后作为一个空洞的商标贴在这个政权的屁股上,以为粉饰。

海瑞是不幸的,因为他的努力都是白费。海瑞又是幸运的,因为他的努力又并没有白费。至少,对我们来说,是如此。

海瑞,公元1514年生,1587年卒,按照当时的计算方法,享年七十四岁。

海瑞去世后,南京人民奔走相告,如丧考妣。出丧那天,不少店铺自动停止营业以示哀悼。许多与海瑞素不相识、非亲非故的普通民众也纷纷前往参加送葬。送葬的人们白衣白冠,哀声不绝于道,延绵逶迤的队伍竟长达一百多里。人们为这位善良、刚毅、正直、清廉的官员,献上最诚挚的感激和哀思。

海瑞的各种故事和传说也迅速在民间传颂,而且照例被神化。最有趣的一个故事是这样的:万历年间,京城里抓住了一个作祟的妖怪。皇帝审问他时,还十分嚣张,朝中的大臣他一个也不怕。最后万历皇帝急了,说你再敢胡闹,就把你送到南京海瑞那里去!这个妖怪当时就吓破了胆,再也不敢说一个字。

看来,海瑞是终究得以作为清官和硬汉而名垂史册了。但这并不是他的初衷。他的本愿,是要清除腐败,重振道德。然而腐败滋生、道德堕落的根源既在制度,便是一万个海瑞也无济于事的。何况,在这种制度下,也出不了一万个海瑞。

雍正

一　如此父子

雍正十三年（公元 1735 年）八月二十三日子时,大清世宗宪皇帝爱新觉罗胤禛,即人们通常所说的雍正皇帝,突然在北京圆明园神秘地死去,终年五十八岁。

雍正的死,十分蹊跷,因为事先并无任何征兆。据《世宗实录》和近臣张廷玉自撰的年谱,雍正只是二十日"偶尔违和",但"听政如常"。十八日、二十日处理了重要军机大事,二十一日也照常办公。然而二十二日深夜,却突然召见皇子弘历（即乾隆）、弘昼,皇弟允禄、允礼,近臣鄂尔泰、张廷玉等,其时已口不能言。接着便在一两个时辰内骤然去世,连传位密旨放在哪里都来不及交代,①难怪张廷玉要表示

---

① 雍正去世时,弘历以孝子身份,惟事哀号。张廷玉、鄂尔泰表示应立即请出密旨,以正大统。但总管太监却不知道密旨藏在何处。张廷玉说:"大行皇帝当日密封之件,谅亦无多。外用黄纸固封,背后写一封字者即是。"这才找到密旨,传位弘历。

"惊骇欲绝"了。

中国古代的宫廷总是充满了不可告人的秘密,烛影斧声,①扑朔迷离。目击者们早已作古,有关证据也早已销毁,可供考证的蛛丝马迹确乎不多,能够肯定的只有三点:一、雍正以前并无重病;二、雍正死得十分突然;三、雍正死前知道自己危在旦夕。如果是因患急病而死,这会是一种什么样的急病?为什么所有的史书,对其病因、病情、病状和病名都一字不提?张廷玉的"惊骇欲绝",除了惊其突然以外,会不会还有什么难言之隐?

看来,雍正死得有些不明不白。

雍正暴卒,官书又不载原因,似乎有意在隐瞒什么,自然会引起人们的猜疑。历史学家的猜测不带感情,比较可靠公允,如郑天挺认为死于中风,冯尔康认为死于中毒(服丹药所致)。小说家和民间的说法就难免想当然甚至瞎编造。最离谱的是河南作家二月河,在其所著《雍正皇帝》一书中说是半因殉情半因乱伦而自杀,简直就是胡编乱造信口开河。② 电视连续剧《雍正王朝》则含糊其辞,暗示其系劳累而死,虽有一定道理,但劳累不可能是致死的直接原因。民间似乎对这位皇帝没有好感,总要把他说成"不得好死",便一口咬定他系为仇家所刺杀。这种说法最有市场,历久不衰,而且越传越神,说是1981年发掘雍正地宫时,已发现棺材里躺的那个人,居然没有脑袋。杀死仇人,取走首级,这事古已有之。比如唐代黔州都督谢佑逢迎武则天意志,逼死零陵王李明。后来,谢佑被复仇者暗杀,他的脑袋便被取走,作了李明之子李俊的尿壶。但雍正的尸身上有没有首级,却没人知道。因为这次考古发掘,并没有进行下去,更没有打开雍正的棺材,哪来的"有身无首"?可见也是无稽之谈。

---

① 烛影斧声指宋太祖赵匡胤去世的疑案。据说赵匡胤死时,身边只有其弟赵光义(后来的太宗),而且烛光之下,人影摇动,又听见了斧头落地的声音。
② 平心而论,二月河的《雍正皇帝》写得相当精彩,对雍正性格的把握也大致准确,但乔引娣这个人物的设计和对雍正死因的解释,则是最让人恶心的败笔,故评论家们称之为"信口开河二月河"。

然而刺客却是有名有姓的。传说中的刺客叫吕四娘。据说这个吕四娘,是吕留良的女儿,也有说是吕留良孙女儿的。吕家遇害时,她幸免于难,被一位武林高手收留。这位大侠是个和尚,原先当过雍正的剑客,了解雍正又对他不满,于是便教给吕四娘极神秘的剑术,让她潜入宫中,报了家仇。

这当然又是无稽之谈。但那个吕留良,倒是确有其人,是雍正年间一桩重要案件的主要人物。这个案子,也是说来话长。雍正六年(公元1728年)九月,川陕总督岳钟琪的大衙里,走进一个湖南来的下书人。这个人的名字叫张熙,是湖南秀才曾静的学生,信则是曾静写的。内容很简单,就是要岳钟琪谋反。理由也很简单,因为岳钟琪是岳飞的后代,①清人则是金人的后代,哪有岳飞的后代不抗金,反倒帮金人带兵打仗的道理?当然应该利用手中的兵权,反清复明,替汉人报仇,为祖宗雪恨。

岳钟琪接信不敢隐瞒,立即飞奏雍正。策反总督,颠覆大清,是何等严重的事情!此案的审理自然很快就有了结果:张熙系受曾静指派,而曾静则是受吕留良的影响。吕留良是浙江石门人,在当时名气很大,被人尊称为"东海夫子"。他的主要思想,就是"华夷之分,大于君臣之义",也就是民族立场高于阶级立场。依照阶级立场,或者说,依照纲常伦理,臣民应该忠君,士人应该站在现政权一边。但吕留良认为,如果这个君是个"异类",这个政权是"夷狄"建立的,那就不但不能忠,还要反。吕留良这个思想,在当时的历史条件下,算是一大发明,也在道德上解决了"反清"与"忠君"之间的矛盾,对当时的知识分子确实是一种"蛊惑",对大清政权也确实是一种威胁。所以,雍正对吕留良一案的处分相当之重;吕留良及其子吕葆中、门生严鸿逵(均已死)开棺戮尸,枭首示众;次子吕毅中、门生沈在宽立即斩首,抄没家

---

① 据岳钟琪后代岳炯在《岳襄勤公行略》中称:岳钟琪是岳飞的二十一世孙。但岳钟琪始终忠于大清王朝,乾隆十九年(公元1754年)寿终正寝,享年六十九岁。

财;吕氏家人后代,发配宁古塔,永世为奴;吕留良的著作,由大学士撰写文章,在全国范围内进行批判。

曾静和张熙却受到大大的优待。他们不但没有被杀头,反而骑着高头大马,穿着官袍顶戴,在全国巡回演讲。因为他们都已"幡然悔悟",脱胎换骨,重新做人。曾静先前写过《知新录》,攻击雍正犯有谋父、逼母、弑兄、屠弟、贪财、好杀、酗酒、淫色、诛忠、任佞十大罪状。现在,他又写了《归仁说》,讲述了自己思想改造的过程,进行自我批判,歌颂圣朝恩德。雍正把曾静的《归仁说》连同本案的案情、口供和自己的上谕等材料编在一起,集成四卷十二万字的《大义觉迷录》,刊布全国,组织学习讨论。曾静和张熙,自然成了最好的讲解员。

雍正对自己的这一番处置颇为得意。他早就对宠臣鄂尔泰、田文镜说过:"遇此种怪物,不得不有一番出奇料理。"当然雍正的"料理",也实在太"出奇"!一个在位的皇帝,居然要借"改造"好了的"反贼"之口,来为自己和自己的政权辩解,真是天下奇闻!

看来,雍正一定有自己的苦衷。

雍正确实有心病。其中之一,就是他的帝位多少有些来历不明。

康熙六十一年(公元1722年)十一月十三日,一代雄主康熙大帝病逝于畅春园。他留下了一片大好河山,也留下一个严峻的问题:谁来继承?这个问题的答案,他生前没有明说,只是对大臣们说,"朕万年后,必择一坚固可托之人与尔等作主,必令尔等倾心悦服,断不致贻累尔诸臣也。"对此,朝臣们多有猜测,但似乎很少有人想到,这个"坚固可托"的人,竟会是四阿哥雍亲王胤禛。[①]

可以继承皇位的人原本很多。

按照多子多福的观念,康熙福气不小。他前前后后一共生了三十五个儿子。除掉早夭不叙齿(排行)的十一个,中途夭折的四个,也还

---

① 甚至有历史学家怀疑康熙是否说过这样的话,此处不讨论。

有二十个。其中,最年长的允禔(音支,意思是安、福、喜)①,康熙十一年生,五十一岁;最小的允祕(即秘,意思是神秘、深奥),康熙五十五年生,七岁。到康熙晚年,除二阿哥允礽(音仍,意思是福)是太子外,还有亲王三人:诚亲王三阿哥允祉(音止,意思是福、喜、赐福)、雍亲王四阿哥胤禛(音真,意思是以至真至诚感神而获福佑)、恒亲王五阿哥允祺(音其,意思是吉祥、安详)。郡王三人:直郡王大阿哥允禔,淳郡王七阿哥允祐(音佑,意思是神灵保佑),敦郡王十阿哥允䄉(音俄,意思是祭祀)。另外,八阿哥允禩(同祀)虽然是贝勒,但能力强,威望高,朝廷中拥护他的人多;十四阿哥允禵(音题,意思是福)虽然是贝子,但在外带兵打仗,有"大将军王"的头衔,威风也不小。这些人,都有资格承继大统,胤禛并不当然地就是下任皇帝。

当然的下任皇帝原本是允礽。允礽是孝诚仁皇后赫舍里氏的儿子,也是康熙皇帝惟一的嫡子。皇后生下允礽就命丧黄泉,允礽则在出生的第二年即康熙十四年(公元1675年),就按照汉族王朝的传统礼法被立为太子,到康熙四十七年(公元1708年)第一次被废,整整当了三十三年太子。时间这么长,当然要出问题。一是他的性格变得乖张、残忍、贪婪、刚愎、骄奢淫逸,暴戾不仁;二是他对没完没了地当太子,已明显地表现出不耐烦,而且对康熙形成了威胁。康熙说:"朕未卜今日被鸩,明日遇害,昼夜戒慎不宁。"四十七年②(公元1708年)夏,康熙出巡塞外,发现允礽竟每晚都在自己的帐篷外转悠,窥视父皇的动静。康熙终于忍无可忍,下令将其锁拿,并宣布废掉了这个太子。

太子被废,储位空缺,多少有点资格的皇子都红了眼睛。其中,最迫不及待也跳得最高的是大阿哥允禔。他认为,既然嫡子被废,当然该立长子。所以,他恨不能置废太子于死地。允礽被废,康熙派他看

---

① 康熙的儿子,其名第一字均为胤,第二字均从示,且多用冷僻之字,以免重名。雍正即位后,为避御讳,诸兄弟改胤为允。为了不给读者添麻烦,本书无论先后,一律从允。至于雍正本人,则即位前称胤禛,即位后称雍正。
② 即康熙四十七年。以下提及康熙某某年,雍正某某年,均省去年号。

守,他便把允礽看得死死的。允礽说:"父皇若说我别样的不是,事事都有。只是弑逆的事,我实无此心,须代我奏明。"允禔却断然拒绝,说是父皇有旨,你的话都不必上奏啦!这样完全不顾兄弟情分,就连一贯反对太子的九阿哥允禟(音唐,意思是福佑)都看不下去,胤禛更是斩钉截铁地说:你不奏,我奏!事关重大,不能见死不救!允禔这才只好代奏。但他在弟兄们的眼里,自然也就成了一个无情无义的小人。

小人总是弄不清自己的斤两。康熙根本看不上他,①他却误以为康熙不杀允礽是下不了手,竟然跑到康熙那里去请命,说父皇如果有所不便,儿臣愿意代劳。这样露骨的表演,让康熙既愤怒又鄙夷。既恨他骨肉相残,全无仁爱之心;又笑他自作聪明,居然以小人之心度君王之腹。正好,这时又一件阴谋被揭发:允禔为了搞垮太子,竟然买通一个蒙古喇嘛名叫巴汉格隆的施行巫术,妄图咒死太子,难怪太子行为乖张了。于是,康熙下令将允禔革爵,严行圈禁,并称他为"乱臣贼子",说他为"天理国法,皆所不容者"。因为诅咒兄弟,是不悌;妄图让父皇背上杀子罪名,是不孝;祸乱国法,是不忠;残及骨肉,是不仁。允禔搬起石头砸自己的脚,太子没当上,反倒成了囚徒。

康熙迫不及待地废黜太子,除势在必行外,多少也有杀一儆百的意思在内。没想到鸡杀了,猴子却跳得更高。允礽自己固然贼心不死,其他皇子的野心更是大大地膨胀。这就让康熙大伤脑筋。康熙原本是很为自己的儿子们骄傲的。他看不起明朝的皇子,认为他们只会养尊处优,什么本事也没有,简直蠢得像猪,难怪明朝覆灭。因此,他一反明朝不准皇子预政的规定,放手让成年皇子参预朝政,处理政务,甚至带兵打仗。结果康熙的儿子一个个都出落得精明能干,一表人才,即便不能统率全局,至少也能独当一面。然而智者千虑必有一失。康熙只想到皇子们有才干有历练,可保大清王朝江山永固,却没想到

---

① 康熙事后对允禔的评价十分恶劣,有凶顽愚昧、气质暴戾,甚至"下贱无耻"等,还说自己早就厌恶他了。其实允禔也未必就是小人。诸皇子中,他为康熙出力最多,只因争夺储位,竟遭此唾弃。

有能力的人也多半有野心，大家都有能力也就都不相让。看来儿子太少、太蠢固然不行，如果又多又能干也是麻烦。真如先贤所言："祸兮福所倚，福兮祸所伏"，坏事能变成好事，好事也能变成坏事。

于是康熙采取了一系列的断然措施。先是发出警告："诸阿哥中如有钻营谋为皇太子者，即国之贼，法断不容。"而且，很可能还短期囚禁了几个有谋储嫌疑或有继统资格的年长皇子：三阿哥允祉、四阿哥胤禛、五阿哥允祺、八阿哥允禩。十三阿哥允祥则早被圈禁。后来，又将废太子复立，以为平息诸子争位的手段。然而这些全都不管用。废太子一点也没接受教训，不但毫无悔改之心，反倒变本加厉，更加暴戾无道，穷奢极欲，终于在复立三年后再次被废。诸皇子也毫无收敛，反倒有更多的人加入到争夺储位的斗争中来，如允裪、允䄉、允禵等人，都一个个浮出水面。他们或单枪匹马，或结为团伙，或制造舆论，或刺探机密，或策划于密室，或点火于基层，总之都在窥测方向，以求一逞。其中，最为众所瞩目的，便是八阿哥允禩。

允禩的斗争策略是收买人心。

允禩在皇子中排行第八，爵位却不算高，是个贝勒。清制，皇子、皇孙的封爵凡四等，即亲王、郡王、贝勒、贝子。贝勒只算三等。排行在允禩前面的，三阿哥允祉、四阿哥胤禛、五阿哥允祺都封了亲王。六阿哥允祚在康熙二十四年即已去世，七阿哥允祐封了郡王。就连排在后面的十阿哥允䄉也封了郡王，因为允䄉的生母是贵妃。清代宫闱之制，皇后以下，有皇贵妃、贵妃、妃、嫔、贵人、答应、常在七个等级。允䄉生母级别很高，仅次于允礽生母（皇后）和允祥生母（皇贵妃），因此得以封王。允禩的生母，却是辛者库贱人。辛者库是满语，翻译过来就是"洗衣房"，专门收容旗籍重犯的家属，从事各种贱役。贵长贱幼，这是礼法；子以母贵，也是规矩。允禩没什么话好说。但叙齿封爵刚好在他这里划线，他比允祐又只小一岁，心里便难免不平衡。

允禩因"出身不好"而受压抑，反倒激发了他奋发向上的精神。他人品出众，识量不凡，仪表端庄，风度儒雅，丝毫没有《红楼梦》中贾环那种猥琐卑劣,因此曾博得康熙的好感,十八岁即被封为贝勒,在被封的弟兄中是最小的一个。他又以仁爱自励,为人谦和有礼,倾心结交士人。于是,朝中大臣交口赞誉,说他"极是好学,极是好王子"。连康熙的哥哥裕亲王福全,都在康熙面前说他"有才有德"、"心性好",这在允禩,可能是半主动半被动的事。说主动,是因为他知道"得人心者得天下",要争夺储位,就得争取人心。说被动,则是因为他和其他皇子相争,本钱并不太多,惟一的本钱也就是人缘。

然而这个好人缘却害苦了他。

康熙在四十七年九月初四废黜太子后,忽然又在十一月下令朝廷满汉大臣各自举荐太子,明令除大阿哥允禔外,诸皇子均可入选。康熙还表示,大家看中谁,就立谁。结果不出所料,"得票"最多的是允禩。谁知康熙皇帝翻脸不认人,不但没有立允禩为太子,反而下令彻查是谁带头拥立允禩的。群臣开始还互相包庇,但哪里顶得住康熙的凌厉攻势?最后都查出来了:为首的是议政大臣、大学士马齐,次为康熙的舅舅兼岳丈佟国维,此外还有王鸿绪等人。康熙毫不客气,将马齐夺职拘禁,其弟革退,责令王鸿绪退休。保举允禩的人,全都讨了个没趣。

康熙此举简直蛮不讲理,他不立允禩的理由也很牵强。一是说他没有行政经验,二是说他曾经犯过错误,三是说他生母出身卑贱。没有经验可以积累,犯过错误可以改正,生母出身不好也可以改变,只要宣布除其贱籍就行,何况她已封了良妃!看来,不愿意立允禩才是真实的原因。但不立允禩也罢,为什么要加害于拥立者?拥立者提名允禩,乃是奉旨举荐。旨意只说不得推荐允禔,没说不得推荐允禩。所以举荐允禩,并非违旨。臣子并未违旨,皇上却已食言。明明说"众意属谁,朕即从之",现在众意均属允禩,为何不从?岂非出尔反尔,全然不顾君无戏言的原则?

现在看来,康熙此举,是有预谋的,目的则是引蛇出洞。看看允禩到底有多大势力多大能耐。康熙原本是喜欢允禩的,后来逐渐对允禩不满,尤其不满其收买人心。康熙说:"八阿哥到处妄博虚名,凡朕所宽宥及所施恩外,俱归功于己,人皆称之。"这就使得一贯大权独揽惟我独尊的康熙极为恼怒,甚至扬言谁再敢说允禩一个好字,"朕即斩之",因为"此权岂肯假诸人乎"!为了将允禩的真面目暴露于光天化日之下,也为了对允禩的势力进行一次火力侦察,康熙亲自策划导演了"推荐太子"这场戏,而且事先做了周密安排:一、祭告天地祖宗时,说"臣虽有众子,远不及臣(康熙对天地祖宗自称臣)",实际暗示允禩也不合格;二、明令禁止诸皇子"邀结人心,树党相倾",矛头所向十分明显;三、借一个名叫张明德的算命先生说允禩"后必大贵"一事,指斥允禩妄蓄大志,阴谋夺嫡,令将其锁拿,交部议处,实际上警示允禩,也警告"八爷党"。即便在举荐太子的前几天,康熙也一直在打招呼,在吹风。十月初一,他宣布:储君人选"朕心已有成算",但不告诉大家,也不让任何人知道。十一月八日,他又说立谁为太子,"在朕裁夺",全由他自己一人决定。有如此之多的铺垫,这才于十四日宣布举荐太子,而且同时下令马齐不得参预,意思实在再明白不过。可惜马齐等人利令智昏,硬是要把允禩送到火上去烤。康熙已经宣布他不准介入,他却按捺不住心头的兴奋,特地跑到内阁去制造舆论,说什么听说大家都举荐允禩呀!很显然是要利用自己的职权地位施加影响。鄂伦岱、阿灵阿、揆叙等人闹得更不像话。他们在自己手心写一个"八"字,见了朝臣就亮出来,等于是秘密串联了。这当然不能为康熙所容忍。其实,马齐等人只要稍微动点脑筋,就不难明白康熙的用心。又是"已有成算",又是"在朕裁夺",明摆着根本无须朝臣举荐,还瞎起什么劲?何况,康熙同时还说了"八阿哥允禩向来奸诈"这句话,应该说是打足了招呼。

　　不过最后的结果仍使康熙大为震惊。他没想到允禩只是一个贝勒,势力就这么大。如果当了太子,那还得了!而马齐等人不顾自己一再暗示,顶风而上强行举荐允禩,简直无异于逼宫的军事演习。因此他说:"朕恐后日必有形同狗彘之阿哥,仰赖其恩,为之兴兵构难,逼朕逊位而立胤禩者。"他表示:"若果如此,朕惟有含笑而殁已耳。"康熙对允禩的猜忌防范到这个地步,根本就不可能传位给他。

允禩的"八爷党"显然犯了一个错误。他们只知道"得人心者得天下",却不知道这天下如果是皇帝的,而且牢牢被皇帝掌握在手心里,那么,"得人心"就不如"得君心"。甚至,越是得人心,就越是不得君心。因为任何独裁的君王都决不会允许别人的威望和受到拥护的程度超过自己。马齐他们拉选票的那套做法,如果是民主政治时代或许有效,可那时是君主时代,真不知有没有搞错!

不过,允禩这一闹,却帮了胤禛的忙。

胤禛在这次举荐太子的活动中得了多少票,我们已不得而知,但肯定很少,也许没有。因为"选票"大多被允禩拉走了,拉不走的则多半会保举废太子允礽,包括胤禛自己就是这样。他明白自己现在还排不上号,也不愿意去当出头鸟,而其他野心勃勃的弟兄们又没有一个是省油的灯。与其让这些咄咄逼人的家伙上台,还不如把废太子扶起来,今后的日子恐怕要好过一点。

胤禛也没什么人缘。与允禩这位人见人爱的"八贤王"相反,他是有名的人见人畏的"冷面王"。他和谁都不特别亲近(惟一亲密的兄弟是允祥),和谁也不特别疏远,见了谁都是公事公办的样子。如果康熙有什么事情交办,他就更是只讲王法,不讲情面。五十二年(公元1713年),顺治皇帝的淑惠妃去世,丧事办得十分潦草,康熙下令胤禛查办。胤禛立即查出应由满笃、马进泰、马良、赫奕、马齐等人负责,毫不留情地给了他们处分。四十八年(公元1709年),康熙责备鄂伦岱等人结党。鄂伦岱以国戚自居,不知畏惧。胤禛便对康熙说:"此等悖逆之人,何足屡烦圣怒,乱臣贼子,自有国法,若交于臣,便可即行诛戮。"胤禛这样铁面无私,严刑峻法,当然便很难有什么人缘。

所以,到诸王谋储时,胤禛便采取了低调的态度,不但不热衷,甚至不掺和。他很明白,自己并不具备特别的优势:论嫡庶,他不如允礽;论长幼,他不如乃禔;论学识,他不如允祉;论人望,他不如允禩。甚至论才干,他也未必比得上亲弟弟允禵。既然如此,争他做甚,不如坐山观虎斗,说不定可以坐收渔利。即便无利可图,也不会失去什么。

因此，当允禩他们为夺嫡而忙得不可开交时，胤禛却把自己打扮成"天下第一闲人"，参禅礼佛，吟诗作赋："山居且喜远纷华，俯仰乾坤野兴赊。千载勋名身外影，百岁荣辱镜中花。金尊潦倒春将暮，蕙径葳蕤日又斜。闻道五湖烟景好，何缘蓑笠钓汀沙。"俨然一副超然物外，与世无争的样子。

胤禛的这种姿态很得康熙的欣赏。他表扬胤禛说，先前拘禁允礽时，没有一个人为他说话，"惟四阿哥性量过人，深知大义"，屡屡保奏。"似此居心行事，洵是伟人。"胤禛听了，却表示诚惶诚恐"不敢仰承"。他心里很明白，太子是保不住的。只不过除太子外，也无人可保，只好死马当活马医。但这事又不能张扬，以免攻击太子的人反感。因此在康熙面前，极力否认自己保过太子。这样一来，他又得了个谦虚的美名。

这种谦虚和仁爱也是有事实作证明的。胤禛在康熙面前不但替太子说话，也替别的兄弟说话，因而"为诸阿哥陈奏之事甚多"。他甚至提出，都是一般兄弟，允禵等人爵位太低（贝子），愿意降低自己的世爵，分封于弟弟，大家地位相当。这很可能是做秀，透着一股子假惺惺，然而却为康熙看重。康熙曾对群臣说："朕览史册，古来太子既废，无得生存者，过后人君莫不追悔。"他很不愿意自己百年之后允礽被兄弟们欺辱残害，不得善终。大阿哥对允礽恨之入骨，八阿哥允禩和允礽势不两立。这两个人当了皇帝，允礽都没有好日子过。四阿哥胤禛在墙倒众人推的情况下能帮允礽说话，允礽在他手下当不会太难过（事实上雍正后来对允礽和允礽家人都不错）。就像当年李世民立李治不立李泰一样，康熙很有可能因此而选中胤禛。

因此五十一年（1712年）以后，康熙对胤禛越来越信任，差使也越派越多，甚至在登极六十年大庆时派胤禛代替自己到盛京三大陵祭祀。盛京三陵，即爱新觉罗家族远祖的永陵、太祖努尔哈赤的福陵和太宗皇太极的昭陵，是大清王室真正的祖坟。胤禛能代父祭祖，可见其在乃父心目中的地位已很不轻。康熙去世前，他又代父于冬至日到南郊祭天。这是国家大典。可以奉派恭代的皇子，差不多已被暗示为储君了。

由于器重喜爱胤禛，康熙在晚年经常幸临胤禛的花园，与胤禛家人共享天伦之乐。诸皇子中,得此殊荣的,只有胤禛和允祉。这大约因为他们两人在夺嫡斗争中表现得比较超脱、淡泊之故吧!史料证明,这一阶段,关心康熙身体,劝请皇上就医,并推荐医生,检视用药和药方的,也只有他俩。所以,康熙只有在他俩那里,还能体验到一点骨肉亲情。

康熙赐给胤禛的园子,就是赫赫有名的圆明园,只是当时规模不大。八国联军焚烧的那个圆明园,是雍正和乾隆在此园基础上扩建的。圆明园的园名,则是康熙所赐。它的意思,据雍正后来解释,是"圆而入神,君子之时中;明而普照,达人之睿智也"。总之是有深意存焉。六十一年(公元1722年)春,康熙到圆明园牡丹台赏花,见到胤禛第四子弘历(即后来的乾隆),十分喜爱,便带回宫中亲自教养。这事也常被人看作是康熙传位于胤禛的原因之一:为了让弘历当皇帝,就先让他爹当皇帝。①

其实,康熙对胤禛一直颇有好感。第一次废太子后,康熙曾于十一月十六日对群臣有过一次训话。他比较了几位皇子,对大阿哥允禔和三阿哥允祉未作评价。对五阿哥允祺,康熙说他"心性甚善,为人淳厚"。对七阿哥允祐,康熙说他"心好,举止蔼然可亲"。对八阿哥允禩,康熙则说"诸臣奏称其贤"。允祺、允祐是康熙自己觉得好,允禩是臣子们说他好,亲疏之别已很显然。对于胤禛,康熙说得很多。他说:"惟四阿哥,朕亲抚育。幼年时微觉喜怒不定,至其能体朕意,爱朕之心,殷勤恳切,可谓诚孝。"康熙对胤禛的喜爱,已明显在其他皇子之上。

康熙这段话,应该说基本可靠。胤禛既然是康熙躬亲抚育的,自然比其他皇子要亲一些。太子失爱以后,他便成为"第二梯队"。"第二梯队"其实是很危险的,允禔和允礽的下场就是证明。胤禛的聪明之处,就是不以"第二梯队"自居。别人争先恐后,他反倒躲得远远的,

---

① 这是有先例的。明成祖立储时,在后来的仁宗朱高炽和汉王朱高煦之间犹豫不决,朝臣解缙说:"观圣孙",于是成祖意决。

只在"诚孝"二字上下功夫,自然大得君心。他甚至连"喜怒不定"的毛病也改了(其实没改,是装的),又大得康熙赞赏。正是这种克制功夫,使他能在皇子们的纷争中,表现出与众不同的态度。

胤禛对谋储表现得不热衷,无疑引起了康熙的好感。康熙当然不会不知道他这不热衷是装出来的。但康熙是个明白人。他知道,要让那些有才干有实力的皇子完全不作"非分之想",根本就不可能。既然真超脱并不可能,那么,能装就好。因为能装,说明心里还有君父,终不至于谋反逼宫,而康熙要的也只有这一点。他亲眼看到,为了争夺储位,皇子们一个个赤膊上阵,杀红了眼睛,撕破了脸皮,兄弟情分父子天伦都荡然无存。这时,有那么一两个人装一装,好歹还能保住那一层脉脉温情的薄纱。有这么个还愿意装装样子的人来接班,也能保证自己寿终正寝。当然,他更不会在自己去世后停尸不葬,先去和弟兄们打架。所以,即便康熙看出胤禛是装的,也不会戳穿,而只会和他一起把戏唱下去。康熙知道自己离下台已不太久,能把戏唱到底,就算功德圆满。

其次,能装,说明心中有城府,而为人君者是不可能没有城府的。做皇帝的,哪能一辈子只说真话,不说假话,只袒露真情,不弄虚作假?做皇帝的秘诀,就在于真真假假,这才显得"天威莫测",也才能驭人。所以,康熙即便看出胤禛是假超脱、装潇洒,也不会反感,只会欣赏。

然而在一般人看来,康熙所选中的是十四阿哥允禵。① 五十七年

---

① 康熙晚年比较喜欢的皇子还有允祉。允祉也是有才的人,而且深得康熙信任。许多重要的任务,康熙都是同时指派允祉和胤禛一起操办。他在允礽、允禔出事后,是年龄和爵位最高者,自然也想当太子。雍正八年(公元1730年),允祉出事,被削爵圈禁,雍正便和他秋后算账,说他在太子被废后"以储君自命"。允祉也确实有所活动,曾派亲信孟光祖到各地联络督抚。然而康熙只将孟光祖处斩,却不追问允祉这个主谋,还私下要允祉的下属帮他赖账。不过康熙之于允祉,更多地是爱他的文才。康熙让他在畅春园主持蒙养斋,研究律吕、算学、历法、天文,相当于皇家科学院的院长。这样学者型的人物,当皇帝就未必合适。

（公元1718年）三月，允禵被任命为"大将军王"，十二月率师出发，驻兵西宁，与西北诸敌周旋。允禩集团对这一任命看得很重。在他们看来，任命皇子为大将军，是进行考验，也是给予机会。如果经受了考验，立下了战功，就有了政治资本，继承皇位理所当然。允禟甚至当面对允禵说："早成大功，得立为太子。"当时一般人，也把这大将军王视为向皇太子的过渡。因为允禵挂帅出征的仪式极为隆重：康熙亲行祭礼，亲授敕印，诸王及二品以上官员齐集德胜门军营送行，帅旗用正黄旗旗纛，俨然代皇帝出征的架式。所以，在允礽被废，允禔被囚，允禩被斥之后，允禵成为夺嫡之呼声最高者。

其实这是康熙有意制造的烟幕，目的是分散大家的注意力，使胤禛不致四面受敌，自己也不致难得安宁。因此，康熙故意给了允禵一个模棱两可含糊其辞的头衔：大将军王。这头衔听起来神乎其神，实际上不三不四：将军不是将军王不是王。说是将军吧又是王爷，说是王爷吧又没有封号。说到底，是个"假王"，大家爱怎么想就怎么想，爱怎么看就怎么看。这种含而不露引而不发的手法，实在最得中国传统权术之精髓。

康熙的这一用心极深。康熙喜爱允禵不假，不放心他也是真。因为允禵已经上了允禩的"贼船"。四十七年（公元1708年）九月二十九日，康熙痛斥允禩妄博虚名，邀买人心，"柔性成奸，妄蓄大志"，下令将其锁拿，允禵便挺身而出为允禩辩护，言语举止极为冲动，结果遭康熙痛打。康熙甚至气得拔出刀子，差一点斩了允禵那愣头青。这在允禵，也许是哥们义气（康熙说是梁山泊义气），但在康熙眼里，却是个危险的信号：允禵如此维护他那个"八哥"，允禩如果要搞政变，带兵前来逼宫的一定是允禵。因此康熙一直想把允禵和允禩拆散。现在有这样一个好机会，当然不会放过。西北军事紧要重大，确实需要年轻有为的皇子坐镇指挥，允禵也确实有此能力资格。派允禵出征，说得过去。允禵由贝子一跃而为大将军王，挣足了面子，又有战功可得，自然乐意前往。群臣以为康熙已心中暗许允禵，派他出征是积累军事经验和政治资本，也就不再为立储一事来吵闹，朝廷落得清静。至于那些趋炎附势的小人要党附允禵,则不足为虑。允禵远在天边,他们就是想拍马屁也够不着。康熙这一安排,无疑是一着妙棋。

这一手对诸皇子也是制约。允禵有了追求,就不会生事端;胤禛有了对手,就不会翘尾巴;允禩一伙有了盼头,也不会铤而走险。如此,则康熙的晚年,便可以安度了。当然,康熙也留了余地:如果发现胤禛并不理想,只要召回允禵即可。他是"大将军王",担任储君并不唐突。如果胤禛可以继位,允禵那边也好交代,因为他原本只是个"假王",没什么可抱怨的。况且,老谋深算的康熙早就作好了人事上的安排:掌握了大军粮草,控制着允禵退路的,是胤禛的奴才年羹尧。有年羹尧在那里看着,允禵他逼不了宫,也谋不了反。

康熙到底是康熙,谁也别想玩过他,包括他的儿子。

二 如此兄弟

胤禛在康熙的精心安排下当上了大清帝国的第五任皇帝,是为雍正。但他的悲剧性命运也就由此注定:没有康熙的精心安排,他当不上这个皇帝;正因为康熙的安排如此精心,他这个皇帝当得十分别扭。

雍正即位之始,人们就怀疑他得位不正。因为康熙的这一决定,不是康熙亲口宣布的,而是隆科多宣布的。据雍正自己回忆,康熙病重之际,他因代祀南郊,在斋所斋戒。奉召到畅春园后,康熙也只和他谈了病情,没谈继位一事。直到康熙"龙驭上宾"后,隆科多才向他口述"皇考遗诏"。雍正因为并无思想准备,竟然"闻之惊恸,昏仆于地"。这就奇怪。康熙既已"天心默定"传位雍正,为什么不当面告诉他,非得要借隆科多之口?如果说是为了保密,弥留之际还保什么密?况且,隆科多都知道了,又有何密可保?隆科多又是什么人,有什么资格代天子宣诏?宣诏大臣只安排隆科多一人,万一矫诏怎么办?这都是问题。当然,雍正的回忆说,在他到畅春园之前,康熙已接见了允祉、允祐、允䄉、允禩、允䄉和允祥和隆科多,宣布:"皇四子人品贵重,深肖朕躬,必能克承大统,著继朕即皇帝位。"也就是说,知道遗命的并非只有隆科多一人,隆科多也不可能矫诏。但其他人都知道谁当皇帝,惟独当事人自己不知道,就有些奇怪。同样奇怪的是,这一过程只有雍正一人在说,允祉他们谁也不出来做旁证。

这就难怪人们要起疑心,而疑心是难免要生暗鬼的。雍正心里清楚,他这个皇位,有些"来历不明":既非汉家礼法,立嫡以长;又非大清传统,立君以贤。立长,该允祉当;立贤,该允禩当。即便是立爱,似乎也该允禵当,怎么也轮不到他胤禛。难怪他听到隆科多所宣遗命后,要"闻之惊恸,昏仆在地",也难怪允礼听说之后,会"神色乖张,有类疯狂"了。因为大家都没有思想准备,而雍正自己,也得装作没有思想准备。

雍正当然有准备。但他先前既然一直装作无意于大位(他就靠这个获取信任谋得大位),现在也只好装到底。然而这一下却又引出一个麻烦:大家都没有想到,当事人自己也没想到,康熙皇帝是怎么想到的? 结论只有一个:康熙也没有想过,是隆科多矫诏。隆科多这下可浑身是嘴都说不清了。他既不能说遗诏是假的,又无法证明它是真的。所以隆科多说:"白帝城受命之日,即是死期已至之时。"他知道自己很麻烦。

雍正就更麻烦了。他不但要证明先帝选定的就是他,还得证明先帝选得并不错。惟一的办法,当然是努力工作,把国家治理好。也许,这正是康熙寄希望于雍正的。他当了六十一年皇帝,知道皇帝并不好当,更不希望他亲手打造的江山,会葬送在一个玩忽职守的接班人手里。这就要让他感到江山来之不易,从而不敢松懈,不敢怠慢。康熙的想法,有他的道理。只是他没想到,他的这种安排,却给接班人带来了麻烦:大家不服。很多人都想不通:凭什么让老四当皇帝? 就因为他卖力么?

最不服气的是十四阿哥允禵。

允禵当了大将军王后,心思就不同以前了。他和允禩集团的关系,也掉了个儿:以前是他支持允禩,现在是允禩支持他。允禩集团的干将允禟公开制造舆论,说允禵"才德双全,我兄弟内皆不如,将来必大贵"。嘴上说自己不如,其实是抬高允禵,贬低胤禛。允禵也和允禟频频联络,说"皇父年高,好好歹歹,你须时常给我信儿"。表面上关心父皇健康,实则是怕一旦父皇病重,自己来不及赶回京城抢储位。他在军中,一面指挥战事,希望能以战功积累政治资本;一面招贤纳士,为自己今后登基做组织准备和舆论准备。因此当时社会上盛传"十四爷虚贤下士",还有相面人叫张恺的,说他"元武当权,贵不可言"。总之,十四爷入嗣大统的说法,在当时可能就已经传得沸沸扬扬。

民间的说法后来就越传越离谱了。一种说法是:康熙病中,"降旨召允禵来京,其旨为隆科多所隐,先帝宾天之日,允禵不到,隆科多传旨遂立当今(雍正)"。这话只能去哄小市民。隆科多是什么人?又不是曹操,一手遮天,可以"挟天子以令诸侯"。康熙要召谁,他哪里挡得住?康熙要传位给谁,他又哪里改得了?帝位的交接又不是做游戏,哪有预定的人不在场,就临时随便换一个"替补队员"的道理?这种说法,不但贬低了雍正,也小看了康熙。

另一种说法也只能去哄小市民。这种传言说,遗诏上原本是"传位十四子胤祯"(胤祯是允禵的另一个名字),但被雍正和隆科多篡改,改成"传位于四子胤禛"。这可真是无巧不成书。一个是"十四子",一个是"四子";一个是"胤祯",一个是"胤禛"。祯改禛,十改于,确实便当。可惜造谣者不懂大清王朝规矩。依制度,皇子排行前,一定要加"皇"字。胤禛不能写作"四子",而应写作"皇四子"。允禵也不能写作"十四子",而应写作"皇十四子"。如果改"十"为"于",则诏书就变成"传位皇于四子"了,根本不通。何况在清代正式文件中,"于"和"於"并不通用。传统诏书中只能用"於",不能用"于"。更何况清代不是明代。传位诏书,除汉文文本外,还有满文文本。雍正也好,隆科多也好,即便改得了汉文文本,也改不了满文文本。

可见,雍正篡允禵之位而立,是无稽之谈。但皇位应传给允禵,却是不少人的看法。这样一来,允禵与雍正的冲突,也就在所难免。

允禵这个人,是很有些血气的。雍正说他"气傲心高",确实不假。当年康熙训斥允禩,他都要出来打抱不平,现在自己的宝座被老哥抢了,自然更是浑身气都不打一处来。

于是他对雍正便十分无礼。康熙驾崩后,雍正下令允禵回京哭灵。雍正的用意,是要夺他的兵权,以免他在西北拥兵作乱。但孝子奔丧,天经地义,谁也反对不得。允禵到京后,先去拜谒大行皇帝(皇帝刚去世而未有谥号时称大行皇帝)梓宫(皇帝的灵柩),雍正也在场。然而允禵只哭老皇,不拜新君。雍正为了表示大度,也不愿在热丧之中即位之初就兄弟失和,造成不好的影响,便自己走上前去将就他,允禵毫无反应。站在旁边的蒙古侍卫拉锡出来打圆场,拉他去向皇帝行礼。他竟勃然大怒,责骂拉锡,还向雍正发难,说我是皇上亲弟弟,拉锡是个下贱的奴才。奴才对王爷动手动脚,成何体统!如我有不是处,请皇上处分。如我并无不是,请皇上杀了拉锡,以正国体。

这就是存心寻衅闹事了,雍正当然不能容忍。容忍了允禵,不但自己体面不存,国家的体统也不存。从西周到大清,传统中国是个礼治的国家,什么也大不过"礼"去。即便贵为天子,位居九重,也不能违礼。失礼就是失德。失德,则君失其国,臣失其爵。因此,雍正就毫不客气地取消了允禵的王爵。允禵这个王,原本是"假王",要取消也很便当。但允禵封王以前只是贝子。王爵既除,他就只剩下贝子这个四等爵位。① 就连这个爵位,雍正也在四年(公元1726年)予以革去。直到乾隆即位以后,允禵才从软禁地被放出。乾隆二年(公元1737年)被封为辅国公;十二年(公元1747年),晋封贝勒;十三年(公元1748年),封恂郡王。这个曾经不可一世的大将军王,其显赫威风也不过昙花一现。

允禵被削去王爵后,便被派到遵化去为康熙守陵。这一去就是十三年,实际上是被软禁在那里了。这也是没有办法的办法。允禵是雍

---

① 仁寿皇太后去世后,雍正为告慰皇妣在天之灵,曾封允禵为郡王,但后来又降为贝子。

正的同母兄弟，又是他的死对头，杀不得也用不得。杀了他，舆论上通不过，太后那里也不好交代；用他吧，他又只会捣乱，决不肯合作的。把他留在京城闲置，也不行。他嗣位的呼声那么高，难免会有人向他靠拢，给他献策，为他奔走，帮他出头，没准真弄出个"在野党"来。所以最好的办法，是把他打发到景陵（康熙之陵）去，与世隔绝，想闹也闹不起来。

允裪被打发到遵化，允禟则被打发到西北。雍正一向看不起允禟，说他"文才武略，一无可取"。康熙似乎也不很喜欢他，让他一直熬到二十六周岁才封了个贝子，而他的同母哥哥允祺十七岁就封了贝勒。允禟封贝子时，允祺又封了亲王，比允禟高两级。允祺、允禟虽一母所生，性格做派却不一样。允祺淳厚善良，深得康熙喜爱；允禟却很不安分，是允禩集团的一员干将，一贯上蹿下跳，惹是生非，雍正当然容不得他。他的生母是宜妃郭络罗氏（即电视连续剧《康熙微服私访记》中邓婕扮演的那个角色），也是恃宠骄横。康熙去世时，宜妃坐在软榻上直奔灵堂，竟跑在德妃（雍正生母）的前面，雍正当时就不高兴。后来她见了雍正，还不识时务，竟在嗣皇帝面前摆母妃架子，雍正更不高兴。由此想到，宜妃地位尊贵，在宗室中有一定威望，如果母子联手，造起乱来，也是不好收拾的。

于是雍正便双管齐下，左右开弓，将这母子二人一起打击。十二月初三（康熙去世二十二天后），雍正随便找了几个岔子，将宜妃的三个贴身太监重重治罪：张起用发往土儿鲁耕种，李尽忠发往云南当苦差，何玉柱发配给边地穷当兵的为奴。这当然是打狗给主人脸色看。同月，又命令允禟到西北大营，军前效力。允禟请求过了父皇百日再走，雍正不准，逼他上路。允禟到西北后，又被安排在大通（今青海省大通县东南）。孤城一座，兵士若干，名为保护，实则监视。这样熬到二年（公元1724年）二月，允禟终于被宗人府参了一本，说他"抗违军法，肆行边地"，应予革去贝子爵位。他的处境，其实已和充军无异。

雍正对允䄉也毫不留情。元年（公元1723年），喀尔喀蒙古（即外蒙古）宗教领袖哲布尊丹巴胡土克图到北京拜谒康熙灵堂，不久病死。

哲布尊丹巴是黄教(藏传佛教)四大活佛之一,与其他三大活佛分掌一区教务。达赖掌前藏,班禅掌后藏,哲布尊丹巴掌漠北(外蒙古),章嘉掌漠南(内蒙古),均直辖于清廷。这样一位政教合一的民族领袖病故在京,当然要派一位王爷去送行,雍正便派了允䄉。允䄉不去,说是没钱买马。及至出发,走到张家口就不走了。雍正见此光景,便把这个难题交给总理王大臣允禩,命其议处。允禩建议勒令允䄉继续前进,并责罚不行劝阻的长史额尔金。雍正却说,允䄉不想去,何必非要他去?额尔金的话他原本不听,责罚又有什么用?允禩没有办法,只好硬着头皮奏请革去允䄉王爵。雍正这回当然"照准"。于是允䄉便被革去郡王世爵,调回京师拘禁,又查抄了他的家产,共得金银六十多万两,金银器皿和土地房屋还不在此数之内。不过此公获罪虽早,却也因祸得福。变成了"死狗",雍正不再下毒手整他了。所以他一直活到雍正去世,又被乾隆放出,封为辅国公,直到乾隆六年(公元1741年)去世。

现在,允禵软禁在遵化,允禟发配在西北,允䄉囚禁在京城,"八爷党"的骨干分子都已动弹不得,雍正可以对允禩下手了。

雍正对允禩的打击,经过了精心的策划。

康熙刚一去世,雍正就任命允禩为总理事务大臣,和允祥、马齐、隆科多一起组成看守内阁,旋即将其越级从贝勒晋封为亲王,兼管理藩院和工部。允禩的儿子弘旺被封为贝勒,在诸皇侄中,地位之高,仅次于废太子允礽之子弘皙(爵位为郡王)。允禩的母舅噶达浑,也被削去贱籍,升格为旗民,赐世袭佐领职务。允禩的党羽苏努、佛格、阿尔阿松(阿灵阿之子)、满都护、佟吉图等,也都加官晋爵,弹冠相庆。可以说,允禵、允禟、允䄉遭受打击的时候,允禩及其追随者却青云直上,红得发紫。

对此,雍正曾对人解释说:"廉亲王(允禩)其心断不可用,而其人有不得不用之委曲。"什么"委曲"呢?说穿了,就因为允禩是"反对党"的领袖,又确有才能。对于这样的人,只有两个办法,或者是打,或者是拉。但要打,就得打在七寸上,不但要打得他满地找牙,还要打得他永世不得翻身。即位之初的雍正,显然不具备这个条件。既然打不得,那就只有拉。拉也有拉的好处。真要能拉过来,自己的力量就会大增。即便拉不过来,先稳住他几天,也是好的。

这种策略,只要是玩政治的人,没有不懂的。允禩当然心里明白,而且想得更深。他认为这是欲抑先扬之法:先把你捧得高高的,再狠狠地摔在地上,那才是爬得高跌得痛。允禩封王,妻族来贺,他的福晋(正妻)乌雅氏说,有什么可喜可贺的,不知道哪一天要掉脑袋呢!允禩自己也对朝中大臣说:"皇上今日加恩,焉知未伏明日诛戮之意?"阿尔阿松甚至不敢接受刑部尚书的任命。因为刑部是个是非之地,阿尔阿松害怕雍正是想用这个职务来杀害自己。所以,雍正再封官赐爵,他们也不领情。

事实上雍正也一直在找允禩的茬。比如元年十一月,雍正在讲居丧不用过奢时,便捎带着指责允禩昔日为母妃出丧时过于奢靡,是"伪孝矫情"。讲丧事从简是对的,但拿一个亲王、总理大臣来做反面教员,就让允禩在朝臣中很没有面子,实际上是拿他开涮,故意叫他丢脸。更让允禩感到寒心和伤心的,是在九月份。雍正借口太庙更衣帐房油味煮蒸,竟然罚主管工部的允禩在太庙前跪了一个昼夜。这种小事,顶多罚到一个科长,何至于体罚王爷?显然是雍正阴毒忌刻的心理在作怪。不难想见,跪在太庙前的允禩,一定是打落了的牙齿和着眼泪往肚里咽,说不出的酸楚,说不出的委屈,说不出的悲愤交加,说不出的怨天尤人。的确,他没法想通,为什么像他这样众人拥戴的"贤王"不能当皇帝,还非得让他去伺候这么个心胸狭窄的主子?

允禩当然不能坐以待毙。我们现在已无法确知允禩都做了些什么动作,搞了些什么名堂,只知道弄得雍正十分紧张。雍正后来曾对人解释说,他之所以不能像父皇那样离京远行,到塞外秋猎,就因为允禩、允禟他们"密结匪党,潜畜邪谋,遇事生波,中怀叵测,朕实有防范之心,不便远临边塞"。臣下把皇上吓成这个样子,自己的死期也就不远。

其实雍正很可能是神经过敏。像他这样猜忌心极重,一点风吹草动都要疑心他人别有用心,些许偶然失误也要视为故意的人,总是神经过敏的,何况他的皇位还"来历不明"！实际上,允禩对雍正的威胁,倒不一定是有暗杀或政变的阴谋（当然也不一定就没有）,更主要的还是威望太高。二年（公元 1724 年）十一月,雍正就曾说他每次申斥允禩时,"审察众人神色,未尝尽以廉亲王为非"。次年四月,又说"视诸王大臣之意,颇有以允禩为屈抑者"。这么多人为允禩抱不平,对雍正的打击不以为然,就不好说全是允禩的错了。

显然,在雍正与允禩的斗争中,雍正是很孤立的。诸王大臣的心都向着允禩,只不过敢怒不敢言。敏感的雍正哪能感觉不出来？二年四月,登基才一年半的雍正满腹委屈地下了一道圣旨:"尔诸大臣内,但有一人或明奏,或密奏,谓允禩贤于朕躬,为人足重,能有益于社稷国家,朕即让以此位,不少迟疑！"不难想见,如果不是被逼无奈,雍正不会说出这样赌气的话。他的威望人缘远不如允禩,已是不争之事实。

于是雍正只好祭起手中惟一的法宝——专制特权。四年（公元 1726 年）正月初五,雍正发出上谕,历数允禩种种罪恶,声称"廉亲王允禩狂逆已极,朕若再为隐忍,有实不可以仰对圣祖仁皇帝在天之灵者"。至于罪恶的具体内容,则很空洞。二月,降允禩为民王,圈禁高墙。三月,下令允禩改名阿其那,意思是狗。五月,下令允禟改名为塞思黑,意思是猪。① 同时,向内外臣工、八旗军民人等宣布允禩、允禟、允䄉、允禵的罪状。允禟被从西北押至保定,雍正命直隶总督李绂就地"圈住"。李绂给允禟的待遇真正做到了"猪狗不如",以致允禟常常在酷暑中晕倒。八月二十四日,允禟死在看守所。九月初一,允禩也死于禁所。兄弟俩的死亡,相距不过六天。

允禩和允禟死得都不明白。当时就有人怀疑李绂秉承君意谋杀

---

① 也有人认为含有别的意思。请参看冯尔康:《雍正传》第 133—144 页,人民出版社 1985 年版。

了允禵,因为雍正曾要李绂"便宜行事"。雍正则指责李绂没把允禵的病情讲清楚,害得他背黑锅。李绂有口难辩,里外不是人,只好自认倒霉。不过,这只是一个小插曲。何况雍正也有雍正的解释,即他们都是服了"冥诛"(鬼来要命)。至于有没有什么冥诛,那就真的只有鬼知道了。

对于雍正和允禩的这场斗争,我们很难说谁是谁非。

平心而论,雍正和允禩都够格当皇帝。他们都有理想、有抱负、有能力。雍正的能力,有他执政十三年的政绩可以为证。这些政绩证明,他至少是一个有才干有作为的皇帝,这才使康熙创造的盛世得以延续,以后又在他儿子乾隆手上延续了六十年。允禩的能力,则可以在雍正那里得到证明。雍正即位以后,曾多次说过:"允禩较诸弟颇有办事之材,朕甚爱惜之";"论其才具操守,诸大臣无出其右者"(没有比得上的)。其实不用听他说,只要看看他为了整垮允禩费了多大的劲,就知道允禩不是等闲人物。

可惜皇帝只能有一个,也不能轮班。所以他俩的关系,只能是四个字:你死我活。不管谁当了皇帝,都不会信任对方,对方也都不会服气。所以,如果当皇帝的是允禩,他对雍正也不会客气手软。在权力斗争中,尤其是最高权力——君权的争夺中,是从来没有什么仁慈、客气可讲的。当年李世民杀李建成、李元吉,不也是手足相残吗?怎么没人说闲话?显然,仅因为"屠弟"就指责雍正,这不公平。

但我们还是要同情允禩,因为他实在太冤。

允禩究竟犯了什么滔天大罪,该受康熙、雍正父子两代皇帝的一再打击和压制?杀人放火?贪污受贿?谋财害命?弑君篡权?都没有。他惟一的罪过,是德才兼备,以致老王夸赞,群臣拥戴,诸多阿哥爱护,成了皇子中出头的椽子,这才被康熙视为肉中刺,雍正视为眼中钉。因此,允禩的罪,无妨叫做"有才有德罪",或曰"德才出众罪"。

这并不稀奇。木秀于林,风必摧之。只是这风来自父兄,便不免让人伤心;而这一父一兄又都是皇帝,就不但让人寒心,更让人惊心了。实际上,无论在康熙晚年,还是在雍正早期,允禩做人都很难,左也不是,右也不是,是也不是,不是也不是,动辄得咎。比方说,一个案子,雍正交给允禩办,他是严一点好呢,还是宽一点好呢,就很为难。宽一点,是出卖原则,收买人心;严一点,则是居心不良,妄图让人主背上苛察、忌刻的恶名,总之都是别有用心。在康熙手下也是一样。工作卖力一点,是好胜逞能、沽名钓誉;消极一点,则又是心怀不满、懒惰怠工。也许,他应该一开始就表现得傻乎乎的。但这也未必能让康熙满意。康熙会说:我怎么养了这么个蠢儿子!

　　实际上,雍正对允禩的猜忌防范,是和康熙一脉相承的。康熙曾对人说,允禩"党羽甚恶,阴险已极,即朕亦畏之";而允禩一党之所以不顾自己的一再警告,偏要硬着头皮保荐他,则是为了给允禩捞取政治资本,以便在时机成熟时发动政变或与康熙指定的继承人争夺皇位。因此康熙说,允礽"屡失人心"而允禩"屡结人心",因此"此人(允禩)之险百倍于二阿哥(允礽)也"。

　　人一旦被猜忌,日子就不会好过。怎么也想不通的允禩,有一次忍不住对康熙说:儿臣实在不知该如何做人,情愿卧病不起。谁知康熙更加愤怒,并认定这就是允禩的"大奸大邪"。理由是:一个小小的贝勒,需要装什么病!当然是因为有非分之想。否则,怎么会奏此"越分之言"?后来,允禩得了伤寒,命几不保,康熙的态度却相当冷漠。① 允禩病好后,大约康熙也觉得自己所作所为太不像个慈父,于是传谕允禩,问他想吃点什么;朕这里什么都有,但不知对你合适不合适,"故不敢送去"。皇父自称"不敢",皇儿哪敢承当。因此允禩到宫门外跪求免用"不敢"二字。康熙又不高兴了,怪允禩小心眼儿,没事找事。

---

① 其时,康熙正从热河出发,准备回北京西郊的畅春园。允禩的园子,正在必经之路上。为了保证自己不会碰上什么不祥之物,康熙竟让病得奄奄一息的允禩立即搬出园子,回城里去。重病之人哪经得起这般折腾?因此允禩愤怒地说:万一有个三长两短,谁负责?康熙听说,立即指示胤禛他们:"八阿哥病极严重,不省人事。若欲移回,断不可推诿朕躬令其回家。"其意仍是要撵走允禩,惟不肯承担责任而已。

他对诸皇子说:"允禩往往多疑,每用心于无用之地",这一回又"于无事中故生事端。众人观之,成何体统"!其实允禩并不多疑,亦非无事生非。做臣子的,谁听了皇上说"不敢"都要吓一跳,何况允禩又是备受猜忌动辄得咎之人?当然,康熙说"不敢"二字,也未必有什么特别的意思。然而允禩如果不辞,岂非又是失礼?辞与不辞都不是,芥蒂既深,怎么说,都话不投机。

看来雍正在这一点上,倒真是像极了康熙,只是猜忌更深,下手更重。这也难怪,兄弟毕竟不同于父子。胤禛曾说,以父皇之"神圣",尚且还要"防允禩等之奸恶,不能一日宁处",自己能不处处设防么?不过雍正并无康熙的权威。加上自己即位未几,屁股还没坐稳,只好对允禩一忍再忍,一让再让,一再曲加优容。但忍耐总有极限,而一旦爆发,便不可收拾。这就像借高利贷一样,借的钱越多,拖的时间越长,利息也就越吓人。雍正在忍无可忍的情况下整治允禩,心中当然充满了怨毒。不难想象,当他下令将允禩、允禟改名为阿其那、塞思黑时,一定是面目狰狞,咬牙切齿,一脸的杀气。

雍正和允禩并非天生是敌。直到康熙第一次废太子时,他们的关系还算不错。允禩得伤寒病时,雍正颇为关切,还因此受到康熙责罚,认为他"亦似党庇允禩"。显然,如果不争夺皇位,这哥儿俩也不会反目为仇。一旦反目,也就不复再有手足骨肉之情了。剩下的,便只有必欲置对方于死地的仇恨和斗争。历史上所有的宫廷斗争莫不如此,雍正和允禩当然也不例外。

兄弟如此,君臣亦然。事实上,在雍正翦灭允禩之前,就有一个宠臣先做了他的刀下之鬼。这个宠臣,就是抚远大将军、川陕总督年羹尧。

三　如此君臣

年羹尧是雍正即位之初的一大宠臣,而且宠得不像样子。年羹尧在西北大营花钱如流水,雍正一一照付;年羹尧直接插手官员的任命,雍正——照准。他实际上是没有相位的宰相,没有王爵的西北王。元年(公元1723年)十二月,雍正赐给他团龙补服等物件,年羹尧受宠若惊,表示惶恐不安,以为"非臣下之所敢用"。雍正却批示说:"只管用!当年圣祖皇帝有例的。"青海军事告捷,雍正兴奋异常,竟然称年羹尧为"恩人"。雍正还说:"你此番心行,朕实不知如何疼你,方有颜对天地神明也。"他还要求"世世子孙及天下臣民"都和他一起倾心感悦年羹尧,并说:"若稍有负心,便非朕之子孙;稍有负心,便非我朝臣民也。"又是指天发誓,又是告诫子孙,又是训示臣民,雍正对年羹尧的恩宠,已到了无以复加的地步。

另一个得到殊宠异荣的宠臣是隆科多。隆科多不是雍正的藩邸旧人,原先地位也不高,只是个尚书。只因为宣诏有功,便一夜之间,平步青云,被任命为总理事务大臣,与廉亲王允禩、怡亲王允祥、大学士马齐平起平坐。允禩和马齐是利用对象,允祥和隆科多才是依靠对象。所以,康熙去世九天后,雍正即赐他公爵衔,两天后又下令称他"舅舅"。从亲戚关系讲,雍正与隆科多确实分属甥舅(隆科多是康熙皇后佟佳氏娘家兄弟)。但皇家不同于民间,甥舅关系要皇帝承认才算数。所以这个头衔,也算是封的,不是当然的。雍正还给隆科多戴了三顶高帽子:"圣祖皇帝忠臣,朕之功臣,国家良臣",还说他是"真正当代第一超群拔类之稀有大臣"。隆科多在康熙朝并无突出贡献,怎么会是"圣祖忠臣"?"国家良臣"也没太多根据,誉为"稀有大臣"更不知从何说起。说到底,还是因为顾命拥立有功,因此只有"朕之功臣"一句是实。一个皇帝,为了酬劳功臣,竟不惜把话说得那么绝,那么肉麻,雍正倒真是古今第一"稀有皇帝"。

然而年、隆二人的下场也很稀有。三年(公元1725年)四月,年羹尧无缘无故被免去川陕总督和抚远大将军职务,调任杭州将军。七月,被革去将军职衔。九月,被捕下狱。十二月,以大逆、欺罔、僭越、狂悖、专擅、贪婪、侵蚀、忌刻八大罪行共九十二款,勒令自尽。隆科多则在官职一降再降后,于五年(公元1727年)六月被捕。十月,以大不敬、欺罔、紊乱朝政、奸党、不法、贪婪六大罪行共四十一款,被判处终身圈禁,并于次年六月死于禁所。这两个显赫一时炙手可热的权臣宠臣,几乎在顷刻之间便家破人亡身败名裂,就连旁观者,也都看得惊心动魄目瞪口呆。

同样让人感到惊诧莫名的,是对钱名世的处治。钱名世,字亮工,江南武进人,和年羹尧同于康熙三十八年(公元1699年)中举,算是"同年"。这一回,又成了年羹尧的"同案"。钱名世的获罪,是因为曾写诗吹捧过年羹尧。年羹尧功高盖世,权倾朝野,吹捧过他的人很是不少,其中就包括雍正皇帝。但雍正可以翻脸不认人,钱名世却翻不得脸,只能任由雍正处置;而雍正的处置,则又是一番"出奇料理"。他认为,惩罚要有针对性。怕疼的人,打他的屁股;怕死的人,砍他的脑袋;爱财的人,抄他的家产;一心想往上爬的人,就罢他的官职。这些惩罚,对文人都不合适。文人最重的是清名。罢他的官,他会说我正想归隐山林;杀他的头,他会说我正想名垂千古;把他流放到宁古塔、海南岛,他说不定又多了些写诗的材料。如此,岂非反倒成全了他?

雍正的办法是要让他臭名远扬,背着千古罪名永世不得翻身。在下令将钱名世革职、发回原籍的同时,雍正还做了两件事情。一是"赐"了一幅字给他,二是命举人进士出身的京官写诗给他送行。皇帝给臣僚赐字,是古已有之的事情。得到"御笔墨宝"的官僚,都把这引为莫大的恩宠和荣幸,要制成匾额,悬挂在门口或堂上,以为光宗耀祖。官员被贬,同僚送行,也是沿袭已久的惯例,无非表示"人在人情在,人不在人情也在",不至于"人一走,茶就凉"。那些感情比较好、思想观点比较接近的,还会写诗相送,也无非发些小牢骚,或说些劝慰开导的话,诸如"莫愁前路无知己,天下谁人不识君",或"劝君更尽一杯酒,西出阳关无故人"之类。然而这一回却很"出奇"。雍正手书的四个字,是"名教罪人"。儒生以维护名教为己任,为生命,雍正称他为"名教罪人",就等于从精神上心理上要了他的命,同指控清官为污吏、节妇为婊子差不多。问题在于,别人被指控,还可以申辩,钱名世却申辩不得。不但不能申辩,还得把这四个字挂在门口,让众人前来参观,指指点点,议论嘲笑。至于京官们所写的送行诗,当然都只能批判和讽刺。其中最为雍正所欣赏的,是詹事陈万策所写"名世已同名世罪,亮工不异亮工奸"。意思是说钱名世和戴名世(此人因一篇序文而获罪)是同样的罪,钱亮工和周亮工(一说年羹尧字亮工)也一样的奸。这四百多首批判讽刺诗,编成了一部诗集,由钱名世自己刊刻进呈,再发到各省学样,以为"无耻文人"之戒。这就等于要钱名世自己打自己的耳光,自己当众指着鼻子骂自己,而且还要自己掏钱请人来看。据说,钱名世出京时,上千官员抬匾送行,四百八十人写诗羞辱,上万百姓上街围观,文人的面子丢了个干净,真正的"斯文扫地"。

雍正这件事,确实做得过分。钱名世这个人,或许确实是"无耻文人"。据说他平时品行不端,曾在修纂明史时剽窃了自己老师万斯同的手稿。万斯同去世时,他又借操办丧事之际,将万斯同数十万卷藏书窃为己有。但这一次的行为,却未必更可耻。何况钱家名门望族,五世七进士,江南武进有名的书香门第。钱名世自己也是两榜出身的"探花郎",却要在祖宅门前,高悬"名教罪人"四字匾额,不但祖宗被辱,自己丢人,而且连子孙都会抬不起头来。士可杀而不可辱,钱名世受此奇耻大辱,真正生不如死。

钱名世当然多少有点咎由自取,谁让他去捧年羹尧的臭脚呢?他也应该吸取教训。一个文人,如果掺和到官场是非当中去,清名节操什么的,就不大容易保得住了。所以,文人最好离功名利禄这些东西远一点,方可保住一生的清白和宁静。不过,这不该他雍正来教训,也不是这种教训法。俗话说,打人不打脸,伤人莫伤心。雍正对钱名世的惩治,又打脸,又伤心,并不能让人心服,只能让人觉得他尖酸刻薄。

雍正为人,确实相当刻薄。他喜欢给人扣帽子,喜欢用扣帽子伤面子的办法来整治人。比如他就曾亲笔为允禩党羽阿灵阿和揆叙题写墓碑。阿灵阿的碑文是"不臣不弟暴悍贪庸阿灵阿之墓",揆叙的碑文则是"不忠不孝阴险柔佞揆叙之墓"。雍正连死人都不放过,哪里会饶得了钱名世?因此他不但题了匾,还命令常州知府、武进县令每月初一、十五去钱宅查看匾额的悬挂情况。也就是说,不但要把钱名世钉在耻辱柱上,还要钉得死死的。

其实,不要说是钱名世这样的"罪人"和阿灵阿那样的"奸臣",便是那些错误犯得不大的官员,雍正也不放过。提督(省军区司令)张耀祖被革职后,罚往军前效力。张耀祖上折谢恩,并表示"不敢有负领兵之责"。雍正批示说:你已经辜负了领兵之责,还有什么脸说这句话? 再有差错,还有脸活在世上吗? 朕写这几个字时,都羞愧得朱笔滞涩不畅,"未知汝为何存心也"! 犯官承蒙宽大处理,上折子谢恩也是惯例。只因一言不合,就挨了脆生生一记耳光,只好自认倒霉。还有一个名叫毛克明的官员也很倒霉。雍正任命他做海关监督,他上折谢恩,又兴致勃勃地请雍正"俯垂明训"。没想到雍正一盆凉水浇下来,说朕已经把你提拔到都统一级了,还要什么指示?"但取出良心来办事,银钱不如性命颜面要紧",就这两句"粗俗之语",你能做到便什么都行了。做不到,"便批你千百言锦绣文章",又有什么用! 毛克明自讨没趣,也只好感叹雍正这主子真不好伺候。

甚至就连雍正信赖重用的人,一不小心也会被他手里的那支朱笔刺得心里流血。四年(公元1726年)十二月,詹事陈万策(也就是写诗讽刺钱名世写得最好,被雍正赏了二十两黄金的那个人)回到家乡。为了摆谱,就向福建陆路提督(陆军司令)丁士杰借轿子和仪仗用。雍正听说以后,认为丁士杰拍马屁,勃然大怒,将丁交部议处。丁士杰是从一品的高级干部,陈万策则是正四品的中层官员,丁士杰怎么会去拍他的马屁? 借给他轿子和仪仗,只不过碍于情面,抹不开脸罢了。因此丁士杰上折子为自己辩解,却挨了雍正劈头盖脸的一顿,又是"无耻之极",又是"天良丧尽",骂得狗血喷头。丁士杰说自己一贯洁身自好,从来不敢欺隐,从来不敢逢迎,雍正朱批说好一个无欺隐,好一个不逢迎。丁士杰说自己从来不知如何巴结上司,雍正朱批说你是不知道巴结上司,你只会巴结钦差、巴结京官么! 最后雍正批道:"愚贱小人之态露矣,'卑贱无耻'四字当深以为戒,莫令人指唾。"丁士杰不就是借了轿子给陈万策吗? 怎么就至于"无耻之极"、"天良丧尽"呢? 不就是为自己申辩了几句吗? 又怎么就至于"卑贱无耻"、"令人指唾"呢？雍正的纲，也上得太高了一点。

然而，十几天后，雍正又在丁士杰奏报福建仓储情况的折子上批示说，"尔奏甚属可嘉！一切皆似此据实无隐，乃报朕第一著也。勉之！朕甚嘉尔之存心立志。"后来，在丁士杰的谢恩折子上雍正又批示说："朕因尔向不欺隐，所以训尔始终如一。"这时，丁士杰又变成"向不欺隐"、"立志可嘉"了，真是前后判若两人，简直不可思议。

最不可思议的是对杨名时的"出奇料理"。杨名时原本是吏部尚书、云贵总督兼云南巡抚，五年（公元1727年）闰三月被免职，暂时代理云南巡抚。这时，杨名时上书奏请用盐务上的节余银两修浚洱海河道。这本是利国利民的好事，没什么错，雍正却冷笑一声下令说，杨大人既然如此关心国计民生，决心造福地方，那就由你自己掏钱修好了。你这辈子修不好，儿子孙子接着修，反正你们子子孙孙是没有穷尽的。后来，继任的云南巡抚朱纲奏报藩库银两亏空。雍正说钱粮亏空那是常德寿（云南藩司）的事。不过杨名时身为巡抚却不举报，看来是乐意替他负责了。那好，这笔钱，就要杨名时赔，不与常德寿相干。责任人无责任，不举报就是罪魁，天下哪有这种道理？雍正的这一番"料理"，真是出奇到了刁钻古怪的程度。

雍正的这些"出奇料理"，不免让人觉得他刻薄。他治下之严，更让人心寒。长芦巡盐御史郑禅宝名声不佳，不堪为此重任。但因所办事务尚未结项，雍正让他留任一年。郑禅宝上折谢恩，被雍正劈头盖脸训斥了一顿。雍正朱批说："你下作贱态毕露，小心可也！身家性命在里许（里面）。你见朕将空言恐吓谁来？教而改者处分谁来？教而不改者宽恕谁来？可有一人漏网？可曾冤抑一人？不要到自己身上就糊涂了。当睁开眼，净洗心而为之，不可将朕雨露之恩施于粪土，则实可惜也！"真是声色俱厉，令郑某人魂飞魄散。

因此不少人认为雍正刻薄寡恩，喜怒无常，更有人认为他暴烈戾深、心胸褊狭。其实不然。雍正并非动辄生怒，也并不逢人就骂。后面我们还要讲到，他骂人、训人、整治人，也疼人、爱人、宽容人。他刻薄而不寡恩,喜怒其实有常。被他痛骂的人,有骂错了的(如丁士杰),有不少也是"该骂"的。只不过换了别的皇帝,则不一定会骂就是。

雍正最痛恨的是心术不正。二年(公元 1724 年)十一月,巡抚金世扬刚刚调离贵州,布政使刘师恕的恶状便告了上来。这种上司在任时吹吹捧捧,离任后又说坏话的行径,最为雍正所不齿,便给了他当头一棒,说"此奏甚属巧诈"。然后问他:你说金世扬种种不是,当时如何不从实奏来?现在,人家把一切事务都料理停当,你又来说三道四,分明是"贪他人之功以为己利,无耻之甚"!因此警告他:为国家臣子的,难道可以用这种心眼对待君父?七年(公元 1729 年)五月,四川夔关监督隆生奏报地方事务,还说自己已派人密访侦缉,也挨了雍正的当头棒喝:"此等事与你何干?不过奏闻而已。""如此托人访察,甚属多事。""如此多事,可谓无知之极。"因为隆生的职司是税务,不是政务。听到什么报告一下,也不为错。但居然当起秘密侦探来,就是居心不良了。不是想找别人的岔子,便是想在雍正这里讨什么好。没想到这点小心眼也被雍正看穿。因此,雍正警告他:"你若再一犯法负恩,莫想保全首领(脑袋)也,小心!"

其实,雍正早就打过招呼:"莫将朕作等闲皇帝看!"他自诩最不好糊弄,也最痛恨别人糊弄他。他曾经说过这样的话:"舆论二字不但不足凭,竟全然听不得。"因为撕破脸皮秉公办事者,自然舆论不佳,而好好先生们的口碑却好得出奇。另外,新官到任,一定会把当地的问题说得非常严重。过一段时候,又会报告风清民安,吏治井然。这些伎俩把戏,早被雍正看穿,因此明确表示"只可信一半"。同时,他也告诫臣僚,以后少来这一套。你们这些花招,"不但朕必闻知,何能掩天下之耳目也"?最好是老老实实的"少(稍稍)为声誉小利存私,恐难逃朕之鉴察也"!

然而居心不良的人总是层出不穷。李绂在天津卫办理粮运时,因卖粮库中的变色米而有五千两银子的盈余。一些人想把这笔钱作本部门的小金库,遭李绂反对。这些人便趁李绂调广西巡抚时,把这笔钱送到李绂家中,让李绂家人带到广西,想给李绂栽赃,却被雍正看破。于是雍正对李绂说:"此等事朕皆不究心,意思真小哉!他既然送到,朕已彻底晓得了,你留粤西以充公用就是了。这也算得他们失计。大笑话。"一次差点酿成冤案和悲剧的事件,就这样被雍正变成了喜剧。

所以雍正再三强调:"朕之前惟以真实二字方可保长久。"欺上瞒下不行,诬陷他人不行,投机取巧、讨好卖乖也不行。河南山东河道总督朱藻喜欢搞浮夸风,经常向雍正报告"形势一片大好",雍正批评他说:"观汝不知根本实理,惟在枝叶虚浮边作活计",正告他以后多做些实事,少搞些花架子。署理江南总督范时绎奏报江南喜降瑞雪,文章写得花团锦簇,却被雍正认为是不知体谅君父。雍正说:朕日理万机,年底事情又多,"哪里有工夫看此幕客写来的闲文章,岂有此理"!年羹尧的哥哥年希尧在雍正六年升任广东巡抚。为了表忠心,他上折子说,广东巡抚衙门的惯例,是每年要收受下属大约五万两银子的"节礼"。"奴才钦遵圣训,概行拒绝。"雍正批示说:"此等碎小之事,朕亦不问不管。"雍正说,做督抚的,都喜欢搞这沽名钓誉的一套。表面上一文不捞,其实却转弯抹角大捞特捞,所得更甚。所以,"此等私套,皆不中用"。你们也"不必这些面前打哄",只要"取出良心来将利害二字排在眼前,长长远远地想去,设法做好官就是了"。总之,漂亮话少说些,假门面也不必装,"好歹朕自有真知灼闻的道理"。换句话说,谁要想在雍正面前耍点花枪,谁就不会有好果子吃。

何况雍正向来不怕得罪人。他对江苏布政使张坦麟说:"因公获罪于人何妨乎?"他自己是皇帝,当然更没什么可怕。他曾毫不客气地警告群臣,别指望他像康熙皇帝那样好说话(恐朕未必能如先帝之宽仁容恕也)。因此,谁要是敢欺骗他,糊弄他,辜负他,他雍正皇帝就一定会让这个人死了都不得安宁。谓予不信,年羹尧就是"榜样",就是前车之鉴。

雍正对年羹尧,可以说是恨到骨头里,也整到底了。他给年羹尧的最后上谕说:"尔自尽后,稍有含怨之意,则佛书所谓永堕地狱者,虽万劫亦不能消汝罪孽也。"专制君主残害他人,真比强盗还要厉害。强盗不过要人钱财，最多谋人性命，专制君主则不但要别人的性命，还要别人的灵魂，而且还要说这是为你好，是慈悲为怀菩萨心肠，真是阿弥陀佛，善哉善哉！

年羹尧、隆科多之罪，说白了就是"辜恩"。

雍正确实曾寄大希望于年、隆。他的希望，不仅是要年、隆二人尽力辅佐他，更是要树立一种君臣关系的楷模。他很看重君臣之间的互相信任和互相体谅。有一次，在给年羹尧的信中，他特别提到，西宁军事危急时，年羹尧担心皇上看了奏折，会"心烦惊骇"，便"委曲设法"，在报告战况时"间以闲字"，既冲淡了火药味，又不隐瞒军情。雍正对他的这份小心极为感激，说"尔此等用心爱我处，朕皆体到"，每次向怡亲王允祥和舅舅隆科多提起，"朕皆落泪告之，种种亦难书述"。他还说，"你此一番心，感邀上苍"，"方知我君臣非泛泛无因而来者也"。显然，他是把年羹尧当作忠君模范来看待和培养的。

因此，当年羹尧被赐团龙补服而上表致谢时，雍正批示说："我君臣分中不必言此些小。朕不为出色的皇帝，不能酬赏尔之待朕；尔不为超群之大臣，不能答应朕之知遇。惟将口勉，在念做千古榜样人物也。"二年三月，年羹尧为被赐自鸣表一事上表谢恩，雍正又批示说："从来君臣之遇合，私意相得者有之，但未必得如我二人之人耳。"他又说："总之，我二人做个千古君臣知遇榜样，令天下后世钦慕流涎就足矣。"为了表示他们君臣之间的亲密无间，雍正甚至秘密写信给年羹尧，托他买酒。信中说："宁夏出一种羊羔酒，当年有人进过，今有二十年停其不进了。朕甚爱饮他，寻些进来，不必多进。"这种口气，已完全是朋友间的以私事相托。

不能说雍正讲的都是假话。他确实是想当一个好皇帝的。好皇帝当然要有好臣僚，也要有好的君臣关系。雍正这个人，是比较孤独的。做皇子时，他是"孤臣"；当了皇帝，则是"独夫"。他生性刚毅、急躁、猜忌、刻薄、冷峻挑剔，易暴易怒，因此在诸王大臣中很没有人缘，几乎和谁都搞不来。康熙晚年，又特别痛恨阿哥结党。雍正为讨父皇喜欢，更是摆出一副公事公办的样子，结果是自己更加孤独，性格也更加孤僻。因此，当了皇帝后，就很想能有人尽力支持他，以便建立自己的统治系统。然而当是时也，诸王不服，而群臣观望，信得过且可以依赖的，除十三弟允祥外，就只有隆科多和年羹尧。这时的年、隆二人，对于雍正，真可谓久旱之甘霖，撑天之支柱，怎么感激都不过分。所以雍正对他们的褒奖吹捧，甚至到了巴结的地步，可能连他自己，事后也觉肉麻，有失君王体统。不难想见，当他发现年、隆二人竟是那样的有负圣恩时，心里是何等地恼羞成怒、怒不可遏。

但他哪里知道，他说的那种君臣关系，根本就不可能存在。在专制政治的前提下，君臣关系天然是不平等的，而相互支持、相互信任、相互关心、相互激励等等，只能存在于平等的人之间。因此雍正对年羹尧等人的要求，根本就不可能实现。年羹尧本人也不知检点。据揭发，年在西北军营，十分地作威作福，飞扬跋扈。给他送礼要叫"恭进"，他给人东西叫"赏赐"；属员道谢要说"谢恩"，新官报到要称"引见"。给将军、督抚的函件，也不用咨文而用令谕，简直就是视同僚为下属。他班师回朝时，雍正命王公大臣郊迎。官员们跪在地上向他致敬，他端坐马上，看都不看一眼。王公们下马问候，他居然也只点点头。年羹尧甚至在雍正面前也不知收敛。雍正把自己的贴身侍卫派到他军中，他却拿来当仪仗队，吆喝来吆喝去就像使唤奴才。雍正找他谈话，他叉开双腿坐在凳子上，指手画脚，唾沫横飞。更为严重的是，当时社会上盛传，说雍正做某某事整某某人都是听了年羹尧的话。这就大大地刺伤了雍正的自尊心。雍正一贯以乾纲独断、洞察幽微自居的，哪里受得了这个？他曾气愤地对诸王大臣说，我又不是小孩子，为什么要听年羹尧的？这就有些赌气了。声高震主者危，本是专制时代铁的规律；而年羹尧的恃宠妄为，横行不法，更让苛刻挑剔的雍正觉得大失所望。雍正是个要强的人，他决不能容忍有人让他失望，更不能容忍他曾寄予极大希望的人让他失望。谁要胆敢如此，则他所施加的打击，必将十倍于所施加的恩宠。

雍正也不是没有提醒过年羹尧。二年（公元1724年）十二月十一日,年羹尧正在从北京返回西北的路上,雍正在他的奏折上批示说:"凡人臣图功易,成功难;成功易,守功难;守功易,终功难。为君者施恩易,当(去声,适当)恩难;当恩易,保恩难;保恩易,全恩难。若倚功造过,必至返恩为仇,此从来人情常有者。"然后他讲了功臣得以保全的三个条件,即一靠人主防微杜渐,不让功臣们陷于危地;二靠功臣相时见机,自己不至于蹈其险辙;三靠大小臣工避嫌远疑,不把功臣们推上绝路。雍正这话,说得已很明白:作为一个功臣,是很危险的。一不小心,就会进入危地,踏上险辙,走进绝路,由功臣变为罪人。所以他说:"我君臣期勉之,慎之。"可惜,年羹尧把这些话全当成了耳边风,在回西北的路上,照样趾高气扬,作威作福。因此雍正的心情,就像一个被玩弄了感情又很厉害的女人对待她的负心汉,报复心起一发而不可收拾。同时他也决定,既然年羹尧不识好歹,自己放着君臣际遇的楷模不当,偏要去当辜恩背主的角色,那就让他永远钉在耻辱柱上好了。让所有的人都看看,辜负了雍正,背叛了皇上,会有一个什么样的下场。①

这就是雍正的"君臣观":任何臣子,都不能欺骗他,糊弄他,不能和他耍心眼,更不能背叛他。雍正一贯自诩"为人居心真正明镜铁汉"。谁要是背叛他,休怪他心狠手辣;谁要是欺骗他,糊弄他,或被认为是在耍心眼,也休怪他尖酸刻薄。用雍正的话说,叫做"就是佛爷也救不下你来"。相反,谁要是忠心耿耿,没有半点巧诈欺瞒,那么,雍正就是他的菩萨。这个臣子不但会得到自己想要的一切,而且,雍正还会和他交朋友。

四 如此朋友

雍正也会和人交朋友?会的。他最欣赏的君臣关系,是"义固君臣,情同契友"。只不过,他这个"朋友"不好交。谁要是辜负了他这

---

① 隆科多的情况约略似之而稍有不同,本书从略。

一番"好意",那么,翻起脸来,就要比一般的朋友反目厉害得多。

雍正这个人,无论在当时,还是在后世,都颇受误解。他乾纲独断,刚毅刻薄,雷厉风行,不讲情面,出了名的"冷面王爷"和"铁血皇帝"。加上他没日没夜地处理政务,没有什么个人嗜好和娱乐,因此不少人都把他想象成一个古板寡味的老头,心理变态的暴君,甚或一架冷冰冰的杀人机器。其实不是这样。他刻薄是真刻薄,但不寡恩;冷酷是真冷酷,但非无情。岂止有情,甚至感情用事。而且,正因为感情用事又尖酸刻薄,因此,他损起人来,就特别让人受不了。

其实雍正也有温存的一面。他常常会在臣下请安的折子上批上一句:"朕躬甚安好,卿好么?"或"朕安,你好么?"话虽不多,但语气中透着亲切,不是一般的官样文章。他也会和臣下说闲话,拉家常,絮絮叨叨,拉拉杂杂。兴起时,想说什么就说什么。比如:"好事好事!读此奏书之后而不高兴嘉奖的,除非不是皇帝。"或"李枝英真不是个人!大笑话!真笑话!""传口谕给他,朕笑得了不得,真武夫也!"他还会在奏折上连批四个该字:"该!该!该!该!"真是爱憎好恶溢于言表,嬉笑怒骂皆成文章,完全不摆皇帝架子,故作圣人状。难怪史家公认,读雍正御批,尤有趣味,可以读出一个真实的雍正来。

有时雍正甚至还会向臣下发牢骚。比如"朕之苦衷何待言喻",或"朕之愤懑气郁,其苦亦不可言语形容也,奈何"。最严重的一次,是在得知了曾静的"诽谤"之后。他对鄂尔泰说:"卿看竟有如此可笑之事,如此可恨之人。虽系匪类逆言,览其言语不为无因。似此大清国皇帝做不得矣!还要教朕怎么样?"一副满肚子委屈无处诉说的样子。皇帝发起牢骚来本来就不得了,而把话说到"皇帝做不得"的程度,则大约要算作历史上最大的牢骚。这样的牢骚也能向臣僚发,可见是朋友。

雍正也能体谅宽容臣下。台湾总兵蓝廷珍因自己名字中"珍"字与胤禛的"禛"字同音,请求改名避讳,雍正说不必,还说"你的名字朕甚喜欢"。石文焯受命审理程如丝贪污案,因前次没把事办好,这回牵扯的人事又复杂,因此心存顾虑,惶恐不安,雍正也说不必,"朕谅汝彼时原有许多不得已之处"。两广总督孔毓珣曾为年羹尧代买代运紫檀木,年倒台后,孔上折请罪。雍正说:"此等小过,朕岂有不谅之理？朕不怪尔也。"而且,雍正还进一步说:年羹尧的得势和跋扈,"皆朕识人不明,误宠匪人。朕自引咎不暇,何颜累及无辜也？"竟把责任揽在自己身上。同样令人感动的是解脱陕西兴汉总兵刘世明。刘世明因亲弟弟刘锡瑗通匪被捕,上折请罪,说:"不能正己,岂能正人,面对属员,愧报极矣。"雍正宽慰他说,朕也有阿其那、塞思黑那样的弟弟么,哪能让你刘世明保证没有刘锡瑗这样的弟弟？"不但弟兄,便亲子亦难知其心术行事也。"这些话,说得都很诚恳。因此,他的宽待孔毓珣、刘世明,即便是出于政治目的的"作秀",也是"诚恳的作秀"。

雍正对于臣下,确实不乏关怀爱护之处,真正是循循善诱,体贴入微。元年八月,他特批福建布政使黄叔琬有密折专奏权(关于这一特权,详后)。黄上折谢恩,雍正便叮嘱他说:特权是你的了,但不能乱用。第一不要拿这个挟制上司,第二不能向人声张,第三不可频频上奏。奏得多了,上司会对你起疑心,对你没有好处(于尔无益)。田文镜被破格提拔为河南巡抚,感恩戴德至极。雍正便叮嘱他说:"天下事过犹不及,适中为贵。"不要因为报恩心切,把事情做过头,就不好了。后来,田文镜因推行雍正的改革,弄得四面楚歌,雍正又安慰他说:"小人之流言何妨也,不必气量狭小了。"皇帝提拔大臣,没有一个不希望臣下感恩图报的,雍正也一样。但雍正在田文镜报效心切时能戒其骄躁,可谓知人;在他遭受攻击时能宽其心怀,亦可谓善用。

雍正不但酬劳能臣,也重奖谏臣,而且并不计较他们是否犯颜抗上,或者所言是与不是。雍正即位之初,一个名叫孙嘉淦的翰林院检讨便上书言事,要求雍正亲骨肉、停捐纳、罢西兵。如果说停捐纳(停止卖官)尚可讨论,其余两件事则没有一件是雍正爱听的。翰林院官员原本是文学侍从之臣,不该来管闲事;孙嘉淦的官位又很低,只有七品。七品的检讨居然跳出来找皇上的茬,议论的又都是国家的大政方针,简直无异于找死。因此雍正龙颜大怒,责问翰林院的掌院学士(院长)是干什么吃的,居然容此狂生！太子太傅朱轼在旁边说,这个人虽然狂妄,但臣很佩服他的胆量。雍正瞪着眼睛看朱轼,想了一下,噗哧一笑说:便是朕,也不能不佩服他的胆量。于是立即提升孙嘉淦为国子监司业。以后,孙嘉淦又不断提意见。意见虽不被采纳,他的官却步步高升。

　　不过,谁要是不把国家制度、君臣礼仪当回事,雍正对他也不客气。二年四月,雍正因平定青海一事受百官朝贺。刑部员外郎李建勋、罗植二人君前失礼,被言官弹劾,属大不敬,依律应该斩首。雍正说,大喜的日子,先寄下这两人的脑袋。后面的仪式,再有人出错,就杀了他们。那时候,可别说是朕要杀人,而是不守规矩的人要杀他们。也就是说,这两个人死不死,取决于别人犯不犯错误,而犯错误的人不但自己要受处分,还要承担害死别人的责任。如此"出奇料理",也是只有雍正才想得出来的。

　　一方面是细语温存循循善诱,另方面是尖刀剜心狗血喷头;一方面是小不如意便课以大罪名,另方面是大触霉头却备受赏识,许多人将其归于雍正的"喜怒无常",鄂尔泰却深知其中的奥秘。鄂尔泰也是摸过雍正老虎屁股的。鄂尔泰,字毅庵,姓西林觉罗,满洲镶蓝旗人,世袭贵族。他很有才,二十岁就中了举人,二十一岁就当了御前侍卫,但因为人刚直,不肯趋炎附势,所以到四十岁才是个内务府员外郎。他写诗自况说:"看来四十还如此,虽至百年亦枉然。"这时,还是亲王的雍正让人给他捎话,托他办事,其意当然是拉他入伙,不料却被鄂尔泰严词拒绝。鄂尔泰说:"皇子宜毓德春华,不可交结外臣",意思是说要雍亲王放尊重点,自尊自律。雍正碰了这个软钉子,不但不忌恨鄂尔泰,反倒十分欣赏敬佩这个竟敢以郎官之卑对抗亲王之尊的直臣和汉子。即位之后,立即委以重任。一年升藩司,三年升总督,十年后升首辅,成了仅次于允祥而被雍正高度信任的人。

　　如此君臣际遇,谁不羡慕,因此大家都想知道他得宠的诀窍。鄂尔泰也不隐瞒。他曾对人说,当今皇上用人行政,"无甚神奇",无非两个字而已;至诚。也就是说,皇上待臣下以至诚,臣下待皇上也要至诚。诚则灵,灵则通。如果君臣都以至诚相待,也就上下无阻,彼此相通。君臣之间心灵相通,自然一通百通。所以,在雍正手下当差,说易不易,说难不难。一句话,只要"实心实力"就行了,"一切观望揣摩念头皆无所用,一并不能用"。因为皇上看人并无成见,只看你的心诚不诚。如果忠诚老实,犯了大错误也没关系;如果投机取巧,即便小毛病也难逃谴责(如果无欺,虽大过必恕;设或弄巧,虽小事必惩)。这就实际上是告诫臣僚:在雍正面前,最好老实一点,本分一点,实在一点,一是一,二是二,不要观望揣摩,不要投机取巧,不要文过饰非,不要自命清高。只要不要滑头不玩花招,雍正这个主子并不难伺候。

鄂尔泰这一套说法,很为雍正所赞赏。他在鄂尔泰的折子上批道:"朕实含泪观之。"这不是假话。因为鄂尔泰的这番议论,确实说到了雍正的心坎上。

雍正这个人,是颇为自信而自视甚高的。有人批评他是"性高傲而又猜忌,自以为天下事无不知无不能者",有一定道理。雍正一生,有三条颇为自得,也颇为自许。一是自以为一心为公,所作所为都是为了国家社稷;二是自以为洞察幽微,没有什么事什么人瞒得过他;三是自以为一身清白,眼里揉不进一点沙子,心里存不得一点尘埃。有这三条,加上自己又是皇帝,对臣僚们当然没有半点客气好讲。谁要敢在他面前耍点小心眼儿,或被他认为是耍小心眼,那就别怪他不给你面子。

比如前面提到的杨名时,倒霉就倒在这上头。杨名时建议修浚洱海河道,本来是好事,但雍正认为他心术不正。第一,这样的好事,为什么早不做晚不做,早不讲晚不讲,偏偏要在自己即将离任又尚未离任的时候提出来?第二,为什么不用保密的折本先请示皇上,而用不保密的题本上奏,故意要弄得满朝上下都知道?第三,为什么不等新官接任以后再由新官上奏,或联名上奏?显然,他是在沽名钓誉。事情明摆着的嘛!修浚洱海河道是何等工程,岂是他离任之前完成得了的?当然只能由后任来做。既然只能由后任来做,为什么要抢在自己卸任之前发表意见?还不是想着把工作留给别人,名声留给自己!为了保证天下人都知道自己爱民,竟然和皇帝动起心眼来,不用折本而用题本,什么意思?怕皇帝不告诉天下是他杨某人的好主意嘛!因此雍正愤怒地斥责他:像你这样心里只有自己没有别人,甚至没有君父的人,还好意思厚着脸皮自命为读书人吗?所以雍正要罚他自己掏钱去修洱海,修不完子孙接着修。雍正说,自己这样处分,就是要"使天下之人知沽名钓誉之徒不但己身获罪,而且遗累子孙也。"

雍正如此苛求于人,他自己又做得怎样?雍正认为做得很好。他说:"朕之心可以对上天,可以对皇考,可以共白于天下之亿万臣民。"雍正这个人,确实是"一心为公",诚心诚意地想把国家天下治理好。他朝乾夕惕,宵衣旰食,十三年如一日。乾即乾乾,自强不息的意思。惕即惕若,戒备谨慎的意思。宵即凌晨,旰即深夜。朝乾夕惕,宵衣旰食,就是终日勤勉谨慎,不敢懈怠,清早便穿衣服起床,很晚才吃点东西。这两个词,原本是旧时颂扬帝王勤政的套话,雍正却很认真地做到了。别的不说,光是他批的公文就印行了《上谕内阁》一百五十九卷,《朱批谕旨》三百六十卷,均成巨帙,未刊者还不知几何。此外,还有大量的其他工作。他的这种敬业精神和勤政精神,几乎所有历史学家都不否认。

雍正的个人生活也很简单,没什么嗜好和娱乐,不爱游猎,也不算好色。他也喜欢一些小玩艺,但不玩物丧志。有些东西为他所喜爱,还是因为有用,比如眼镜。雍正因为眼力不好,特别喜欢眼镜。他曾命令工匠制作了多副眼镜,各处安放,以便他办公时随时取用。他还赐给王公大臣眼镜,目的是要他们勤劳公事。他甚至下令给扬灰处的工人发放眼镜,以为劳保用品。在"以天下为己任"方面,雍正确实做到了以身作则。

雍正也不是糊涂皇帝。他曾对群臣说:朕在藩邸四十余年,于人情物理熟悉周知,不是那种没有阅历的娃娃皇帝,也不是那种只知享乐的纨绔阿哥。所以他自认为有资格也有能力严格要求臣下。而且,他认为,只要君臣双方都相待以诚,臣下不挖空心思讨好皇上或欺瞒皇上,皇上也用不着猜忌臣下、防范臣下,则双方完全可以建立起一种朋友式的关系,比如他和鄂尔泰。

显然，雍正对臣下的要求不低。不但要求他们献身，而且要求他们交心；不但要求他们听话，而且要求他们尽心。一句话，谁心里都不存一点别的念头，"只是一个至诚"。

雍正想得倒好，可惜办不到。君臣分际，隔如天壤。一个高高在上，雷霆雨露都是恩；一个匍匐在下，稍不留神就是错。天差地别如此，哪里还能"贴心"？又哪里贴得拢来？还说交心什么的，拉倒吧！臣下的心思，瞒都瞒不过来，还敢交出去？即便是有所求，也不敢明目张胆。为什么呢？怕越分。比如田文镜想"抬籍"，就不敢对雍正说，只好请杨文乾代言。[①] 事后，雍正责问田文境"为何不以实告"，还说"朕甚嗔汝"。但嗔归嗔，田文镜下次还是不敢的。田文镜再糊涂，也不会不知道君臣之际不是什么"恩义兼崇"，而是"天上人间"，哪能不拘形迹，无话不谈呢？

其实就连鄂尔泰，心里也很明白：他对雍正，也是不能把所有的真话都讲出去的。比如雍正嘴巴上说"朕素不言祥瑞"，其实最喜欢搞祥瑞，这就不能戳穿。不但不能戳穿，还要起劲搞。所以鄂尔泰居然是地方官员报祥瑞的第一名。以鄂尔泰之精明，怎么会不知道"一禾九穗，牛生麒麟"等等其实是胡说八道？但他认为这不是什么原则问题，也有助于增强雍正的自信心。这就像说一个老太太看上去只有十七八一样，是一种"善意的谎言"，不必较真，也不能较真。正是由于这个原因，当一个姓刘的大理令因此而奚落他时，他不但不记恨，反而向雍正保荐了这个官员。他心里有数嘛！

雍正自己心里也应该有数。他对群臣说："君臣之间惟以推诚为贵，朕与卿等期共勉之。"但他自己，能对臣下不猜忌、不防范、不整治

[①] 田文镜原属汉军正蓝旗。正蓝旗是下五旗。田文镜不安于此地位，却不敢对雍正说，只好向下属河南布政使、汉军正白旗人杨文乾吐露心思。后来杨文乾当了广东巡抚，陛见时给雍正讲了，雍正便让田文镜入了正黄旗。

吗？比如雍正暗示大家起来揭批年羹尧时，大家都不揣摩，都不动作，或者傻乎乎地说年羹尧这个人多少还有些功劳，雍正能满意吗？显然，不揣摩是不可能的。而且，说句不好听的话，揣摩不到位才是糟糕。四年（公元1726年）底五年（公元1727年）初，两总督三巡抚报告黄河水清。古人云："黄河清，圣人出。"当然是祥瑞。雍正大喜，给文武百官每人加了一级。这时，有个大理寺卿名叫邹汝鲁的，写了篇《河清颂》来拍马屁，内有"旧染维新，风移俗易"两句，意思是说正因为皇上搞改革，实行新政，黄河才变清了。谁知却使雍正大为恼怒，质问邹汝鲁"所移者何风？所易者何俗？旧染者何事？维新者何政？"一怒之下，将他革职，罚到荆江工程去修水利。你想，马屁拍不好都要倒血霉，把真话都讲出来岂不更是冒傻气？

实际上，雍正并不完全反对揣摩和逢迎。鄂尔泰报祥瑞，就是吹牛拍马，怎么就没有罪反倒有功？可见，雍正也喜欢有人来拍马屁，和别的皇帝没有什么两样。他讨厌的，是瞎揣摩和乱逢迎，比如前面那位写《河清颂》的老兄就是。雍正推行新政不假，希望有人来唱颂歌也是真。可是雍正要作秀，要按照中国文化的老传统，把黄河变清归功于圣祖仁皇帝在天之灵的赐福，邹汝鲁偏说是什么推行新政的结果，这不是唱反调吗？再说，雍正最忌讳的，就是有人说他和康熙不一样，说他不敬天，不法祖，不到三年就更改为父之道，既是康熙皇帝的"不肖（不像）之子"，又是康熙皇帝的"不孝之子"。邹汝鲁偏偏哪壶不开提哪壶，马屁拍到马蹄子上，当然会挨上一脚。

那么，要怎样做才对？雍正认为，关键是要诚。也就是说，即便是拍马屁，也要拍得诚恳。如果不是诚心诚意来拍马屁，那就不如不拍，老老实实做你自己的事去。只要把自己的本职工作做好，就是公，就是忠。即便不说什么奉承话，雍正也不会恼怒只会嘉奖。从这一点讲，雍正倒是比许多离开奉承话就活不下去的皇帝高明得多，他并不要求每个人都拍马屁。

马屁要拍得诚心诚意，这似乎很可笑，但在雍正那里完全合乎逻辑。雍正的逻辑是：君臣应该同心同德，心往一处想，劲往一处使。如果君臣俱为一体心心相印,则臣下对皇上的肯定,就是由衷的赞美,不会是什么奉承逢迎了。这样一种赞美,由于是发自内心的,便可以叫做"诚恳的马屁"。比如鄂尔泰对雍正"出奇料理"的赞美就是。鄂尔泰认为,雍正处理曾静一案,考虑的不是曾静一个人的问题,而是"千百亿万人",因此,才敢于将曾静一案的案情、口供、上谕"遍示臣民,布告中外"。这就非有"大光明、大智慧",能"无我无人,惟中惟正"不可。古往今来,实在没有几个人能做到。鄂尔泰这些话,别人听着可能肉麻,雍正却不认为是拍马。因为讲出了道理,而且讲到了点子上——雍正处理此案,确实并非就事论事,确实体现着他的政治远见。这些政治上的深谋远虑不能为一般目光短浅、见识庸常的臣子们所理解,却可能为鄂尔泰心领神会,由衷赞赏,因此是诚。

事实上,政治也是艺术。政治家匠心独运的举措和处置,就像一件精湛的艺术品,也是要有人欣赏的。问题在于,这种欣赏必须发自内心,否则就是逢迎,就是谄媚,就是伪善,就是矫情,也就是奸。雍正自己是一个高明的政治家,各类政治技巧的运用相当娴熟,得心应手,出神入化,而且常有创新。再加上他心细如发,目光如炬,洞察幽微,谁要是言不由衷地乱拍马屁,一眼就会被他看穿。不过,别的皇帝对这些言不由衷的马屁也许只会一笑了之。雍正就不一样了。因为他为人刻薄,又特别痛恨"不诚"。一旦发现对方所拍乃"虚伪的马屁",就会认为对方在欺骗他,耍弄他,看不起他。结果可想而知,那个马屁客一定会碰一鼻子灰,弄不好还会被雍正撇着嘴巴冷笑着奚落一通。

看来,在雍正手下,拍马屁也不容易。说得好听一点,得像一个很有鉴赏力的批评家,由衷地为雍正的领导艺术叫好。这就一要诚心,二要懂行,没有几个人做得到。雍正当然也明白这一点。所以心情好的时候,对那些言不由衷的马屁也就不太计较(心情不好时就该对方倒霉)。因为拍马屁至少没有什么恶意,粉饰太平也总是政治所需。对于批评,雍正的态度就要认真得多。雍正并不是一个批评不得的人。他接受过批评,也奖励过批评他的人。甚至有时虽然并不接受批评,却奖励批评者。比如大学士朱轼一贯是批评雍正的。耗羡归公、西北用兵这些事,他都不赞成,雍正却请他给弘历当老师。后来连朱轼自己也觉得老提意见不是个事,便请求病退。雍正说:"尔病如不可医,朕何忍留;如尚可医,尔亦何忍言去。"朱轼感动,再不提退休的事。又比如李元直,刚刚当上监察御史没两天,就一连上了几十道奏折,攻击朝中大臣,说现在的朝廷,是只有尧舜,没有皋夔。皋就是皋陶,尧的大臣。夔则是舜时的乐正。李元直的意思是说有圣君,无贤臣。雍正看了奏折,把他叫来质问:没有皋夔,哪有尧舜?李元直无言以对。结果,雍正对他的"处分",是把广东刚进贡来的荔枝赏给他。

然而雍正对某些批评者的处分却很重。比如直隶总督李绂原本也是雍正的宠臣,为允䄉的事还帮雍正背过黑锅。但李绂弹劾田文镜,却为雍正所不容,被贬为工部侍郎。监察御史谢济世"路见不平一声吼",也上奏弹劾田文镜(并未替李绂鸣冤),结果被革职,发往阿尔泰军前效力。李绂、谢济世只不过攻击了雍正的宠臣,就要受此严惩,陆生楠全面攻击康熙、雍正两朝政治,当然更不能为雍正所容。陆生楠是个小官,却喜欢议论大事。他著有《通鉴论》十七篇,对包括国家政体在内的许多重大政治问题都发表了不合时宜的见解。比方说,他认为目前这种中央集权的政治体制"害深祸烈",应该恢复到西周封建制。又讥讽康熙,说康熙前不能教育太子,以致有废黜之事;后不能预立储君,以致有骨肉之争。还说当皇帝的,抓抓大政方针就好,不要尽管些鸡毛蒜皮。在言论并不自由的时代,这些议论当然都是大罪。于是,雍正下令,将其正法。

和陆生楠一起被参的还有谢济世,罪名是借批注《大学》而讥讽时政。雍正下令,将谢济世和陆生楠一起处斩。等到陆生楠人头落地,行刑官却宣布雍正旨意:"谢济世从宽免死。"原来雍正也明白谢济世的"言罪"是冤案,却仍不肯放过这个爱提意见的家伙,非让他尝尝"陪斩"的滋味不可。雍正的刻薄,由此又可见一斑。

雍正的这些处置,让人甚觉乖张。同样是提意见,有的赏吃鲜荔枝,有的赏吃"刀削面"(杀头),到底是鼓励批评还是不准批评?

其实,雍正有雍正的标准和原则。正如他把马屁分成诚恳的和虚伪的两种,批评也有"诚恳的批评"和"虚伪的批评"。属于前者的。批评错了也不治罪;属于后者的,说得再对也要倒霉。批评者的待遇之所以有天壤之别,原因就在这里。

那么,什么是"诚恳的批评",什么是"虚伪的批评"? 标准也只有一个:诚。具体地说,凡站在皇帝的立场上,一心一意为皇帝着想,就是诚。这样的批评,就是"诚恳的批评"。相反,站在自己的立场上,夹杂着私心杂念,就是不诚。这样的批评,就是"虚伪的批评"。而且,只要属于心不诚者,不管是提出批评,还是提出建议,也不管他们说得对还是不对,统统都是小人的行为,小人的伎俩,因此不但不能鼓励,反而要受重罚。杨名时的挨整,原因就在这里。

然而杨名时也好,李绂、谢济世也好,都是朝野上下公认的君子。他们为人正派、清高,不贪污,不受贿,不投机,不钻营,敢于犯上抗颜,据理力争,很有些为真理而献身,为国家民族利益而不顾自身安危的精神,怎么是小人,又怎么会是小人?

雍正自有说法。他认为,小人有好几种。一种是钱名世式的,特点是投机钻营;一种是年羹尧式的,特点是忘恩负义。这两种小人,容易被人识破,所以无足为虑。还有一种小人最可怕,也最危险。他们的特点,是沽名钓誉。正因为是沽名钓誉,因此他们往往做正人君子状,甚至不惜作出牺牲,最能迷惑群众,混淆视听。由是之故,他们的危害性也最大。在雍正看来,李绂、谢济世、杨名时就是这样的小人。所以,朝野上下越是同情他们,雍正就越是要狠狠地整治他们。雍正这个独裁者,是从不顾忌什么舆论的。

在雍正看来,杨名时这一类人,向来就"喜沽名邀誉,置国家之事于度外"。这些人表面上看并不贪财,好像没有什么功利之心,其实,他们的利欲比谁都大。这个利,就是名,就是他们自以为得计,可以用来到处招摇撞骗的所谓"清名"。他们不贪污、不受贿,为的是这个"清名";敢抗言、敢犯上,为的也是这个"清名"。为了这个"清名",他们置国家、君父于不顾,放肆地宣扬自己的观点,顽固地坚持自己的立场,全然不把安定团结之类的大局和君尊臣卑之类的礼法放在眼里,一心一意只想博得众人喝彩,青史留名。雍正认为,这就是私,就是欲,就是不诚,就是无君!那好,既然尔等心中并无君父,朕的眼里也就容不得你们。你们不是要青史留名吗?朕成全你们,把你们都斩尽杀绝,看看还有没有人敢于效法?

雍正的上述心理,不难从他的许多朱批、上谕中看出,而他与杨名时等人的分歧,正是中国文化的悲剧所在。依照中国文化的基本精神,世界上最重要也最宝贵的是道德。人之所以不同于动物,就在于他们有道德。因此,有没有道德,就成了区别君子和小人、好人与坏人,甚至人与非人的惟一标准。杨名时他们这样认为,雍正也这样认为。而且,雍正理解的道德和杨名时他们理解的道德,都符合中国文化的道德标准,却又各不相同。这就不能不发生悲剧性的冲突。

杨名时、李绂、谢济世,还有陆生楠,他们都是饱读诗书、学问很好、满腹经纶的人。一个人,书读多了,便不免会思想,也不免会有自己的看法,但他们的独立见解,却超不出儒家学说的范围,尤其在道德问题上,更是恪守儒家观念。只不过,他们更愿意通过自己的思考,来理解儒家学说,并身体力行。因此,他们深信,道德修养是个人的事情,即所谓"为仁由己,而由人乎哉"?既然"为仁由己",则"我欲仁,斯仁至矣"。只要自己处以公心,问心无愧,就是"仁"。至于是否获得功名利禄,以及别人如何评价,都无所萦怀。这个"别人",就包括皇帝在内。这正是他们敢于和皇帝唱对台戏的精神支柱和道德支柱,即"当仁不让"。孔子说:"当仁,不让于师。"既然可"不让于师",当然也可"不让于君"。即便被君王罢斥或杀头,也无所畏惧。因为"仁人志士,无求生以害仁,有杀身以成仁"。而且,既然"仁"在自己心中,那么,为了自己心中的理想、信念、观点、学说而死,也是"杀身成仁"。显然,谢济世们要求保持自己人格的相对独立性,与他们理解的儒家道德并不矛盾。

雍正的理解也没有问题。儒家道德观念认为,世界上没有抽象的道德,只有具体的道德。这些具体的道德都存在于具体的人际关系之中,比如"君仁臣忠,父慈子孝"等等。既然如此,怎么可能有独立的人格?为人君者,尚且不能"不仁",为人臣者,以"忠"为德,却居然闹起独立来,那还有何德可言?所以,雍正特别痛恨那些特立独行,以道德自律、以道义自负的文人士大夫。如果他们自许清廉,则更加痛恨。因为清廉能给他们带来好名声,而这些好名声又会增加他们对君主保持独立的资本。结果,在雍正眼里,这些"清官"就比"贪官"还可恨。贪官只不过偷钱,清官却要窃名,而窃名就是窃国。

雍正还有一个逻辑,即任何人都不可能真正独立。如果对君主闹独立,那就一定在私下里结为朋党。因为"同声相应,同气相求"么!雍正整治杨名时、李绂等人,就因为视其为朋党领袖之故。他曾对鄂尔泰说:"朕整理科甲积习(因师生或同年关系结成朋党的习气),伊(指杨名时)挺身乐为领袖。"审理谢济世时,也严刑逼供,要他招认是李绂指使(谢济世的供词则是"受孔孟指使")。可见,雍正打击杨名时等,是一箭双雕:不准臣下搞独立,更不许他们结党。他最欣赏的是这样一种人:和谁都没有私人关系,只和他一人"结党",比如田文镜、李卫都是。

所以,雍正特别喜欢"孤臣"。这倒不完全是政治的需要,也和他的经历、处境、性格有关。他是一个孤独的人,从来就只相信自己,不相信别人。他多次告诫臣僚:"人是最难信的。只可以自己勤慎服劳,公正清廉做去。""他人是依仗不得的,惟求诸己好。""只要不走声气,不迎合权要,一己之费能几何,自然就容易了。"他还说:"一切总仗不得,大丈夫汉自己挣出来的方是真体面。"因此,"当取出大丈夫硬心肠,发狠做去"。他甚至要求臣下连家人后代都不要管:"儿孙自有儿孙福,且照顾自己为要。""要看得透,万不可被亲友子孙为己累。"雍正的性格和为人如此,则他对于所谓"朋党",就不但有出于政治需要的反对,也有因于心理原因的忌恨。

当然有一种情况是允许并鼓励的,那就是"奉旨结交"。比如雍正三令五申不准大臣结交王公,却又指示宠臣们结交怡亲王允祥,因为他需要允祥来充当他与臣下沟通私人感情的渠道。他又说,做人臣的,按道理是不能有私交的。但如果"同心体国,互相敬爱",则朕又惟恐你们不能这样。这就矛盾。到底是该交朋友还是不该交朋友呢?说穿了,就是不准别人交朋友,只准他一个人交朋友;也不准对别人有感情,只准对他一个人献忠心。换句话说,他是要和每个臣子单独"交朋友"。

阿弥陀佛!这样的朋友,如何交得起!

于是雍正便只能去体验孤独了。四年(公元1726年)端午,雍正作诗云:"九重三殿谁为友,皓月清风作契交。"这可真有点"举杯邀明月,对影成三人"的味道了。

但他并不后悔。雍正对自己一生所作所为,从不后悔,而且充满骄傲。正如他向世人之所宣布:"朕就是这样汉子,就是这样秉性,就是这样皇帝!"既然如此,我们还有什么话好说?

五 如此皇帝

雍正是一个什么样的皇帝?独裁皇帝。

雍正铲除异己,打击朋党,目的很明确,就是要把整个帝国,都置于他一个人的绝对统治之下。

这并不容易,然而雍正却做到了。

雍正的办法,是建立和完善了密折制度。所谓密折,说白了,就是皇帝与臣僚之间的私人秘密通讯,由一种专用的特制皮匣传递。皮匣的钥匙备有两份,一把交给奏折人,一把由皇帝亲自掌握,任何人都不得开启,也不敢开启,具有高度的私密性,故称"密折"。

密折制度的建立,是对传统政治制度的一项重要改革。本来,君臣无私义。君臣之间的文字往来,就只有"公文",没有私信。通常官方文书(公文)有两种。一种叫"题本",是谈公事的,要加盖官印;一种叫"奏本",是谈私事的,不盖官印。两种文书都由通政司转呈。皇帝御览之前,已先由有关官员看过,等于是公开信,无密可保。杨名时奏请修浚洱海,用的就是这种公开的题本。所以雍正认为他是故意把事情宣扬出去,以免别人(也包括皇帝)抢了他的功劳。题本和奏本无密可保,皇帝和臣僚之间某些不可告人的机密和难言之隐,就无法勾兑。而且,这种公事公办的形式,也不符合雍正和臣僚单独交朋友的想法。于是他便把始于顺治、康熙年间,但用得并不广泛的密折,发展成一种普遍运用的政治工具,并形成了所谓"密折制度"和"密折政治"。

　　密折制度显然比公文制度实用。除具有保密性外,还具有快捷方便的好处。题本是很麻烦的。它必须用宋体字工整书写,必须备有摘要和副本,必须先由内阁审核,必须在皇帝看后再用满汉两种文字誊写。密折则不必,它不拘形式,可以自由书写,写好后不经任何中间环节,直接送到皇帝手中。皇帝即拆、即看、即批复,直截了当,不耽误事。

密折政治也比特务政治高明。特务是明代政治制度的一个重要组成部分。明代帝王为了强化皇权,做了两件事。一是取消宰相,代之以阁臣,也就是不要国务总理,只要秘书和秘书长,国家元首和政府首脑由皇帝一人兼任。这个制度,清代继承了下来。二是建立特务机关。具体地说,就是让明代臣民谈虎色变的东厂、西厂和锦衣卫,合称"厂卫"。锦衣卫在明代建国之初就有了,是由皇帝幸臣管理的专事侦缉的特务机关。永乐十八年(公元1420年),又设立东厂,职司与锦衣卫相同,但由太监管理,与皇帝关系更近。到了明宪宗的成化年间,因两个太监争夺东厂,又设立了西厂。此外,在正德年间,明武宗因宠信太监刘瑾,还专为他设立了内行厂(刘瑾被诛后撤销)。特务机关如此之多,明代政治也就堪称特务政治了。

明代的特务政治极为恐怖。有一个流传很广的故事说:有一天,甲乙两人在酒店吃酒。谈及时事,甲称厂卫明察秋毫,乙则大骂厂卫横行霸道。甲劝乙少说这些话,乙说:怕什么,他们还能剥了我的皮不成?第二天,甲又上街,却被一个陌生男子拦住,说有要事相告,要请他吃酒。甲被带往昨天和乙吃酒的酒店。一进门,就见一张人皮钉在墙上,正是某乙。陌生人冷笑着说:看见了么?谁说不能把他的皮剥了! 某甲吓得魂飞魄散,暗自庆幸自己昨天没说厂卫的坏话,说的是好话。

明代的特务政治如此恐怖,自然极其不得人心,事实上也很不高明。朱元璋、朱棣他们的本意,大约是信不过手下的官员。这种担心当然有他的道理。天子高踞九重之上,深居宫阙之中,与外界十分隔膜。政令的发布,民情的上达,国家的管理,政权的维护,都靠官僚。这是任何帝王都不能不借助又不能不防范的力量。所以,除公开的监察机关(如御史台、都察院)外,还要有秘密的特务机关。但特务也要有人来做。官员信不过,特务就都可靠么?结果,官员因失去信任而心怀怨恨,特务则因权势过重而胡作非为。一个不尽心,一个干坏事,明王朝也就被折腾得垮了台。

密折政治就高明得多了。它虽然也含有不放心手下官员的意思在内，却表现为对官员的高度信任。这就是：只有皇上信得过的人，才给予密奏权。雍正一朝，有密奏权的人尽管大大超过康熙一朝（大约十倍），副省级以上官员都可专折密奏，但仍然是一种特权。封疆大吏一旦失宠，便会失去这特权；底层小官如蒙圣眷，也可以得到这特权。特权总是令人羡慕的，直接和皇上对话更是实惠甚多。尤其是那些品级较低又远在外地的官员，一辈子也难得和皇帝说上几句话。现在有了"直通热线"，有什么说什么，想告谁就告谁，顶头上司也管不了，还不怕泄密，其欢欣雀跃为何如？自然积极踊跃奏写密折，心甘情愿地充当皇帝的耳目。

皇帝的实惠也不小。废除了人人憎恶的特务政治，既省下一笔开支，又大得人心，还能防止特权的滥用。因为大小臣僚除了上折言事外，并无其他权力，也无特定组织，不会像明代的厂卫那样，变成帝国尾大不掉的毒瘤。但是，皇帝的耳目，却又不因特务机关的撤销而减少，反倒变得更多、更广。因为副省级以上官员，都变成了皇帝的耳目。这些耳目撒遍全国，无处不在，构成了一张无所不包又极其灵通的情报网络。这些耳目互相监控，又各不知情，只有皇帝一人居高临下，眼观六路，耳听八方，足不出户而天下事尽知。于是皇帝便成了帝国的神经中枢，成了全国惟一的全知全能者。遍布中央各部和全国各省有密折权的官员，是他的神经末梢，也是他手中的牌。皇帝可以用这些牌来运筹帷幄，也可以用这些牌让官员们竞争恩宠，自己坐收渔利。总之，正因为建立了密折制度这样一个"经络系统"，帝国的心脏和手足才真正联通了，皇帝也才真正成了国家的"元首"——帝国的意志所在。

雍正的密折政治，很值得专门探讨和研究。

自从秦始皇建立了中央集权专制体制，如何统治和管理我们这个幅员辽阔、人口众多的大一统帝国，一直是一个不可回避的难题。明清以前历代王朝的做法,是通过意识形态和伦理道德治国。这就是汉武帝要独尊儒术而隋唐要建立科举制度的原因。按照这个政治设计,我们帝国主要是由一大批熟读儒家经典、绝对忠于皇室的文官来管理的。农业时代的帝国虽然庞大,事务却并不繁杂,无非按期缴纳赋税和保证地方治安。另外两件并非常规性的工作,则是抵御外敌和救济灾民。如果风调雨顺,五谷丰登,官清吏廉,民风淳朴,则地方官是非常轻松的。所以那些承平时代的地方官员,常常有许多闲情,可以吟花弄月,甚至著书立说,可见工作不忙。但是,这种"太平盛世"的理想,却建立在并不牢靠的基础上。如果天旱水涝,颗粒无收,或官贪吏污,绅劣民刁,又如之何呢?那意识形态和伦理道德还管用么?只怕即便孔子在世,也无法敦风化俗。

何况,即便大家都是海瑞,也并非没有问题。这个问题就是:大家都是海瑞,还要皇帝干什么?难道真的"虚君共和"不成?没有哪个皇帝愿意成为"虚君"。封建王朝早期那些有为之君,更不愿意自己和自己的后代成为"名义上的国家元首",真的"政由宁氏,祭则寡人"(国家由权臣管理,皇帝只从事礼仪活动)。这种心态不能完全说是自私。因为大家都是海瑞,皇帝自然省心。但如果大家都是严嵩,还能省心吗?那时候,皇帝就得考虑脑袋还长不长在自己身上的问题了。

事实上,靠道德或礼仪来治国,是完全靠不住的(这一点我们前面已多次讲过),这才有了明代的特务政治。雍正总结历朝历代的经验教训,认为德治和礼治并不可靠(但也不能放弃),特务政治弊端甚多。惟一的办法,是实行"人治"。不过这种"人治",有特定的涵义,那就是:除了皇帝,其他任何人,都不能充当这种统治的主体。因此准确地说,它应该叫做"帝治"——皇帝一人的统治。

雍正以前,中国政治的主要形式,是德治与礼治。人治只是某些特殊时期的现象,而且其主体既不一定是皇帝(比如曹操是丞相,武则天是皇后和太后),也没有相应的制度来保证。相反,不少皇帝还无法行使治权(比如年纪太小)或主动放弃治权(比如明的万历)。其结果,则是任何王朝都不可能真正"长治久安",改朝换代总是不可避免。

显然,惟一的出路,是确保皇帝的"一人政治",使皇帝真正成为国家意志的惟一代表。密折制度的意义,便正在这里。

所以,密折制度并不仅仅是用来搜集情报和监控官员的,它还是一种重要的政治协商和秘密决策的手段。雍正朝许多重要的改革举措和重大决策,比如摊丁入亩、改土归流、疏浚运河等,都是先通过密折广泛征求意见,反复商酌再作决定,然后再由朝廷正式下达指令,向全国推行的。这种政治协商和征求意见,为什么不能采取御前会议等形式公开进行,而要诉诸密折呢? 这里面有雍正皇帝很深很细的考虑。召开御前会议,公开进行讨论,有诸多不利。第一,到会的都是中央部门的官员,地方上的意见听不到。第二,发言人不是揣摩皇上旨意,便是惟首辅、宰臣的马首是瞻,不能畅所欲言。第三,如引起争论,有伤和气,也容易导致门户朋党之争,不利于安定团结。第四,等于将尚不成熟的考虑公之于众,必然引起各方猜测,甚至引起骚乱和动乱,不利于朝局的稳定。

用密折来咨询,效果就好得多。中央的意见听得到,地方上的意见也听得到,此其一。因为是密折,没有旁人知道,发表意见的人就知无不言,言无不尽。种种不便公开表露的顾虑、苦衷、难言之隐,都能详尽地予以叙述,使人主对问题看得更透。而且,正因为敢说真话,不必做官样文章,反倒可能触及一些实质性的问题,此其二。因为密折内容严格保密,任何人都不得泄漏,因此不怕官员们私下里串联,形成左右人主思考的舆论力量,此其三。密折讨论具有非正式性,一旦发现有所不妥,立即就可收回,不会造成任何不良影响,此其四。雍正这一手,应该说很有道理,也相当高明。

雍正利用密折制度,不但避免了许多决策错误,少搞了许多"拍脑袋工程",而且掌握了大量情况。密折不是正式的文书,没有什么条条框框,也就可以无话不谈。事实上雍正也是这样要求的。他曾告谕有权密奏的官员,要他们多多汇报情况,诸如地方政事的利弊,地方官员的勤懒,顶头上司谁公谁私,下属官员谁优谁劣,军营是否纪律严明,气候是否风调雨顺,老百姓的生计如何,风俗是否淳朴,甚至米价、菜价、冤案、奇案,"悉可以风闻入告",而"不必待真知灼见",只要有可以调查的线索就行。因为密折只是反映情况,并不作为立案的依据,是非最终仍由雍正判断,所以讲错了也没关系。

这又是雍正的过人之处和高明之处。本来,密折是一种很危险的东西。它容易和告密联系在一起,甚至变成告密的一种方式,弄不好就会让人主上当受骗。所以康熙说:"令人密奏并非易事。偶有忽略,即为所欺。"谢济世也说:"告密之例,小人多以此谗害君子。首告者不知主名(不知是谁告的),被告者无由申诉,上下猜忌,君臣相疑。"然而雍正却把毒药变成了良药,玩火而不自焚。办法也很简单,就是"兼听"。也就是扩大有权密奏的范围,广泛地听取意见,使自己不至于被个别人的言论所左右,从而作出正确判断。他也允许被告申辩,只是不讲原告的名字。这样,一旦属实,举报者可以得到保护;万一被诬,被告人也能洗刷冤情。所以,武则天建立告密制度,制造了不少冤假错案;雍正帝建立密折制度,却保护了不少好人。因为某官被上司弹劾,雍正却能通过别的途径了解到实情,正所谓"大吏虽欲挤之死,而皇览独能烛其微"。难怪章学诚要认为那些"清节孤直之臣"能生逢雍正之世实在是万幸,是"虽使感激杀身,亦不足为报"了。

的确,对于不少人来说,遇到了雍正,真是摊上了一个好皇帝。

雍正十分重视用人问题。他多次说:"治天下惟以用人为本,其余皆枝叶耳!"这个道理,不少人都懂得,"尊重人才"的口号也喊了多年。问题并不难在知道用人的重要,而难在下面两个问题:怎么用?该用谁?这又实际上可以归结为一个问题:什么是人才?

对于这个问题,历来有两种看法。这两种看法,又可以归结为两个原则,即道德原则和能力原则。前者认为,德比才更重要。一个人,如果有才无德,就宁可不用。这种观点导致的后果,往往是"宁要听话的饭桶,不要不听话的人才",或"宁要奴才,不要人才"。后者则主张"惟才是举"。只要有能力,有才干,不仁不孝、盗嫂受金也不要紧。这种主张的后果,便难免文人无行,小人当道。当然,大家公认,最理想的还是"德才兼备"。问题在于,不能兼备怎么办?你是要德呢?还是要才?

雍正主张换一个角度来考虑问题。他很赞赏鄂尔泰的一段话。鄂尔泰说:"事有缓急难易,人有强柔短长。"一个人,如果用得不是地方,那么即便是有能力的人也可能没有效益,即便是有道德的人也可能耽误国事。相反,如果用得是地方,那么,即便是常人也能有所作为,即便是小人也能做好事情。总之,因才,因地,因事,因时来使用人才,那就一定能做到"官无弃人,政无废事"(安排职务没有不可用之人,施行政治没有办不成的事)。道理很简单:人和事都各得其所么!

这实在是太高明了。人事人事,不就是人和事么?何况,用人的目的,原本就是为了做事。所以,不能脱离事来孤立地考察人。那是永远都得不出正确结论来的。显然,问题不在于谁行谁不行,而在于会用不会用。比如朱轼,学问好,为人正派,贤良清正,但有些书生气,雍正便让他去教弘历读书。李卫,文化水平低,为人粗鲁,有江湖习气,但人很精明,胆子又大,办事利索,雍正便让他去抓强盗。结果两人都干得很好,德与才也不发生矛盾。如果反过来,让朱轼去抓强盗,李卫去教书,肯定都是一塌糊涂。可见,抽象地讨论德才问题毫无意义,而鄂尔泰在德才之外提出一个"事"来作为用人的原则,应该说是相当高明,也解决了一个长期争论不休的难题。

当然,德才二字也不可不讲,但雍正认为应该重新解释。在他之前,包括康熙皇帝在内,历代帝王都奉司马昭的"三字经"为圭臬。这三个字,就是清、慎、勤,也就是清廉、谨慎、勤勉。但雍正不以为然。他在藩邸多年,深知官场习气,早就把这三个字变了味道:清变成了装穷,实则沽名钓誉;慎变成了怕事,实则推诿扯皮;勤变成了琐碎,实则因小失大。结果,有着"清慎廉"美名的一些所谓"清官",其实是"巧宦"和"循吏"。他们或者只知洁己,不知奉公,或者大错误不犯,小毛病不断,总之都不做事。或饱食终日,无所用心;或群居终日,言不及义。但是,因为他们或自命清高,或胆小怕事,因此不会被考评为贪墨或浮躁,符合清与慎的标准。如果再能忙些鸡毛蒜皮的琐事,还能得到勤的考语。于是,朝廷即便发现某官并不称职,甚至是饭桶草包,也奈何不得。

雍正要做事,要搞改革,当然不能容忍这种陋习。因此,他提出新的标准,即公、忠、廉、能。这四个标准,其实是一以贯之的:忠君报国者必公,公而忘私者必廉,而有此公忠之心,则必勤劳王事,而至于能。实在秉赋能力太差,也可以培养学习或调作他用。总之,一个好的官员,应该同时是忠臣、清官、干吏、能员,并不光是只要清廉不犯错误,就能保住禄位,做太平官。比如吴桥知县常三乐,"操守廉洁"而"懦弱不振",就应该撤销知县职务,改任不理民事的学官。

雍正这个皇帝,确实有点不一般。他恨贪官,也恨庸官,而且特别讨厌那些因循守旧、明哲保身、尸位素餐、无所作为的"木偶官员"。他认为,国家设官任职,不是用来养饭桶的。凡是不称职守、办事不力、推诿扯皮、瞻前顾后的官员,统统应该罢免,腾出位子来任命能干的人。雍正说:"朕从来用人,只论人材。"一个人,只要忠诚,又有才能,就是德才兼备。至于他的出身、资历,是满人还是汉人,统统不予考虑。哪怕什么学历都没有,或者生活作风上有些小毛病,都没关系。比方说李卫,根本就没有什么学历。他那个户部员外郎,是花钱买来的。可就是这个小小的郎官,却敢顶撞亲王。他当郎中时,主管户部的某亲王特别贪婪。每过手一千两银子,他就要吃十两回扣。李卫也不含糊,就把这些钱装在一个大柜子里,外写"某王赢余"四个字,放在户部廊下,来来往往的官员人皆见之。某王被搞得十分难堪,再也不敢"抽成"。李卫之勇,也就名噪京师。雍正得知,心中暗许。即位之后,立即提拔重用李卫。元年任盐道,二年升藩司,三年擢为浙江巡抚,四年兼理两浙盐政,五年授浙江总督,六年兼理江苏盗案,七年加兵部尚书衔,复加太子太傅衔,最后当到刑部尚书和直隶总督,真是步步高升。

李卫这人,毛病不少,尤其是使气任性,粗鲁无礼。见上司不称官职,叫"老高"、"老杨";对下属动辄就骂,满口粗话。所以告他的人不少。雍正说:"李卫之粗率狂纵,人所共知者,何必介意",着意予以袒护。另一个宠臣田文镜,也是没有学历的,也是毛病多多,也是屡遭攻击和议论。但田文镜不但对雍正忠心耿耿,而且真是豁出命来干工作。他是推行雍正新政最卖力也最得力的一个人。雍正说他"察吏安民,惩贪除弊,殚竭心志,不辞劳苦,不避嫌疑",因此也一直在他最困难的时候给予最坚决的支持。而且,不顾田文镜在朝野上下声名狼藉,将他提拔为豫鲁总督。

据说,尹继善曾评论过当朝的三个"模范总督"。他对雍正说:"李卫,臣学其勇,不学其粗;田文镜,臣学其勤,不学其刻;鄂尔泰大局好,宜学处多,然臣亦不学其愎也。"的确,金无足赤,人无完人。雍正用人,取其长而不嫌其短,使之各尽其才,各逞其能,各得其所,这就决非庸主所能做到的了。

四年(公元1726年)十一月二十五日,雍正在直隶总督李绂的奏折上,批了一段意味深长的话。他说,你和朕相比,确实差得很远。为什么呢?你只是书读得多一点,而朕不但读了书,还"经历世故多年",所以,不管是动心,还是忍性,都有不寻常之处。朕不是大言不惭的人,也不是专恃帝王权威压服臣下的庸主。如果以为能"记颂数篇陈文,掇拾几句死册",就可以轻视小看朕躬,恐怕将来就会后悔莫及。

雍正说这话,也有他的苦衷。康熙也好,雍正也好,都是有自知之明的人。他们心里很明白,在汉族知识分子内心深处,他们这些大清帝国的皇帝,都是没文化的"野蛮人"。他们的帝国,是靠武力征服的野蛮手段建立起来的。而且,建国以后,还不得不掉过头来学习被征服者的文化。因此,大清皇帝和汉族文人就处于这样一种奇特的关系中:前者是政治上的胜利者,后者却有着文化上的优越感。文化可不是靠武力和强权就可以征服的。而且,文化的传播有一条规律:人往高处走,水往低处流,优势文化总是不可避免地会同化劣势文化。因此,康熙和雍正都很清楚,要让人服,得心服,而要汉族知识分子心悦诚服,就必须和他们谈文化。

实际上,两位满族皇帝的汉文化水平,早就已非一般汉族士人可比。何况他们还懂满文、蒙古文,熟悉满文化和蒙古文化(康熙则还有西学学养，真正学贯东西），更非一般汉族知识分子可比。只要不带民族偏见，都应该承认他们够资格当中国的皇帝，至少比明代的皇帝强。中国历代王朝的皇帝，就数明代的最差。不是昏，就是暴，要不就是懒，好一点的又平庸。好容易出了个想做事的，又气数已尽。然而，尽管康熙皇帝已表示了他对汉文化由衷的钦慕，也表现了他一流的汉文化水平，一些人的思想还是转不过弯来。因此雍正认为，如果不把对他们的统治深入到思想文化领域，那么，这种统治就仍然并不牢靠。

于是，雍正做了两件事。一是尊孔，二是谈佛。

雍正的尊孔，超过了前辈的所有帝王。他封孔子五世先人为王，他下令对孔子的名讳要像对君主一样予以敬避，他向孔子的牌位行跪拜礼。这些事情，都是连汉族自家的帝王也没能做到的。皇帝号称"天子"。除对天地、祖宗和父母，均不能下跪。雍正向孔子行跪拜礼，就是把孔子抬到与天地君亲同等的地位，当然是无比之尊了。

雍正的姿态，确实很高。过去，历代帝王巡视太学，都称"幸学"，也就是帝王幸临学府的意思。雍正认为，这虽然是臣下尊君之意，但"朕心有所未安"。因此，应改为"诣"，就是拜访、请教的意思。王朝时代，最尊贵的就是帝王。无论他到哪里去，都是巡幸，都是给别人赏脸。惟独到了学校，却不是"光临指导"，而是"拜访请教"，这就不但是对知识、对文化的尊重，而且是对全体知识分子的尊重了，自然大得人心。而得天下读书人之心，也就占有了中国文化的半壁江山。

然而雍正还认为不够。他深知，读书人的心，并不那么好征服。上述举措，也许能让他们感动，却未必能让他们佩服。要让他们佩服，还得拿点"干货"出来。于是雍正便和他们谈儒学。雍正曾对前来参加考试的举子们说：你们平时总说礼义廉耻，但你们真的懂得什么是礼义廉耻吗？懂得仪文礼节，学会进退揖让，那只是"小礼"。知道重义守信，能够谨言慎行，那也只是"小义"。施教育民，敦风化俗，使天下人为臣尽忠，为子尽孝，才是"大礼"。开诚布公，坦平正直，使天下人无党无私，和衷共济，才是"大义"。这话确实站得高，看得远，讲得深。那些士子们在惊讶之余，也只能表示心悦诚服。

雍正不但谈儒,也谈佛。十一年(公元1733年),他在宫中举行法会,亲自说法,并收门徒十四人,即:爱月居士庄亲王允禄,自得居士果亲王允礼,长春居士宝亲王弘历,旭日居士和亲五弘昼,如心居士多罗郡王福彭,坦然居士大学士鄂尔泰,澄怀居士大学士张廷玉,得意居士左都御史张煦,文觉禅师元信雪鸿,悟修禅师明楚楚云,妙正真人娄近垣,僧超善若水,僧超鼎玉铉,僧超盛如川。其中,俗家八人(四亲王一郡王两学士一御史),和尚五人,道士一人。雍正自号破尘居士,又号圆明居士。皇帝、王公、大臣、和尚、道士,不伦不类地聚在一起坐而论道,真是煞有介事。

其实,早在藩邸时,雍正便已礼佛。当了皇帝以后,日理万机,又要照顾那些儒学大臣的情绪,谈佛谈得少些了,但一谈就不得了。有个故事是雍正自己说的。雍正对年羹尧说:京城里有个姓刘的道士,久负盛名,自称有好几百岁,会看人的前世,说怡亲王前世也是个道士。朕听了好笑,对怡王说,他是个道士,你也是个道士,这是你们生前的缘法。只有朕搞不明白,究竟是什么缘故,你这个道士要来给我这个和尚出力?怡王不能答。朕就告诉他,什么真佛真仙真圣人,不过是我们大家来为众生栽种福田。那些无此力量的,"还得去做和尚,当道士,各立门户,方使得"。也就是说,他雍正皇帝虽然没有出家,却比出了家的和尚道士还厉害,还要功德圆满。他哪里只是什么"和尚"、"野僧",简直就是"活佛"、"教主"!

天底下居然还有这样的皇帝!

应该承认,雍正的儒学水平和佛学水平都不低。比起那些腐儒和愚僧来,不知高明多少倍!他确实把握了儒学和佛学的精髓。儒家讲"修齐治平",佛家讲"普渡众生",说来说去,不就是让大家过好日子,让大家感到幸福吗?这就要栽种福田。而在雍正看来,这个福田,并不在西方净土,而就在东土人间。因为现在东土已经有了一个不是释主的释主,不是孔丘的孔丘。他不是别人,就是朕——雍正皇帝爱新觉罗胤禛。

现在,雍正已经从思想上(崇儒礼佛)、组织上(举贤用人)和制度上(密折政治)把自己武装起来,他可以给他的帝国动手术了。

六　如此帝国

雍正的帝国情况不妙。

雍正的前任圣祖仁皇帝康熙,亲手创造了一个"太平盛世",也留下了严重的后遗症:吏治腐败、税收短缺、国库空虚。雍正接手时,国库储银仅八百万两,而亏空的数字却大得惊人。雍正说:"历年户部库银亏空数百万两,朕在藩邸,知之甚悉。"又说,"近日道府州县亏空钱粮者正复不少","藩库钱粮亏空,近来或多至数十万"。如此看来,则堂堂大清帝国,竟是一个空架子。外面看强盛无比,内里却空空如也。

国库空虚,关系非浅,新皇帝岂能坐视?

然而钱粮的亏空,又不简单的只是一个经济问题。各地亏空的钱粮到哪里去了?雍正看得很清楚:不是上司勒索,就是自身渔利,而户部的银子,则被皇帝和权贵们在"不借白不借"的心理支配下"借"走了(其实也就是侵吞)。这么多人来挖国家的墙角,国库还有不空的道理?但是,从中央到地方,各级官员的贪污、挪用、借支公款,又确有其"不得已"处。因为清从明制,官员俸禄极低。正一品官员的年俸不过纹银一百五十两,七品县令则只有四十五两。这点奉银,养家糊口都成问题,更不要说打点上司、迎来送往和礼聘幕僚了。从这个意义上讲,明清两代吏治的腐败,是给逼出来的。①

由此可见,亏空关系到吏治,吏治又关系到体制,这是一个连环套。这个连环套上的每一个环节,都含糊不得。如果说,打江山要靠枪杆子,那么,治江山就得抓钱袋子,所以亏空不能不补。吏治的腐败是最大的腐败,所以吏治不能不抓。两件事既然都与制度有关,则制度也不能不改。雍正把这一切看得十分清楚。因此,清理亏空这件事,在他那里就变成了体制的改革。

---

① 关于这一点,本书在《海瑞》一章中已有阐述,请参看。

不过,事情还得从清理亏空做起。它是最好的突破口,也是当务之急。

康熙六十一年(公元1722年)十二月十三日,即康熙皇帝去世刚好一个月时,雍正皇帝下令户部全面清查亏空钱粮。雍正不顾乃父"尸骨未寒",就要对康熙留下的积弊大动干戈,可见其决心之大,也可见事情之紧迫。这是雍正即位之后的第一个大战役,关乎国本,也关乎帝位。一旦无功而返,或半途而废,不但雍正自己身败名裂,国本也可能为之动摇。因此只能胜,不能败,只能进,不能退。

然而雍正信心十足。

雍正的自信是有道理的。他确实不是糊涂皇帝,更不是纨绔阿哥。而且,与乃父康熙皇帝相比,他还有一个优势,就是洞悉下情。各级官员有什么鬼心眼,小动作,官场上又有那些流习和积弊,他都一清二楚。他深知,下级对上级,地方对中央,向来就是"上有政策,下有对策"。中央的政令到了下面,没有不打折扣的。清查亏空牵扯到那么多官员的切身利益,岂有不研究对策之理? 那好,你研究,我也研究。你有对策,我更有对策。我的对策是:先研究你的对策,再出台我的政策。我的政策是针对你的对策来的,看你还有多少对策!

这一下,贪官污吏全都傻了眼。

雍正确实太了解下情了。他知道,靠贪污犯去查自己的贪污,那是永远也查不出来的。他们的上司也同样不可靠。因为没有一个贪污犯不巴结上司,不给上司行贿送礼。如果他不巴结上司,或者上司不接受贿赂,他还能混到今天? 早就被查出来,被弹劾罢官了。即使他的上司是清廉的,也不可靠。因为地方上的亏空如此严重,贪墨如此猖獗,他们居然毫无动作,那就只可能是三种情况:要么是昏官,对下情一无所知;要么是庸官,知情而不敢举报,或无力纠察;要么是混蛋,为了保住自己的官位官声,对下面的胡作非为睁眼闭眼,包庇纵容,搞"地方保护主义"。靠这些人去清查亏空,那才是竹篮打水一场空。因此即便他们手脚干净,也不能依靠。

雍正的对策是派出钦差大臣。这些省级或副部级的特派员直属中央，与地方没有任何瓜葛，而且都是为官清正又精明强干的能员。这些人，既无前车之鉴，又无后顾之忧，且直接归皇帝领导，不尽心也会尽心。何况，这些特派员也不是光杆司令。雍正从各地抽调了一大批候补州县随团到省，与特派员一起查账。查出一个贪官污吏，立即就地免职，从调查团里选一个同级官员接任。这是一着妙棋，也是一着狠棋。因为雍正深知，官官相护，是官场顽症。历来的继任官，总是会帮着前任补窟窿，然后自己再留下一大笔亏空，让后任去擦屁股。亏空之所以总也补不上，这是其中的原因之一。但这一回，后任是来查账的，当然不会替他打圆场，做掩护。这样，这个贪官就再也无处遁逃，只有低头认罪，接受处罚。而且，因为没有后任给他补漏洞，他当然也不愿意为前任背黑锅。于是，就连他的前任，甚至前任的前任，如有贪污挪用，也难逃法网。

贪官们当然不愿束手就擒。他们还有对策，即借钱借粮来填补亏空。这也是老办法：上面要来查账时，就从当地富户那里借些钱粮来放在库里。上面的来人一看，分文不少，检查团一走，这些钱粮又还回去。因为是官借，利息既高，又不怕不还，再说富户们也不想得罪地方官，因此这个办法也屡试不爽。

可惜这种伎俩也逃不过雍正的法眼。雍正在派出特派员的同时，也给这个地方的老百姓先打招呼：谁也不能借钱粮给官府。要借也可以，这些钱粮既然被说成是官府的，朕就认它是国家所有，你们这些借钱借粮给官府的人，就再也别想把它们收回去。

这一下，谁也不肯借钱借粮给贪官们了。富户们不想得罪官员，更怕得罪皇帝。再说，他们也不愿意自己的钱粮白白地送给公家。贪官污吏的又一条对策被雍正事先粉碎。

不过，这还只是雍正一系列对策的一部分。

雍正的又一个重要举措是成立"会考府"。会考府是一个独立的核查审计机关，成立于雍正元年（公元1723年）正月十四日。它的任务，是稽查核实中央各部院的钱粮奏销。雍正深知，钱粮奏销，漏洞很大。一是各省向户部上缴税银或报销开支时,户部要收"部费",也就是现在说的"好处费"、"茶水费"。没有"部费"的,哪怕是正常的开支,亦无手续或计算方面的问题,户部也不准奏销,甚至拒收税款。相反,如果有"部费",即便是浪费亏空上百万,也一笔勾销。二是各部院动用钱粮,都是自用自销,根本无人监督。这也是多年积弊,古已有之的。比如海瑞当应天巡抚时,上缴国库的税银就因为没有"部费"而被户部拒收。海瑞的办法,是写信给户部长官,质问他们是为公还是为私。户部知道海瑞惹不起,这才收了税银。

海瑞是个地方官,当然只好如此。雍正是帝国元首,岂能容忍部院官员如此贪墨?但他知道,讲道理是没有用的,做思想工作也是没用的,甚至杀一儆百也是不管用的,惟一的办法是改革制度。于是,就有了会考府这个中央集权的审计机关。从此,各地方上缴税银或报销开支,各部院动用钱银和报销经费,都要通过会考府会考(稽查核实),谁也做不了手脚。部院长官既无法贪污,地方官员想通过花一点好处费,就把自己上百万的亏空全部赖掉,也成了不可能的事。

墨吏们掩饰亏空应付检查的主要方法,无非是这三种:靠上司包庇、借钱粮充账、花小费报销。这三条退路都被雍正堵死,他们也只好认账。但他们还有一个手腕,就是把贪污说成是挪用。这是避重就轻之法。我们知道,钱粮的亏空,原本有两个原因,即贪污和挪用。虽然都犯了王法,但贪污罪重,挪用罪轻。何况,挪用有时还是因公,比如紧急救灾、临时招待、应付上司等,属"情有可原"。而历朝历代的做法,都是先查贪污,后查挪用,这就给贪官留了空子。雍正对这一弊端了如指掌。他说:"借挪移之名,以掩其侵欺之实",是贪官污吏的一贯伎俩。如果"万难掩饰",便把数额多的说成是挪用,数额少的说成是贪污,"为之脱其重罪"。结果,是"劣员无所畏惧,平时任意侵欺,预料将来被参(举报),亦不过以挪移结案,不致伤及性命,皆视国法为具文,而亏空因之日多矣"。

雍正当然不能让他们得逞,于是反其道而行之,先查挪用,后查贪污。而且,在追补赔偿时,先赔挪用部分,后赔贪污部分,一分一厘都不能少。更重要的是，无论贪污还是挪用，每一笔账都要查清楚，不能混淆。这一下，贪官们最后一条退路也被堵死。

现在雍正便可以"关门打狗"了。打的办法也有三种：一罢官，二索赔，三抄家。

罢官是针对所谓"留任补亏"来的。这也是历朝历代的老办法，即查出亏空后，勒令该官在限期内补齐。但是，有哪个贪官会从自己身上挖肉下来填补亏空呢？必然是加紧盘剥百姓。正所谓"不取于民，将从何出？"结果，国库是充盈了，百姓却大吃苦头。雍正要改革，既要国富，也要民强，不能让贪官污吏分文不损，平民百姓加重负担。因此，他的对策，是先罢官，后索赔。一个被罢免的官员当然无法再鱼肉百姓了，他们只能自己掏腰包，自己出血。至于这些官员们是怎样好不容易才熬到那个官位的，雍正可不管。他的观点是："朕岂有惜此一贪吏之理乎？"

索赔也不含糊。杀人偿命，借债还钱，亏了国库，岂有不赔之理？雍正下令，清查之中，无论涉及到什么人，都决不宽贷。比如户部查出亏空白银二百五十万两。雍正责令户部历任尚书、侍郎、郎中、主事等官吏共同赔偿一百五十万两，另外一百万两由户部逐年偿还。雍正自己的十二弟履郡王允祹因为主管过内务府，在追索亏空时，还不出钱，只好将家中器物当街变卖。皇上至亲尚且如此，还有哪个官员能够赖账？

雍正还规定，严禁任何人垫付或代赔。过去追赃时，常有下属和百姓代为清偿的，而朝廷往往只要能收回银两，也就不管钱从何来。然而雍正不以为然。他说，即便下属州官县官有富裕，也只能用来造福地方，怎么可以替贪官退赃？至于士民代赔，更是混账。无非一是土豪劣绅勾结官府，想留下那贪官继续执政；二是流氓恶棍趁机敛财，借替长官还债为名敲诈百姓。因此雍正明令不准。他的板子，必须结结实实地打在贪官污吏的屁股上。

这就不但要追赔，还要抄家。元年八月，雍正采纳了通政司官员钱以垲的建议：亏空官员一经查出，一面严搜衙署，一面行文原籍官员,将其家产查封,家人监控,追索已变卖的财物,杜绝其转移藏匿赃银的可能。赃官们的罪一经核实,就把他的家底抄个干净,连他们的亲戚、子弟的家也不放过。雍正下令:"丝毫看不得向日情面、众人请托,务必严加议处。追到水尽山穷处,毕竟叫他子孙做个穷人,方符朕意。"此令一下,全国一片抄家声,雍正也得了个"抄家皇帝"的封号,甚至连牌桌上都有了一种新打法:抄家和(音胡)。

看来,赃官们真只有"死路一条"了。

可惜,在雍正时代,他们连"死路一条"都没有。雍正的政策是:死了也不放过他!四年,广东道员李滨、福建道员陶范,均因贪污、受贿、亏空案被参而畏罪自杀。雍正下令,找他们的子弟、家人算账!雍正指出,这些家伙自知罪大恶极自身难保,就想一死抵赖,牺牲性命保住财产,让子孙后代享用。因为依照人之常情,杀人不过头点地。人一死,再大的不是也一了百了。可惜雍正不吃这一套,也不管什么常情不常情,骂名不骂名。他要做的事,一定要做到位,谁也别想有侥幸心理。

不错,反腐败连死人都不放过,追穷寇一直追到阎王爷那里,表面上看起来是狠了一点。但在贪墨成风的年代,不下这样一个狠心,就刹不住贪污腐败之风。事实证明,雍正这一系列政策和对策,确实沉重地打击了贪官污吏,帝国的吏治也为之一清。雍正反腐倡廉仅仅五年,国库储银就由康熙末年的八百万两增至五千万两。更重要的是,社会风气改变了。"雍正一朝无官不清"的说法,也许夸张了点,却是对雍正治国的公正评价。

我们真的要向这位满族皇帝致敬了!一件向来都虎头蛇尾的事,竟被他做得大获全胜,干净彻底。

雍正的高明,还不仅于此。

就在举国上下穷追赃款、整治贪官的同时,雍正也在思考一个更带根本性的问题:怎样才能从制度上杜绝贪墨,保住官员的清廉?

这个问题想得很深。我们知道,反腐和倡廉是联系在一起的。而且,倡廉比反腐更重要。没有保证官吏清廉的制度,腐败就会像割不尽的韭菜,一茬又一茬,真的"野火烧不尽,春风吹又生"。于是,雍正决定进行两项重要的制度改革,那就是耗羡归公和高薪养廉。

耗羡,也就是我们前一章说到的"常例",即火耗、米耗等等。是一种正常税收外的附加税。这是一种半公开、半合法的贪污,弊端甚多又取消不得,连康熙皇帝也只好睁只眼闭只眼,随他去。但雍正不肯含糊,决心改革。他的办法,就是耗羡归公。具体地说,就是将过去由州官县官私征私用的耗羡,统统上缴省库,然后再由省里发给州县。表面上看,耗羡并没有免收,州县也照样拿钱,只不过多了一道手续。这种改革,有什么意义?

雍正认为意义很大。首先,耗羡归公,就像今天的"费改税"一样,是为耗羡正了名,也为耗羡作了规范。过去,耗羡名不正言不顺,又不能不收,结果是乱收乱摊派。国家得不到一分钱的好处,老百姓却加重了负担,于国于民都不利。现在,耗羡归公了,国家便可以名正言顺地进行规范(主要是规定提取的比例),而州官县官因为多收无益(反正只能从省里领到规定的数额),就不会再乱摊派。这样,老百姓并没有加重负担,国家却得到了好处,于国于民都有利。

其次,端正了上下级的关系。过去,征收耗羡的,是州官县官。支配这些附加税的,也是州官县官。他们的上司,既无从征收,更无权支配。当然,州官县官收了耗羡,也要分送上司,结果上司反倒成了靠州县养活的人。这样一来,就势必造成一个严重后果,即"州县有所借口而肆其贪婪,上司有所瞻徇而不肯查参"。也就是说,州县的贪墨会越来越猖獗,而上级的监察反倒越来越疲软。为什么呢?拿了人家的手软么!

耗羡归公以后就不一样了。州县征求耗羡,不过是完成任务;上司发还耗羡,也不过是发放津贴。对于双方来说,都不是"红包"。既然不是红包,也就没有人情,该怎么着就怎么着。州县既不敢借口孝敬上司而加重盘剥,上司也可以理直气壮地管理下级。所以,耗羡归公虽然麻烦一点,却不是多此一举。这就是雍正所说的:"与其州县存火耗以养上司,何如上司提火耗以养州县乎!"颠倒一下,大不一样。

因此雍正相当看重这一道手续。耗羡归公初行之时,一些州县认为其中一部分反正要返还,干脆先扣下来算了,免得麻烦。然而雍正不准。他认为,此例一开,后患无穷。如果允许州县自行留成,那比例一定没有谱,"势必额外加增,私收巧取,浮于应得之数,累及小民"。上司因为应取之数已足,也就不再过问,结果难保不产生新的腐败。因此,耗羡必须全部如数缴公,再由督抚按数发还。宁肯麻烦一点,也要堵住漏洞,防患于未然。

雍正规定,归公的耗羡,有三大用途。一是填补亏空,二是留作公用,三是发放"养廉银"。这是耗羡归公的配套措施,也是反腐倡廉的配套措施。雍正为人虽然不免冷酷刻薄,但他的冷酷刻薄只用于权力斗争,也只施加于他仇恨和憎恶的人。对于一般人,他是通情达理的。他并不要求官员们饿着肚子办公(也办不到),相反还主张他们有体面的生活。他认为,大小官员,都应该"取所当取而不伤乎廉,用所当用而不涉乎滥",既不可以盘剥百姓鱼肉子民,也不可以故作清贫沽名钓誉。但是,俸禄不能提高,而贪污又不允许,官员们怎样才能保证生活的体面呢?这就要靠"养廉银"。所以,耗羡不可不收,也不能不给官员们用,但要有规矩。一是要适度,二是要合理。其标准,则是官职的高低、政务的繁简和赋税的多寡。由这三个坐标系定出养廉银的数额,多收就是贪墨。

养廉银的数字相当可观。比如总督的年薪是白银一百八十两,而福建总督(浙闽总督)的养廉银则是一万八千两,一百倍。县官的年薪是四十五两,而其养廉银至少也有四百两,多的可达两千两,倍数也很不小。雍正的意思很明确:你们的合法收入已经够用了,再贪污就是存心找死。

养廉银的另一层意思,则是官员收入的公开化。以前,官员们收耗羡,收礼金,收常例,全都是"黑箱操作"。谁贪谁廉,弄不清楚。现在清楚了。以后谁的收入和养廉银差距太大,就可以查他的"巨额财产来源不明"罪。因为雍正在推行养廉银制度的同时,还做了三件事情,或者说三个配套措施。一是给吏、户、兵、刑、工五部尚书、侍郎(正副部长)和管部务的大学士发双俸。因为他们没有养廉银可领,手上又有权,难免地方官来和他们搞权钱交易。其他京官,也有所津贴。二是规定办公费用。这些办公费也发给各地方官,任其使用,不再实报实销。这样一来,官员们办公,用的就是自己的钱,当然要学会节约。结果,借口办公要用钱而损公肥私的漏洞堵住了,奢靡之风也刹住了。

第三件事情就是取缔陋规。具体地说,就是严禁馈送礼金和索取规礼。所谓"规礼",就是约定俗成的礼金。比如山东的州官县官拜见巡抚一次,衙门里就要收门包(也就是开门费和通报费)十六两。缴纳一千两税银,则要另缴三十两手续费。下级拜见上级,本来是谈公务,却要先用银子作敲门砖;纳税人缴税是尽义务,却要另外拿钱答谢收税人。这是什么规矩? 混账规矩!因此雍正勒令取缔。他很赞成田文镜的观点:"欲禁州县之加耗加派,必先禁上司;欲禁上司,必先革陋规。"因此雍正通令全国:"倘有再私收规礼者,将该员置之重典,其该管之督抚,亦从重治罪。"

现在,雍正几乎把所有导致腐败的漏洞全堵住了。他应该成功了吧?

可惜没有。

公元1735年,雍正去世,乾隆继位。就是从他这个宝贝儿子、历来被吹捧得无比之高的高宗纯皇帝开始,大清帝国又重新走向腐败。乾隆朝大学士和珅,家财竟达八万万两,相当于当时政府十年的财政收入,法王路易十四私产的十四倍;也相当于雍正五年国库储银的十六倍,康熙末年国库储银的一百倍。

古人云:"君子之泽,五世而斩。"雍正的改革不及二世而斩,流产也未免太快了一点。

这是很值得我们深思的。

雍正以前,中国历史上也曾有过多次虎头蛇尾、不得善终的改革。

究其所以,无非决心不大,力度不强,准备不足,思路不对,配套措施跟不上等等原因。这些问题,雍正都没有。第一,雍正是皇帝,而且乾纲独断,大权独揽,说一不二,雷厉风行,这是历代改革名臣所无法比拟的。第二,雍正久在藩邸,辅政日多,做皇子时,就已经洞悉帝国弊端,对将来的改革早有成熟的思考,可谓预谋已久。第三,雍正的改革,思路完全对头,措施也很得当,可谓紧锣密鼓,丝丝入扣,步步为营,切中肯綮。许多做法,直到今天也仍有借鉴意义。还有一点也很重要,那就是雍正完全具备一个改革家的条件和素质。他自信十足又洞悉下情,勤政不息又讲究效率,刚毅果断又处处小心,广开言路又从善如流。他不是自不量力又好大喜功的皇帝,也不是好胜心切又文过饰非的庸主。他的强力意志和铁的手腕,是建立在这样三个基础之上的:关外旗人的剽悍英武,预政皇子的丰富阅历,满汉文化的精神熏陶。这就使他的改革,既能有大动作,大手笔,又防微杜渐,严丝合缝,总之是长袖善舞,游刃有余。

那他为什么终于还会失败?

我们不妨反过来看看,他当时为什么能够成功。

雍正的改革,在他执政期间能够卓见成效,除前述原因外,还因为他依靠了手中惟独帝王才有的绝对权威。也就是说,他能够推行改革,靠的是强权和特权。所谓"雍正改元,政治一新",离不开这个最重要的条件。比如耗羡归公,最早是湖广总督杨宗仁、山西巡抚诺岷和河南巡抚石文焯提出来的。雍正将这一议案交九卿会议讨论,结果是多数不能赞成。其他官员,也纷纷上疏反对。如果这样争执下去,这项改革的实施,就会成为永无期日的事情。雍正的办法,是发出上谕,斩断争论,并将碍事的官员调离,强制推行。他甚至连在山西搞试点的建议都不采纳。他说:"天下事,惟有可行与不可行两端耳!如以为可行,则可通之于天下;如以为不可行,则亦不当试之于山西。"显然,如果不是他独断专行,由着官员们去争论,这项改革当时就泡了汤。

这就是所谓"惟以一人治天下"了。或者说,就是人治和独裁。从耗羡归公这件事看,独裁和人治也没什么不好。如果雍正不独裁,事情就做不成。但这种制度是极其靠不住的。试想,如果有此独裁之权的是个混蛋、草包或者暴徒,会怎么样呢?他强制推行的,恐怕就不是耗羡归公或摊丁入亩等利国利民的改革,而不知道是什么祸国殃民的名堂了。

也许,正是预见了这一危险性,中国文化才设计了德治和礼治的方案,作为对皇帝"一人政治"的制约。也就是说,皇帝也不能胡来。所作所为,必须有德、遵礼。但这也是想得倒好而已。因为德与礼又同时规定了,皇帝的绝对权威是不容置疑和不可动摇的。如果你反对皇帝的独裁,那么,悖德和违礼的反倒首先是你自己。因此,尽管有德与礼的制约和规范,历史上失德无礼的皇帝仍并不少见。德与礼拿他们毫无办法,只有等着改朝换代的时机到来。

当然,德与礼也规定了,君无道,可以天下共诛之,天下共讨之。不过,这种"无道",一般公认应该达到桀、纣的程度。如果只是像明代的万历皇帝那样消极怠工,德与礼也同样无可奈何。

其实,即便是勤政睿智如雍正,也不是没有问题的。雍正为了保证自己大权独揽,又不出任何差错,只好亲自听取各方意见,亲自过问大小政务。于是,他每天除完成各种礼仪,接见众多官僚外,还要亲自阅读大批奏章,并一一作出批复,平均每天撰写朱批七八千字。任何从事写作的人都知道,每天七八千字是什么概念。有几个皇帝能有雍正这样勤奋的精神、敏捷的头脑和旺盛的精力?就是有,迟早也得累垮。他的后任,或者没有他的头脑,或者没有他的精力,或者没有他的工作热情,或者不想把自己累垮。雍正的这一套做法,只可能后继无人。

更重要的是,雍正改革赖以成功的条件和他改革的目标是根本相悖的。雍正要惩治的是腐败,反腐败的力量是他的特权,而特权又恰是腐败之源。没有特权,不会滋生腐败;没有特权,又无法惩治腐败。这是一个死结。在封建专制的王朝时代,没有人解得开,雍正也不例外。

还有一点,也是雍正想不到的。他改革的阻力,并非只是一批冥顽不化或居心不良的官员,还有强大的传统势力。这种势力是一种文化力量,并非哪个人可以扭转和对抗。比方说,他能不让人们讲人情,讲面子,讲世故吗?不能。那他就无法根除这些现象:请客送礼、拍马逢迎、拉帮结派、党同伐异、争风吃醋、损公肥私、敷衍搪塞、扯皮推诿、人情大于王法等等。这些东西不铲除,政治的清明和官吏的廉洁最终都只能是一句空话,被整治的腐败迟早也会死灰复燃。

雍正当然不可能反对特权,反对人治,反对传统文化。

所以,雍正他成不了赢家。

七 谁是赢家

雍正的一生,是奋斗的一生。

雍正总是那么稳操胜券斗志昂扬。前半生,他为夺取皇位而斗;后半生,他为巩固政权而斗。他斗败了兄弟,斗败了权臣,斗败了贪官,也斗败了被他认为是沽名钓誉的清官。最后,只剩下他一个孤家寡人,还有为数不多的几个还算贴心的人。那么,他感到胜利的喜悦了吗?

不,他感到很窝囊,很委屈,还有点犯虚。

这似乎很矛盾。雍正,他不是一直都充满自信问心无愧的吗?是这样。在所有的斗争中,这个满族汉子都没犯过怵。整治年羹尧时,近臣中有人怕年在陕西称兵作乱,劝雍正不可过严,雍正把这种劝告看作无识之见。他说:"洞观远近之情形,深悉年羹尧之伎俩,而知其无能为也。"雍正心里有数,胆气很足。他对自己的评价也不低:"朕反躬自省,虽不能媲美三代以上圣君哲后(元首),若汉唐宋明之主实对之不愧。"他认为自己比得上汉唐以来历代君主。这不是大言不惭,是有事实做根据的自信。

既然如此,又何必编印什么《大义觉迷录》?

《大义觉迷录》堪称奇书。它首先奇在皇帝与逆贼对簿公堂。中国古代,民告官的事都极为罕见(告也可以,告赢了也要判刑),皇帝自己跑到公堂上充当被告，与谋逆的反贼一本正经一五一十地展开"法庭辩论"真是千古奇闻！辩完了还不了事，还要把辩论记录公布于众，就更是近乎天方夜谭。只有雍正这样的奇人才做得出这样的奇事，也只有雍正这样的奇人，才会制造这样的奇案。

记录了这一奇案的《大义觉迷录》大体上包括这样几个方面的内容：一、收入卷一的雍正特谕两道。两道特谕，都是针对曾静的指控而来。第一道主要讲清朝顺天得民，是大一统的正统王朝，满洲不过是清人的籍贯，清人从李自成手上夺取政权是为大明报仇等。这是为大清政权做辩护。第二道主要逐条驳斥曾静对雍正谋父、逼母、弑兄、屠弟、贪财、好杀、酗酒、淫色、诛忠、任佞十项指控，是为雍正自己作辩护。这两道特谕，无妨看作是雍正作为"被告"的辩护词。不过，第一道是作为帝国法人代表的陈述，第二道才是他自己的答辩。

二、收入卷一的"奉旨问讯曾静口供十三条"和收入卷二的"奉旨问讯曾静口供二十四条"。前十三条，批驳曾静写给岳钟琪信中的主要观点；后二十四条，批驳曾静《知新录》一书中的主要观点。这些批判，由内阁九卿大臣与刑部组成特别法庭，通过法官询问口供的方式进行。法官问的问题，都是雍正亲自拟定的，并以圣旨下达，故称"旨意问你"。不过那些问题，又不是简单的提问。有的长篇大论，实际上是阐述雍正的观点。雍正阐述完毕，再问曾静有何话说，因此无妨看作雍正与曾静的法庭辩论。不过，这种法庭辩论，世界上独一无二。被告并不出场，由法官代表被告发言，此奇一也。被告控制法庭，法官形同木偶，此奇二也。被告提问，原告回答，实则被告变原告，原告变被告，此奇三也。原告答辩，只能赞同被告观点，并批判自己，或为自己辩解，此奇四也。另外，法庭辩论自始至终都没有律师出场。中国古代没有律师制度。即便有，也不会请。雍正没有必要请律师，曾静则没有资格，也不敢。

三、刑部大臣杭亦禄询问曾静的供词，内阁九卿对此案的审理意见，雍正对此的批复决定。在这一部分，曾静是被告，雍正又变成了法官。他的上谕和内阁的奏本，则无妨看作合议庭与最高法院大法官对量刑判决问题的讨论。

四、曾静、张熙等人思想改造的过程和心得体会,包括他们的一些供词和曾静新著《归仁说》。这时,曾静和张熙的身份,是免予刑事处分并已被改造好了的犯人。

上述四个部分中,最有趣的是法庭辩论。比如"奉旨问讯曾静口供十三条"的第一条就很有趣。针对曾静对大清政权和雍正皇帝的指控,特别法庭的审判官们代表被告(雍正和大清帝国)提问说,奉旨问你:你在写给岳钟琪的信中有谁该得政权、谁该当皇帝之类的话。我朝(指清朝)积德累功,太祖高皇帝(努尔哈赤)创业,太宗文皇帝(皇太极)继统,世祖章皇帝(顺治帝福临)建国。这正是顺天命、从民心、成大功、建大业、参天地、法万世的至道。你生在本朝,难道不知列祖列宗为天命民心所归,却说什么"道义所在,天未尝有违"。这是什么意思?原告曾静答辩说:"弥天重犯(曾静自称)这些话是泛说。自古帝王之兴与帝王之在位,皆是顺天命得民心的。天命顺、民心得,从而兴起在位,即是道义之当然。弥天重犯生长楚边山谷,本乡本邑以及附近左右,并没有个达人名士在朝,而所居去城市又最远,所以盛朝功绩传闻不到。"下面曾静接着说,自从去年(雍正六年)被押解来京,见闻渐广,才知道真龙天子兴于东海之滨,列祖列宗承承继继,不但非汉唐宋明可比,简直就直追三代,有如西周之昌盛。但在西周,说起来也只有文王、武王两位圣君,称得上是"极致",哪里比得上本朝,"叠叠相因,日远日大,愈久愈光",一代更比一代强!太祖高皇帝开创王基,太宗文皇帝继体弘业,世祖章皇帝抚临中外,圣祖仁皇帝(康熙)深仁厚泽,遍及薄海。到我当今皇上(雍正),更是天纵聪明,恢弘前烈,创造海晏河清的太平盛世,已达到礼乐文明的最高境界。"此正是天命民心所归,乃道义之当然,参天地,法万世,为天运文明之隆会。"最后曾静辩解说:"从前弥天重犯实实陷于不知,不是立意要如何,以自外于圣世。"至此,这一问题辩完,并无下文。

其他辩论记录,风格大体如此。

这样的法庭辩论，中国史上独此一份，世界史上想来也不会多。它的奇特，倒不在被告的气势凌人和原告的唯唯诺诺，甚至也不在原告撤诉认罪转弯之快和转弯之大——本来指控清王朝不该得天下、雍正不该当皇帝的，此刻却说清王朝超过了周秦汉唐宋明，雍正帝是最伟大的皇帝，还在于双方使用的逻辑。得民心者得天下，顺天命者为正统，这是双方都承认的逻辑前提。据此，则只有证明清王朝顺天命，雍正帝得人心，才能证明其政权和帝位的合理合法。但要这样讲，官司就打不赢了。也不是打不赢，根本就打不成。因为得不得人心既不能通过民意测验或社会调查来确定，顺不顺天命更是一个说不清的事情。因此，双方都得另辟蹊径。

雍正的逻辑是：你曾静既然生在本朝，就应该知道本朝是顺天命得民心的。这显然是强词夺理。如果生在某朝就能证明某朝合理，那么，纳粹时代的德国人便都可以证明希特勒"顺天命得民心"了。曾静的逻辑也很可笑。他的逻辑是：凡是新兴的王朝和在位的君主，都是顺天命、得人心的。既然如此，清王朝和雍正帝也不例外。那么，新兴的王朝和在位的君主，为什么"都是"顺天命、得人心的呢？因为不顺天命就无从兴起，不得人心就不能在位呀！这就既是因果倒置，也是循环论证。它使我们想起恩格斯嘲笑过的德国庸人逻辑：凡是合理的都会存在。我存在，所以我合理。它也使我们想起民国时一位军阀的逻辑：自古英雄都好色。我好色，所以我是英雄。

如此荒诞的逻辑，《大义觉迷录》一书中比比皆是。

其实逻辑并不重要，重要的是说话的权力。有权不准别人说话，或只准按自己的意思来说，再没理也能说得振振有词。雍正要向世人显示的，便正是这个权力。专制帝王的权力向来就至高无上，可以生杀予夺的。"君要臣死，臣不得不死"，但也如此而已。雍正却嫌不够。他还要做到"君要臣说，臣不得不说"。岂止不得不说，还要说出"理"来。换言之，明明是专制，还要作开明状。

于是雍正也好，曾静也好，都得挖空心思。

雍正确实费了老大精神，也表现了他的大智大勇。从接到岳钟琪密奏的那一天起,他的态度就出奇的冷静。他没有暴跳如雷,也没有草率从事,而是精心策划了一种"出奇料理",把小事情做成了大文章。这篇大文章就是:我雍正皇帝不但能治理山河,治理国家,也能改造思想改造人。因此他下令优待曾静——当然是在把他打得遍体鳞伤,吃尽苦头又吓得半死以后。比方说,审讯时要和颜悦色,耐心开导;押解来京的路上吃好住好慢慢走,好好看看大清帝国的太平景象,体验雍正皇帝的深仁厚泽;到京后住幽馆别墅,过舒适生活,让他知道悔改的好处等等。雍正甚至把朝廷的机密文件都赐给曾静阅读,让他看看他被辱骂的这个皇帝,究竟是昏君、暴君,还是仁德之君、有为之君、开明之君。

曾静这个人,正如他自己所说,原本是穷乡僻壤的一个穷酸秀才,哪经过这种场面,见过这种世面?很快就被雍正连哄带吓收拾得服服帖帖。他不但全盘推翻了自己过去对清王朝和雍正帝的指控,而且下决心革心洗面,重新做人。他说自己从前是畜生,现在才转了人胎。他痛哭流涕地检讨自己,说自己真是鬼迷心窍,屎糊了眼睛,身在福中不知福,错把恩人当仇人,真是应该千刀万剐。但就是千刀万剐,也要尽人子的孝心,尽人臣的忠心。如蒙皇上宽宥,他曾静愿意走遍天下,挨家挨户去批判吕留良的歪理邪说,宣传当今皇上的仁政和圣德。

不能说曾静说的都是假话。他这些话,毕竟不是逼供逼出来的。但这些话究竟有多大价值,却值得怀疑。因为曾静原本就没有什么地位和影响,也没多少思想和学问,充其量不过一个狂悖小人和跳梁小丑而已。他说要一举推翻大清王朝,让吕留良或者他自己来当皇帝,简直就是痴人说梦。既然这家伙原本就没有什么分量,即便幡然悔悟,也没多少价值。而且,因为他让家乡父老大丢脸面(用雍正的话说就是"贻羞桑梓"),因此他回到湖南做报告时,长沙城里还贴出了匿名的传单,扬言要把他从官府中抢出,沉到深潭里处死。

然而雍正却把他当作宝贝。这也是不得已的事:就这么一个宝贝嘛!阿其那、塞思黑、年羹尧、隆科多他们倒有价值,但他们肯悔改吗?再说,他们也没有公开攻击过雍正,更不会否定大清政权。他们只想夺权或揽权,不会说这政权不合法。没法子,只好把曾静这狗肉包子抬上席去。好在苍蝇也是肉,有一个总比没有强。

问题在于,雍正为什么非得要有这么个思想改造的典型不可?

这同样也有不得不如此的苦衷。至雍正即位,清人入关已有四分之三个世纪。但汉人对满人的政权,仍不能完全认同。不少人仍坚持认为,满人是夷狄,而夷狄是禽兽。"孔雀翎,马蹄袖,衣冠中禽兽",即为当时之民谣,并为曾静的控词所引用。民族问题和政治问题搅和在一起,很是麻烦。雍正自己的麻烦也不少。康熙末年,储位斗争隐蔽曲折,扑朔迷离,充满神秘和不可解之谜。雍正依靠自己的冷静、沉稳、权谋干练、胜人一筹并脱颖而出,但在不明内情的人看来,却难免篡位之嫌。此外,打击允禩兄弟,惩治年、隆诸人,迭兴大狱,株连甚多,难免给人以"残暴"、"灭亲"、"诛忠"、"屠臣"的口实;锐意改革,铲除积弊,清查钱财,整饬吏治,摊丁入亩,打击朋党,都大刀阔斧,雷厉风行,又是追赃,又是抄家,又是罢官,又是杀人,也难免蒙受"操切"之讥。由于当时能够左右舆论的,多为"持不同政见者",因此舆论对雍正颇为不利。他被描绘成篡夺皇位的伪君、没有人伦的畜类、残忍戾虐的暴君。曾静的指控,不过是社会舆论的集中反映。这些舆论,雍正以前也有风闻,但只能把无名之火憋在心里,发作不得,因为找不到对手。现在,曾静自己跳了出来,这就给了雍正一个机会,一个洗刷自己冤屈和为自己辩白的机会,岂能放过?何况,这一洗刷和辩白,如果由诽谤者自己来进行,则能收到事半功倍的效果。不但能够扳本,而且还有红利。

这,便是雍正要利用曾静一案大做文章的直接原因。

雍正的"出奇料理"的确不同凡响。没有几个专制帝王会采取这种方式来处理此类案件。他们的惯常做法,是谁要胆敢说他们一个"不"字,就把谁抓起来砍脑袋,或者拖下去打屁股。而且,砍脑袋之前,还要在嘴巴里塞上木球,完全剥夺他人说话的权利。如果自己遇到了什么尴尬事体,则三缄其口,把盖子捂得严严的,一点风都不让透出去。将知情人和目击者秘密处死，杀人灭口，也是常规的配套措施。实在掩盖不住的，则歪曲真相，篡改事实，指鹿为马，文过饰非，寄希望于民众的健忘和弱智。像雍正这样，以九五之尊与案犯对簿公堂（虽然本人未出场），摆出（当然也只是摆出）一副对等讲理的架式，通过"充分说理"的方式来降服对方，确实绝无仅有，而且匪夷所思。

雍正能如此，敢如此，恰是他自信的表现。精通儒学和佛学的雍正，坚信大义可以觉迷，而匪类亦可归仁。因为儒学讲"人皆可以为舜尧"，佛学讲"众生是佛"，也就是人人都有慧根和善缘。堕落为小人、为匪类、为畜生，是因为被各种魔障谬见所迷，不能觉悟。这就要由具有"大光明、大智慧"的人（其实也就是佛）来启迪，来开导。雍正自认为就是这样的活佛，可以让哑巴开口，顽石点头，畜生变人。这就是觉迷（觉悟迷者），就是归仁（归于仁义）。所以，曾静写的检讨，就叫《归仁说》；而雍正编的这本书，就叫《大义觉迷录》。雍正这一回，似乎又赢了。

然而智者千虑必有一失。雍正占有了话语权，却露了自己的馅。至少是，让人看出了他的心虚。常言道：身正不怕影子斜。如果自信行得正，站得直，光明磊落，坦荡无私，何必去管别人的说三道四？如此喋喋不休地为自己辩解，反倒让人觉得里面有什么猫腻。因此，像他这样的人，只能厚着脸皮咬紧牙关，对所有的非议和闲话一律置之不理，一副死猪不怕开水烫的架式，就谁也奈何不得。历史上有那么多霸道皇帝，恬不知耻，一意孤行，就是吃准了这一点。

从这个角度讲，其他那些从不和别人辩论的专制君主，又比雍正更高明。专制就是专制，就是爱你、恨你、保你、杀你、提拔你、罢免你，都没商量。既然没商量，还讲什么理？朕即真理。

实际上，雍正打的是一场不可能有赢家的战争。曾静当然是赢不了。但改造了曾静，雍正就赢了么？未必。只要看看他儿子乾隆的反应就知道。雍正去世才一个多月（也是尸骨未寒），乾隆就下令将曾静、张熙二人拿解到京，凌迟处死，并将《大义觉迷录》全部收回，严禁流传。道理很简单：皇帝和反贼辩论，掉价么！何况，为了证明自己并弑父、逼母、弑兄、屠弟等等，雍正几乎把家底都翻出来了，大清王朝的宫廷几乎无密可保，实在得不偿失。

雍正一生所做的得不偿失的事情还很多。甚至从根本上讲，他做的一切都注定是得不偿失或没有意义的。比方说，他背着聚敛、操切、忌刻的骂名，清查亏空，追回赃银，填充国库，却并不知道这些银子该派什么正经用场。国家收入最正经的用场，原本应该是发展科学技术，发展社会生产力。只有科学技术进步了，生产力发展了，才能真正做到国力增强，人民富足，社会安定。可惜，这个道理，雍正是不可能懂得的，他的儿子、孙子也不懂。结果，雍正费尽心力聚敛来的财富，只不过为他子孙的挥霍和新贪官的贪墨奠定了基础，岂不悲哉？

这当然无关乎他个人的品质。雍正无疑是一个极有个性的人，也是一个杰出的人物。他感情丰富，意志坚强，性格刚毅，目光锐利，而且奋发有为。他并没有因为当了皇帝便泯灭了自己的个性。相反，他还给自己的帝国和时代打上了这种个性的烙印。同历史上那些平庸的君主相比，他无疑更具个人魅力，但同时也更易引起争议，遭受攻击。因为他的这些性格，与文化传统对所谓"守成之君"的要求相去甚远。要知道，我们这个以"群体意识"为思想内核的文化在本质上是不喜欢个性的。它只在有限的范围内小心翼翼地允许极少数人保持自己的个性，比如开国的领袖、末世的忠臣、江湖上的好汉和山林中的隐士等等。即便对这些人，我们的文化也宁愿持一种敬而远之的态度，甚至只有在他们失败后才表示同情（如项羽、海瑞）。如果成功，则难免留下骂名（如曹操、武则天）。不挨骂的成功者只有一种，即朝代历时较长的开国君王（如历时较短，也要挨骂，如秦始皇）。人们热情赞美他们雄才大略，是"千古一帝"，但又希望他们的后代不要有那么鲜明的个性。这些所谓"守成之君"最好四平八稳，中庸因循。处理政务的原则，不是"圣贤遗训"，便是"祖宗成法"，自己不需要创造性，更不要搞什么改革，这样就天下无事，天下太平。

雍正显然并不符合这样一个标准。因此他不但得不到任何同情，反倒使不少人感到失望和愤怒。他们无法理解：圣祖爷好端端地留下了一个太平盛世,你雍正瞎折腾什么呢?还能折腾出多大个气候?甚至对雍正的朝乾夕惕、宵衣旰食也有人不以为然。皇帝不是宰相,管那么多那么细干什么?真正的圣君、明君,应该是"垂衣裳而天下治"。像雍正这样事必躬亲、累死累活的皇帝,他们可没见过,也不以为然。

这就不能不让雍正感到委屈。为了他的帝国,雍正真的是殚精竭虑,呕心沥血,十三年干了别人三十年都干不完的事,然而他的帝国的臣民却不领情,还要在背后指指戳戳,说三道四,甚至诬赖他酗酒、淫色。想想看,他一天要做那么多事情,仅朱批就要写七八千字,有时间酗酒、淫色吗?① 因此,雍正很想有机会向天下臣民诉说诉说。他刊行《大义觉迷录》,便有这种考虑在内。

可惜这并没有什么用。雍正,他是注定不会被人理解的。这不但因为他的性格和作派与传统的要求格格不入,更因为他所做的一切,是为了强化中央集权,而且是强化皇帝一人的集权。当一个人手中的权力高度集中时,他与其他人产生距离和隔膜,就完全不能避免。他的权力越是集中,他与别人就越是疏远。或者说,他越是成功,就越是孤独。最后的结果,就是众叛亲离。

因此,如果雍正在征服帝国的同时还想征服人心,在君临天下的同时还想君临众志,那他是成不了赢家的。他只能感到委屈和窝囊。

甚至就连他的死,也要被人说成"不得善终"。就在他去世两个多世纪后,又有了关于他死因的新版本——台湾作家高阳认为是"服用壮阳的兴奋剂,导致高血压及心脏病,以中风暴崩"。此说如能成立,则那春药也不是什么伟哥之类,而是权力——封建专制帝王的最高绝对权力。

雍正,或者说,爱新觉罗胤禛,公元1678年生,1735年卒,享年五十八岁。

---

① 台湾作家高阳断言这些朱批系文觉和尚代写,但不知笔迹问题如何处理。

雍正出生时,英国资产阶级革命已经爆发,世界在此之前三十八年(即公元1640年)已进入近代史阶段。雍正去世一百年后,鸦片战争爆发,中国也被迫进入了近现代。看来,不管雍正当年做了多大努力,他的帝国也会风雨飘摇,他的王朝都时日不多。

这,当然是雍正在世时无论如何也想不到的。

那么,他的灵魂会得到安息吗?

文化与人

历史的书卷一页一页地翻过去了。展现在我们面前的,是一个个岁月带不走的熟悉的姓名:项羽、曹操、武则天、海瑞、雍正。他们无疑都是中国历史上最杰出最优秀的人物之一。他们的业绩不可磨灭,他们的形象光彩照人,他们的故事世代传说,他们的魅力至今犹存。对于他们的是非功过、善恶得失,人们尽可评头论足、争论不休,但这种聚讼纷纭,岂非恰好证明了他们的不同凡响?

然而,他们又无一例外地是悲剧性人物。

是啊,这五个人,究竟哪一个有好运气或者好结局呢?不是身败,就是名裂,不是生前受打击,就是死后背骂名,没有一个功德圆满。就连与他们有关的一些人,比如韩信、允禩,也都没有好下场。

不可否认,悲剧结局的造成,与他们的性格和为人不无关系。项羽失之头脑简单,曹操失之奸诈狡猾,武则天失之手段狠毒,海瑞失之迂阔偏执,雍正失之猜忌刻薄。但,如果没有这些缺陷,他们的命运就不会是悲剧性的吗?恐怕难讲。比如允禩的性格有什么缺陷?没有。但照样身败。申时行的为人又有什么不妥?也没有。但照样名裂。可见一个人的进退荣辱、成败臧否,并不完全由他自己决定,甚至完全由不得自己。当然,如果曹操为人忠厚老实,武则天也心慈手软,他们确实不会留下骂名,但他们的个人前途却很渺茫。他们的事业不会成功,他们自己的身家性命也未必会有什么保障。曹操也许会在那乱世死于非命,武则天则只能在感业寺里了此一生,这难道就不是悲剧?

看来,他们每个人都在劫难逃。

这就让我想起了黄仁宇先生的《万历十五年》。黄先生把这部书中所述,称作"一个大失败的总记录"。因为书中涉及的人物,从皇帝朱翊钧、权臣张居正、阁老申时行、名将戚继光、清官海瑞、哲学家李贽,到太监冯保、贵妃郑氏、首辅高拱、皇子朱常洵、将领俞大猷等等,统统都没有好结果。黄先生认为,"这种情形,断非个人的原因所得以解释,而是当日的制度已至山穷水尽,上至天子,下至庶民,无不成为牺牲品而遭殃受祸"①。正因为制度本身出了问题,所以,皇帝是励精图治还是偷安耽乐,辅臣是独裁揽权还是妥协调和,文官是廉洁奉公还是贪污舞弊,武将是富于创造还是习于苟安,思想家是极端进步还是绝对保守,都无关紧要而且没有意义。因为"最后的结果,都是无分善恶,统统不能在事业上取得有意义的发展,有的身败,有的名裂,还有的人则身败而兼名裂"②。

这是相当深刻的见解。在此以前,我们总是习惯于把王朝的兴衰、事业的成败、历史的更替和事情的对错都归结为个人的原因,归结为某个领袖人物或主导人物个人品质的优劣好坏。与此同时,历史人物也都被按照一种简单的善恶二元论,被分成好人和坏人、君子和小人,分成仁君和暴君、明君和昏君,或者忠臣和奸臣、清官和贪官,以及好汉和混蛋、英雄和流氓等等。于是,历史人物无一例外地都被脸谱化了,中国历史则变成了一个大戏台。红脸的、白脸的、花脸的和没有脸只有白鼻子的,纷纷登台亮相,你方唱罢我登场。但我们从来就不知道舞台上为什么会有那么多白脸和白鼻子,也不知道红脸的关公和黑脸的包公什么时候才能出现,因为我们不知道编剧和导演是谁。我

---

① 黄仁宇:《万历十五年》,第4页。
② 同上,第238页。

们只能寄希望于运气和等待,相信"恶有恶报,善有善报",却不肯承认每一次的"善报",往往也差不多意味着下一次"恶运"的来临。

历史就这样循环往复着:由乱而治,由治而乱,由兴而衰,由衰而兴,直到有一天,这戏再也唱不下去。

现在我们知道,至少在明万历十五年,这戏就没法再唱了。因为不管你唱得好还是不好,唱得有趣还是唱得乏味,结局统统一样——没有好下场,甚至下不了台。也许,要把这戏再唱下去,只有换戏班子,连行头都换过。努尔哈赤的子孙们倒是做到了这一点,可惜同样无济于事。我们看到,雍正皇帝,这个最卖力的演员,尽管唱功做功俱佳,台下响起的,也仍是一片倒彩。更何况,这种倒彩并不是第一次响起。早在雍正甚至在海瑞之前,就响起过好几回。

这就不能不往深里想想了。

的确,如果问题的症结不在个人品质而在社会制度,那么,我们就很想知道,这是一种什么样的制度?我们为什么要选择这样一种制度?它又为什么会走向山穷水尽?

中国古代的社会制度,诚如黄仁宇先生所言,是"以道德代法制"。也就是说,用道德和礼仪来管理社会,治理国家。这样一种管理和治理方式,就叫"德治"和"礼治",不是我们现在主张的"法治",也不是通常以为的"人治"。

中国文化并不十分赞成人治,当然也不十分反对人治。因为中国文化认为,再好的法,也要人来执行。如果人不行,那么法再好,也不顶用,这就叫"有治人无治法"(只有能治理国家的人,没有能治理国家的法)。但,法治不行,人治就行么?也不行。第一,再好的人,也要死。人一死,他的政治也就结束,这就叫"其人存则其政举,其人亡则其政息"①。国家要长治久安,当然不能寄希望于这种"人亡政息"的"人治"。第二,人有善有恶,有贤有愚。如果国家的生死存亡系于一

---

① 《礼记·中庸》。

人之身，便危险多多，极不可靠。这个"一人"是善人贤君还好说，倘若是恶棍笨蛋，则如祖宗社稷天下苍生何？由是之故，中国文化又并不赞成人治，至少并不像时下学术界认为的那样赞成人治。

实际上，中国文化是不可能赞成人治的。所谓"人治"，说到底，就是"个人政治"或"一人政治"，也就是依靠个人的意志、魅力和权威、威望来实现治理。这种方式，历史上也有，但却在本质上与中国文化的精神相悖，因此只能是特例，不能是常规。我在《闲话中国人》一书中已经说过，中国文化的思想内核是群体意识。依照群体意识，个人总是渺小的、卑微的、脆弱的、无足轻重和微不足道的。即便贵为天子，也如此。他们即便有再大的成就，也得说是"赖祖宗神灵福佑，天下臣民同心同德，共襄大业"云云。如果他不这样说，这样做，当真独往独来，自行其是，一意孤行，那他就是"民贼"，就是"独夫"，可以"天下共诛之，天下共讨之"的。中国文化的基本精神如此，怎么会赞成迷信和依靠个人的"人治"？

其实，项羽、曹操、武则天、海瑞、雍正之所以落得个悲剧的结局，就因为他们都是"人治主义者"。他们都在相当程度上，相信只要个人品质优秀，能力强，威望高，本领大，就能包打天下。项羽迷信自己的个人能力，海瑞迷信自己的道德品质，曹操、武则天、雍正则迷信自己的意志和铁腕，一手遮天，独断专行。他们既然如此地与中国文化的思想内核相悖，当然也就无法得到这个文化的首肯和认同。

毫无疑问，中国历史上确实存在过人治的现象。但我们必须注意，那多半出现在特殊的历史时期。比方说，在动乱年代，或建国之初。这时，礼已坏而乐已崩，德治和礼治系统失灵，便只好寄希望于"人治"和"治人"。尤其是在天下大乱改朝换代的年代，某些英雄人物确乎可能凭借个人的魅力，叱咤风云，逐鹿中原，运天下于股掌之中。然而，正如可于马上得天下，不可于马上治天下，天下也只可"人取"，不可"人治"。英雄人物得到天下以后，必须迅速将国家的运作转移到"德治"和"礼治"的轨道上来。所以，刘邦虽然是开国领袖，也不能违礼。尽管他十分喜爱戚夫人所生之赵王如意，最终却只能立嫡长子刘盈为储,和一千七百多年后万历皇帝的情况没什么两样。① 难怪隋文帝要说"朕贵为天子而不得自由"了。德治和礼治高于人治嘛!

至于所谓"承平时代",则更无人治可言。"人存政举,人亡政息"的事情是有的。但举也好,息也好,却与个人的品质、才干、魅力无关,也与政策本身的好坏无关,甚至与这个人的死活无关,而只与这个人的官位有关。如果是官(当然最好是皇帝),则无论蠢如刘禅,或者贪如严嵩,其政也举;如果不是官,或被罢了官,则无论能如曹操,或者清如海瑞,其政也息。政之举与息,惟与官之存亡相联系。官存,则其政也举;官罢,则其政也息。所以是"官治",不是"人治"。

"官治"的依据就是"礼"。因为礼规定了君尊臣卑,官尊民卑,上尊下卑,同时也规定了高贵者代表着真理和道德,卑贱者则一定愚昧无知,时时都需要接受教育。这就叫"惟上智与下愚不移"。所以,一个人即便才高八斗学富五车,如果不是官,就等于什么学问都没有,什么意见都不对。相反,皇帝的看法即便愚不可及,丹陛之下也总是一片颂扬:"皇上圣明。"长官的报告即便废话连篇,上级的决定即便谬以千里,也一定要认真学习,贯彻执行。总之,皇帝总是圣明的,长官总是英明的,上级总是高明的——"三明主义"。

显然,官治就是礼治,而礼治则本之于德治。因为德治是一种"软控制",如无礼法和礼仪使之具体化,就无法操作。可见礼只是手段,德才是目的,官则是德与礼或德治与礼治的人格化。因为,官治也好,礼治也好,便都可以说是"以道德代法制"。

抽象地讲,"以道德代法制"也未必就不好,如果确能代替的话。原始氏族社会就没有法或法制,靠什么来管理,来处理和维系人际关

---

① 同刘邦不喜欢嫡长子刘盈而欲立赵王如意一样,万历也不喜欢皇长子朱常洛,欲立皇三子朱常洵。但在与朝中那些守礼大臣僵持了十多年后,万历终于屈服于礼制和礼法,立朱常洛为皇太子。此为礼治战胜人治之证。直到康熙、雍正秘密立储,人治的愿望才算部分地得到实现。

系?靠道德,靠礼仪。中国古代社会的德治和礼治,其实就是从原始氏族社会继承过来的。它既然在原始社会行之有效,就不能说在古代社会一定不可实行。所以,我们不能简单地评说"以道德代法制"的是非对错,而要问:第一,中国古代社会为什么要"以道德代法制"?第二,用以代替法制的,是一种什么样的道德?第三,这样一种制度究竟可行不可行?

这就要说到文化了。

的确,以道德代法制,正是中国文化的性质决定的。前面说过,中国文化的思想内核是群体意识。对于这样一种文化而言,最重要的事情,就是处理人际关系,维系群体生存。这就只能靠道德,不能靠法制。因为法制只能规定人们不准做什么,不能规定人们必须做什么。比如它只能规定不得伤害他人,却不能规定必须热爱他人;只能规定不得损害群体利益,却不能规定必须为群体谋求利益。即便规定,也顶多只能规定你出力,无法保证你尽心。对于处理人际关系,维系群体团结,法制在许多方面都是无能为力的。比方说,一个人够不够意思,讲不讲交情,能不能设身处地为他人着想,有没有为群体利益献身的精神等等,法制都管不了。所以,法制代替不了道德。相反,道德却有可能代替法制。你想,如果每个人都是正人君子、菩萨圣贤,这样的社会,还需要法制来规范人与人之间的关系和行为,还需要法制来防范或者保护某个人吗?

显然,"以道德代法制"是否可行,关键在于有没有可能使整个社会的全体成员都成为道德高尚的人。在这里,重要的是"一个都不能少"。因为"千里之堤,溃于蚁穴"。有一个不道德的,就可能会有十个、一百个、一千个、一万个,最后就是不可收拾。但,有谁能保证一个不落地都是道德高尚者呢?没有。至少目前没有。所以,"以道德代法制"就只能是理想,变不了现实。

既然如此,为什么还要坚持"以道德代法制"?

因为在我们的文化土壤上,产生不了法制。法制有一个基本原则:法律面前人人平等。平等,才需要法;平等,也才能够产生法。什么是法？法就是"全民公约"。它的前提,是首先要承认所有人都是单独的、个体的、有独立人格和自由意志的人。正因为这些人都是单个的,相互之间没有依附关系,谁也管不了谁,谁都想自行其是,因此,如无行之有效的制度加以制约,势必天下大乱,谁也无法生存。这就需要有一个对每个人都管用的东西。显然,对于这些人格既独立、意志也自由的单个人而言,只有他们自己的共同约定,才可能对每个人都管用。这就是法。换言之,法,就是某一社会中全体个人的共同约法。① 它既然是大家共同约定的,当然每个人都得遵守,同时当然也会无所偏私地保护每个人,这就叫"法律面前人人平等"。可见,法制文化的前提,是个体意识,是人与人之间的独立和平等。独立,才会平等;平等,才需要法制。

　　人格不平等的人确实无须乎法。"君要臣死,臣不得不死;父要子亡,子不得不亡。"既然如此,还要法干什么？有律就行。比方说,谋逆,凌迟;大不敬,斩立决;不孝,绞;以及"十恶不赦"(即谋反等十种最严重的罪行不得赦免)等等。显然,律的作用,不过是为了统治者在实施惩罚时操作方便,同时也显得"公平"而已。因此它又叫"刑律"、"律条"。即便被称作"法律",也与现代意义上的法律相去甚远,完全不是一回事。

　　人格不平等的人也产生不了法。因为他们之间没有什么可商量的,只有服从,无法约定。皇帝口衔天宪,乾纲独断,令行禁止,说一不二,约什么法？所以,中国古代只有"王法",没有"约法"。虽然也有"约法三章"的说法,但那"约法"从来就是单方面的。比如刘邦入咸阳,与秦中父老的"约法"(杀人者死,伤人及盗抵罪),便不过是刘邦单方面宣布的新王法。新王法比旧王法好,秦中百姓无不拥护。即便不拥护,也无可奈何,因为根本就没有商量。王法王法,就是王的法,

---

① 这种约法并不容易。因为并非每个人都能参加立法,也无法保证所有人意见都统一。这就要有相应的制度和原则,比如人民代表制度和少数服从多数等。所以民主总是和法制联系在一起。

子民岂能置喙？

同样，所谓"王子犯法，与庶民同罪"，也是骗人的鬼话。王子能犯什么法？除非是谋反。其他的，便只能叫"过失"。即便有了过失，也要另找替罪羊，由他人代为受过。比如皇太子读书不用功，受罚的便只能是陪读者。春秋时，晋悼公的弟弟公子扬干犯军规，执法官魏绛也不过只是将其车夫斩首。魏绛的"执法如山"是有名的，也不过如此而已。这就是礼，就是"刑不上大夫，礼不下庶人"，没什么平等可言。况且，如果王子犯法，便要与庶民同罪，那么皇帝犯法又与谁同罪？法律面前人人平等，行不通吧？

法制既然无由产生，则只能诉诸道德。

道德是人与人之间关系的规范和行为的准则。人与人之间的关系可以有两种：平等的和不平等的。平等的关系产生平等的道德，不平等的关系则有赖于不平等的"伦理"。中国古代社会所谓"伦理道德"的核心内容，就是确立人与人之间的不平等关系，即：别内外、定亲疏、序长幼、明贵贱。[1] 因此，不同的人有不同的道德规范。君要臣遵守的（忠），君不必遵守；父要子做到的（孝），父不必履行。没有一种对每个人都同等有效或必须共同遵守的"公德"。

实际上，一种对每个人都有同等约束力、所有人在它面前都平等的东西，是中国古代社会无从设想的。平等？则置君父于何地？平等，岂非让奴才们上脸上头？这当然断乎不可。于是便有一系列的所谓道德律令：君为臣纲，父为子纲，夫为妻纲。一则为纲，一则为目，岂能平等？

有人说，中国古代社会虽无"法律面前人人平等"，却有"道德面前人人平等"。理由是：它要求每个人都必须有道德，即便贵为天子，也不例外，因此平等。这种说法，简直就是欺人之谈。如果不是别有用心，至少也是睁着眼睛说瞎话。"天有十日，人有十等"，"惟上智与

---

[1] 请参看拙著《闲话中国人》第六章。

下愚不移",哪有起点的平等可言?君臣、父子、官民、主仆,各有各的道德准则和道德要求。君应仁,臣应忠,父要慈,子要孝。义务不同,权利也不同。君可以杀臣,臣不能弑君;父可以训子,子不能责父;官可以罚民,民不能告官,又哪有结果的平等可言?儒家说得好听:"人皆可以为尧舜。"可是君臣主仆所修德目各不相同,君主修"王道",越修越霸气,臣仆修"奴性",越修越窝囊,怎么会一样地都是"尧舜"?

然而道德却要求平等。原始社会之所以有一种恩格斯说的"纯朴的道德",就因为在氏族和部落内部,人与人之间是平等的。没有这种平等,就不会有道德的要求。就拿仁义礼智信来说,仁就是爱人,义就是助人,礼就是敬人,智就是知人,信就是信任他人和取信于人。但如果人与人之间是不平等的,所有这些就都无从谈起。不平等的人怎么相爱呢?又怎么可能相互理解相互信任呢?

可见,问题并不在于或并不完全在于"以道德代法制",还在于这种用来代替法制的"道德"又是不道德或不完全道德的。既然如此,这种制度的碍难成功和必然走向山穷水尽,也就自不待言。因为"以道德代法制"原本就有问题,何况这"道德"还不一定道德!

那么,我们又为什么要选择这种道德,这种制度?

因为中国文化的思想内核是群体意识。

正如"以道德代法制"未必就不行,群体意识也未必就不好。人,毕竟是社会的存在物。人与动物的区别之一,或人较动物的高明之处,确如儒家所言,是人能"群"。人的自然生存能力并不如动物。他力大不如牛,速疾不如马,高飞不如鹰隼,深藏不如鱼龙,惟有结成群体,才能克服个体无法克服的困难,承受个体无法承受的压力,从而存活下来发展下去。当然,动物也有群。但动物的群不如人牢靠,因此才有"如鸟兽散"的说法。可见,自觉地意识到必须群,是人之为人的特征之一。

问题在于,任何群体都是由个体集合起来的。否认个体的存在价值,其实也就等于否定了群体。恰恰在这个问题上,我们的文化犯了一个错误:只强调群体的意义,不承认个体的价值。群体总是伟大的,叫"一大群"。个体总是渺小的，叫"一小撮"。甚至在前些年，当一个"个体户"还是有风险和被人看不起的。我们总是被告知："大河不满小河干，锅里没有碗里也不会有。"其实这话只说对了一半。锅里没有，碗里也确实不会有，但如果小河都干了，则不知大河里的水又从何而来？

否定个体的存在价值，也就必然不承认个体的独立人格。没有独立人格，就没有自由意志，也就没有民主和法制。这样，赖以维系群体的，便只能是人身依附关系。那么，这样一种人际关系要怎样才能维持呢？无非两个办法，一是暴力，二是哄骗。这两种手段咱们都有，那就是"霸道"和"王道"，也就是高压和怀柔。不过，高压和暴力难以持久，还是尽量以怀柔和哄骗为好。三纲五常这些"伦理道德"，就是用来干这活的。

因此，中国古代社会就一定要以道德代法制，而且那"道德"也一定是不道德的。因为非如此，便不足以维持人与人之间的人身依附关系。

人与人之间既然是人身依附关系，则其中的每个人也就都不可能有自由意志和独立人格。因为依附者既然要依附于他人，就得交出自己的意志和人格；而被依附者为了保证他人心悦诚服和心甘情愿的依附，也不能不多少迁就一下依附者，尤其是迁就一下他们的"集体意志"和"集体愿望"，把自己装扮成一个大家都能接受或无法反对的"道德的象征"，宽和仁爱，通情达理，没有个性，还能行礼如仪。这正是刘邦能当皇帝而雍正难免挨骂的原因：刘邦几乎没有任何个人的主张，雍正却个性太强。

项羽、曹操、武则天、海瑞，也一样。

事实上，本书品评的这几个人物之所以那么有魅力，就因为他们有个性，而且个性很强。比方说，项羽就比刘邦有个性，曹操就比刘备有个性。所以，尽管项羽打了败仗，曹操背了骂名，我们还是打心眼里更喜欢项羽而不是刘邦，更喜欢曹操而不是刘备。不过实在地讲，刘邦毕竟还有些个性,也还不乏可爱之处,刘备就一点也不可爱了。老刘家祖孙相去如此之远,这可真是"一代不如一代"。

其实,岂止只是老刘家,整个中国历史和中国文化,也都有点江河日下的味道:明清不如宋元,宋元不如汉唐,而汉唐又不如先秦。不信你拿海瑞和曹操比比,拿雍正和项羽比比,就不难发现他们也不可同日而语。海瑞当然比曹操道德高尚,却也乏味得多。雍正和项羽相比,显然成熟多了,却远不如项羽让人激动,令人心仪。甚至连死,都死得不如项羽,真是"死不如他"。文化毕竟是为了人和属于人的。如果"人"越来越缺乏个性和魅力,那么,这种文化自身还能有多少魅力,就十分值得怀疑。

这似乎也是一个世界性的问题。

马克思在谈到物质生产的发展与艺术生产的不平衡关系时曾说过,希腊艺术和史诗是"高不可及"的,希腊文化作为人类童年时代"发展得最完美的地方",也是"永不复返"的。的确,西方现代文明尽管成就辉煌,举世瞩目,但较之希腊文明,却少了许多天真烂漫和英雄气质。这就像一个老年人,即便功成名就,英雄盖世,也总不如青春年少那么迷人和动人。先秦汉魏是我们民族文化"发展得最完美的地方",当然应该"作为永不复返的阶段而显示出永久的魅力"。所以,雍正不如项羽可爱,海瑞不如曹操有趣,也并不奇怪。

不过,马克思也指出,一个成年人固然不能再变成儿童,但儿童的天真却应该使他感到愉快,他也应该"在一个更高的阶梯上把自己的真实再现出来",使自己的"固有性格"在"儿童的天性中纯真地复活着"[1]。这并不容易。对于我们来说,又似乎更难一点。因为我们至今还未能对我们的文化有一个科学、客观、冷静的清理和分析,不是全盘否定,就是盲目乐观,感情用事的成分很大。文化的研究固然不能无动于衷,冷漠无情,但过多地掺入感情,却不但无助于问题的解决,而且危害甚多。

---

[1] 《马克思恩格斯选集》,第 2 卷第 114 页。

事实上,我们的文化固然不乏可圈可点之处,却也同样不乏可悲可叹之时。其最令人扼腕之处,就是对罪恶的粉饰和对人性的摧残,以及对不人道和非人性的麻木。祥林嫂的故事并非迟至鲁迅的时代才发生,阿Q精神也早已有之,只不过没有人去发现。大家都熟视无睹,得过且过,非弄到山穷水尽而不肯觉悟。由是之故,悲剧才会一演再演,连雍正这样的"至尊天子"都难逃厄运。

的确,我们过去是太不重视个人的发展了。我们几乎从来没有想过要给每个人的个性发展以足够自由的空间。我们只知道强调群体的利益高于一切,却不知道如果没有每个人充分自由的发展,也不可能有群体长足的进步。结果,群体变成了不健全的群体,个体则更无健全的人格可言。但,如果我们每个人的人格都是不健全的,我们还能保证"自立于世界民族之林"吗?我们还能建立马克思和恩格斯设想的新社会吗?要知道,在那个新社会里,"一切人的自由发展"是以"每个人的自由发展"为条件和前提的。[1]

要有健全的人格,就要有健全的制度;而要有健全的制度,就要有健全的文化。也许,这便正是我们一代新中国人的历史使命。

俱往矣,数风流人物,还看今朝。

---

[1] 马克思、恩格斯:《共产党宣言》,《马克思恩格斯选集》,第1卷第273页。

后记

写完《读城记》,再写《品人录》,似乎顺理成章。

如果说,城市是一本打开的书,不同的人有不同的读法,那么,人物就是一幅展开的画,谁都可以鉴赏品评。但,正如读城的关键在于读,品人的关键也在于品。读,要读出品位;品,要品出滋味。总之,要能说出点名堂来。

这并不是一件容易的事。

中国历来就有品评人物的传统。孔子就曾品评过不少人,包括他的学生。孔子的品评,以精练准确见长,言简意赅,一语中的,比如"由也果"(子路果敢)、"赐也达"(子贡通达)、"求也艺"(冉有多才)、"雍也可使南面"(仲弓可以当领导)等等。孔子认为,仁者爱人,智者知人。品评人物,在他那里是一种智慧的表现。

这种智慧在魏晋时期就变成了美。魏晋是品评人物风气最甚的时代。一部《世说新语》,几乎就是一部古代的《品人录》。那时的批评家,多半以一种诗性的智慧来看待人物,因此痴迷沉醉,一往情深:"萧萧如松下风","轩轩如朝霞举","濯濯如春月柳","岩岩如孤松之独立","傀俄若玉山之将崩"。这种对优秀人物的倾心仰慕,乃是所谓魏晋风度中最感人的部分。

自然也不乏幽默睿智的。比如说见夏侯玄"如入宗庙,琅琅但见礼乐器";见钟会,则"如观武库,但睹矛戟"。后来鲁迅先生比较陈独秀与胡适,便有异曲同工之妙。先生在《忆刘半农君》一文中说:"假如将韬略比作一间仓库罢,独秀先生的是外面竖一面大旗,大书道:'内皆武器,来者小心!'但那门却开着的,里有几枝枪,几把刀,一目了然,用不着提防。适之先生的是紧紧地关着门,门上粘一条小纸条道:'内无武器,请勿疑虑。'这自然可以是真的,但有些人——至少是我这样的人——有时总不免要侧着头想一想。"这样的人物品评,谁说不是艺术,不是哲学?

可惜,我们的大学里,不管是文学系、艺术系,还是哲学系、历史系,都不开人物品评课,更没有这个专业。报纸和刊物,自然也只有文学批评、艺术批评而没有人物批评。或者只有人物传记、人物故事,没有人物鉴赏。其实,世间一切事物中,人是最有鉴赏价值的。品酒,品茶,品画,品诗,何如品人?

于是就有这本《品人录》。

或许有人要问,你这本书,是历史家言,还是小说家言?我要说,既非历史家言,也非小说家言。因为每一史实,都有史料为据,没有一件事是我编的。而且所据之史,也多为正史,很少用野史的材料,以免唐突古人,因此不是小说家言。不过,史家重在记,本书则重在品。每一篇都是人物的品评,不是人物传记。对于人物的心理,亦多推测,因此又不是历史家言。总之,正如读城不是说城,品人也不是记人。对于这些大家都很熟悉的人物,相信读者不会仅仅满足于记述和描写。

从城市中读出文化,从人物中品出思想,这就是我写《读城记》和《品人录》的初衷。

"片云心共远,永夜月同孤。"

易中天
1999 年 9 月 26 日
记于厦门大学凌峰楼

再版后记

本书发行一个月后即再版,真要感谢广大读者的厚爱。此次重印,除订正少数印刷错误外,还对部分章节作了少量修改。如有批评,盼以本版为准。

易中天
2000 年 2 月 4 日
农历兔年除夕之夜

图书在版编目(CIP)数据

品人录/易中天著.-上海：上海文艺出版社.1999.12
（2017.4 重印）
ISBN 978－7－5321－2019－2
Ⅰ.品… Ⅱ.易… Ⅲ.随笔-作品集-中国-当代 Ⅳ.I267
中国版本图书馆 CIP 数据核字(1999)第 53591 号

责任编辑：赵南荣
封面设计：王志伟

品 人 录

易中天 著

上海文艺出版社 出版、发行

地址：上海绍兴路 74 号
电子信箱：cslcm@public1.sta.net.cn
网址：www.slcm.com

新华书店 经销　上海华教印务有限公司印刷

开本 640×978　1/16　印张 18.25　插页 2　字数 239,000
1999 年 12 月第 1 版　2000 年 2 月第 2 版
2006 年 1 月第 3 版　2017 年 4 月第 4 版
2017 年 4 月第 55 印刷　印数:831,731-841,830 册
ISBN 978-7-5321-2019-2/I・1642　　定价：37.00 元

告读者如发现本书有质量问题请与印刷厂质量科联系
T：021-66243241